BASTEI
LÜBBE
TASCHENBUCH

Über die Autoren:

B. C. Schiller ist das Autoren-Duo Barbara und Christian Schiller. Ihre abgründigen Thriller sind seit Jahren fester Bestandteil der E-Book-Bestseller-Charts, sie sind echte Stars der deutschsprachigen Selfpublisher-Szene. Christian Schiller interviewte für seine Radiofeatures viele finstere Gestalten, wie den österreichischen Serienkiller Jack Unterweger. Diese Erfahrungen, aber auch Barbara Schillers bizarre Erlebnisse in Osteuropa fließen in fiktiver Form in ihre Thriller ein. Zusammen mit ihrem Rhodesian Ridgeback Kajumba Jabali leben sie auf Mallorca und in Wien.

B. C. Schiller

RATTEN-KINDER

Thriller

BASTEI
LÜBBE
TASCHENBUCH

BASTEI LÜBBE TASCHENBUCH
Band 17 264

Dieser Titel ist auch als Hörbuch und E-Book erschienen

MIX
Papier aus verantwortungsvollen Quellen
FSC www.fsc.org FSC® C083411

Originalausgabe

Lektorat: Bettina Steinhage
Textredakteurin: Lisa Bitzer
Titelillustration: © FinePic®, München
Umschlaggestaltung: Pauline Schimmelpenninck
Büro für Gestaltung, Berlin
Satz: Urban SatzKonzept, Düsseldorf
Gesetzt aus der Garamond
Druck und Verarbeitung: CPI books GmbH, Leck – Germany
Printed in Germany
ISBN 978-3-404-17264-1

5 4 3 2 1

»Langsam begreife ich die Denkweise der Reichen. Sie raffen Geld an sich und töten, weil sie über dem Gesetz stehen. Besser: Sie sind das Gesetz. Es ist eine eigene Welt. So will ich sein.«

Viktor Maly

Prolog

In einer stürmischen Regennacht schaufelten sie mein Grab.

Auch heute erstrahlt der Himmel im hellen Schein der Blitze, als würde zu Ehren meines Todes ein Feuerwerk entzündet. In diesem Licht wirken die Silhouetten der Wohntürme wie schwarze Kreuze. Auf den Plänen hatten die Türme beeindruckend ausgesehen, und alle waren stolz darauf gewesen. Sie symbolisierten eine neue Zeit, in der die Menschen plötzlich ihre Chance witterten und Aufbruchsstimmung herrschte. Damals wurde auch ich von dieser Euphorie erfasst und begann, meine Ideen zu verwirklichen. Ich wollte beweisen, dass es möglich ist, seine Herkunft hinter sich zu lassen und endlich akzeptiert zu werden. Als Fremder war ich aus Rumänien gekommen, hatte nur kurz in einem der Türme wohnen wollen – mein eigentliches Ziel war Österreich. Damals ahnte ich noch nicht, dass mich die einflussreichen Freunde, die ich dort fand, direkt wieder hierher, schicken würden, um mich meinem Schicksal zu stellen. Jeder weiß, was ich in den vergangenen Jahren getan habe, doch keiner hat es gewagt, mich zu stoppen.

Bis jetzt.

Der Weg zu meinem Grab auf dem Hügel ist durch den Regen aufgeweicht, und als ich auf meine hellen Schuhe blicke, muss ich feststellen, dass sie von Nässe und Schmutz durchdrungen sind. Als Kind hatte ich nie Schuhe, sondern lief immer barfuß. Deshalb kaufte ich mir von meinem ersten Geld ein vernünftiges Paar, gemacht für die Ewigkeit, wie ich dachte. Dass diese Ewigkeit so schnell kommen würde, konnte ich damals nicht ahnen. Das Ironische an der Sache ist, dass sie mich natürlich ohne die Schuhe begraben werden, die verbrennen sie später, an einem geheimen Ort. Solche Gedanken gehen mir durch den Kopf, während ich vor dem rechteckigen schwarzen Loch stehe, das sie bereits gestern zur Hälfte ausgehoben und mit Flüchen belegt haben.

Wieder erhellt ein greller Blitz den Nachthimmel, und neben meinem Grab sehe ich die vielen bleichen Rattenschädel liegen, die sie mir auf meine letzte Reise mitgeben werden. Ich mache mir nicht die Mühe, sie zu zählen, aber ich bin stolz, dass es so viele sind. Denn jeder Rattenkopf hat eine Bedeutung, hinter jedem dieser Schädel steckt eine Tragödie oder ein Glücksmoment – je nachdem welche Perspektive man einnimmt.

Langsam hebe ich den Kopf, lasse den Regen über mein Gesicht rinnen, wünsche mir, er würde alle Schuld von mir waschen. Aber das ist eine Illusion, wie so vieles in meinem Leben. Das Wasser hat meinen schwarzen Anzug bereits völlig durchnässt, und ich spüre die Feuchtigkeit unangenehm kühl auf der Haut. Ich blicke zu den Wohntürmen hinüber. Die Lichter vieler Taschenlampen und Laternen bringen die geschwärzten Häuserfassaden zum Leuchten. Wahrscheinlich haben sich alle Bewohner auf den Weg gemacht, um bei meiner Beerdigung dabei zu sein. Es müssen Hunderte von Familien sein, wenn nicht gar Tausende. Die Stimmung wird sich wütend hochschaukeln, schließlich haben in den letzten Jahren viele von ihnen einen meiner Rattenschädel erhalten.

Die vier Totengräber stehen bis zu den Hüften in der Grube und führen die letzten Handgriffe aus, ohne auch nur einmal zur mir aufzusehen. Die beiden Männer links und rechts von mir haben die Krägen ihrer Sakkos aufgestellt, von den Krempen ihrer breiten Hüte tropft der Regen. Da der Wind immer stärker pfeift, haben sie Handschuhe an, um sich vor der eisigen Kälte zu schützen.

Immer wieder muss ich in Richtung der Wohntürme blicken. Die Lichterkette, die wie eine leuchtende Schlange langsam den Hügel nach oben kriecht, hat etwas seltsam Faszinierendes an sich. Als Erstes werden die Frauen den Hügel erreichen, die in der Vergangenheit einen Rattenschädel vor ihrer Haustür gefunden haben. Sie werden sich im Halbkreis aufstellen und mich zuerst leise, dann immer lauter verfluchen. Die sorgfältig gesäuberten Rattenknochen werfen sie auf mich, bevor sich schließlich auch die anderen Weiber beteiligen – die, die verschont wurden. Es wird Dreck und Knochen und Erdklumpen auf mich hageln … Aber ich werde keine Miene verziehen. Diesen Gefallen tue ich ihnen nicht, verspreche ich mir.

Doch es kommt anders. Ich hatte keine Vorstellung vom Sterben, stelle ich mit Verwunderung fest. Denn als die Frauen tatsächlich anfangen, mit Knochen und Steinen nach mir zu werfen, spüre ich plötzlich die Panik, die sich in meinen Eingeweiden einnistet und mich daran hindern will, mein Ende aufrecht wie ein Mann durchzustehen. Wie schwer es ist, in Würde zu sterben, geht es mir durch den Kopf. Aber ich schiebe diesen Gedanken beiseite, verstecke ihn in der hintersten Ecke meines Bewusstseins. Lieber will ich an jene Menschen denken, die ich glücklich gemacht habe. Und das sind viele. Es gibt also keinen Grund, jetzt Schwäche zu zeigen.

Endlich sind die Männer mit ihrer Arbeit fertig und klettern aus der Grube. Der Halbkreis hinter mir wird immer dichter, ich spüre den Atem einer Frau in meinem Nacken und höre zwischen zwei Donnerschlägen ihre geflüsterten Worte: »Du findest niemals Ruhe. Es wird immer weitergehen!«

In ihrer Wut werfen die Weiber mit allem nach mir, was sie zwischen die Finger bekommen. Auf einmal nehme ich etwas hinter mir wahr, drehe den Kopf und erkenne den Schatten eines kleinen Jungen, der in meinem Rücken steht, mit einem großen gezackten Stein in der Hand. Er holt aus, und ich fühle, wie er seine ganze Kraft in diesen einen Wurf legt. Der Stein trifft mich am Hinterkopf, und die Wucht des Schlags treibt mich zwei Schritte nach vorn, auf das Grab zu. Ich spüre, wie mir warmes Blut in den Nacken läuft. Beifälliges Gemurmel erklingt, das in den rituellen Gesang übergeht, der unser Volk schon seit Jahrhunderten auf seiner Wanderschaft begleitet.

Ich weiß, mein Sterben wird sich hinziehen, und mein Tod wird grausam sein. Einer der Männer wird mir zu guter Letzt das Herz aus der Brust schneiden – ich kann mir schon denken, wer das ist. Wie eine Trophäe wird er das blutige Stück Fleisch in die Höhe halten, um es dann gemeinsam mit meinen Schuhen und einem der Rattenschädel zu verbrennen.

Doch das kann mir egal sein, denn wenn es so weit ist, bin ich bereits tot und liege in meinem kalten Grab.

1

In einer Minute und fünfzehn Sekunden werde ich mein Schweigen brechen. Dann habe ich genau ein Jahr lang kein Wort gesprochen. Ich werde meine Psychiaterin zu mir rufen und sie bitten, die Polizei zu alarmieren. Sie wird überrascht und verwirrt sein, aber sie wird meinen Wunsch erfüllen.

Zu meiner eigenen Sicherheit stecke ich mir die Schere, die ich vorhin dem Assistenten gestohlen habe, in meinen rechten Ärmel. Denn mein poröser Verstand sagt mir, dass ich auf Übergriffe vorbereitet sein muss.

Dann drücke ich auf den Alarmknopf, höre die Sirene und weiß, dass draußen im Korridor eine rote Signallampe aufleuchtet. In exakt vierzig Sekunden stürzen die Pfleger herein, und ich werde schreien. Jawohl, ich werde schreien, und ich werde mich erinnern.

2

Zehn Minuten, bevor Viktor Maly mit der Schere zustechen würde, saß er schweigend mit dem Chefinspektor der Mordkommission Linz an einem Tisch.

Tony Braun war von Dr. Karen Jansen am frühen Morgen aus dem Bett geklingelt worden. Hektisch hatte sie ihm mitgeteilt, dass es um Leben und Tod gehe. Dass ihr Patient Viktor Maly zum ersten Mal seit einem Jahr wieder gesprochen habe. Dass er über eine Nachricht von größter Wichtigkeit für die Polizei verfüge und diese Information möglicherweise ein Verbrechen verhindern könne.

Doch seit Braun an diesem Dezembermorgen todmüde in der Psychiatrischen Klinik von Linz eingetroffen war, hatte Maly keinen Ton von sich gegeben. In dem karg eingerichteten Zimmer wirkte sein Schweigen genauso düster und bedrohlich wie die Wolken, die tief über der Stadt hingen und Schnee ankündigten.

Die Zeit verging, und Braun wurde immer unruhiger. Der Raum war überheizt, und er spürte, wie ihm der Schweiß auf die Stirn trat. Er fuhr sich durch die halblangen dunklen Haare, strich sich über den angegrauten Dreitagebart und tippte ungeduldig mit den Springerstiefeln auf den Boden. Es war vielleicht doch keine so gute Idee gewesen hierherzukommen. Welche Information konnte Karens Patient schon für ihn haben?

Sie hatte ihm am Telefon zwar versichert, dass Maly aus psychiatrischer Sicht gesund und darüber hinaus ausgesprochen intelligent sei, doch davon war in diesem Moment nicht viel zu bemerken. Je länger Braun über die ganze Situation nachdachte, desto absurder erschien sie ihm. Natürlich hatte er sich gefreut, als er Karens Stimme nach all der Zeit so unerwartet gehört hatte. Und er war neugierig auf die Informationen gewesen, die Maly angeblich besaß. Aber vor allem hatte er Karen die Bitte nicht abschlagen können, denn sie hatte seinem Sohn Jimmy vor ein paar Jahren sehr geholfen.

Nach zwanzig Minuten des Wartens kam er nun aber an den Punkt, an dem ihn Karens Patient nur noch nervte. Mit den tief liegenden dunklen Augen, die wach umherblickten, und den Falten auf der Stirn, die sich wahrscheinlich durch angestrengtes Grübeln über irgendwelche verrückten Botschaften so tief in die Haut gegraben hatten, wirkte Maly nicht wie ein typischer Insasse der Psychiatrie. Doch Braun war nicht hier, um über den Wahnsinn des Mannes zu urteilen.

»Danke … dass Sie … gekommen sind.«

Die Stimme von Maly, die urplötzlich erklang, fraß sich heiß und schneidend durch die Stille. In Brauns Ohren mangelte es ihr an jeglicher Menschlichkeit. Es war die Stimme eines Mannes, den schreckliche Bilder in seinem Kopf quälten, Bilder, die nach draußen wollten – aber wenn er den Mund öffnete, hatte er sie bereits vergessen. Denn Maly litt an einer retrograden Amnesie und kannte nur seinen Namen, wie Karen bei Brauns Ankunft erklärt hatte.

Braun seufzte. »Weshalb wollen Sie mich sprechen?«

»Ich habe … eine Information … für Sie.« Maly beugte sich vor und schob langsam den rechten Arm über den Tisch, auf Braun zu.

»Was ist das für eine Information?«

»Geduld.«

Maly machte lange Pausen zwischen Worten und Sätzen. Er wirkte wie ein verirrter Wanderer in einer schwarzen Welt, in der es nur vereinzelte Lichtpunkte am Horizont gab, die ihm die Richtung wiesen. Braun hatte das Gefühl, als müsste sein Gegenüber erst nach Worten suchen, als hätte der Mann in dem Jahr seines Schweigens das Sprechen verlernt.

»Sind … wir uns … schon einmal … begegnet?«, wollte Maly wissen.

»Nicht dass ich wüsste.« Dieser Typ war Braun gänzlich unbekannt.

»Braun … Der Name … sagt mir etwas. Aber vielleicht … bilde ich mir das auch nur … ein.«

Wieder verfiel Maly in ein dumpfes Schweigen. Die Falten auf seiner Stirn wurden tiefer, während er die Lippen zu einem dünnen Strich zusammenpresste und die Augen zukniff, als wollte er einen winzigen lichten Streifen seiner Erinnerung mit den Lidern festhalten.

»Wer will Kaffee? Ich hole uns welchen«, versuchte Karen die Atmosphäre ein wenig aufzulockern.

An ihrer Tonlage erkannte Braun, dass ihr die Situation unangenehm war. Am Telefon hatte sie geklungen, als wäre Maly im Besitz brisanter Nachrichten, jetzt aber erkannte sie wohl selbst, wie unglaublich das geklungen hatte.

»Kaffee?«, fragte sie erneut und lächelte gequält.

»Ja, warum nicht.«

Braun drehte sich zu ihr und nickte. Seit ihrem letzten Treffen vor vier Jahren hatte sie sich kaum verändert. Noch immer trug sie die braunen Haare offen, und ihr leichter Silberblick irritierte ihn wie eh und je.

»Ich mach das!« Karens Assistent Thomas Just sprang auf und war bereits aus der Tür, noch ehe jemand reagieren konnte.

Maly drehte den Kopf hin und her, als wäre ihm der Kragen seiner weißen Jacke mit einem Mal zu eng. Braun lehnte sich auf seinem Stuhl zurück und verschränkte die Arme vor der Brust. Er betrachtete den Mann, der noch immer den Kopf von links nach rechts bewegte und dabei die Zähne bleckte, als stünde er kurz vor einem Anfall.

»Die Information hat mich selbst überrascht«, flüsterte Maly und legte dann seine Wange auf die Tischplatte, als würde ihm die weiße Plastikoberfläche den Text soufflieren. Seine Worte kamen jetzt flüssiger, klangen aber immer noch seltsam monoton. »Plötzlich war diese Botschaft in meinem Kopf. Es klang fast wie ein Befehl.«

»Hm.« Nur mühsam unterdrückte Braun ein Gähnen. Er fühlte sich schlapp – und auch deprimiert durch die lähmende Atmosphäre im Raum. Die seltsame Euphorie, die ihn bei der Fahrt durch die menschenleeren Straßen von Linz erfüllt hatte, war verschwunden. Die Wände des Zimmers rückten zunehmend näher und raubten ihm den Platz zum klaren Denken. Maly hing jetzt beinahe ganz auf dem Tisch und öffnete den Mund, zunächst ohne ein Wort hervorzubringen, wie ein Fisch auf dem Trockenen.

Kein Wunder, dass der Typ durchdreht, dachte Braun. In dieser trostlosen Bude muss man ja verrückt werden.

»Sie glauben mir nicht«, murmelte Maly. »Sie denken, ich will nur Ihre Zeit stehlen. Aber das stimmt nicht.« Er drehte den Kopf, visierte Braun an und schrie auf einmal laut: »Ich beweise es Ihnen!«

In Brauns Kopf klappten die Wände des Zimmers auf wie ein Geschenkkarton, und das Adrenalin durchflutete seinen Körper. Einen Wimpernschlag später war er auf den Beinen, sein Stuhl fiel krachend auf den Boden. Doch Maly war eine Spur schneller. Wie ein geübter Taschenspieler ließ er eine

Schere aus dem rechten Ärmel gleiten und stach sich damit völlig unvermittelt in die Spitze des linken Zeigefingers. Obwohl die Wunde tief war, drang kein Laut über Malys Lippen. Blut spritzte auf die weiße Tischplatte und verteilte sich dort zu einem abstrakten Muster.

Aus dem Augenwinkel beobachtete Braun, wie Karen auf den roten Alarmknopf neben der Tür drückte und ihm etwas zurief. Doch ihre Stimme ging in dem röhrenden Ton der Sirene unter, die sich wie eine Schraube in Brauns Gehörgang fräste. Er packte Maly am Arm und riss ihm die Schere aus der Hand.

Just, der gerade wieder zur Tür hereinkam, ließ vor Schreck das Tablett mit den Tassen fallen. Wie in Zeitlupe schwappte der pechschwarze Kaffee über den weißen Boden und suchte sich mit langen Fingern zwischen den umgestürzten Stühlen seinen Weg zu Maly, der wimmernd an der Wand lehnte, den blutigen Finger in den Mund gesteckt. Zwei Pfleger stürzten herein, rannten auf Maly zu und hielten ihn fest.

»Er will mich umbringen«, gurgelte Maly, riss den linken Arm aus dem Klammergriff und wischte sich mit dem blutigen Finger über das Gesicht. Es sah aus wie ein Clownsmund mit ausgefransten Enden. »Er will mich umbringen«, wiederholte er und deutete mit dem ausgestreckten Finger auf Braun.

»Was wollen Sie damit sagen? Dass Sie sich durch mich bedroht fühlen?«, fragte Braun mit hochgezogenen Augenbrauen. Er hatte den Mann nicht einmal berührt.

»Woher wissen Sie das?«, fragte Maly verwirrt. »Sie ... Sie kennen mich also doch ...«

»Genug jetzt!« Karen stieß sich von der Wand neben der Tür ab. Ihr Gesicht hatte plötzlich einen harten Zug angenommen, den Braun gar nicht an ihr kannte.

»Es ist besser, wenn du jetzt gehst, Braun. Tut mir leid, dass ich dich herbestellt habe«, sagte sie entschieden und stellte sich dann vor Maly. »Viktor, was soll denn das? Reißen Sie sich zusammen!«

»Eine allumfassende Dunkelheit umgibt mich«, murmelte Maly. »Ständig muss ich auf der Hut sein, darf niemals die Kontrolle verlieren ... Das ist sehr anstrengend.« Maly versuchte sich erneut aus dem Griff der Pfleger zu befreien, doch es gelang ihm nicht.

»Lasst ihn los«, wies Karen die Pfleger an, und gleich darauf rutschte Maly an der Wand entlang auf den Boden, wo er hocken blieb und seinen Finger betrachtete.

Karen drehte sich zu ihrem Assistenten. »Gibst du Viktor bitte eine Spritze, damit er sich beruhigt?«

»Aber natürlich.« Just öffnete den weißen Metallkoffer, den die Pfleger mitgebracht hatten, und nahm eine Spritze heraus.

»Wie geht es Ihrem Finger?«, fragte Karen, ging neben Maly in die Hocke und sprayte ein blutstillendes Mittel auf die Wunde. »Sie müssen sich jetzt ausruhen. Die Verletzung muss nicht genäht werden. Wie sind Sie überhaupt an die Schere gekommen?«

Maly schüttelte den Kopf. »Ich weiß es nicht.«

Karen schickte die Pfleger mit einer ungeduldigen Geste aus dem Raum und begann einen Verband um Malys Fingerkuppe zu wickeln. »Braun, ich hab doch gesagt, du sollst verschwinden.«

»Halt! Er muss bleiben«, stammelte Maly und schüttelte ihre Hand ab. Er stand auf. »Ich muss die Information weitergeben.«

»Ich kann das nicht zulassen.« Sie erhob sich und stellte sich vor ihren Patienten.

»Auf ... auf meine Verantwortung.« Maly klang erschöpft. Langsam schob er sich an der weißen Tapete entlang, verschmolz mit ihr, wirkte mit seiner weißen Kleidung und dem bleichen Gesicht beinahe wie eine Halluzination. »Sie wollen mich schlagen«, flüsterte er beinahe unhörbar, ohne den Blick von Braun zu nehmen.

Der trat ganz nahe an Maly heran, atmete seinen Geruch ein und fühlte sich sofort verseucht, vergiftet. »Was haben Sie gesagt?«

»Sie wollen mich schlagen! Sie haben Ihre Aggressionen nicht unter Kontrolle.« Maly drehte sich zu Just um, der in der Mitte des Zimmers stand und sich gerade in Richtung des Patienten in Bewegung setzte, um ihm die Injektion zu verpassen.

»Moment, warten Sie mit der Spritze!«, rief Braun.

Gespannt blickte er in das Gesicht des Patienten, aber dessen Miene war schon wieder undurchdringlich. Braun seufzte. Er hatte in seiner Karriere schon einige irre Typen kennengelernt. Sie gaben sich kühl und souverän, aber in ihnen brodelte es. Und irgendwann explodierte das Ganze und wurde zu einer Katastrophe. Maly war eine tickende Zeitbombe.

»Als verantwortliche Psychiaterin muss ich dieses Gespräch jetzt abbrechen«, meldete sich Karen zu Wort.

Maly hob den Kopf und blähte die Nasenflügel, beinahe so, als wollte er die Worte seiner behandelnden Ärztin einatmen. Dann räusperte er sich, packte Brauns Hand und drückte ihm ein zusammengeknülltes Papier in die Finger.

»Loslassen!«, zischte Braun überrascht und stieß Maly zurück.

»Braun, raus jetzt!« Karen ging dazwischen und winkte Just zu sich.

»Nein. Nein! Das ist doch die Botschaft.« Maly wich zurück, bis er gegen das Bett stieß. Seufzend ließ er sich auf die Matratze fallen. »Das ist Ihre Information«, flüsterte er.

Braun faltete den Zettel auseinander und drehte sich ratlos zu Karen um. Doch sie erwiderte den Blick nicht.

»Geh jetzt endlich«, sagte sie stattdessen gereizt.

»Was ist das für ein Fleck auf dem Papier?«, fragte Braun Maly. »Ist das Ihr Blut?«

»Alles, was ich sehe, ist ein schwarzer Abgrund, an dessen Rand ich mich entlangtaste.« Der weiße Verband über Malys linkem Zeigefinger, den Karen noch nicht vollständig hatte anlegen können, hatte sich wieder blutig rot gefärbt. »Ich kann mich nicht erinnern, wie ich hierhergekommen bin, oder sehen, wie ich dieses Dunkel jemals hinter mir lasse.«

»Was sind das für Zahlen auf dem Zettel, und von wem stammt das Blut?«, wiederholte Braun, und diesmal klang er noch ungehaltener.

Maly hatte die Augen geschlossen, als würde er schlafen, doch Braun war sich sicher, dass er jedes Wort genau verstand. Er sollte recht behalten.

Der durchgeknallte Kerl drehte den Kopf, ohne seine Augen zu öffnen, und sprach wieder genauso stockend wie zu Beginn: »Das … sind Fragen, die wir … uns für später … aufheben sollten.«

3

Braun hatte eine böse Vorahnung, als er beim Park ankam. Malys bizarres Verhalten hatte ihn zwar ziemlich genervt und, wenn er ehrlich zu sich selbst war, auch befremdet. Trotzdem hatte ihm sein Bauchgefühl geraten, Die Andeutungen und den seltsamen Zettel ernst zu nehmen und nicht als bloßen Irrsinn eines Durchgeknallten abzutun.

Er fischte sein Handy aus der Hosentasche und betrachtete erneut das Foto des Zettels: ein Blutstropfen links, eine Zeichnung rechts und daneben eine Ziffernreihe. 48 18 47 14 17 40. Was sollte das bedeuten? War das ein Code? Vielleicht eine chiffrierte Botschaft? Noch in der Psychiatrischen Klinik hatte Braun das Papier fotografiert und an seinen IT-Spezialisten Jan Faber gemailt.

Jan war ein Ex-Häftling im Rollstuhl, der häufiger als Berater für Brauns Abteilung arbeitete. Mit seiner unkonventionellen Vorgangsweise hatte er ihnen schon öfter gute Dienste geleistet – das hatten Brauns Vorgesetzte bereits mehr als einmal widerwillig zugeben müssen. Jan hatte natürlich nicht lange gebraucht, um die Zahlenfolge zu entschlüsseln.

»Es sind Koordinaten«, antwortete er Braun nur Minuten, nachdem dieser die SMS losgeschickt hatte.

»Koordinaten?«

»Richtig, du Superbulle«, lachte Jan. »Das sind Zahlen von null bis neun, die dazu dienen, einen bestimmten Ort auf der Welt zu lokalisieren. Alles klar? 48°18′47″N, 14°17′40″E.«

Braun grunzte zustimmend.

»Die Zeichnung auf dem Zettel passt übrigens genau zu dem Ort, den die Koordinaten beschreiben. Damit ist wohl eine Parkbank gemeint.«

»Woher weißt du das alles?«, wollte Braun irritiert wissen.

Jan lachte wieder. »Wenn du das nächste Mal bei mir bist, alter Mann, erkläre ich dir mal, was Google Streetview ist, okay? Dein Viktor Maly hat mich übrigens ziemlich neugierig gemacht, ich sehe zu, was ich über ihn im Netz finde.«

Jan hatte recht gehabt. Die Koordinaten hatten Braun in den weitläufigen Park direkt an der Donau geführt. Dichter Nebel hatte die Stadt fest im Griff, nur manchmal durchbrach eines der vorbeifahrenden Flussschiffe die undurchsichtige Welt, während es langsam auf dem Wasser dahinglitt. Auch der Park selbst wirkte düster und abweisend. Obwohl es noch nicht einmal acht Uhr morgens war, herrschte ziemlich viel Betrieb auf den Straßen der Stadt, und auf der Nibelungenbrücke gleich neben den Grünflächen stauten sich schon jetzt die Autos. Wie graue Wesen aus einer Zwischenwelt hasteten die Passanten auf ihrem Weg zur Arbeit an Braun vorbei. Alle schienen unter Zeitdruck zu stehen, die Hektik war geradezu greifbar.

Braun blieb am vorderen Eingang des Parks stehen und sah sich um. Bänke gab es jede Menge. Sie standen links und rechts eines gekiesten Gehwegs, der wie eine große liegende Acht den schmutzig-braunen Rasen zerteilte und steil zur Donau hin abfiel. In einiger Entfernung, auf einer Bank direkt an der Böschung, saß eine junge Frau, neben sich einen Kinderwagen. Schräg gegenüber, auf der anderen Seite eines froststarren Blumenbeets, sah Braun einen Mann und eine

Frau sitzen. Wahrscheinlich ein altes Ehepaar, denn sie trugen beide die gleiche Windjacke und wirkten sehr vertraut. Sie unterhielten sich angeregt und blickten dabei ständig zu der jungen Mutter mit dem Kinderwagen.

Braun ließ den Blick schweifen. Auf einer Parkbank am anderen Ende des Kieswegs wickelte sich gerade ein Obdachloser aus einer alten Abdeckplane und sah sich nach allen Seiten um. Er trug einen dicken verschlissenen Wintermantel und hatte einen verbeulten Einkaufswagen neben sich stehen, der bis oben hin mit seinen Habseligkeiten gefüllt war. Unvermittelt ließ er sich von der Sitzfläche gleiten, kroch auf allen vieren hinter die Parkbank und suchte hastig den Boden nach etwas ab.

Braun konnte nicht erkennen, was es war. Er kniff die Augen zusammen. Jetzt hatte sich der Mann wieder aufgerichtet und verstaute einen Gegenstand in seiner Manteltasche. Was hat er dort hinten aus der Erde gebuddelt?, fragte sich Braun. Plötzlich schien es der Obdachlose ziemlich eilig zu haben – wahrscheinlich hatte er mitbekommen, dass er beobachtet wurde.

»Warten Sie einen Augenblick!«, rief Braun und lief über die steinhart gefrorene Wiese auf ihn zu. Der Nebel legte sich wie ein feuchtes Tuch über sein Gesicht, während er das Tempo anzog.

Der Obdachlose begann, mit seinem Einkaufswagen loszurennen, aber die kleinen Räder verkeilten sich im Schotter des Gehwegs, der Wagen machte durch den Schwung eine halbe Drehung und kippte dann vornüber, was auch den Mann zu Fall brauchte. Braun konnte nur noch seine Umrisse erkennen, hörte dafür aber ein markerschütterndes Geheul, das sich langsam in ein schrilles Kreischen verwandelte. Kam es von vorn, von dem Penner? Es war fast so, als würde der

Nebel nicht nur die Menschen, sondern auch all die Geräusche, die von ihnen ausgingen, verschlucken und in eine wabernde akustische Suppe verwandeln.

Als Braun den Obdachlosen erreicht hatte, sah er, wie dieser inmitten seiner Habseligkeiten lag und wild mit den Armen um sich schlug. Er bückte sich zu dem Mann hinunter und klopfte ihm leicht auf die Schulter. »Ich will nur mit Ihnen reden«, sagte er, doch der andere schien ihn nicht zu hören, sondern schlug weiter mit den Händen nach ihm.

»Stehen Sie endlich auf!« Braun atmete tief durch und zerrte den Obdachlosen an seinem Mantelkragen hoch. Der Kerl verströmte einen üblen Gestank nach Schnaps und ungewaschenen Klamotten, lediglich abgemildert durch den intensiven Marihuana-Geruch, der ebenfalls von ihm ausging. Im krassen Gegensatz zu der abgerissenen Kleidung und seinen widerlichen Ausdünstungen war das Gesicht des Obdachlosen glatt rasiert, und er sah auch relativ jung aus. Auf Braun wirkte der Mann wie jemand, der in dieser Turbo-Gesellschaft den Anschluss verloren hatte und deshalb unter die Räder gekommen war.

»Machen Sie doch kein Theater. Ich will nur wissen, was Sie da haben«, versuchte er das Ganze deshalb abzukürzen, denn insgeheim tat ihm der Mann sogar leid.

Doch der Obdachlose steigerte sich immer weiter in seine Panik hinein, die in einem lang gezogenen, verzweifelten Schrei gipfelte, bei dem Braun das Blut in den Adern gefror.

Durch den Lärm, den der Penner mit seiner Schreierei veranstaltete, war das Baby im Kinderwagen ein paar Meter weiter aufgewacht und begann nun ebenfalls herzzerreißend zu brüllen. Warum kümmert sich die Mutter nicht um ihr

Kind?, fragte sich Braun. Den Krach hielt ja kein Mensch aus.

Er ließ den Obdachlosen los und trat ein paar Schritte zurück, um zu erkennen, was oben auf der Böschung los war. Undeutlich sah er, dass der Kinderwagen durch das strampelnde und wimmernde Baby bedenklich zu wippen begonnen hatte und langsam die Böschung hinunter zur Donau rollte.

Wieso reagierte die Mutter nicht?

»Halt endlich die Klappe«, sagte er zu dem Obdachlosen, der jetzt völlig weggetreten war, laut eine Melodie summte und sich mit den Fäusten auf die Brust schlug.

Der Kinderwagen hatte inzwischen Fahrt aufgenommen. Er war ein Modell mit dicken Reifen, das man sogar zum Joggen verwenden konnte. Das Baby brüllte und strampelte, sodass der Kinderwagen noch schneller die Böschung hinunterrollte – direkt auf den breiten Fluss zu. Gierig leckten die schwarzen Wellen am Ufer, schienen nur darauf zu warten, den Wagen mitsamt dem Baby zu verschlingen.

»Stoppt den Kinderwagen!«, rief Braun einigen vereinzelten Passanten auf dem Uferweg zu, die dick vermummt vorbeieilten, während er lossprintete. Aber in dieser nebeligen Parallelwelt hörte niemand auf ihn, und keiner reagierte.

Er hastete über die Wiese auf die Böschung zu, konnte nur knapp einem Radfahrer ausweichen und rannte den Weg hinunter, der direkt am Kunstmuseum vorbei zu einem Anleger für Ausflugsschiffe führte. Der Kinderwagen holperte bereits über den rissigen Beton des Anlegers, prallte gegen einen Poller, der die Fahrt abbremste, schlingerte bedenklich und drohte mit dem schreienden Baby umzukippen, doch Braun sprang rechtzeitig nach vorn und fing den Wagen auf, bevor er ins Wasser kippen konnte.

»Alles in Ordnung, mein Kleines.« Mit einer Hand strich er sanft über die pfirsichzarte Wange, aber das Baby brüllte umso heftiger. Wahrscheinlich hatten es die eiskalten Finger von Braun erschreckt. Deshalb schob er den Kinderwagen schnell die Böschung hinauf und bemerkte im selben Augenblick, als er auf dem Weg oben ankam, dass der Obdachlose dabei war abzuhauen. Er hatte all seine Habseligkeiten wieder eingesammelt und in den Einkaufswagen gestopft.

»Mann, du nervst«, seufzte Braun.

Aber im Moment war das Baby wichtiger. Langsam schälte sich die Parkbank aus dem Nebel, als Braun, den Kinderwagen vor sich herschiebend, darauf zusteuerte.

»Sind Sie die Mutter?«, fragte er, aber die Frau auf der Bank schien ihn nicht zu hören. »Hallo? Warum kümmern Sie sich nicht um Ihr Kind?«

Verständnislos stand Braun vor der Frau, die ihn immer noch ignorierte. Im grauen Licht des Morgens schien ihr zusammengesunkener Körper auf der Parkbank merkwürdig konturenlos.

»Uns ist auch schon aufgefallen, dass sich die Frau gar nicht mit ihrem Baby beschäftigt«, hörte Braun eine dünne Stimme hinter sich.

Das alte Ehepaar von der gegenüberliegenden Parkbank kam über die Wiese auf ihn zu, das gefrorene Gras knirschte unter ihren Füßen. Die Frau wirkte ziemlich aufgeregt, und der Mann tätschelte unentwegt ihren Arm, um sie zu beruhigen.

»Wahrscheinlich ist sie betrunken«, entrüstete sich die Frau im vertraulichen Ton. »Das geht schon seit längerer

Zeit so. Sie sitzt einfach nur da und rührt sich nicht. Wenn Sie mich fragen, dann ist sie eine schlechte Mutter.«

»Vielleicht fehlt ihr etwas«, antwortete Braun einsilbig, der das Gerede der Passantin ziemlich anmaßend fand.

Er drehte sich wieder zu der Frau auf der Parkbank um. Die trostlose Stimmung, die rings um ihn herrschte, legte sich wie ein schwerer Mantel auf seine Schultern. Der Nebel erschien ihm plötzlich noch dichter, der Himmel hing tiefer, die Luft war schwer und bleiern. Brauns Bauchgefühl schlug Alarm.

»Hallo, können Sie mich hören?« Vorsichtig beugte er sich zu der Frau hinunter. Ihre Haut war glatt und weiß wie Porzellan. Aus der Nähe wirkte die Mutter nicht mehr ganz so jung, wie er im ersten Moment gedacht hatte. »Ich bin von der Polizei. Verstehen Sie mich?«

Noch immer keine Reaktion. Die Frau auf der Parkbank trug einen Kunstpelzmantel und hatte einen dicken Schal mit rotem Muster mehrmals um den Hals geschlungen. Ihr Kopf war nach vorn auf die Brust gesunken, und sie trug trotz der nebligen Wetterverhältnisse eine riesige Sonnenbrille, sodass Braun kaum etwas von ihrem Gesicht erkennen konnte. Eine Strähne blonden Haares hatte sich aus ihrem Zopf gelöst und wehte über Gesicht und Schal, als würde sie ein Eigenleben führen.

Mit zwei Fingern tippte Braun die Wange der Frau an. Ihre Haut fühlte sich eiskalt an, und ihr Kopf kippte durch die Berührung sanft zur Seite. Plötzlich hatte Braun einen Geruch in der Nase, der ihm allzu vertraut war. Es roch nach rostigem Metall, nach Angst und Sterben. Braun war dieser Geruch schon oft begegnet: Es war das Aroma des Blutes, der Gestank der Hoffnungslosigkeit – der Duft des Todes.

Langsam beugte sich Braun noch weiter über die Frau. Strich sacht über den Schal mit dem roten Muster, spürte, wie vermutet, dickes geronnenes Blut, das sich in die Wolle gesaugt hatte. Mit zwei Fingern lockerte er den Schal um den Hals der Frau und hob dazu leicht ihr Kinn an. Doch sofort kippte ihr Kopf nach hinten, als würde er nur von einigen wenigen Hautfetzen auf dem Körper gehalten. Wie war das möglich?

Dann sah er den Draht. Ein dünner Metallfaden hatte so scharf den Hals der Toten zerteilt, dass er nicht nur Haut, Knorpel und Sehnen, sondern auch die Nackenwirbel beinahe vollständig durchtrennt hatte, und der Kopf nun wie bei einer Puppe fragil hin und her pendelte.

Hinter sich hörte Braun das alte Ehepaar aufgeregt tuscheln, neben sich das Baby schluchzen, vor sich sah er die tote Frau. Wahrscheinlich war sie noch gestern voller Stolz mit ihrem Kind durch die Stadt spaziert, hatte sich über dieses junge Leben gefreut und keinen Gedanken an das Morgen verschwendet. Aber die Stunde des Todes war für sie schon bestimmt gewesen, und ihre Zeit war mit unerbittlicher Hast dem Ende entgegengerast.

Tief in seinem Inneren wusste Braun, dass er viele Nächte mit diesem hässlichen Mord verbringen und nicht eher ruhen würde, bis die Tote Gerechtigkeit erfahren hatte.

Mit der Spitze seines Kugelschreibers schob Braun die riesige Sonnenbrille der Frau nach oben auf die marmorne Stirn. Er sah ihr in die Augen, die leblos und starr geradeaus blickten. Die Panik in ihrem Gesicht, der Ausdruck nackter Angst, war für immer auf ihrem Antlitz eingefroren. Sie hatte gewusst, dass es Zeit war zu sterben, dass sie ihr Kind nie würde aufwachsen sehen, dass sie nie mehr die Liebe erfahren würde.

Das Baby schien diesen Schmerz zu spüren, denn sein Schreien war in ein Schluchzen übergegangen, das todtraurig und leise den Nebel dieses kalten Dezembermorgens zerriss und einfach nicht enden wollte.

4

Das Handy schrillte, und vor Schreck hätte sie beinahe den Teller fallen lassen. Im letzten Moment schaffte sie es, ihn der Frau in die schwieligen Hände zu drücken.

»Hallo. Was? ... Natürlich bin ich schon wach«, beeilte sie sich in ihr Handy zu sagen.

Franka drehte sich ein wenig zur Seite und entfernte sich von der langen Menschenschlange, die abgerissen und erbärmlich zu einer einzigen menschlichen Tragödie verschmolzen war. Still und mit hängenden Köpfen warteten Männer und Frauen darauf, sich mit Tee und Suppe ein wenig aufzuwärmen. Einer Alten rutschte der heiße Teller aus den Händen und zersplitterte mit einem lauten Knall auf dem Boden. Ein leises Raunen im Raum schwappte bis zu Franka herüber.

»Welcher Lärm? Ach so, ja ... Nein, ich bin nicht zu Hause.«

Sie redete nicht gern darüber, dass sie ein paar Mal pro Woche um fünf Uhr morgens in der *Oase* auftauchte, einer Zufluchtsstätte für die Obdachlosen von Linz. Hier schenkte sie unentgeltlich Tee und Suppe aus, um den Menschen, die am Rand der Gesellschaft lebten, etwas von ihrem unverdienten Glück zurückzugeben. Sie wollte ihr Engagement nicht an die große Glocke hängen, frei nach dem Motto: Tu Gutes und sprich nicht drüber. Franka nahm diese Weisheit sehr ernst.

»Wo ich bin? Äh ... Ist doch egal. Gib mir fünfzehn Minuten«, sagte sie, nachdem sie dem Anrufer schweigend zugehört hatte. »Ich warte daheim auf dich. Lass anklingeln, dann komm ich runter.«

Hastig steckte sie das Handy ein und ging zu dem übermüdeten Mann im dicken Wollpullover, der hinter dem großen Suppenkessel stand. Das war Wolfgang, der die gewöhnliche *Oase* ins Leben gerufen hatte.

»Ich kann nicht länger bleiben. Es gibt etwas zu tun.«

Wolfgang nickte ihr wortlos zu, und sie ging ohne Abschiedsgruß an den Tafeln vorbei, wo Männer und Frauen heiße Suppe löffelten und sich leise unterhielten. An einem Tisch direkt neben der Ausgangstür, mit Blick nach draußen auf die Straße, saß Nana, die wie die meisten anderen hier obdachlos war. Ein Lächeln huschte über das Gesicht der älteren Frau, und Franka hielt trotz aller Eile an, um kurz mit ihr zu reden.

»Bist du bei dem Arzt gewesen, den ich dir empfohlen habe?«, fragte sie.

Nana senkte den Kopf und grinste unsicher. »Das mache ich heute«, flüsterte sie, obwohl beide wussten, dass Nana niemals diesen Arzt aufsuchen würde, selbst wenn ihr der zu einer Therapie verhelfen konnte. Nana lebte auf der Straße, weil sie Angst vor geschlossenen Räumen hatte – und solange der Arzt seinen Behandlungsraum nicht nach draußen verlegte, würde das auch so bleiben.

»Ich muss heute früher weg«, sagte Franka und strich der alten Frau sanft über die dünnen Haare. »Sobald ich Zeit habe, gehe ich mit dir zum Arzt.«

»Versprochen?« Die Stimme der Älteren war leise und kraftlos wie ein zarter Windhauch, den man erst bemerkt, wenn er längst vorüber ist. Sie nuschelte etwas, das Franka nicht verstand.

»Was hast du gesagt?«

»Du musst mir versprechen, mit mir dorthin zu gehen.«
»Versprochen.«
Nana legte Franka dankbar den Arm um die Hüfte und berührte aus Versehen die Waffe, die Franka im hinteren Bund ihrer Jeans stecken hatte.
»Was ist das? Ist das wirklich eine Pistole?«, fragte Nana mit großen Augen.
»Ja. Denn auch ich habe manchmal Angst.«
Seltsam – mit der Waffe fühlte sie sich nur bei Tag sicher. Nachts, wenn sie allein in ihrem Bett lag, kam die Erinnerung auf leisen Sohlen und schlich sich wie ein Dieb in ihre Gedanken. In der tiefsten Finsternis schreckte Franka dann aus ihren Schachtelträumen, die ein ständig wiederkehrendes Thema zum Inhalt hatten: ihre Kindheit. In manchen dieser mondlosen Nächte war der Traum so intensiv, dass Franka körperliche Qualen litt. Dann spürte sie die kratzigen Decken auf der Haut, roch das abgestandene, ranzige Fett, mit dem sie gleich die gestohlenen Eier in der uralten Pfanne braten würde. Beim Aufstehen von ihrem Bett stieß sie in Gedanken an die Wände des winzigen Wohnwagens, und sie zitterte vor Kälte, wenn sie in ihrer Erinnerung nach draußen in die trostlose Leere eines Parkplatzes trat, in dessen Nähe es weit und breit kein fließendes Wasser gab und sie sich oft tagelang nicht den Dreck aus dem Gesicht waschen konnte.
Energisch verscheuchte sie die schwarzen Wolken aus ihrem Geist, als sie durch die nebelverhangenen Straßen von Linz lief. Wie immer führte sie ihre Strecke bei dem Gebrauchtwagenhändler vorbei, in dessen Reihen das Objekt ihrer Begierde vor sich hin rostete. Es war das einzige Motorrad auf dem ganzen Gelände, das mehr einem Schrottplatz als einer Verkaufsfläche für Fahrzeuge ähnelte. Franka reckte den Hals. Dort ragte sie aufgebockt aus der Menge, eine Ver-

heißung aus Technik und Schönheit, Geschwindigkeit und Raserei. Irritierende Eleganz, lockende Freiheit, mit Rostflecken am Tank und einem notdürftig mit Draht befestigten Auspuff, dessen Chromoberfläche mittlerweile stumpf geworden war: eine Moto Guzzi 800 Limited Edition, mattschwarz. Mit diesem Motorrad würde Franka alles hinter sich lassen können, selbst ihre Vergangenheit.

Sie warf einen Blick auf ihr Handy. Verdammt, wenn Bruno pünktlich war, würde er mitbekommen, dass sie seit einigen Monaten nicht mehr in ihrer Wohnung wohnte. Und spätestens dann würde er vielleicht Fragen stellen, die sie nicht beantworten wollte.

Zum Glück war sein Wagen noch nicht da, als endlich das markante Hochhaus vor ihr auftauchte, dessen oberste Stockwerke vom Nebel verschluckt waren. Sie legte den Kopf in den Nacken und starrte in die siebte Etage. Dort oben war die Wohnung, von der sie früher immer geträumt hatte, ihr Rückzugsort nach einem harten Arbeitstag, ihr Ruhepol, der irgendwann zu einem Albtraum geworden war. Ihr wurde schon wieder kalt bis ins Mark, wenn sie nur daran dachte. Deshalb war sie auch in ein billiges Hotel gezogen.

Um sich das Hotel und die Wohnungsmiete leisten zu können, vermietete sie ihr Apartment an ein Artistenpaar, das in Linz überwinterte, ehe es im Frühjahr wieder mit seiner Truppe weiterzog. Die beiden waren Seiltänzer, sie übten regelmäßig im Donaupark an einer Brücke. Eines Abends war Franka dort mit ihnen ins Gespräch gekommen und hatte ihnen spontan ihre Wohnung angeboten, als sie sie nach einer möglichen Bleibe gefragt hatten.

Manchmal fühlte sich Franka selbst wie eine Seiltänzerin, die über einem Abgrund balancierte. Es war erstaunlich, wie leicht ihr die Lügen in letzter Zeit über die Lippen kamen.

Ihre Stimme hörte sich tatsächlich völlig aufrichtig an, wenn sie Bruno sagte, er solle sie daheim absetzen oder aufgabeln. Er hatte keine Ahnung, dass sie schon seit dem Sommer nicht mehr in ihrem Apartment gewesen war. Und das war auch gut so. Niemand durfte eine Schwäche an ihr entdecken. In der heutigen Gesellschaft war jedes Nachlassen ein Makel, in diesem Leben hatte jeder perfekt zu funktionieren. Wer irgendwann einfach nicht mehr konnte, wurde sofort aussortiert. Deshalb durfte sich Franka auch keine Schwäche erlauben. Sie hatte es bis hierher geschafft und wollte noch weiter kommen.

Als sie die großen Türen zum Foyer aufstieß, wuchs ihre Beklemmung. Immer wieder warf sie einen Blick auf das Handy, das sie neben sich gelegt hatte. Als es dann tatsächlich klingelte, zuckte sie zusammen, atmete tief durch und knipste ihr Gute-Laune-Lächeln an. Sie flog die wenigen Stufen hinunter, öffnete die Eingangstür und bog auf den Bordstein ab. Dann winkte sie dem Mann zu, der in einigen Metern Entfernung an der Motorhaube eines Autos lehnte und eine Zigarette rauchte.

»Guten Morgen«, rief er ihr entgegen. »Hast du noch einen Kaffee für mich?«

»Dafür ist keine Zeit, Bruno. Wir haben schließlich einen Mord.«

Kaum dass sie auf den Beifahrersitz gesunken war, wiederholte sie wie jeden Tag ihr Mantra, um sich wieder auf die Erfolgsspur zurückzubringen: Ich heiße Franka Morgen, bin vierundzwanzig Jahre alt und bei der Mordkommission Linz. Ich bin die jüngste Polizeiinspektorin Österreichs und arbeite im Team von Tony Braun, den ich bereits auf der Polizeiakademie bewundert habe und der auch jetzt noch mein Vorbild ist. Zu diesem Team gehört auch Bruno Berger, der mich gerade abholt. Dieses Team ist meine Familie. Ich darf mir keinen Fehler erlauben, ich darf mir keinen Fehler erlauben, ich darf …

»Erde an Franka! Schläfst du noch?«

Sie hörte Bruno mit den Fingern schnippen und schreckte aus ihren Gedanken. »Wie? Was? Ja, na klar«, sagte sie hastig.

Als Bruno den Wagen über die Nibelungenbrücke steuerte, musste sie sich eingestehen, dass nicht nur ihr Mantra, sondern auch Brunos Nähe sie beruhigte. Sie warf einen schnellen Blick zur Seite. Obwohl er bereits Mitte fünfzig war und seine lockigen Haare langsam weiß wurden, wirkte Bruno wesentlich jünger, als er tatsächlich war. Das lag an seiner lockeren und frischen Art. Wie immer trug er seine charakteristische schwarze Strickmütze, ohne die er niemals aus dem Haus ging.

Während er bei einer Ampel wartete, drehte er sich zu ihr und fragte unverblümt: »Warum lebst du nicht mehr in deiner Wohnung, Franka?«

5

Tony Braun stand auf dem gefrorenen Rasen und unterhielt sich mit dem Gerichtsmediziner Paul Adrian, einem großen Mann mit rasiertem Schädel und langem schwarzem Mantel. Adrian war kurz nach Braun gekommen und hatte das Opfer bereits untersuchen können.

»Der Fundort ist aller Wahrscheinlichkeit nach auch der Tatort.«

»Kannst du uns schon etwas über den Todeszeitpunkt sagen?«

»Wenn man die tiefen Temperaturen in der Nacht berücksichtigt, würde ich zwischen drei und fünf Uhr morgens tippen. Aber das lässt sich noch genauer feststellen.«

Ein Wagen fuhr bis zu dem schlapp herabhängenden rot-weißen Absperrband, das man rund um den Tatort gezogen hatte. Braun hob die Hand zum Gruß, als Bruno und Franka ausstiegen. Wenn man Bruno so sah, groß und breitschultrig in seinem Hippielook mit Strickmütze, Jeansjacke und der selbst gedrehten Kippe im Mundwinkel, würde man nie auf die Idee kommen, dass er ein über die Landesgrenzen hinaus anerkannter Verhörspezialist war. Er hatte jahrelang auf der Straße für das Drogendezernat gearbeitet und dank seiner unverdächtig entspannten Attitüde reihenweise wertvolle Informationen über Drogendeals aus seinen Kontakten herausgekitzelt.

Franka war das genaue Gegenteil. Sie war klein, ziemlich hübsch, hatte aber aus unerfindlichen Gründen ihre dunklen

Haare hellblond gefärbt. Als Polizistin war sie tough und kontrolliert, konnte mit Stresssituationen gut umgehen und war eine brillante Analytikerin. Trotzdem wurde Braun den Verdacht nicht los, dass Franka Angst hatte, eines Tages aus der Rolle der perfekten Polizistin zu fallen und die Kontrolle zu verlieren. Wie üblich machte sie sich auch jetzt voller Eifer an die Arbeit und zupfte sich gleich ein paar Latexhandschuhe aus einer Schachtel, die ihr ein Polizist hinhielt.

»Ah, Franka, unsere Jahrgangsbeste von der Akademie«, begrüßte Adrian sie wie üblich.

So wird es vermutlich die nächsten zehn Jahre gehen, dachte Braun. Für Adrian war Franka immer noch der Grünschnabel von der Polizeiakademie. Aber wenigstens der jahrgangsbeste Grünschnabel, das war schon etwas.

»Was habt ihr außerdem herausgefunden?«, nahm Braun den Faden wieder auf und wandte sich erneut Adrian und Anthea zu, die ebenfalls herangetreten war. Die junge Assistentin des Gerichtsmediziners war wie immer kalkweiß geschminkt und trug eine schwarze Lackjacke.

»Die Tatwaffe ist eine Garrotte«, sagte Anthea und fuhr sich mit einem dunkelrot lackierten Fingernagel über den weißen Hals. »Der Täter hat einen besonders dünnen Stahldraht verwendet, der wie die Klinge eines Rasiermessers wirkt, wenn man ihn im Nacken fest zusammendreht.« Sie hielt eine Plastiktüte hoch. »Wie entgegenkommend von unserem Täter, das Tatwerkzeug gleich hierzulassen. Erleichtert uns die Arbeit ganz enorm. Denn selbst der dünnste Draht besitzt winzige Widerhaken, an denen Hautpartikel hängen bleiben.«

Braun betrachtete die Plastiktüte von allen Seiten. Die Garrotte darin war nicht mehr als ein blutverschmierter Stahldraht mit zwei Griffen aus Metall an den Enden. Dennoch ein höchst effizientes Mordinstrument, das konnte er auf einen Blick erkennen. Perfekt geeignet zum lautlosen Töten.

»Ich frage mich, warum jemand mit einem Profiwerkzeug arbeitet und es dann einfach am Tatort liegen lässt«, sagte Anthea nachdenklich.

»Muss ein ziemlich kräftiger Mann gewesen sein, um diese Verletzung zu erzeugen.« Braun deutete auf den fast vollständig durchtrennten Hals der Frau.

»Nicht unbedingt«, widersprach Adrian. »Bei einer Garrotte ist die Hebelwirkung entscheidend. Diese Verletzung könnte auch von einer Frau verursacht worden sein. Vorausgesetzt natürlich, sie ist extrem kaltblütig und richtig, richtig wütend.« Er grinste vielsagend in die Runde, worauf aber niemand reagierte.

»Das heißt, wir können nicht ausschließen, dass unser Täter eine Frau ist«, brummte Braun und wandte sich an Bruno, der gerade einen Schluck aus einem Kaffeebecher trank. »Was ist mit dem Baby?«

»Wird von einer Krankenschwester versorgt. Mit ihm ist alles in Ordnung. Ist übrigens ein Junge«, antwortete Bruno und deutete nach hinten zu einem Notarztwagen.

»Franka, kümmere dich um die Spusi. Vielleicht haben die schon etwas gefunden, das uns weiterhilft.«

Die Leute von der Spurensicherung waren nicht mehr als helle Punkte in dem gleichförmigen Grau und wirkten in ihren weißen Plastikanzügen wie Außerirdische auf der Suche nach neuem Leben. Sie waren schon seit einer gefühlten Ewigkeit dabei, alle möglichen Spuren zu fotografieren und verdächtige Gegenstände rund um die Parkbank aufzusammeln und einzutüten.

Braun steckte die Hände in die Manteltaschen, ging über die Wiese und stellte sich so hin, dass er das Opfer direkt vor sich sehen konnte. Durch die vielen Polizisten, die gerade durch den Park wuselten, hatte der Tatort seinen Schrecken verloren. Trotzdem umgab die junge Frau nach wie vor eine Aura der tiefen Trauer.

Plötzlich hörte Braun Frankas Stimme. Der neblige Morgen schien seine Ohren geschärft zu haben, denn er vernahm ganz klar den aufgeregten Unterton, als sie einen Mann von der Spurensicherung fragte: »Was haben Sie da gefunden?«

»Scheint ein Tierschädel zu sein«, murmelte der Kollege.

»Ein Tierschädel? Wo haben Sie den her?«

»Lag direkt neben der Leiche auf der Bank. Er könnte von einer Maus sein oder vielleicht von einer Ratte.«

»Lassen Sie mal sehen!« Frankas Stimme wurde noch schriller, noch atemloser.

»Hast du etwas entdeckt, Franka?«, rief Braun zu ihr rüber.

»Einen ... einen Rattenschädel«, sagte sie stockend, und Braun glaubte zunächst, nicht richtig gehört zu haben.

Was zum Teufel hatte ein Rattenschädel hier zu suchen?

6

Oktober 1990
Gestern in Dogcity angekommen. Zusammen mit Gitano, dem obersten Bulibascha von Sputnix III, der den Ehrentitel »O Rai o Barro« (Großer Herr, dass ich nicht lache!) führt, zum Clantreffen der Roma gegangen. Sind dabei über riesige Müllberge gestiegen. Schrecklicher Gestank, der Bach war wegen dem Regen über die Ufer getreten, eine einzige stinkende Kloake.

Wir sind zu einem der beiden Hochhäuser, die nie fertiggebaut worden sind. Ohne fließend Wasser und Strom. Gitano hat einen Dieselgenerator für Strom, laut und stinkend. Angeblich leben 3000 Roma in den Türmen und dem Slum, aber es sind mehr. 8000, sagt man. Dogcity, die Hölle! Wo alle ihren Dreck einfach zum Fenster rauswerfen. Aber wo soll er auch sonst hin?

Letzten Sommer war hier nicht so viel Müll. Dieses Jahr ist alles schlimmer. Es gibt noch mehr windschiefe Bretterverschläge und verbeulte Wellblechhütten. Dort leben jetzt die Roma aus Rumänien, die vor den Schlägertrupps des Präsidenten Iliescu geflüchtet sind. Arme Schweine.

Gitano habe ich von ausländischen Investoren erzählt, die Sputnix III von Grund auf sanieren wollen. Den Slum plattmachen und kleine Fertighäuser für die Einwohner bauen. Wenn der wüsste! Alle haben um mich rum gesessen, und ich hab das Blaue vom Himmel gelogen, hab was zusammengereimt von Schulen und Kindergärten und so einem Kram.

Einige haben sogar geklatscht, als ich dann von einem Flughafen erzählt habe. So ein Schwachsinn! Wie blöd sind die eigentlich? Hocken nur dumpf in ihren Abrissbuden und warten, dass jemand kommt und sie rettet.

Gitano der König frisst mir aus der Hand. Nur die Chovihani, die alte Dorfhexe, ist skeptisch. Aber die bekomme ich schon noch rum. Gitano hat mir eine Liste gegeben mit den Namen der Familien aus Dogcity, die kleine Kinder haben. Die sollen als Erste Wohnungen kriegen, hab ich ihm gesagt. Der Trottel schluckt alles, was ich erzähle. Wie alle anderen hier.

Im ersten Jahr verdienen wir 6 Millionen Dollar. Das habe ich zu meinen Wiener Geschäftspartnern gesagt und die Berechnung auf den Tisch gelegt. Das hat sie überzeugt. Sie glauben mir, genau wie die armen Schweine hier. Die haben mir zugewinkt, als ich mit Gitano durch Dogcity gelaufen bin. Wünschen sich Fernseher und Waschmaschinen. Die glauben tatsächlich, alles wird besser werden. Glauben, ich bin ihr Retter.

Sie kommen mir vor wie ekelhafte Ratten, wenn sie mich mit ihren schmutzigen Fingern betatschen. Ununterbrochen plärren ihre scheiß Babys. Die zerlumpten Mädchen sind ganz hübsch. Mit ihren dunklen Kuhaugen wollen sie mich verführen. Versuchen kann man es ja mal.

Gestern Abend ist mir so eine kleine Nutte hinterhergerannt. Hat sich an mich gehängt wie ein lästiger Straßenköter. Die Polizisten haben sie verjagt für ein paar Dollars, aber sie ist immer wiedergekommen und hat gebettelt. Hat mir ihr Balg hingehalten, das wär von mir. Das hat man davon, wenn man sich im Suff mit einer von denen einlässt.

Aber die Kleine hat mich auf eine Idee gebracht. Ich werde mir die Blödheit dieser Menschen zunutze machen und etwas tun, vor dem sich alle fürchten werden.

7

Der Rattenschädel, der Franka so irritiert hatte, war blendend weiß und glänzte, als wäre er geschrubbt worden. Ansonsten war nichts Auffälliges daran zu entdecken, wie Braun feststellte, als er den Inhalt des Plastikbeutels begutachtete.

»Was ist denn daran so besonders?«, wandte er sich an Franka, die nachdenklich vor ihm stand und an den Nägeln kaute. Der Rattenschädel hatte sie an irgendetwas erinnert, aber an ihrer Miene konnte er erkennen, dass sie diese Erinnerung für sich behalten wollte.

»Ich dachte, es wäre vielleicht ein wichtiger Hinweis«, wich sie aus. »Aber es ist bloß ein alter Knochen.«

Braun schaute sie zweifelnd an. Ihre Antwort gefiel ihm nicht, und er nahm sich vor, sie bei Gelegenheit noch einmal danach zu fragen, warum der Schädel einer Ratte sie so aufwühlte. Im Augenblick gab es wichtigere Dinge.

»Was wissen wir über die Tote?«, wechselte er das Thema. »Habt ihr was in ihrer Handtasche gefunden?«

»Ihr Ausweis war noch drin, ja«, sagte Franka. »Sie heißt Amelie Frey, zweiundvierzig Jahre. Die Frau hat das Kind also relativ spät bekommen«, ergänzte sie.

Langsam wurde Franka wieder die Alte, dank der Routine kehrte ihre Souveränität zurück – das blieb Braun nicht verborgen.

»Raubmord können wir wohl ausschließen. In ihrer Geldbörse hatte sie noch hundert Euro«, ergänzte sie.

»Was denkst du?« Braun freute sich immer auf das geistige

Pingpong mit seiner Kollegin, dieses gegenseitige Zuwerfen von absurden Ideen und realen Fakten, aus denen sich plötzlich eine tragfähige Theorie entwickelte, eine Assoziationskette, die sie nicht selten zum Täter führte.

»Es sieht aus wie ein Mord aus Wut und Enttäuschung«, antwortete Franka spontan.

»Glaube, Liebe und Hoffnung haben sich in ihr Gegenteil verkehrt«, schoss Braun den Ball sofort zurück.

»Die Garrotte ist so brutal. So effizient. Der Mörder muss jemand sein, der unterdrückt wurde, der sich und seine Wut lange Zeit in Zaum halten musste«, ergänzte Franka, während sie langsam auf und ab ging.

»Bis er nicht mehr konnte und alles herausgekotzt hat. Vielleicht hat er Rache genommen. Und er hat sich eine extrem verletzliche Stelle dafür ausgesucht, nämlich den Hals.«

»Ist Amelie für unseren Mörder nur ein Symbol, oder geht es hier konkret um sie?«

»Das weiß ich nicht. Aber ich muss mich korrigieren. Rache ist nicht das richtige Wort«, meinte Braun nachdenklich. »Ich würde sogar noch einen Schritt weiter gehen als du und es Hass nennen. Ich habe in ihren Augen so viel Angst gesehen.« Er drehte sich um und ging noch einmal auf die tote Frau zu. »Du musst mich jetzt mit Amelie alleine lassen«, sagte er über die Schulter zu Franka.

Weitere Erklärungen waren nicht notwendig. Sie wusste, was passieren würde.

Schweigend blieb er vor der Toten stehen. Auf dem von Raureif überzogenen Rasen traten die beiden Bestatter ungeduldig von einem Fuß auf den anderen, nicht nur wegen des nasskalten Wetters wollten sie die Leiche so schnell wie möglich in die Gerichtsmedizin transportieren. Doch Braun ließ sich nicht aus der Ruhe bringen. Seine Stärke war es, die

Schwingungen der Toten aufzusaugen und in ihre Gedanken schlüpfen zu können, die entscheidenden Augenblicke zu erfassen, in denen das Opfer spürte, dass sein Leben unwiderruflich zu Ende ging.

Was hatte Adrian gesagt? Der Fundort der Leiche war auch der Tatort. Fragte man sich da nicht unwillkürlich, was eine Mutter mit ihrem Baby so früh am Morgen und ausgerechnet zu dieser Jahreszeit im Donaupark verloren hatte? Es musste völlig dunkel gewesen sein. Nicht ungefährlich für eine Frau, allein. Vor allem nicht ungefährlich für ihr Baby.

Braun starrte auf das wächserne Gesicht, sah die blonde Haarsträhne, die durch einen leichten Windhauch beinahe zärtlich die Wange der Toten streichelte.

Warum bist du in den Park gegangen?, ließ Braun die Gedanken kreisen. Wolltest du dich mit jemandem treffen? Mit deinem Mörder? Hast du dich nicht gewehrt? Nein, du warst zu überrascht, um an Gegenwehr zu denken. Als du die Gefahr erkannt hast, war es bereits zu spät.

Braun dachte darüber nach, dass das seltsamste Detail bei den Ermittlungen derzeit die Frage war, warum ein Patient der Psychiatrie von Amelie Freys Tod gewusst hatte. Schließlich hatte dieser Irre Viktor Maly seit über einem Jahr kein Wort von sich gegeben, bevor er die Koordinaten des Donauparks auf einem handgeschriebenen Zettel übermittelt hatte. War es Zufall? Bei Mord gab es keine Zufälle. Und weshalb diese ungewöhnliche Tatwaffe? Eine Garrotte war kein alltägliches Mordinstrument. War der Killer wirklich ein Profi? Aber warum beging er dann so einen Anfängerfehler und ließ die Waffe am Tatort zurück? Oder war das Absicht gewesen? Ein Zeichen vielleicht?

Warten wir ab, was die Spurensicherung und die Gerichtsmedizin herausfinden, entschied Braun. Zunächst mussten die Angehörigen von Amelie Frey ermittelt und informiert und ihr Baby zurückgebracht werden.

»Unser Opfer ist die Tochter von Robert Frey. Du weißt schon, der Besitzer der Privatbank. Ihr Mann heißt Bernhard.« Franka trat in diesem Moment zu ihm und las die Informationen von ihrem Tablet ab, als hätte sie gewusst, woran Braun eben gedacht hatte.

»Ist es Zufall, dass ihr Vater und ihr Mann den gleichen Nachnamen haben?«, fragte Braun und kratzte sich am angegrauten Dreitagebart.

»Nein, Frey hat den Nachnamen seiner Frau angenommen. Früher hieß er Schmitz.«

»Noch was?«

»Ich bekomme demnächst von Jan Info, ob Bernhard Frey beziehungsweise Schmitz aktenkundig geworden ist. Und hier ist auch die Adresse. Römerberg 7.«

»Feine Gegend.«

»Wer informiert denn den Ehemann?«, fragte sie leise.

»Wir beide. Aber erst nehmen wir uns die Zeugen vor.«

Er gab den Bestattern einen Wink. Mit ihrem glänzenden Blechsarg im Schlepptau traten sie heran und legten die tote Amelie Frey hinein. Was nicht ohne Probleme vonstattenging, denn ihr Kopf musste gestützt werden, damit er sich nicht vom Rumpf löste.

»Hat man den Obdachlosen schon gefunden?«, fragte Braun einen der Kollegen von der Streife.

»Natürlich, Chefinspektor. Er sitzt bereits im Vernehmungswagen«, antwortete der Polizist.

Braun winkte Franka zu sich, und gemeinsam stiegen sie in den Vernehmungswagen.

Der Obdachlose zitterte am ganzen Körper und stank

noch immer nach Schnaps und Schweiß. Sobald er Braun und Franka sah, zuckte er ängstlich zusammen.

»Wie heißen Sie?«, fragte Braun.

»Stromer«, murmelte der Obdachlose.

»Ist das ein Fantasiename? Haben Sie einen Ausweis oder ein anderes amtliches Dokument?«

Franka blickte Stromer unverwandt an, und Braun konnte sehen, wie es in ihrem Kopf arbeitete.

»Sind Sie heute nicht in der Oase gewesen?«, fragte sie unvermittelt.

»Oase?« Stromer starrte sie verwirrt an. »Kenne ich nicht. Was soll das sein?«

»Das ist eine Suppenküche im Domviertel. Die kennt jeder Obdachlose.«

»Ich geh nirgends hin.« Stromer vergrub sich tief in seinen zerschlissenen Mantel, der in krassem Gegensatz zu seinem glatt rasierten sauberen Gesicht stand. »Bin immer draußen.«

»Und da gibt es Möglichkeiten, sich zu rasieren?« Braun streckte die Hand aus, um Stromer an der Wange zu berühren, doch der Obdachlose zuckte zurück.

»Bin hinten ins Hotel, weil es so kalt war. Dort habe ich 'nen Rasierer gefunden. Wollte mich auch mal schick machen.«

»Ach, so ist das.« Braun nickte verständnisvoll und wandte sich wieder Franka zu. »Mach du weiter. Sie bleiben noch hier sitzen«, hielt er Stromer zurück, der schon aufspringen und mit ihm den Wagen verlassen wollte. »Meine Kollegin wird Ihnen noch ein paar Fragen stellen.«

Franka nickte. »Noch was?«

»Sicher die Fingerabdrücke von ihm. Vielleicht haben wir ihn ja in der Kartei«, sagte Braun beim Hinausgehen und nahm die Tasse mit heißem Kaffee entgegen, die ihm der Polizeiassistent Michael hinhielt.

Auch dem alten Ehepaar, das Braun als Nächstes befragte, war nichts Ungewöhnliches aufgefallen. Beide litten unter Schlafstörungen und waren deshalb immer so früh auf den Beinen. Es hörte sich so an, als hätten sie sich stundenlang über die schlafende Frau gewundert, die sich nicht um ihr Baby gekümmert hatte.

»Chefinspektor, wenn wir geahnt hätten, dass die Frau tot ist, dann wären wir natürlich nicht auf unserer Bank sitzen geblieben!« Der alte Mann räusperte sich und warf einen schnellen Blick auf seine Frau. »Stellen Sie sich das einmal vor, da ist eine Leiche direkt neben uns. Das hätte ich meiner Frau niemals zugemutet. Sie hat ja ein schwaches Herz, und die ganze Aufregung ist ein bisschen viel für sie.«

»Dass diese Person auch hier sterben musste, *mitten im Park*«, empörte sich jetzt seine Frau, die bisher geschwiegen hatte. »Früher hätte es so etwas nicht gegeben.«

»Ist schon gut, meine Liebe«, tröstete sie ihr Ehemann. »Wir konnten ja nicht wissen, dass gleich neben uns eine Tote sitzt. Sonst wären wir gar nicht hergekommen oder sofort wieder gegangen. Aber hinterher ist man eben immer klüger«, seufzte er.

Wirklich nette Zeitgenossen, dachte Braun resigniert und wandte sich zum Gehen. Aus ein paar Metern Entfernung winkte ihm Franka zu.

»Du hast dich doch gefragt, was dieser Stromer aus dem Boden gegraben hat. Marihuana. Deshalb ist er auch abgehauen«, sagte sie zu Braun. »Er braucht das gegen seine Schmerzen.«

»Daher der intensive Geruch. Stimmt, am Anfang dachte ich gleich an so was, aber der Schnaps hat es überdeckt.« Er sah zum Wagen, in dem Stromer noch immer saß. »Was hast du mit dem Zeug gemacht?«

»Ich hab's ihm gelassen. Erfüllt ja einen therapeutischen Zweck.«

Braun grinste, wurde aber schlagartig ernst bei dem Gedanken, was sie als Nächstes tun mussten. »Wir fahren jetzt zu den Freys nach Hause. Es wird Zeit, den Ehemann zu informieren. Sonst noch etwas?« Er hatte bemerkt, dass Franka noch etwas sagen wollte.

Sie zuckte mit den Schultern. »Ich weiß nicht. Es wundert mich, dass Stromer die Oase nicht kennt. Jeder Obdachlose in Linz ist dort schon mal gewesen.«

8

Sie schreckte aus einem unruhigen Schlaf hoch, als das Baby schrie. Hastig kroch sie zwischen den Lumpen hervor, mit denen sie sich notdürftig gegen die beißende Kälte geschützt hatte. Das Feuer in dem alten Ofen war bereits bis auf eine schwache Glut heruntergebrannt, und die Kälte drang durch alle Ritzen der baufälligen Hütte.

»Dimitru, mein Liebling … Du musst nicht weinen. Mama ist ja bei dir«, flüsterte sie und hob das wimmernde Baby aus dem Pappkarton, der ihm als Kinderbett diente. Mit Schrecken stellte sie fest, dass sich die Haut ihres sechs Monate alten Sohnes bereits kalt anfühlte. Sie musste unbedingt Feuerholz besorgen, damit er es warm hatte und nicht krank wurde.

Mit zitternden Fingern wickelte sie sich in einige Stofffetzen, ehe sie ihre abgetragenen Kleider darüberzog. Dimitru legte sie auf eine alte Zeitung, die sie um seinen dünnen Körper schlang, und hüllte ihn in die dünne Decke ein, die sie sich anschließend um den Oberkörper band. Jetzt hatte es der Kleine ein bisschen wärmer.

Das Baby wimmerte leise, als sie hinaus in den grauen Morgen trat. Ihr Blick fiel auf die notdürftigen Behausungen und Verschläge, deren Bewohner mit Pappkartons, zerfledderten Matten und rostigen Wellblechwänden ein unzureichendes Bollwerk gegen den eisigen Dezemberwind errichtet hatten. Die wirklich große Kälte stand ihnen allen noch bevor. Doch daran wollte Tara jetzt gar nicht denken, sie lebte von einem

Tag zum nächsten. Wenn man sich zu große Hoffnungen für die Zukunft macht, wird man bloß enttäuscht, hatte ihre Babička, ihre Großmutter, immer zu ihr gesagt.

Von ihr hatte Tara auch Deutsch gelernt, das sie mit einem harten Akzent sprach – obwohl sie sich, wie sie schon öfter gehört hatte, angeblich ziemlich blumig und altertümlich ausdrückte. Das lag wohl daran, dass sie selbst nie in Deutschland oder Österreich gewesen war, sondern die Sprache von ihrer Großmutter beigebracht bekommen hatte. Und die hatte nun mal Deutsch gesprochen, wie man es vor sechzig Jahren im ländlichen Ostdeutschland getan hatte. Trotzdem, Tara war gut genug, dass man sie verstand, und manchmal war sie für ein paar Euro sogar als Dolmetscherin tätig.

An ihre Eltern hatte sie nur eine vage Erinnerung – sie waren tot oder vielleicht auch nur verschwunden. Wandernde Roma aus Rumänien eben, die sich an keinen festen Ort binden wollten. Ihre Babička hingegen war müde und alt. Sie war irgendwann hier in Tschechien geblieben und hatte vor der Kirche gebettelt, damit Tara und ihre zwei Jahre ältere Schwester nicht verhungerten.

Ihre Schwester ... Als Tara zwei Jahre alt gewesen war, war die eines Tages einfach verschwunden. Ein großer Wagen war vorgefahren und hatte sie einfach mitgenommen. Daran konnte sich Tara natürlich nicht erinnern, aber ihre Babička hatte ihr oft erzählt, wie sie schreiend hinter dem Wagen hergelaufen war, in dem man ihre Schwester abgeholt hatte. Alles, was von ihrer Schwester übrig blieb, war ein Rattenschädel, den die Babička sofort weggeworfen hatte. Tara fand die Erzählungen immer gruselig und hatte sich, seitdem sie denken konnte, gewünscht, ihre Schwester würde eines Tages wieder auftauchen – aber das war nie passiert.

»DOGCITY« stand in ungelenken Buchstaben auf einem

verrosteten Blechschild am Eingang zum Slum, einige Schritte von Taras Hütte entfernt. Der englische Name hatte sich irgendwann eingebürgert, seither war das Getto so etwas wie die sichtbare Hölle auf Erden. Tara stand vor dem Schild, das im Wind ächzte, als würde es gleich umkippen, und schaute zurück auf die zerklüftete, steinhart gefrorene Straße. Die dreckige Lehmpiste wirkte wie eine Mondlandschaft. Jetzt im Winter gab es so gut wie keine Sonne in Dogcity. Schuld daran waren nicht nur die nahen Berge, sondern auch die zwei düster aufragenden Hochhäuser, an deren Mauern sich der Slum schmiegte. Wie ein hässliches Geschwür breiteten sich die Bretterverschläge und Wellblechhütten im Schatten der beiden Zwillingstürme Jahr für Jahr weiter aus.

Tara war sich nicht sicher. Sollte sie oben bei den Felsen nach Feuerholz suchen? Das war mühsam, und der eisige Wind war nicht ungefährlich für ihr Baby. Unschlüssig blickte sie sich um. Vor einer Bretterhütte, über die nur eine große gefleckte Militärplane als Dach gespannt war, standen einige Kisten, die als Tische und Sitzgelegenheiten dienten. Das war die Bar von Dusan.

Was wirst du jetzt tun, Tara?, fragte sie sich. Suchst du nach Feuerholz oder gehst du zu Dusan? Der hat einen ganzen Schuppen voller Holz und gibt dir sicher welches. Aber du weißt auch, was du dafür tun musst – nichts in diesem Leben ist umsonst.

»Nein, bei Dusan bettle ich nicht mehr«, murmelte sie mit Blick auf die leere Straße, drehte sich um und schlug den Weg zu den Felsen ein.

Es war nach wie vor sehr früh, und sie hatte Glück, dass noch kein anderer Bewohner von Dogcity unterwegs war, um Holz zu suchen. Bald wurde sie fündig. In der Nacht hatte der Wind Äste und Gestrüpp in eine Senke geweht, und

Tara rutschte vorsichtig den Hang hinunter, um die Zweige aufzusammeln. Aber Dimitru behinderte sie, und so band sie ihren immer noch wimmernden Sohn von sich los, wickelte das Tuch fest um ihn und legte ihn auf einen Stein in ihrer Nähe. »Mama ist gleich wieder bei dir«, flüsterte sie und machte sich an die Arbeit.

Während sie in Windeseile so viele Äste zusammenraffte, wie sich nur tragen konnte, begann Dimitru immer heftiger zu schreien. Sie musste sich beeilen. »Gleich bin ich wieder da, mein Liebling!«, rief sie atemlos und riss sich einen Fetzen Stoff vom Rocksaum, um das eingesammelte Material zu einem Bündel zu verschnüren.

Als ihr Sohn plötzlich ruhig war, spitzte Tara verwirrt die Ohren und vernahm ein lautes Hecheln vor sich. Sie erstarrte und ließ das Bündel Holz langsam zu Boden sinken. Dann sah sie widerstrebend auf. Am Rand der Senke, direkt über ihr, stand ein großer wilder Wolfshund, der sie mit seinen grünen Augen fixierte. Er hatte die Lefzen hochgezogen und rührte sich nicht, starrte sie nur unverwandt an. Der Hund hatte ein räudiges Fell mit kahlen Stellen, war dürr und ausgehungert, und offenbar witterte er leichte Beute.

Mit angehaltenem Atem drehte sich Tara zu ihrem Baby um. Es lag ungefähr fünf Schritte von ihr entfernt auf dem Stein. Als spürte er die Bedrohung, war Dimitru schlagartig verstummt.

Der Wolfshund duckte sich. Machte er sich zum Sprung bereit? Wollte er ihr Baby rauben? Taras Nerven waren zum Zerreißen gespannt. Ohne den Hund aus den Augen zu lassen, bückte sie sich, tastete nach einem dicken Ast und riss ihn schnell hoch. Sie hatte keine Ahnung, woher sie die Kraft dazu nahm, sich dem Tier entgegenzustellen, sie wusste nur, dass sie Dimitru beschützen musste. Der Hund zuckte kurz zusammen, die Bewegung irritierte ihn. Tara hielt den Ast hoch erhoben und machte einen vorsichtigen Schritt auf ihr Baby zu. Der Wolfshund folgte ihr mit seinem Blick, hatte noch immer die Lefzen hochgezogen. Dann drückte er sich gegen den harten Boden, wurde stromlinienförmiger, bereit zum Sprung.

Nur noch zwei Schritte, dann bin ich bei dir, Dimitru!, dachte Tara. Sie ließ den Ast drohend durch die Luft zischen und machte einen großen Schritt nach hinten. Der Hund richtete sich wieder zu seiner vollen Größe auf. Jetzt hatte sie den Stein erreicht, sie riss das Bündel mit ihrem Sohn darin hoch und begann hastig, am Rand der Senke hochzukriechen. Mit einem Arm umklammerte sie ihr Kind, in der anderen Hand hielt sie den Ast, um sich gegen den Hund zu verteidigen.

Hinter sich hörte sie die Pfoten beinahe lautlos über den gefrorenen Boden schleichen. Abrupt blieb sie stehen, drückte ihr Kind fest an sich und umklammerte den Ast. Der Hund war jetzt genau hinter ihr, das spürte sie. Und er ging sicher jede Sekunde zum Angriff über.

Einen Augenblick später wirbelte Tara herum und zog dem Hund, der mit einem gewaltigen Satz gerade auf sie zugesprungen kam, den Ast über den Schädel. Leise jaulend stürzte das Tier zu Boden, rappelte sich aber sofort wieder auf. Tara ließ den Ast weiter durch die Luft sausen und schrie sich die Seele aus dem Leib. Der Hund machte noch einige aggressive Schnappbewegungen mit dem Maul, zog sich dann jedoch zurück, um hastig in der Morgendämmerung zu verschwinden.

Tara stand noch einige Minuten regungslos da und spürte, wie sie am ganzen Körper zitterte. Erst als sie sich wieder etwas beruhigt hatte, lief sie zurück nach Dogcity, so schnell sie konnte.

Die riesigen schwarzen Umrisse der zwei Hochhäuser von Sputnix III warfen düstere Schatten auf sie. Der Anblick schnürte ihr die Kehle zu. Gegen diese riesigen Betonbauten fühlte sie sich winzig und unbedeutend. Noch lagen die Türme im Dunkeln, aber in vielen Fensteröffnungen konnte Tara schemenhaft Menschen um flackernde Feuer versammelt sehen. In einem der obersten Stockwerke des ersten Turms waren große Plastikplanen vor die Fensteröffnungen gespannt worden, wie immer hell erleuchtet. Dort lebte Zoran Almassy, von dem man sich in Dogcity schreckliche Geschichten erzählte. Er musste weit gefährlicher sein als jeder noch so ausgehungerte Wolfshund.

9

Das Haus, in dem Amelie Frey mit Mann und Kind gewohnt hatte, war modern, mit Flachdach und einem geradezu penibel angelegten Vorgarten, der es etwas von der Straße absetzte. Die Architektur war so schlicht und klar, dass man sofort spürte, dass bei diesem Bau Geld keine Rolle gespielt hatte. Links und rechts von der kunstvoll verrosteten Eingangstür waren polierte Steine auf schmalen Eisenstangen arrangiert, in denen sich Braun und Franka grotesk verzerrt spiegelten.

»Keiner da?« Braun drückte erneut auf den Klingelknopf. Er hörte das grelle Läuten bis nach draußen. Der durchdringende Ton passte so gar nicht zu dem Haus, das auf Understatement ausgelegt war.

Er trat einen Schritt zurück, um die Fassade in Augenschein zu nehmen. Alles wirkte glatt und geometrisch, als hätten die Bewohner Angst vor Schnörkel und Asymmetrie. Wenn es stimmte, dass die Architektur des Hauses, in dem man lebte, das Wesen seiner Bewohner widerspiegelte, dann waren Amelie und Bernhard Frey ästhetische Menschen, die jedoch keinerlei Angriffsfläche oder Widerstände boten und von einer nahezu langweiligen Eleganz geprägt waren.

»Das ist aber ein hartes Urteil«, sagte Franka, und Braun bemerkte erst jetzt, dass er seine Gedanken laut ausgesprochen hatte.

Noch ehe er antworten konnte, wurde im ersten Stock ein Fenster aufgerissen, und ein Mann beugte sich heraus.

»Hey, Sie da! Hören Sie endlich auf zu klingeln. Das hält ja kein Mensch aus.«

»Polizei!«, rief Braun nach oben und hielt seinen Ausweis in die Luft. »Wir wollen mit Bernhard Frey reden.«

»Das bin ich. Moment.« Der Kopf verschwand wieder, und das Fenster wurde geschlossen.

Kurz darauf öffnete sich die Haustür. Bernhard Frey sah ziemlich mitgenommen aus, als hätte er die ganze Nacht nicht geschlafen. Die halblangen Haare standen ihm wirr vom Kopf ab, seine Augen waren verquollen, selbst der kurze Ziegenbart sah zerwühlt aus.

»Worum geht es?«, fragte er mit kratziger Stimme und zog den schwarzen Seidenmantel enger vor der Brust zusammen.

»Wir kommen besser rein.« Braun gab Franka einen Wink, und beide traten einen Schritt auf Frey zu.

»Hallo, hallo! So geht das aber nicht«, versuchte der sie zurückzuhalten, indem er beide Arme links und rechts gegen die Türpfosten stemmte. »Zuerst werden Sie mir sagen, warum Sie hier sind!«

Braun wusste nicht weshalb, aber der Mann tat ihm trotz seiner nicht gerade freundlichen Art irgendwie leid. Er passte überhaupt nicht in diese ästhetische Welt aus Geschmack und Geld, war weder elegant noch verfügte er über die Souveränität eines Menschen, der finanziell abgesicherte Verhältnisse gewohnt war. Frey wirkte wie ein Fremdkörper, und Braun spürte intuitiv, wie sehr ihn dieses Designerleben stresste.

»Herr Frey, bitte – gehen wir doch hinein. Wir können das nicht zwischen Tür und Angel erörtern«, sagte Franka diplomatisch und lächelte freundlich.

Das schien auf Frey zu wirken, denn er winkte sie mit einem Seufzen herein. In einem spartanisch möblierten

Wohnzimmer ließ er sich schwer in ein graues ausladendes Sofa fallen.

»Also?«

Auffordernd blickte er von Braun zu Franka, die ihm gegenüber Platz genommen hatten.

»Es geht um Ihre Frau«, machte Braun einen ersten Anlauf.

Das waren die schlimmsten Momente im Leben eines Polizisten: den Angehörigen sagen, dass ein geliebter Mensch tot ist, nie wieder zur Tür hereinkommen wird. Aber bevor er weitersprechen konnte, unterbrach ihn Frey rüde.

»Meine Frau ist nicht hier.« Mit diesen Worten sprang er vom Sofa auf. »War's das?« Er stützte die Hände in die Hüften und blickte herausfordernd von Braun zu Franka. »Was gibt es noch?«

»Vermissen Sie Ihre Frau nicht?«

Sobald Braun die Frage gestellt hatte, bemerkte er den überraschten Seitenblick von Franka. Sein Vorgehen entsprach so gar nicht dem üblichen Verhaltenskodex – aber Braun fand, dass sich Frey ziemlich merkwürdig verhielt.

»Nein, wieso sollte ich sie vermissen?«, sagte er. »Amelie ist bei meinem Schwiegervater. Sie können sie ja dort anrufen, wenn Sie mir nicht glauben.«

»Ihre Frau ist tot«, sagte Braun ruhig und verkniff sich jede Emotionalität. Selbst wenn er die Rolle als Todesbotschafter hasste, wusste er doch genau, wie wichtig es war, die Angehörigen in diesen Momenten genau zu beobachten. Ihr Mienenspiel war dann meist unverfälscht, unkontrolliert und daher authentisch.

»Tot?« Frey stand noch immer und sah sie verwirrt an. »Das glaube ich nicht. Wie meinen Sie das?«

»Ihre Frau Amelie wurde heute Morgen tot im Park an der

Donau aufgefunden«, antwortete Franka mit sanfter Stimme. »Ihrem Baby geht es übrigens gut. Es ist in ärztlicher Obhut.«

»O … o mein Gott.« Frey blickte sich um, als würde irgendwo im Wohnzimmer eine Erklärung für das alles auftauchen. Dabei wirkte er weniger schockiert als teilnahmslos. Dann ließ er sich langsam wieder aufs Sofa sinken. »Hatte Amelie einen Unfall?«, fragte er mit leerem Gesicht.

Braun antwortete: »Nein, Ihre Frau wurde ermordet.«

Freys Augen begannen nervös zu flattern, und er drehte an einem Piercing, das unterhalb seiner Lippe aus der Haut stach. »Weiß man schon, wie sie gestorben ist?«, fragte er nach einer längeren Pause und schluckte schwer.

»Sie wurde erdrosselt«, erwiderte Braun und ließ sein Gegenüber dabei keinen Moment aus den Augen.

Frey lächelte plötzlich. »Nein, Sie täuschen sich. Amelie ist sicher bei ihrem Vater.«

Braun ging nicht auf die Bemerkung ein. Auch das war eine normale Reaktion, die Betroffenen wollten die Tatsachen meist nicht wahrhaben.

»Wollte sie dort übernachten?«, fragte er stattdessen.

»Kann sein, sie schläft häufig dort«, murmelte Frey und kratzte sich gedankenverloren die Brust über dem seidigen Morgenmantel. »Das ist sicher eine Verwechslung«, beharrte er, und sein Gesicht nahm einen hoffnungsvollen Ausdruck an, der ihn ein wenig sympathischer erscheinen ließ.

»Ist das der Ausweis Ihrer Frau?« Franka hielt Frey das Dokument vors Gesicht.

Sein Lächeln erstarb. »Ja.« Er schüttelte den Kopf und schluckte heftig. Dann sah er Franka mit wachsender Verzweiflung in den Augen an. »Ist sie wirklich tot?«

»Es tut mir leid, aber so ist es«, bestätigte Braun leise.

»Brauchen Sie vielleicht psychologische Betreuung?«

Franka balancierte ihr Tablet auf den Knien, mit dessen Hilfe sie die wichtigsten Punkte der Befragung notierte. Braun hielt nicht viel von diesem neumodischen Kram, auch wenn er zugeben musste, dass die Dinger schon praktischer waren als die Notizbücher früher. Frankas gewissenhafte Aufzeichnungen hatten ihm schon wiederholt gute Dienste geleistet, wenn es darum ging, Widersprüchlichkeiten in den Aussagen aufzudecken.

»Ich kann jemand vom psychologischen Notdienst für Sie organisieren, wenn Sie möchten«, sprach Franka weiter.

Braun sah sich währenddessen im Wohnzimmer um, begutachtete den kleinen Garten hinter den Terrasse und den abgedeckten Pool.

»Nein, nicht nötig, ich bin ...« Frey räusperte sich. »Ich bin zutiefst schockiert. Das Ganze kommt mir so ... so unwirklich vor.«

»Hatte Ihre Frau Feinde?«, klinkte sich Braun wieder ins Gespräch ein. »Jemanden, der sie verfolgte?«

»Sie meinen einen Stalker?« Freys Mundwinkel begannen zu zucken. »Ich habe keine Ahnung.«

»Kennen Sie einen Viktor Maly?«, fragte Braun weiter.

»Viktor Maly? Nicht dass ich wüsste. Wer soll das sein?«

Frey wirkte tatsächlich desinteressiert. War das normal? Würde man nicht nachfragen, ob das ein potenzieller Verdächtiger war? Aber vielleicht bin ich zu kritisch, dachte Braun.

»Hatte Ihre Frau ein eigenes Zimmer, für ihre persönlichen Sachen, das wir uns mal ansehen könnten?«

»Wieso ein eigenes Zimmer? Ihr gehört das ganze Haus. Es ist ihr Geschmack, ihr Geld. Ich habe bloß ein Atelier in der Garage«, antwortete Frey und klang mit einem Mal verbittert.

Braun hatte also recht gehabt. Frey schwebte als haltlose Existenz durch eine saubere und sterile Designerwelt, die nicht die seine war.

»Sie haben ein Atelier? Was machen Sie denn beruflich?«, hakte Franka sofort nach.

»Ich bin Künstler.«

Aus Freys Mund klang der Satz wie die Bestätigung dafür, dass er ein Versager war. Hatte ihm das seine Frau vielleicht vorgeworfen? Dass er mit seiner Kunst kein Geld verdiente? Oder hatte sie sich in den idealistischen Künstler verliebt, der einst für seine Vision gebrannt hatte, heute aber nur noch abschätzig von seinem Atelier in der Garage sprach? Für solche Rückschlüsse war es jedoch noch viel zu früh. Sie konnten sich noch nicht einmal sicher sein, ob die Ehe der Freys wirklich so unglücklich gewesen war, wie es gerade den Anschein machte.

»Oh, dann haben Sie die gemalt?« Franka deutete auf die großformatigen abstrakten Bilder an den Wänden, in den vorherrschenden Farben Grau und Weiß. Die Gemälde waren schön und nichtssagend zugleich, fand Braun.

»Gott bewahre, nein«, beeilte Frey sich zu sagen. »Diese Dinger sind viel zu banal. Viel zu glatt. Hier geht es doch nur um den Effekt. Ich bin Bildhauer.«

Zum ersten Mal demonstrierte Frey so etwas wie Selbstbewusstsein. Vielleicht war er in seinem Beruf doch erfolgreicher, als Braun angenommen hatte. Vielleicht war er auch jemand, dem Kunst ein Anliegen war.

»Können wir Ihre Kunstwerke sehen?«, fragte er neugierig.

»Nein, nein«, wiegelte Frey schnell ab. »Ich bin jetzt wirklich nicht in der Verfassung dafür. Das müssen Sie verstehen.«

»Aber sicher doch«, erwiderte Franka verständnisvoll.

Braun sah sich erneut um. Etwas irritierte ihn an diesem unglaublich sauberen Wohnzimmer. Es war groß und lichtdurchflutet, heller Steinboden mit anthrazitfarbenen Teppichen darauf, grau-weiße Bilder an den Wänden, eine steingraue Couch, durch die großzügigen Glasfenster sah man nach draußen auf den grauen Dezembertag. Selbst der Himmel ist auf dieses zurückhaltende Design abgestimmt, dachte Braun. Trotzdem war die Atmosphäre hier drin nicht nur nüchtern, sondern beinahe neurotisch ordentlich. Unauffällig wischte er über die Steinplatte des niedrigen Couchtisches. Kein Staubkorn war hier zu finden, alles war perfekt gereinigt und poliert, selbst die Luft war von einem exquisiten Duft erfüllt. Ob Amelie Frey einen Putzzwang oder so etwas Ähnliches gehabt hatte?

»Ist in letzter Zeit etwas Ungewöhnliches passiert?«, fragte Braun. »Irgendwelche Anrufe vielleicht?«

»Nein. Mir ist nichts aufgefallen.«

Braun erhob sich und schlenderte zu einem grauen Sideboard. Er hörte zu, als Frey mit leiser Stimme auf Frankas Fragen antwortete. Er war fünfunddreißig Jahre alt, von Beruf Bildhauer, arbeitete nachts aber in einem Callcenter namens Tel-Up. Franka notierte den Namen in ihrem Tablet, und Braun konzentrierte sich erneut auf das Zimmer.

Auf dem Board stand ein Foto von Frey mit seiner Frau Amelie, vor dem Guggenheim Museum in Bilbao. Er sah nicht glücklich aus, und auch Amelie wirkte irgendwie gestresst. Sonst gab es keine Bilder. Und plötzlich wusste Braun, was ihn an diesem beinahe schon *zu* aufgeräumten Zuhause störte: Es gab kein Foto des Babys und keine Spielsachen, die herumlagen. Aber am entscheidendsten war, dass Frey sich nicht ein einziges Mal nach seinem kleinen Sohn erkundigt hatte.

10

Sputnix III war eine sozialistische Utopie der ehemaligen Tschechoslowakei, erbaut, um allen Menschen die gleichen Chancen zu bieten. Dort sollten die verstreut im ganzen Land lebenden Roma zusammengefasst und umgesiedelt werden. Das ging natürlich nicht ohne Zwang, aber damals wollte man eine neue Ordnung erschaffen, und diesem Ideal opferte man notfalls auch das Wohl des Einzelnen.

Doch dann veränderte sich der Lauf der Welt. Der Sozialismus verschwand und damit auch die Idee vom neuen Menschen. So verloren die Machthaber das Interesse an der Utopie, und die Türme von Sputnix III blieben unvollendet, zwei riesige wie Kreuze geformte Hochhäuser mit bis zu zwanzig Stockwerken mitten im Nichts. In keinem der Gebäude gab es einen Lift, und so war es nicht weiter verwunderlich, dass die obersten, sich weitgehend im Rohzustand befindlichen Etagen lange Zeit unbewohnt blieben. Erst mit der Wirtschaftskrise wurden selbst diese Räume von Familien bezogen, und irgendwann wohnten in den Bauruinen über dreitausend Roma zwischen Schutt, Ratten und unendlich viel Müll.

Dort, im Schatten von Sputnix III, befand sich die Bar von Dusan, in die Tara einige Stunden später schweren Herzens trat. »Ich brauche Feuerholz, sonst friert Dimitru und wird krank«, sagte sie und scharrte mit ihren löchrigen Sneakern über den Boden.

»Hast du Geld?«

Die Frage war rhetorisch, und Tara wusste das natürlich. Dusan hatte einen stattlichen Bauch und trug seine schütteren schwarzen Haare zu einem Zopf geflochten. Ihm gehörte nicht nur die Bar, sondern auch eine Digitalkamera.

»Okay, du kennst das ja. Komm mit«, sagte Dusan, als sie nicht antwortete, und wies mit einer Kopfbewegung nach hinten.

Die Bar war leer, doch wie immer roch es durchdringend nach Fusel, Pisse und Zigaretten. Mit gesenktem Kopf schlich Tara am Tresen vorbei und öffnete die Tür zu einem weiteren Raum, in dem nur ein Bett stand.

»Den Kleinen kannst du unter das Waschbecken legen«, sagte Dusan, der hinter ihr eingetreten war und die Tür schloss. Er warf ihr ein Handtuch zu. »Los, wasch dich. Du siehst ja völlig verdreckt aus.«

Sie schlich zum Waschbecken und bettete Dimitru vorsichtig darunter. Dann drehte sie den Wasserhahn auf. Eiskaltes Wasser perlte über ihre Hände und ihr Gesicht und vermischte sich mit ihren Tränen. Mit einem rostigen Rasiermesser rasierte sie sich notdürftig unter den Achseln. In dem Zimmer war es bitterkalt, und sie zitterte heftig, als sie nackt vor Dusan stand, der ihr die langen schwarzen Haare zu zwei mädchenhaften Zöpfen mit roten Schleifen am Ende band. Trotz ihrer zweiundzwanzig Jahre konnte Tara locker als Schulmädchen durchgehen.

Während sie in verführerischen Posen auf dem Bett lag und die Anweisungen von Dusan wie eine Schlafwandlerin befolgte, träumte sie sich mit offenen Augen in eine andere, in eine bessere Welt. In ihrem Traum gab es eine saubere Wohnung, eine gute Arbeit. Vielleicht in Österreich? Marina Altenberg, die Sozialpädagogin aus Wien, die für die österreichische Regierung arbeitete, hatte ihr von ihrem Heimatland vorgeschwärmt. Marina war Mitte vierzig und für Tara so etwas wie ein Mutterersatz. Sie hatte studiert und leitete *Social Care*, eine Sozialstation, die arme Roma-Familien mit Essen, Kleidung und Medikamenten versorgte.

»Du wohnst doch hier in Dogcity, Tara?«, hatte Marina sie gefragt, als sie im Frühsommer hochschwanger über die aufgeweichten und nach Unrat stinkenden Wege geirrt war. »Komm zu uns in die Sozialstation, dann untersuchen wir dich, ob deinem ungeborenen Kind auch nichts fehlt.«

Dogcity. Bei Marina hörte sich das Wort nicht wie die Krankheit an, die der Slum war, sondern wie ein Versprechen. Sie betonte »Dogcity« wie den Namen eines teuren Parfüms.

»Tara, los, mach die Beine noch ein wenig breiter! Stell dich nicht so an«, riss sie die ungeduldige Stimme von Dusan aus den Gedanken. Sofort war sie wieder in dem Hinterzimmer, lag auf dem Bett und machte geile Posen für Dusan, der sabbernd hinter der Kamera stand und sie filmte.

Als endlich alles vorüber war und sie Dusan auch noch einen runtergeholt hatte, stand sie mit zwei Bündeln Holz auf der Straße und schleppte sich zurück zu ihrer Hütte. Sterben wäre das Beste, dachte sie. Aber dann blickte sie auf Dimitru und wusste, wie sehr es sich lohnte, für dieses Kind zu leben.

»Hallo, Tara«, hörte sie plötzlich eine Stimme rufen. Sie drehte sich um und sah Marina ein paar Meter von ihr entfernt stehen und ihr zuwinken.

»Wie siehst du denn aus?«, fragte die große Frau, als Tara nähergekommen war.

Erstaunt musterte sie die knallrot gefärbten Lippen und balkenartigen Augenbrauen, die Dusan Tara eigenhändig aufgemalt hatte. Erst jetzt fiel Tara ein, dass sie immer noch die kindischen roten Schleifen im Haar hatte.

»Ich ... ich wollte mich schön machen«, antwortete sie kleinlaut und kam sich neben Marina wie immer erbärmlich und schmutzig vor. Marina war mehr als zwanzig Jahre älter als sie, aber für Tara war sie so schön wie die Filmstars aus den Zeitungen, die sie manchmal im Müll fand.

»Nicht wahr, Dimitru? Wir wollten uns für Marina schön machen.«

Als hätte er die Worte verstanden, begann der Kleine plötzlich vergnügt zu krähen und heftig mit den Beinen zu strampeln.

»Du bist auch ohne diese Schminke schön, Tara. Und hast einen starken Jungen«, lächelte Marina. »Darf ich ein Foto von ihm machen? Ich habe mich richtig in den kleinen Dimitru verliebt.«

»Natürlich darfst du das. Soll ich ihn auf den Arm nehmen?«

»Nein, ich würde ihn gern erst mal allein fotografieren. Dann dich, dann euch beide. Das wird eine richtig schöne Serie. Komm mit in die Station, dort kannst du dich aufwärmen.« Sie nahm Tara am Arm und zog sie mit sich fort.

In der Sozialstation war es angenehm warm, und Tara hob Dimitru aus dem Tuch, das sie sich um den Körper gewickelt hatte. Vorsichtig schälte sie ihn danach aus den alten Zeitungen.

»Was für ein hübscher Junge«, sagte Marina und lächelte. »Er sieht dir ziemlich ähnlich. Wird sicher einmal allen Mädchen den Kopf verdrehen. Kein Wunder bei dieser bezaubernden Mutter.«

»Findest du?« Tara drehte geschmeichelt den Kopf. Es kam selten vor, dass ihr jemand Komplimente machte, erst recht nicht so eine elegante Frau. Und das war sicher ernst gemeint. Marina war nicht der Typ, der log.

»Wie klug von dir, dein Baby immer mitzunehmen«, lobte Marina. »Du kennst ja die Gerüchte, die überall herumschwirren, dass einige Babys verschwunden sind.«

»Man erzählt, sie würden von wilden Hunden verschleppt«, sagte Tara und sah dabei zu Boden. »Und es stimmt, sie kommen immer näher an die Hütten. Selbst Dimitru und ich sind heute von einem hungrigen Wolfshund angegriffen worden.«

»Du meine Güte! Was ist passiert?«, fragte Marina erschrocken und ließ sich von Tara die Geschichte erzählen. Als diese geendet hatte, sagte Marina: »Das war ziemlich mutig von dir, Tara.« Sie lächelte wieder, runzelte dann aber die Stirn. »Ich kann mir allerdings kaum vorstellen, dass wirklich die wilden Hunde am Verschwinden der Kinder schuld sind. Oder was meinst du?«

»Manche Frauen in Dogcity erzählen, dass man sich vor fremden Männern in Acht nehmen soll, die ab und zu hierherkommen. Sind sie wieder weg, sind auch die Babys verschwunden.«

»Das erzählt man sich? Davon habe ich noch nichts gehört.« Marina lächelte und streichelte Taras Wange. »Hier bei mir kann dir nichts passieren. Nur draußen musst du vorsichtig sein und dein Baby immer bei dir haben.«

Während sich Marina mit dem Handy über Dimitru beugte und ihn aus allen möglichen Perspektiven fotografierte, sah sich Tara in dem Büro um. Es gab eine Untersuchungsliege, einen Schreibtisch, auf dem der aufgeklappte Laptop von Marina stand, und einen elektrischen Heizstrahler, der auf höchster Stufe lief. An der Wand hingen Fotos von Babys und jungen Mädchen aus Dogcity, die sie von früheren Besuchen kannte. Ein Hochglanzfoto war neu: Es zeigte Marina im Abendkleid, in Begleitung eines eleganten Mannes, bei dem sie sich untergehakt hatte.

»Wer ist der Mann auf dem Foto? Ist das dein Freund?« Tara zeigte auf das Bild.

»Aber nein, das ist ein ehemaliger österreichischer Minister, der unser Engagement in Dogcity tatkräftig unterstützt«, erklärte Marina sichtlich stolz.

»Weiß er auch, dass hier Babys verschwinden?«, fragte Tara und hielt sich dann erschrocken die Hand vor den Mund. Das war vorlaut gewesen.

»Ich werde ihm davon berichten, wenn ich das nächste Mal in Wien bin.«

»Kennst du ihn gut, diesen Mann?«

»Jetzt ist es aber genug.« Marina richtete sich auf, ihr Gesicht sah streng aus. »Sei nicht so neugierig, Tara. Das ist Privatsache.«

Sie zwinkerte Tara versöhnlich zu, die erleichtert ausatmete. Für einen Moment hatte sie befürchtet, Marina verärgert zu haben. Doch ihre Miene war schon wieder unbesorgt und ihr Lächeln freundlich.

»Entschuldige, ich wollte nicht unhöflich sein«, bat Tara.

Marina drehte sich zu ihr um. »Jetzt noch ein Foto von dir.«

»Soll ich mich ausziehen?«, fragte sie.

»Aber nein! Bist du verrückt? Wer will denn so etwas?« Marina machte ein entsetztes Gesicht.

»Niemand. War nur so dahergesagt«, log Tara, denn sie wollte Dusan nicht verraten. Niemand aus der Sippe verriet einen anderen. Das war ein eisernes Gesetz, und auch Tara hielt sich daran. Sie wollte nicht verstoßen werden.

»Lass dich bloß nicht zu Pornofilmen überreden. Da kommst du in ganz schlechte Gesellschaft. Mach am besten einen großen Bogen um diesen Dusan, den Wirt aus der Bar. Du kennst ihn doch, oder?« Marina blickte sie vielsagend an.

»Ich habe nur von seinen Filmen gehört«, versuchte sie sich herauszureden, hatte aber das Gefühl, als würde ihr Marina nicht recht glauben.

»Wie gesagt, du kannst jederzeit zu mir kommen, wenn es ein Problem gibt«, beschwor Marina sie und sah sie ernst an.

»Danke, das ist lieb von dir«, flüsterte Tara und spürte, wie ihr Herz klopfte.

Sie durfte Marina auf keinen Fall enttäuschen. In Zukunft würde sie sich von Dusan fernhalten. Vielleicht konnte Marina ihr sogar helfen, Dogcity gemeinsam mit ihrem Sohn zu verlassen. Sie hatte zwar keine Ahnung, wohin sie sollte, aber Marina würde ihr schon zur Seite stehen. Die war nämlich eine echte Freundin, auf die sie sich verlassen konnte.

11

Wie eine graue Wolke kam der Nebel näher und näher, legte sich über den Pool, kroch durch die Ritzen der Glaswand, schwebte über den weißen Steinboden und waberte direkt auf ihn zu.

Braun schüttelte den Kopf, blinzelte – da war kein Nebel, weit und breit nicht die Spur davon. Er saß immer noch im Wohnzimmer der Freys und starrte in den wolkenverhangenen Dezemberhimmel, der selbst um die Mittagszeit tief und schwer über Linz hing. Doch die Aura der Hässlichkeit, die den Raum mit einem Mal verunstaltete, blieb.

Bernhard Frey lebte nur für sich und hatte offenbar keinerlei Interesse an anderen Menschen, weder an seiner Frau noch an seinem Sohn. *Schon gar nicht* an seinem Sohn. Braun konnte das einfach nicht verstehen. Auch wenn es zwischen ihm und seinem Sohn Jimmy immer stärkere Reibereien gab, so war Jimmy doch sein Fleisch und Blut, für Braun vielleicht das Wichtigste auf der Welt. Verflucht, wieso hatte er das seinem Sohn noch nie gesagt? Das sollte er bei nächster Gelegenheit dringend einmal tun, nahm Braun sich vor. Aber jetzt ging es um Amelie Frey und die Rolle, die ihr Mann bei ihrem gewaltsamen Tod spielte.

»Wissen Sie, was mich wundert?«, fragte Braun und lächelte. »Nein?« Er schwieg einen Moment und strich mit dem Finger über die Tischplatte. Dann sah er Frey ernst an und sagte leise und eindringlich: »Sie haben sich nicht ein einziges Mal nach Ihrem Sohn erkundigt.«

»Mein Sohn? Ach so, Sie meinen Jakob.« Frey setzte sich so schnell auf, als hätte er einen Stromstoß verpasst bekommen. »Amelie hat ihren Sohn geliebt.«

»›Ihren‹ Sohn?«

»Unseren. Ich meinte, sie hat *unseren* Sohn geliebt.«

»Sie nicht?«, hakte Braun nach.

»Doch … natürlich«, stotterte Frey und schob die Hände zwischen die Knie. »Sie haben doch gesagt, dass es ihm gut geht und ich mir keine Sorgen machen muss, oder?«, fragte er dann. »Warum soll ich dann fragen?«

In Brauns Ohren klang das ziemlich unglaubwürdig. »Wie gesagt, er ist einstweilen noch in ärztlicher Betreuung. Sie können ihn aber sicher heute nach Hause holen.«

»Hierher? Nein, nein.« Frey schüttelte so entschieden den Kopf, dass ihm die Haare in die Stirn fielen. »Er hat es sicher gut im Spital. Besser als hier.«

»Wieso? Ist es Ihrem Sohn hier schlecht ergangen?« Frankas Stimme hatte einen scharfen Unterton angenommen.

»Natürlich nicht«, beeilte Frey sich zu sagen. »Ich bin nur noch nicht in der Verfassung, ihn hierher zurückzuholen. Ich kann mich jetzt doch unmöglich um Jakob kümmern.«

»Sollen wir jemand vom Sozialamt vorbeischicken, der Sie bei der Kinderbetreuung unterstützt?«, fragte Franka.

Frey schüttelte wieder den Kopf. »Nein, das will mein Schwiegervater sicher nicht.«

»Sie machen wohl immer alles, was andere Ihnen vorschreiben«, sagte Braun.

»Das geht Sie nichts an! Wenn Sie jetzt bitte mein Haus verlassen würden?« Der Mann wirkte plötzlich fahrig, beinahe nervös.

»Wo waren Sie eigentlich zwischen drei Uhr und fünf Uhr morgens?«, wollte Braun wissen.

Frey saß mit offenem Mund da. »Wieso fragen Sie das? Glauben Sie im Ernst, ich hätte meine Frau ermordet?«

»Das ist nur Routine. Wir müssen das fragen.«

»Ich war im Callcenter«, antwortete er und warf einen ängstlichen Blick auf Franka. Ein schwaches Bimmeln ihres Tablets hatte verraten, dass eine Nachricht eingetroffen war. »Was machen Sie da?«, fragte er nervös.

»Ich habe nur etwas überprüft.« Sie hielt das Display so zu Braun, dass Frey es nicht sehen konnte.

»Gestern Nacht haben Sie also im Callcenter gearbeitet«, nahm Braun den Faden wieder auf. Im Gegensatz zu vielen Kollegen mochte er Unterbrechungen dieser Art. Seiner Erfahrung nach halfen sie oft dabei, den Befragten zu verunsichern und ihm so das Lügen zu erschweren. »Die ganze Nacht?«

»Ja, bis sechs Uhr morgens. Als ich nach Hause kam, bin ich sofort ins Bett. Ich habe tief und fest geschlafen, bis Sie mich geweckt haben«, antwortete Frey und kratzte sich unruhig am Bart.

»Wie kommt es dann, dass Sie sich gegen zwei Uhr morgens im Callcenter ausgeloggt haben?«, fragte Braun und beugte sich vor. »Wieso lügen Sie, Herr Frey?«

»Ich ... äh ...« Frey wirkte sichtlich verwirrt. »Ich wollte mir nur die Beine vertreten, frische Luft schnappen. Ich bin danach gleich wieder zurück an meinen Arbeitsplatz!«

»Das ist eine Arschloch-Antwort.« Braun stand auf und setzte sich in aller Seelenruhe neben Frey aufs Sofa. »Sie halten uns für Idioten, oder?«, fragte er sanft. »Ihre Frau wurde ermordet, doch das berührt Sie anscheinend nicht. Ihr Kind haben Sie längst vergessen, so egal ist es Ihnen. Und jetzt erzählen Sie uns, dass Sie einfach mal so frische Luft schnappen gehen wollten?«

Braun rückte immer näher an Frey heran, der zurückwich und heftig ein- und ausatmete.

»O-okay!« Der Mann sackte in sich zusammen. »Ich habe die stumpfsinnige Arbeit hingeschmissen. Bin weg und ziellos durch die Stadt gelaufen. Ich hatte Angst, es Amelie zu erzählen. Ich habe diesen Job nur ihr zuliebe angenommen, um sie auch mal zum Essen ausführen zu können.« Frey schniefte. »Sie hat doch das Geld von ihren Eltern. Ich bin das arme Schwein!«

»Mir kommen gleich die Tränen.« Braun verzog keine Miene. »Gibt es Zeugen, die Sie gesehen haben?«

»Nein, ich bin unten am Hafen herumspaziert. Als ich nach Hause kam, war Amelie schon weg. Mit dem Baby. Wahrscheinlich hat der Call Instructor sie informiert, dass ich gekündigt habe. Ich dachte, sie ist zu ihrem Vater.« Unvermittelt brach Frey in Tränen aus und schlug sich theatralisch die Hände vors Gesicht. »Was soll ich denn jetzt bloß machen?«

Braun erinnerte dieser Gefühlsausbruch an die Schmierenkomödie eines Laientheaters. Keine Sekunde glaubte er, dass Frey tatsächlich um seine Gattin trauerte. Er hatte sich vermutlich jahrelang den Wünschen Amelies untergeordnet – weil er ein Weichei war und weil sie im Hause Frey die Geldgeberin spielte. Erst jetzt, nach ihrem Tod, sah er seine Chance.

Wie hatten Franka und er am Tatort gemutmaßt? Der Täter mordete aus Wut und Hass. Sowohl Amelie als auch Frey waren wütend gewesen, über das Leben, das sie so sinnlos aneinander verschwendet hatten. Dann hatte es plötzlich keinen Ausweg mehr gegeben, zumindest für Frey. Es war zu einem Überdruck gekommen, der sich mit einem Knall entladen hatte, einer regelrechten Explosion der Gefühle. Ja, das war möglich. Vielleicht sogar durch den kleinen Sohn, Jakob. Aber passte diese Theorie auch zur Art des Mordes? Passte sie zu Frey? War er so kaltblütig und hasserfüllt, wie der Täter es gewesen sein musste? Noch konnte Braun das nur vermuten. Er ermahnte sich, keine voreiligen Schlüsse zu ziehen.

Er gab Franka einen Wink, und gleichzeitig standen sie auf. »Kommen Sie morgen gegen zehn Uhr in die Mordkommission. Das ist die Schwarze Halle am Hafen.«

»Muss ich meine Frau identifizieren?«

»Auch das, ja. Machen Sie sich keine Umstände, wir finden allein hinaus.«

Kurz bevor sie die Eingangstür erreichten, kam Frey ihnen hinterher.

»Da fällt mir doch noch etwas Ungewöhnliches ein«, sagte er mit erstickter Stimme. »Unsere Katze jagt nie Mäuse. Aber gestern habe ich eine vor unserer Terrassentür gefunden. Sie war bis auf das Skelett abgenagt.«

»Ja, und?« Braun öffnete ohne zu zögern die Tür, doch Franka war stehen geblieben und drehte sich um.

»Das Skelett einer Maus? Wie genau sah es aus?«

»Es war nicht direkt ein Skelett, eigentlich nur der Schädel. Muss eine große Maus gewesen sein. Vielleicht sogar eine Ratte?«

»Ein Rattenschädel …« Frankas Stimme war völlig verändert, als sie die Worte hervorstieß. »Ein Rattenschädel!«, keuchte sie.

12

Schwungvoll parkte Braun seinen Jeep vor dem Eingang zu Jans Kellerloft, direkt im Halteverbot. Er hatte Franka an der Schwarzen Halle abgesetzt, damit sie die Polizeiassistenten instruieren und die bisher gesammelten Fakten in eine sinnvolle Reihenfolge bringen konnte. Vor allem aber wollte er später eine Erklärung von ihr, was es mit ihrer Reaktion auf diesen verdammten Rattenschädel auf sich hatte.

Aber zuallererst musste er sich mit Viktor Maly beschäftigen. Der Psychiatriepatient, der ihnen präzise einen Tatort vorausgesagt hatte. Ein derartiger Fall war Braun bisher noch nie untergekommen. Er hatte zwar schon oft mit merkwürdigen Personen und Mördern zu tun gehabt, aber noch nie mit jemandem wie Maly. Braun glaubte Karen, wenn sie sagte, dass ihr Patient an einer Amnesie litt, und er vertraute ihrem Urteil. Bloß warum hatte Maly behauptet, dass er ihn schon einmal getroffen habe?

»Er kennt mich«, murmelte Braun, während er die Treppe zu Jan hinunterstieg. Wieder und wieder hatte er seit dem Treffen sein Gedächtnis durchforstet, ein Viktor Maly tauchte jedoch nirgends auf. Auch nicht dieses Gesicht mit den tief liegenden Augen, nicht die sonore, akzentuierte Stimme, die an Nachrichtensprecher aus früheren Zeiten erinnerte. Nein, Maly war für Braun ein weißer Fleck auf der Landkarte der Erinnerung. Aber vielleicht war Jan in der Zwischenzeit fündig geworden und hatte Informationen, die ein wenig Licht ins Dunkel bringen würden.

Jans Loft befand sich in den Lagerräumen eines ehemaligen Computerladens, der von der Ars Electronica, dem jährlichen Linzer Elektronikfestival, als Zukunftslabor eingerichtet worden war. Mit der Wirtschaftskrise wurden dem Festival die Fördermittel zusammengestrichen, und der Keller hatte jahrelang leer gestanden – bis ihn Braun für Jan Faber entdeckte und bereits anmietete, als der noch im Gefängnis saß.

Der IT-Experte war wegen Mordes zu zwanzig Jahren Knast verurteilt worden, doch Braun hatte von Anfang an gespürt, dass Jan in Wahrheit jemanden deckte – und recht behalten. Nach acht langen Jahren und dem Geständnis des wahren Täters war Jan schließlich freigelassen worden und arbeitete nun fallweise als Berater für Brauns Team. Seit die IT-Spezialistin Chiara Meyer bei ihrem kleinen Kind zu Hause blieb, wurde Jan erst recht mit eiligen Recherchen beauftragt, besonders wenn sie in der gesetzlichen Grauzone angesiedelt waren.

Mit seinem Springerstiefel klopfte Braun gegen die Tür. Das grüne Licht oberhalb der stählernen Eingangstür brannte, also war Jan zu Hause. Braun klopfte ein weiteres Mal und blickte auf den Monitor über der Tür. Aber Jan ließ sich mächtig Zeit, Zeit, die Braun nicht hatte. Ein bizarrer Mordfall, ein mysteriöser Patient einer psychiatrischen Klinik, Rattenköpfe ... und das alles kurz vor Weihnachten. Nicht nur die Medien würden mächtig Druck machen, sondern auch Staatsanwaltschaft und die Polizeipräsidentin. Deshalb mussten in Windeseile alle verfügbaren Fakten über Viktor Maly gesammelt werden, damit Braun ihn besser einschätzen konnte. Was wusste Maly? Wie war er in diesen Mordfall involviert? War er vielleicht sogar selbst der Mörder?

»Scheiße, Jan, warum lässt du mich so lange warten?«

Endlich flammte der Bildschirm oberhalb der Stahltür auf. Gleich darauf war Jans markanter Kopf mit den eisgrauen kurzen Haaren auf dem Monitor zu sehen. Er war um die fünfzig, trotzdem sehr muskulös, denn er trainierte mehrere Stunden täglich mit eigens entworfenen Geräten, um sich schneller in seinem Rollstuhl fortbewegen zu können. Sein großes Ziel war – trotz seines Alters – die Teilnahme an den Paralympics in der Disziplin Rollstuhlfechten.

»Machst du mir endlich mal auf?«, fragte Braun ungeduldig.

Anstelle einer Antwort drehte sich Jan mit seinem mattschwarzen Karbonstuhl mehrmals um die eigene Achse. »Braun, Braun, Braun … Das ist eine ziemlich harte Nuss! Da will uns einer für dumm verkaufen.«

»Wovon redest du?«

»Zeig ich dir gleich. Zuerst die übliche Rätselfrage. In welchem Hotel wurde die Freundin des Punkmusikers Sid Vicious erstochen?«

»Komm schon, Jan. Das ist doch leicht! Nancy Sprungen wurde im Chelsea Hotel ermordet. Und zwar von Sid persönlich.«

Die Antwort war natürlich richtig. In der nächsten Sekunde hörte Braun das sirrende Geräusch des Türöffners, und die schwere Eisentür schwang geräuschlos auf. Er grinste zufrieden. Bei den Sex Pistols machte ihm keiner was vor.

Jans Kellerloft war wohnlich eingerichtet, was Braun immer wieder aufs Neue überraschte. Es gab ein breites Sofa vor einer großen Glastür, die hinaus in einen ziemlich verwilderten Garten führte, der ein paar Stufen höher lag als die Wohnung und für Jan mit seiner Behinderung nicht zu erreichen war. An den Wänden hingen großformatige Bilder, die alle ein Thema hatten: das Meer. Eine Küchenzeile mit Betonelementen vor einer unverputzten Wand verlieh dem Apartment einen dezenten Industriecharakter. Wie es für Loftwohnungen üblich war, gab es keine abgetrennten Zimmer, sah man vom Badezimmer einmal ab. Deshalb stand das balinesische Bett mit pompösem Baldachin, das in seiner kargen Umgebung fast wie ein Fremdkörper wirkte, auch mitten im Raum.

»Wolltest du das Bett nicht entsorgen?«, fragte Braun und deutete auf das mit Drachen und Schlangen schnörkelig verzierte Teil.

»Das hat mir Werner vererbt«, gab Jan knapp zur Antwort und rollte an seinen Hightech-Arbeitsplatz.

Braun schwieg, denn jede weitere Frage nach Werner, Jans totem Geliebten, den er damals gedeckt hatte, war tabu.

»Ich sitze mir seit dem frühen Morgen den Hintern platt«, sagte Jan und holte den Computer aus dem Stand-by-Modus, indem er die Maus antippte.

»Und was hast du ausgegraben? Mach es doch nicht so spannend.«

Braun setzte sich auf einen schwarzen Drehstuhl der Marke Kartell. Jan hatte schon immer etwas für Design übrig gehabt.

»Die gute Nachricht zuerst: Ich konnte mir die Sozialversicherungsakte von Viktor Maly ansehen. War gar nicht so schwer, das System zu knacken. Bisher haben wir ja nur das Krankenblatt aus der Psychiatrischen Klinik, und das beginnt mit seiner Einlieferung vor gut einem Jahr. Es fehlen aber alle Details. Auch die Zeit davor liegt im Dunkel – und da beginnt das Mysterium.«

Die Datei, die Jan nun öffnete, war eine Akte der Österreichischen Sozialversicherung, ausgestellt auf den Namen Viktor Maly. Das Verblüffende daran war, dass die Datei erst vor einem Jahr angelegt worden war, wie Jan ihm erklärte.

»Aber er muss doch vorher schon eine Versicherungsnummer gehabt haben?« Suchend blickte sich Braun um. »Gibt's hier auch Kaffee?«

»Draußen nur Kännchen«, frotzelte Jan und nickte dann nach hinten. »Steht am Tresen.«

Als Braun mit einer Tasse Kaffee in der Hand zurückkam, war Jan gerade in das Studium eines Dokuments vertieft.

»Hier hätten wir die Dokumentation des Krankheitsverlaufs von Maly«, brummte er. »Er wurde vor einem Jahr vor dem Allgemeinen Spital gefunden und zunächst stationär behandelt. Maly leidet unter einer retrograden Amnesie, hervorgerufen durch ein Schädel-Hirn-Trauma infolge eines Schlages auf den oberen Schädelbereich. Er lag eine Woche im Koma und kam dann wieder zu sich, aber die Erinnerung fehlt seitdem, das heißt, Maly kann sich an nichts vor dem Schlag erinnern. Hier steht auch, dass er bei seiner Einlieferung unter schweren Halluzinationen litt und von einem Mord redete. Die Psychiater hielten das aber für eine Wahnvorstellung. Nachdem er aus dem Koma erwachte, sprach er kein Wort mehr. Bis zu dem Zeitpunkt, als er dir den Hinweis auf die Tote im Park gab.«

»Maly hat heute behauptet, dass er mich kennt. Ist das nicht eigenartig?«, überlegte Braun.

»Na, einen coolen Typen wie dich muss man einfach kennen«, konterte Jan, wurde aber schnell wieder ernst. »Wer weiß, in welchem Milieu sich dieser Maly herumgetrieben hat. Das werden wir schon noch herausfinden.«

»Was gibt es sonst noch?«, fragte Braun.

»Merkwürdig an dem Fall ist, dass Maly nicht in eine normale Therapieeinrichtung kam, sondern sofort in die geschlossene Abteilung der Psychiatrischen Klinik überstellt wurde. Seither sind alle Berichte unter Verschluss.«

»Wieso unter Verschluss?« Braun beugte sich zu dem Bildschirm vor und starrte auf den roten Balken. »Keine Autorisierung« stand da in fetten Lettern. »Warum sind seine Krankenberichte unter Verschluss? Und wer hat Maly in die geschlossene Abteilung einweisen lassen? Kannst du da was rausfinden?«

»Ich sehe mal nach.« Jans schlanke Finger flogen über die Tasten, doch schon nach wenigen Augenblicken lehnte er sich enttäuscht zurück. »Nichts. Da steht kein Name.«

»Wurde der gelöscht?«

»Nein, sonst könnte ich ihn rekonstruieren. Es wurde einfach kein Name eingetragen. Gegen alle Vorschriften. Und so was im sauberen Österreich. Ts-ts-ts.« Er schüttelte in gespielter Empörung den Kopf.

»Hm«, brummte Braun und dachte angestrengt nach. Wieso existierte Viktor Maly erst seit einem Jahr? Warum waren selbst diese wenigen Informationen, die man über ihn fand, unter Verschluss? Das alles ergab doch keinen Sinn – nur den einen: Irgendwas an der Geschichte stank gewaltig.

»Das war die gute Nachricht, Braun. Kommen wir jetzt zur schlechten.«

Braun drehte sich auf seinem Stuhl zu Jan um und sah ihn an. Doch der konzentrierte sich auf den Bildschirm.

»Ich habe heute anlässlich deines Besuchs eine neue Software aus Korea ausprobiert. Die ist wesentlich treffsicherer als herkömmliche Gesichtserkennungsprogramme. Bei den Fingerabdrücken hat die NSA jedoch die Nase vorn. Es gibt ein Tool, mit dem sich sämtliche jemals registrierten Fingerabdrücke aufspüren lassen, und zwar weltweit.«

Braun seufzte. »Jan, deine Technikverliebtheit nervt. Komm zur Sache!«

»Zur Sicherheit habe ich alle Daten hübsch portioniert und auf gekaperten Servern hinterlegt. Dann habe ich das Tool einem Vertrauten in London geschickt. Der hat alles zusammengebaut und die Fakten mit seinen Spezialprogrammen durchpflügt«, ließ sich Jan nicht aus dem Konzept bringen.

Braun verschluckte sich fast an seinem Kaffee. »Du hast vertrauliche Polizeiakten an einen Hacker geschickt? Bist du total irre?«

Er schüttelte den Kopf. Jan war sonst so souverän, aber diesmal hatte er den Bogen überspannt. Dabei hatte er es doch gar nicht nötig, diese Wege einzuschlagen. Er hatte bis jetzt noch jede Person aufgespürt, egal wie gründlich die ihre Spuren verwischt hatte.

»Mach dich nicht lächerlich, Braun. In Zeiten von NSA-Bespitzelung ist nun wirklich nichts dabei, wenn man Polizeiakten weitergibt.«

Braun brauste auf. »Aber wir hatten doch ausgemacht, dass du keine illegalen Mittel anwendest!«

Jan zuckte mit den Schultern. »Das hat der amerikanische Präsident auch mal.«

Er öffnete eine Red-Bull-Dose und trank sie in einem Zug leer. Das machte er nur, wenn er mächtig unter Druck stand. Fast hatte Braun den Eindruck, der Schatten von Viktor Maly würde sich plötzlich über Jans Loft stülpen und das Apartment mit Düsternis erfüllen.

»Starless and Bible Black«, zitierte Jan einen King-Crimson-Titel dazu – wie üblich war er empfänglich für Brauns Stimmungen. Dann öffnete er ein neues Fenster seines Computers.

Stirnrunzelnd starrte Braun auf die schwarze Seite. »Da steht nichts, Jan. Was hat das zu bedeuten?«

»Das ist die einzige Seite, die ich zu unserem Viktor Maly gefunden habe.«

»Eine schwarze Seite?«

»Genau. Und ich frage mich, was das zu bedeuten hat. Jeder Mensch hinterlässt digitale Spuren. *Jeder.* Ein Überwachungsvideo, ein Strafmandat, eine Barabhebung, ein Arztbesuch, wenigstens ein Eintrag ins Klassenbuch der Schule. Aber über unseren Viktor Maly gibt es nichts. Absolut nichts. Nichts, nada, niente.«

»Scheiße.«

»Vielleicht sollte ich es einmal auf dem Mond versuchen oder auf dem Mars«, sagte Jan mit einem resignierten Schulterzucken. »Ich weiß einfach nicht, was ich noch ausprobieren soll.«

So hatte ihn Braun noch nie erlebt. Jan war nicht nur verwirrt, sondern regelrecht verzweifelt, die erfolglose Recherche machte ihm eindeutig zu schaffen. Auf allen Bildschirmen wechselte sich ständig das Porträt von Maly mit vertikalen Zahlenkolumnen ab, die wie ein unendlicher Wasserfall im Nichts versickerten.

»So etwas ist mir noch nie passiert! Es gibt immer eine winzige Kleinigkeit, die einen weiterbringt, ein Staubkorn an Information. Aber bei dem Typen finde ich nicht einmal das. Bloß eine schwarze Seite. Das lässt nur einen einzigen Schluss zu.« Jan atmete tief durch und fuhr sich mit beiden Händen übers Gesicht. »Viktor Maly hat nie existiert.«

13

In fünfzehn Minuten wird mich Dr. Jansen besuchen, um zu überprüfen, wie weit sich mein Gedächtnis schon verbessert hat. Mit ihren psychologischen Tricks will sie mir Hilfestellungen geben, damit ich mich endlich selbst begreife, damit ich weiß, warum ich hier bin.

Wie immer wird sie mir aus meiner Krankenakte vorlesen: »Sie heißen Viktor Maly. Wir vermuten, dass Sie zwischen neununddreißig und dreiundvierzig Jahre alt sind. Ein Pfleger hat Sie vor über einem Jahr hier vor der Psychiatrischen Klinik von Linz gefunden. Sie waren blutüberströmt und hatten keinerlei Papiere bei sich. Immer wieder werden Sie von schrecklichen Visionen heimgesucht, über die Sie aber nie sprechen.«

Diesmal wird Dr. Jansen allerdings ergänzen: »Heute haben Sie zum ersten Mal seit Ihrer Einlieferung geredet. Sie haben einem Polizisten einen Tatort verraten. Wie ist es dazu gekommen? Woran können Sie sich erinnern?«

Genauso wird es ablaufen. Erwartungsvoll wird mich die Psychiaterin ansehen, darauf warten, dass ich: »Oh, jetzt fällt es mir wieder ein!«, sage und mich plötzlich an alles erinnern kann.

Aber leider ist das nicht so. Die schwarzen Löcher in meinem Gehirn werden immer größer, so jedenfalls kommt es mir vor. Ich erwache und kann mich nicht erinnern, wann ich eingeschlafen bin. Das Einzige, was mir geblieben ist, ist der Name: Viktor Maly. An den klammere ich mich wie an einen Rettungsring. Ohne ihn wäre ich völlig verloren.

»Heute haben Sie zum ersten Mal seit Ihrer Einlieferung geredet. Sie haben einem Polizisten einen Tatort verraten. Wie ist es dazu gekommen? Woran können Sie sich erinnern? Haben Sie das für mich aufgeschrieben?«, fragt mich Dr. Jansen, die überraschend schon etwas früher in meinem Zimmer aufgetaucht ist. »Darf ich einmal sehen?«

Ich beobachte ihr enttäuschtes Gesicht, als sie das Blatt Papier zur Hand nimmt und liest. Denn ich schreibe täglich dasselbe: *Ich heiße Viktor Maly und bin zwischen neununddreißig und dreiundvierzig Jahre alt …* So geht das tagein, tagaus. Aber Dr. Jansen verhält sich wie ein Profi, als sie mir das Papier wieder zurückgibt. Auch das ist wie immer.

»Schade, dass Sie nichts von dem heutigen Vorfall geschrieben haben. Aber trotzdem ist es schön, dass Sie noch immer so viel wissen«, meint sie und lächelt.

Irgendwie erinnert mich das Lächeln von Frau Dr. Jansen an einen Haifisch. Sie ist durch eine harte Schule gegangen, das habe ich in diversen Artikeln im Internet gelesen. Ich war selbst überrascht, dass ich so einfach mit einem Laptop umgehen konnte – keine Ahnung, wann ich das gelernt habe. Es war das Notebook eines Arztes, das er draußen auf der Anmeldung vergessen hatte, als er zu einem dringenden Notfall gerufen wurde. Komisch, dass ich mich an diese unbedeutenden Ereignisse erinnern kann, aber nicht an die wirklich wichtigen Dinge. Retrograde Amnesie, sagt Dr. Jansen dazu.

Jedenfalls dauerte es nicht lange, und ich war an jede Menge Informationen über Dr. Jansen gekommen. Frei zugänglicher Kram, aber selbst wenn man die fehlenden Stellen mit etwas Fantasie ausschmückt, ist so manches in ihrem Leben ein wenig merkwürdig. Beispielsweise ihr Engagement in Afghanistan und später auf dem Balkan. Psychologische Betreuung von traumatisierten Kriegsopfern? Na ja …

»Viktor, Sie müssen sich auf mich konzentrieren«, ermahnt mich Dr. Jansen. »Oder Sie erzählen mir, woran Sie gerade denken. Vielleicht findet sich ja etwas, womit wir Ihrem Gedächtnis auf die Sprünge helfen können.«

Dr. Jansen ist eine attraktive Frau um die vierzig mit leicht gewelltem kastanienbraunen Haar und eigenwilligen Augen. Ihr Mund ist schmal, was aber vielleicht auf ihre Arbeit zurückzuführen ist.

Heute ist sie allerdings ein wenig verwirrt. Das hat mit der Information zu tun, die ich diesem Braun am Morgen gegeben habe. Noch ein schwarzes Loch in meinem Verstand. Ich hatte plötzlich den Zettel in der Hand und wusste genau, was zu tun war – und was diese Informationen zu bedeuten hatten.

»Ich denke gerade an den Polizisten von heute Morgen«, sage ich zu Dr. Jansen. »Ich kenne ihn von irgendwoher. Tony Braun, dieser Name kommt mir seltsam vertraut vor. Was wissen Sie über ihn, Karen?«

»Eigentlich ist es mir lieber, wenn Sie mich Dr. Jansen nennen, Viktor. Aber, na ja«, sie streicht sich eine Strähne aus dem Gesicht, »ich will mal nicht so sein. Chefinspektor Braun ist der Leiter der Mordkommission Linz, ein sehr fähiger Mann. Er ist kein gewöhnlicher Polizist. Er wird heute noch einmal bei Ihnen vorbeischauen, um …«

Oh, jetzt hätte sie mir beinahe zu viel verraten.

»Er will mich noch einmal sehen? Warum denn?«, gebe ich mich ahnungslos.

»Es ist wirklich interessant, wie Sie immer wieder versuchen, mir Informationen zu entlocken. Sie sind darin sogar ziemlich gut«, sagt Karen mit entwaffnender Offenheit, die natürlich nicht ohne Hintergedanken ist. »Wo haben Sie das nur gelernt?«

Sie will eine Vertrauensbasis schaffen, eine gemeinsame Ebene, deshalb spricht sie mich auch mit dem Vornamen an und erlaubt mir, sie Karen zu nennen. Sie will, dass ich meine Deckung verlasse. Aber warum kann ich das alles so klar analysieren? Vielleicht, weil ich selbst einmal in der Lage war, solche Gespräche zu führen?

»Das sage ich einfach nur so.«

Karen nickt und schreibt etwas auf das Klemmbrett. Später wird sie alles von ihrem Assistenten in den Computer übertragen lassen. Und noch viel später werde ich alles lesen.

»Viktor …« Sie stockt, und das macht mich ein wenig misstrauisch. »Manchmal habe ich das Gefühl, als wüssten Sie viel mehr, als Sie hier vorgeben. Ich meine damit nicht Ihren Namen oder wie Sie hierhergekommen sind«, beeilt sie sich zu sagen. »Ich meine das, was Sie in der Vergangenheit gemacht haben.«

»Sie denken, ich halte absichtlich Informationen vor Ihnen zurück?«, spiele ich den Entrüsteten. »Niemals … Das würde ich niemals tun.«

Ich muss auf der Hut sein. Selbst wenn ich etwas wüsste, dürfte ich nichts von mir preisgeben. Nur so bin ich in Sicherheit, nur so kann ich versuchen, die schwarzen Löcher in meinem Kopf wieder zu füllen.

Braun ist plötzlich in meinem Leben aufgetaucht, aber er hat schon vorher irgendwann meinen Weg gekreuzt. Da bin ich mir sicher. Vielleicht tauchen noch andere Personen auf, mit denen ich früher zu tun hatte? Mein Gefühl sagt mir, dass diese Leute gefährlich sind, vielleicht sogar keinerlei Skrupel hätten, mich zu töten. Wie komme ich darauf? Woher nehme ich diese Gewissheit?

»Nein, natürlich glaube ich nicht, dass Sie mich absichtlich belügen würden«, wiegelt Karen ab. »Es ist nur so, Sie müssen einfach alles aufschreiben, was Ihnen einfällt. Ungefiltert. Nicht immer nur Ihren Namen und die wenigen bekannten Fakten. Das erinnert mich sehr an die Abblocktechniken des Militärs.«

»Karen!« Ich reiße entsetzt die Augen auf. Diesmal muss ich nicht spielen. »Sie müssen mir glauben, ich weiß nicht mehr, als auf diesen Papieren steht.«

Ich habe also recht mit meiner Vermutung, dass die leeren Stellen in Karens Biografie interessant sind. Ihre Arbeit mit traumatisierten Kriegsopfern hatte mit dem Militär zu tun. Woher könnte sie sonst diese Techniken kennen?

Aber noch mehr interessiert mich die Frage: Woher kenne ich diese Techniken eigentlich?

14

Die Mordkommission war in einer Halle am Containerhafen untergebracht, direkt an der Donau. Als die Industriestadt Linz im Jahr 2009 europäische Kulturhauptstadt geworden war, hatte man das Gebäude in aller Eile aus Holz errichtet, um dort Platz für Theateraufführungen und Events zu haben. Nach dem Ende des Kulturhauptstadtjahres hatte man allerdings nichts mehr mit der Halle anzufangen gewusst. Sie abzureißen wäre zu teuer gewesen, und so kam es gelegen, dass die bisherige Polizeidirektion wegen akuter Gesundheitsgefährdung durch Asbest geräumt werden musste. Um die Halle winterfest zu machen, hatte man sie von außen einfach kurzerhand mit schwarzer Teerpappe beklebt. Für die Mordkommission war sie zunächst nur als kurzfristiger Standort geplant gewesen, doch die vermeintliche Übergangslösung dauerte mittlerweile einige Jahre an. Und so war aus einer ausrangierten Theaterhalle die Schwarze Halle der Mordkommission Linz geworden.

Nachdem er von Jan zurückgekommen war, hatte Braun im leer geräumten Zuschauerraum sein Team versammelt, um die anstehenden Aufgaben zu verteilen. Das war jener Punkt in der Ermittlung, an dem Frankas Kollegen wie eine Meute Hochleistungssportler ungeduldig auf den Startschuss warteten, um endlich loslegen zu können. Schon bald würde sich herauskristallisieren, ob es sich um einen Sprint oder einen Marathon handeln würde, je nachdem wie schnell sie den Täter fassten.

Braun hatte es sich zu eigen gemacht, sein Team mit einprägsamen Bildern zu motivieren. Er hatte am Tatort mit seinem Handy Fotos geschossen, die Emotionen hervorrufen sollten: eine winzige Kindersocke mit einem Tropfen Blut darauf, das weinende Gesicht des kleinen Jakob, der Babyschnuller mit der zerbrochenen Kette, die gebrochenen Augen von Amelie, eine blonde Haarsträhne, die in einer kühlen Brise wehte. Damit beschwor Braun jenen Teamgeist herauf, der für ihre Ermittlungen so charakteristisch war: Anspannung zu Beginn, Adrenalinschübe, wenn sich eine Spur als vielversprechend herausstellte, und schließlich das Eintauchen in die dunkle Welt des Bösen, der Verzweiflung und des Todes.

Was Franka gern verdrängte, war die große Leere, die sich nach jedem beendeten Fall wie ein schweres Tuch über sie stülpte, das sie niederdrückte und sie zwang, sich mit ihrem mehr als unbefriedigendem Privatleben zu beschäftigen. Und genau das war das Problem: Sie wohnte im Hotel, weil sie in ihrer eigenen Wohnung von einem Stalker belästigt worden war, der sich gewaltsam Zutritt hatte verschaffen wollen. Aber jetzt hatte sie keine Zeit, sich damit zu beschäftigen. Es gab den Fall, und sie standen noch am Anfang. Keiner wusste, wo sie dieser Mord hinführen würde, welches kranke Hirn sie diesmal begreifen mussten.

Im Gegensatz zu sonst war Franka nicht euphorisch. Natürlich konnte das mit dem Rattenschädel ein Zufall sein. Aber wie wahrscheinlich war das?

Immerhin eines war mittlerweile klar: Bei Bernhard Frey hatte sie sich geirrt, denn es war tatsächlich das Skelett einer Maus gewesen, das vor der Tür gelegen hatte. Doch ihre Reaktion hatte Braun stutzig gemacht, und so wie sie ihn kannte, würde er sich nicht mit einer billigen Ausrede abspeisen lassen.

Eins nach dem anderen, dachte Franka, als sie vor der Pinnwand stand und die bedrückenden Bilder vom Tatort auf der ansonsten noch leeren Tafel befestigte. Aus dem Augenwinkel beobachtete sie, wie ihr Kollege Bruno Berger die für den Fall abkommandierten Polizeiassistenten Michael Lang und Lena Hauser instruierte. Bruno hatte auf eigenen Wunsch von der Drogenfahndung zur Mordkommission und damit in Brauns Team gewechselt. Er hatte zuvor jahrelang als verdeckter Ermittler auf der Straße gearbeitet, irgendwann aber die Schnauze voll gehabt. Denn dieser aufreibende Job hatte zur Folge, dass Bruno weder geheiratet noch Kinder hatte und außer einem alten Golden Retriever kein Lebewesen auf ihn wartete, wenn er nach vierzehn Stunden Arbeit nach Hause stolperte. Brunos Leidenschaft war das Verkosten ungewöhnlicher Weine, sein Traum war ein eigener Weinberg. Franka hatte zu Bruno gleich Vertrauen gefasst, wahrscheinlich weil sie sofort gespürt hatte, dass sie ihm nichts vormachen konnte. Sie hätte eigentlich wissen können, dass er ihre Notlügen mit der Wohnung längst durchschaut hatte. Vielleicht würde sie ihm bei einem Glas Wein einmal etwas mehr über ihr Leben erzählen. Bruno würde verstehen, warum sie so war, wie sie eben war.

Sie riskierte einen Blick zu Braun, aber der war bereits völlig in den Fall eingetaucht. Er saß auf der Kante seines Schreibtischs, hatte die Arme vor der Brust verschränkt und wippte mit seinen Stiefeln vor und zurück. Am Anfang hatten sie die derben Springerstiefel zu dem schwarzen Anzug irritiert, aber mittlerweile hatte sie sich daran gewöhnt. Er trug ja auch täglich das Gleiche. Von Bruno wusste sie, dass Braun nur fünf schwarze Anzüge, ein Dutzend weißer T-Shirts und mehrere Paar identischer Springerstiefel besaß. Er war geschieden und lebte mit seinem Sohn in einer kleinen Wohnung. Derzeit war Jimmy aber für ein paar Monate bei seiner Mutter in Finnland, und Braun wohnte gerade allein. Im letzten Jahr hatte sein Dreitagebart graue Einsprengsel bekommen, was ihn aber mit seinen über fünfundvierzig Jahren noch attraktiver machte. Auch seine Haare waren wieder gewachsen, nachdem sie ihm im letzten Jahr ein brutaler Unterweltboss angezündet hatte.

Jetzt saß er da, den Kopf gesenkt. Seine typische Denkerpose, die kannte Franka schon. So war das immer am Anfang. Braun kauerte auf seinem Schreibtisch und dachte an den Mord. Versuchte, sich die letzten Sekunden vor der Tat vorzustellen, in die verschiedenen Perspektiven zu schlüpfen. Die des Angehörigen. Die des Mörders. Aber am meisten interessierte ihn die Sichtweise des Opfers.

»Na, Braun? Grübelst du schon über Amelie Frey?« Bruno war neben sie getreten und deutete auf Brauns Computer. »Wetten, noch heute Abend hat er ein Bild der Toten als Bildschirmschoner auf dem Rechner.«

»Ich finde, das ist eine tolle Idee«, ergriff Franka für ihren Chef Partei. »Habe ich noch nie zuvor gesehen. Und außerdem, es spornt ihn an. Immer wenn er das Bild des Opfers sieht, verbeißt er sich noch tiefer in den Fall. So lange, bis er den Täter gefasst hat.«

So hatte ihr Braun vor ein paar Monaten selbst seine Beweggründe erklärt, als sie bei ihrem ersten gemeinsamen Mordfall schockiert vor seinem Computer gestanden und den Bildschirmschoner mit einer Leiche zum ersten Mal gesehen hatte.

»Wer ist das?«, fragte Bruno, als Franka einen Computerausdruck aus einer Mappe zog und ihn an eine Pinnwand heftete.

»Das ist der Typ, von dem die Koordinaten stammten, die

zum Park führten«, sagte sie und malte ein großes Fragezeichen neben das Bild.

»Das also ist unser mysteriöser Viktor Maly.« Bruno schob die Strickmütze nach hinten. »Der große Unbekannte, über den es keine Unterlagen gibt, außer einer dünnen Krankenakte.«

»Jan setzt alle Hebel in Bewegung, damit wir ein bisschen mehr über ihn erfahren«, meinte Franka und trat einen Schritt zurück. »Bis jetzt ist noch nicht viel dabei herumgekommen. Es gibt nur dieses Foto von ihm.«

Das Porträt von Maly war unscharf. Jan hatte es aus der digitalen Krankenakte der Psychiatrischen Klinik gezogen. Franka hatte keine Ahnung, wie er das geschafft hatte, aber Jan war eben kreativ – und verschwiegen.

Sie betrachtete das Foto eingehend. Maly hatte ein interessantes Gesicht, schwarzes, kurz geschorenes Haar und dunkle, tief liegende Augen. Auf dem Foto machte er einen verwirrten Eindruck, aber das Bild hatte man offenbar kurz nach seinem Auftauchen vor der Psychiatrischen Klinik gemacht.

»Ein merkwürdiger Typ«, sagte Franka und stellte sich direkt vor das Porträt. Sie ließ es so lange auf sich wirken, bis die Konturen verschwammen und Malys dunkle Augen sie langsam in ihren Bann zogen. Vorsicht!, dachte sie und drehte sich weg.

»Glaubst du, dass Maly etwas mit dem Mord zu tun hat?«, fragte sie Bruno.

»Seine Angaben waren jedenfalls richtig«, antwortete er.

Franka wollte noch etwas zu Bruno sagen, da hörte sie plötzlich das charakteristische Knallen eines Gummiballs, der gegen eine Wand geworfen wurde. Elena Kafka war eingetroffen.

15

Die Polizeipräsidentin Elena Kafka war über fünfzig Jahre alt, fuhr einen bronzefarbenen Porsche mit amerikanischen Stoßstangen und hatte lange Zeit für das FBI als Verhaltensanalytikerin in Washington gearbeitet. Dort hatte sie auch die Liebe ihres Lebens kennengelernt, doch ihr Glück hatte in einem Blutbad geendet. Seit ein paar Jahren wohnte Elena wieder in Linz, gemeinsam mit ihrem neuen Lebensgefährten Peter Witt und dessen Tochter.

»Was haben wir bis jetzt?«, rief Elena schon von Weitem und schoss wieder ihren Gummiball durch die Halle. Der Ball war zu ihrem Markenzeichen geworden, und das Werfen ihre ganz eigene Methode, sich das Rauchen abzugewöhnen. Sie war in jeden Mordfall auf eigenen Wunsch operativ eingebunden, denn nur am Schreibtisch zu sitzen und auf Ergebnisse zu warten, war nicht ihre Welt.

»Das ist übrigens Staatsanwalt Johannes Schuster, er ist mit dem Fall betraut.« Sie wies auf einen großen Mann in einem dunkelblauen Flanellanzug, der sie begleitete. »Es ist sein erster Fall als Staatsanwalt. Vielleicht lesen wir schon in einigen Jahren von seiner Angelobung zum Justizminister. Wer weiß? Seien Sie also bitte so freundlich, und heißen Sie ihn herzlich willkommen in unserem Team.«

»Das ist sehr nett, aber zurzeit noch reine Zukunftsmusik.« Schuster nickte mit völlig ausdrucksloser Miene in die Runde. »Lassen Sie sich nicht stören«, sagte er dann leise und lehnte sich mit verschränkten Armen an einen Schreibtisch.

»Braun, eine erste Bestandsaufnahme«, nahm Elena den Faden wieder auf.

Braun fasste kurz die wichtigsten Details zu Amelie Frey und zum Fundort zusammen und schloss mit den Worten: »Wir haben also ein weibliches Opfer aus prominenter Familie und zwei verdächtige Personen, den Ehemann Bernhard Frey und den Patienten der Psychiatrischen Klinik, der uns die Koordinaten des Parks verraten hat – Viktor Maly.«

»Weshalb der Ehemann?«

Mit einer bunt bemalten Kaffeetasse in der Hand stieß Franka zu der Gruppe, die vor der Wand mit den Fotos stand. Die Kaffeetasse war ein Geschenk von Nana aus der Oase gewesen und hatte zwei Gesichter aufgemalt, ein lachendes und ein weinendes. Franka hatte ein Ritual entwickelt: Wenn sie gut gelaunt war, betrachtete sie das negative Gesicht, um sich daran zu erinnern, dass es auch weniger glückliche Zeiten gab; war sie schlecht gelaunt, heiterte sie das positive Gesicht wieder auf.

Ich darf nicht vergessen, mit Nana zum Arzt zu gehen, dachte sie. Erst jetzt fiel ihr auf, dass Staatsanwalt Schuster sie mit seinen grauen Augen interessiert musterte.

»Braun und ich haben den Ehemann von Amelie Frey bereits aufgesucht«, setzte sie zu einer Erklärung auf Elenas Frage an. »Da hat er sich ziemlich verdächtig verhalten.«

»Wieso? Wie hat er reagiert, als er vom Tod seiner Frau gehört hat?«

»Auf mich hat er einen etwas merkwürdigen Eindruck gemacht. Zwei Dinge sind auffällig. Erstens, Frey hat uns wegen seinem Alibi angelogen. Zweitens, er hat nicht das geringste Interesse an seinem Kind«, antwortete Franka kurz und knapp, denn Elena liebte die stenografieartige Aufzählung von Fakten. »Frey hat gestern Nacht seinen Job in einem Callcenter hingeschmissen. Damit ist sein Alibi für den Zeitpunkt des Mordes geplatzt. Es könnte darüber hinaus Streit mit seiner Frau gegeben haben, die über das Vermögen verfügte. Vielleicht wollte Amelie weg, ihn verlassen. Frey ist ihr gefolgt und hat sie im Donaupark erdrosselt.«

»Braun, was sagen Sie dazu?« Elena drehte sich zu ihm und strich sich über die auffällig roten Haare. Franka hatte gehört, dass Elena sich früher die Haare schwarz gefärbt hatte, trotz dieser geradezu atemberaubenden Naturhaarfarbe, und fragte sich wieder einmal, warum. Reflexartig wollte sie in ihre eigenen blondierten Haare fassen, ließ die Hand aber schnell wieder sinken.

»Hört sich logisch an. Aber Mord ist in den seltensten Fällen logisch. Den entscheidenden Tipp für den Tatort haben wir von Viktor Maly erhalten. Auf mich macht Frey nicht den Eindruck eines Mörders. Er ist ein Waschlappen, der vom Geld seiner Frau gut lebt. Er hätte nie die Kaltblütigkeit, jemand auf diese brutale Art und Weise umzubringen. Das ist zu direkt, zu nah, zu persönlich.«

»Maly ist doch Patient in der geschlossenen psychiatrischen Anstalt, die Tag und Nacht bewacht wird«, mischte sich Staatsanwalt Schuster plötzlich ein. »Wie soll Maly denn diesen Mord begangen haben?«

»Das weiß ich noch nicht. Aber ich weiß, dass er die Voraussetzungen dafür hat. Er ist kaltblütig und intelligent, zeigt kaum Empathie, und er kannte den Tatort.«

»Maly ist psychisch krank«, ließ Schuster nicht locker.

»Er leidet an einer retrograden Amnesie. Deshalb muss er ja nicht verrückt sein. Außerdem sind alle seine Datensätze unter Verschluss, es gibt keine Informationen, wo und wie er vor seiner Einlieferung in die Psychiatrische Klinik gelebt hat.«

»Ein unzurechnungsfähiger Verdächtiger ohne Erinnerung? Das ist eindeutig zu wenig, um Anklage zu erheben.«

Wenn Braun erst einmal in Fahrt kommt, dann kann ihn keiner stoppen, dachte Franka, als sie sah, dass ihr Chef den Einwand des Staatsanwalts mit einer ungeduldigen Geste wegwedelte.

»Wenn Maly unzurechnungsfähig ist, warum gibt es dann überhaupt keine Daten über ihn? Ein schwarzes Fenster auf dem Bildschirm, das ist alles, was wir bekommen. Maly ist ein Mann ohne Vergangenheit. Ich würde sogar so weit gehen zu sagen: Viktor Maly existiert nicht.«

»Das soll ja bei psychisch Kranken ohne Erinnerung öfter vorkommen, dass ihre Identität unklar ist«, erwiderte Schuster achselzuckend.

»Lassen wir das für den Augenblick.« Elena knetete ihren Gummiball und warf einen fragenden Blick auf den Staatsanwalt. »In welche Richtung soll die Ermittlung Ihrer Meinung nach gehen?«

»Konzentrieren wir uns auf den Ehemann. Welches Motiv könnte er haben? Gibt es Indizien, die ihn belasten?« Schuster sah Franka mit seinen kalten Augen durchdringend an. »Nennen Sie uns ein Motiv«, forderte er sie auf.

»Das Motiv ist eindeutig aufgestauter Hass, der sich plötzlich entladen hat. Amelie gehörte doch alles, das Haus, das Geld, das Kind ... sogar der Mann selbst.«

»Wieso der Mann?«

»Bernhard Frey ist ein erfolgloser Künstler. Er arbeitet in der Garage, hat sich da wohl ein Atelier eingerichtet. Da wollte er uns aber nicht reinlassen. Im Internet habe ich ein paar Werke von ihm gefunden. Er fertigt hauptsächlich Steinskulpturen an, verziert mit Drahtelementen. Für ihn wäre es ein Leichtes, eine Garrotte herzustellen. Der Draht sieht auf den ersten Blick ähnlich aus. Wir haben seine Fingerabdrücke genommen, als wir heute Morgen bei ihm waren, und gleichen sie mit den Spuren auf der Tatwaffe ab.«

Je länger Franka darüber nachdachte, desto logischer erschien ihr der Verdacht gegen Bernhard Frey. Was hatte Braun auf der Rückfahrt zum Präsidium gesagt? Frey erinnere ihn an einen entwurzelten Baum, der im luftleeren Raum schwebe und seinen Platz im Leben nicht gefunden habe. Franka musste Braun recht geben, war aber nicht ganz so freundlich bei ihrer Einschätzung: Frey wirkte zwar wie ein Schwächling. Aber wer sagte, dass er das nicht einfach nur spielte, damit sie ihn als Verdächtigen ausschlossen?

»Das ist aber nur eine von mehreren Theorien, dass Frey vorgibt, ein Loser zu sein, um uns einen Bären aufzubinden«, mischte sich Braun ein. »Mir sagt mein Bauchgefühl, dass wir bei Bernhard Frey falschliegen. Der Schlüssel zu diesem Fall ist Viktor Maly.« Er deutete auf das Foto an der Pinnwand.

»Chefinspektor Braun.« Plötzlich klang Schuster nicht mehr nur förmlich, sondern geradezu eisig. »Ich habe von Ihrer viel gerühmten Intuition bereits gehört. Es ist mir bewusst, dass Sie zu den besten Ermittlern zählen, die wir in unserem Land haben. Doch in diesem Fall besteht die Staatsanwaltschaft darauf, dass die vielversprechendste Spur verfolgt wird – nicht die, die Ihrem Bauch am besten gefällt. Übrigens: Es ist bald Weihnachten.« Schusters Stimme bekam wieder einen versöhnlichen Unterton. »Dieser grauenhafte Mord an einer jungen Mutter sollte so schnell wie möglich aufgeklärt werden. Wir bündeln alle Kräfte, um Indizien gegen Bernhard Frey zu sammeln. Schließlich passieren die meisten Morde im häuslichen Umfeld.«

»Aber nicht in dieser Brutalität«, warf Braun ein.

»Ihre charmante Kollegin hat das doch so treffend auf den

Punkt gebracht: Aufgestauter Hass hat zu dieser Brutalität geführt.«

Franka zuckte unwillkürlich zusammen. Es war ihr unangenehm, dass der Staatsanwalt sie zitierte, um Braun in die Ecke zu drängen.

Schuster fuhr fort: »Das klingt für mich nach einem einleuchtenden Motiv. Wie ist Ihre Meinung dazu, Frau Polizeipräsidentin?«

»Ich bin dafür, das Umfeld der Familie Frey zu durchleuchten. Vielleicht stoßen wir auf weitere Spuren.« Und zu Braun gewandt sagte sie: »Ich verstehe, dass Sie sich auf Maly konzentrieren wollen, weil er den Tatort präzise genannt hat. Aber was hat er für ein Motiv, und wie sollte er das überhaupt gemacht haben? Aus der geschlossenen Abteilung verschwinden, um einen derartig brutalen Mord zu verüben?«

»Sie missverstehen mich, Elena. Maly muss nicht unbedingt der Mörder sein. Aber er ist der Schlüssel. Die Frage ist also nicht: Wie hat er für eine gewisse Dauer entkommen können? Sondern: Wie kam der Zettel mit den Koordinaten in seinen Besitz? Hat er ihn selbst geschrieben? Und wie gelangte der Blutstropfen auf den Zettel, der höchstwahrscheinlich von Amelie Frey ist?«, fragte Braun und blickte in die verstummte Runde.

»Das muss erst analysiert werden. Können wir die Diskussion jetzt bitte beenden?«, würgte Schuster den Einwand mit einem Blick auf seine Armbanduhr ab. »Wir haben die weitere Vorgangsweise ja besprochen. Ich bin davon überzeugt, dass Sie diesen Fall schnell lösen werden.«

»In diesem Sinn wünsche auch ich viel Erfolg.« Elena ließ ihren Ball einige Male vom Boden aufspringen, schnappte ihn mit der Hand und wandte sich ab. »Braun, haben Sie noch eine Minute?«

Er nickte, und sie ging an seiner Seite langsam durch den ehemaligen Zuschauerraum zum Foyer, leise murmelnd in ein Gespräch vertieft.

Staatsanwalt Schuster packte seine Unterlagen betont langsam zusammen, offenbar wartete er darauf, dass Elena und Braun außer Hörweite waren. Dann wandte er sich an Franka. »In Wien hält man große Stücke auf Sie. Das hat man mir bei einem informellen Treffen mitgeteilt. Wenn Sie jetzt keinen Fehler machen, qualifizieren Sie sich für höhere Aufgaben. Überzeugen Sie Ihren Chef, dass der Täter im häuslichen Umfeld oder im engeren Bekanntenkreis der Freys zu suchen ist. Er soll sich diesen Verrückten aus dem Kopf schlagen.«

»Trotzdem sollten wir Maly nicht ganz außer Acht lassen«, wandte Franka ein, obwohl sie insgeheim etwas stolz darauf war, dass der Staatsanwalt ihre Theorie guthieß. Vielleicht war dieser Fall der erste wichtige Schritt auf der Karriereleiter. Aber Braun hatte meistens recht mit seiner Intuition, und auch wenn sie die ruppige und sehr direkte Art ihres Chefs manchmal nervte, so gab es doch ein unsichtbares Band des Verstehens zwischen ihnen, das Franka noch mit niemandem so erlebt hatte. Jetzt musste sie also diplomatisch vorgehen, um den Staatsanwalt nicht vor den Kopf zu stoßen.

»Niemand zwingt Sie, die Ermittlungen gegen Maly einzustellen«, lächelte Schuster nachsichtig, doch an seinem Blick erkannte Franka, dass er das Gegenteil meinte. »Sie müssen selbst entscheiden, welcher Weg für Ihre Karriere förderlich ist.« Er packte seine Sachen und ging auf die Flügeltüren des Foyers zu. »Ich bin sicher, Sie treffen die richtige Entscheidung«, sagte er, öffnete die Tür und stieg in eine schwarze Limousine, die bereits auf ihn wartete.

»Was wollte Schuster noch von dir?«, fragte Braun, der plötzlich wieder hinter Franka stand.

»Schuster? Äh … Er will, dass wir den Fall vor Weihnachten abschließen«, sagte Franka schnell, und ihr war unwohl, dass sie nicht die Wahrheit gesagt hatte.

Braun beobachtete sie mit einem skeptischen Blick. »Kommen wir jetzt zu dem Rattenschädel.« Er heftete eine Fotografie des Rattenkopfs auf die Pinnwand. »Was kannst du mir darüber erzählen?«

16

März 1991
Spontanidee: Hab einem Rudel schmutziger Kinder einen Dollar pro Ratte versprochen, wenn die sie mir bringen. Ekelhaft, wie sie gleich danach durch den Müll gepflügt sind. Wie die Schweine. Vermutlich kriechen die gern im Müll rum. Habe ich als Junge auch gemacht, wenn ich Hunger hatte.

Einer von den Jungs hat eine fette Ratte am Schwanz erwischt, aber die hat sich gewehrt, ihm sogar ins Gesicht gebissen. Bestimmt stirbt er dran, die Drecksviecher hier sind ja alle mit Krankheiten verseucht. Doch das ist diesen kleinen Scheißkerlen egal. Hab ihnen trotzdem gesagt, sie sollen nur noch tote Ratten bringen. Für Dollars machen die eh alles. Würden sogar die Hosen runterziehen und sich ficken lassen. Aber kleine Jungs haben mich noch nie angemacht. (Vielleicht nächste Geschäftsidee?)

Und der Bulibascha? Gitano der O Rai o Barro! Der hat sich in den letzten Monaten in die verrotteten Wohntürme von Sputnix III zurückgezogen. Hat mit Schnaps, Zigaretten und Drogen gehandelt und eine kleine Gang um sich geschart. Da gibt's auch den möchtegern-intellektuellen Zoran, der immer viel fragt. Auf den muss ich aufpassen.

Aber Gitanos Macht ist dahin. Denn nichts, was ich versprochen hab, ist passiert. Hat der Kerl wirklich alles geglaubt? Schön blöde. Kann einem fast leidtun. Ich hab meinen Bereich weiter ausgebaut, jetzt bin ich die Autorität von

Dogcity. Mein Wort ist Gesetz. Zum Glück sind Polizisten genauso bestechlich wie dreckige Kinder.

Saß heute wie so oft in der Polizeistation. Habe mit den beiden Polizisten von der obecní policie, *der Gemeindepolizei, um harte Dollars Karten gespielt. Die Idioten haben gewonnen – weil ich es so wollte! Die sind so dumm. Noch brauche ich die Bullen. Aber ich bin Geschäftsmann und habe weitergedacht. Habe über eine Hexenkönigin der Roma gelesen. Jedes Dorf hat eine Chovihani, die die Zukunft sieht. Manche mit Muscheln, andere mit Kreuzen. Oder Glaskugeln. Den Aberglauben dieser Analphabeten zu nutzen, ist auf Dauer besser, als ständig mit der Polizei aufzukreuzen und drauflos zu prügeln.*

Deshalb die Rattenjagd. Abends haben mir die Kinder an die hundert Rattenskelette hingelegt. Ich habe meine Dollars rausgeholt und sie einfach in den Dreck geworfen. Das hätte man filmen müssen, wie von Sinnen sind diese Zigeunerkinder durch den Dreck gerobbt, um sich die Scheine zu krallen. Der Wahnsinn. Sie hatten wirklich eine Ähnlichkeit mit den dreckigen Schweinen, bei denen ich früher geschlafen habe. Die Polizisten haben dazu ordentlich mit ihren Schlagstöcken draufgehauen. Zwecklos. Die kleinen Scheißer haben nicht lockergelassen, bis sie auch den letzten Schein erwischt haben. Habe dann noch zwei Kretins organisiert, die die Rattenskelette in einen Sack gesteckt und in meinen Jeep verladen haben.

Dann habe ich ein Haus gemietet, für lächerliche zwanzig Dollars. Habe die Skelette einfach ausgekocht. Eklig. Blöde Arbeit, aber macht Sinn. Ich habe jeden Rattenschädel mit dem Drahtschwamm gebürstet. Bis zum Morgengrauen. Die Finger sind ganz wund davon. Meine Idee ist jetzt konkret. Finde mich einzigartig und großartig. Trinke Sliwowitz und lese in dem alten Roma-Buch von der Chovihani: »Ratten sind die Begleittiere von Hexen und Zauberern. Als Lebewesen der Nacht, das die Dunkelheit zu seinem Begleiter macht und an Orten lebt, die andere meiden (Friedhöfe, Slums – Dogcity!), steht die Ratte auch mit Geistern, Toten und zwielichtigen Gestalten aus der Anderswelt in Verbindung.«

Ratten sind also Furcht einflößend. Ihr Schädel sind meine Waffe. Das ist so genial wie einfach. Ich hole die Babys und lege stattdessen Rattenschädel in die Betten. Ich drohe einfach mit den bösen Geistern. Ein falsches Wort, und die Dämonen nisten sich in den Bruchbuden ein. Alle Bewohner sind verflucht auf Generationen. Habe gleich mit meinen Wiener Geschäftspartnern telefoniert. Was waren die beeindruckt! Der Aberglaube wird mich zum König von Dogcity machen, zum Herrscher über Leben und Tod.

Sehe mich in meinem Rattenzimmer um. Alle Regale sind mit weißen Schädeln angefüllt. Jeder einzelne steht für ein Baby, und das bringt an die sechzigtausend Dollar. Ich trinke und zähle. Es müssen bereits Hunderte von Rattenschädeln sein, und es werden Tausende werden.

17

Franka stand am Kaffeeautomaten und dachte angestrengt nach. Wie konnte sie Braun von den Legenden rund um die Rattenschädel erzählen, ohne dass er Verdacht schöpfte?

Sie war in einem Zwiespalt. Auf der einen Seite musste es einen Zusammenhang zwischen der toten Amelie und dem Rattenschädel geben, den man am Tatort gefunden hatte, da war sich Franka sicher. Der Knochen war nicht zufällig auf die Bank gelegt worden – er hatte etwas zu bedeuten. Auf der anderen Seite würde ihr gut gehütetes Geheimnis mit einem Schlag aufgedeckt werden, wenn sie Braun davon erzählte, was die Rattenschädel in ihrem früheren Leben einmal bedeutet hatten.

Franka seufzte tief, während sie beobachtete, wie ein weiterer Kaffee in die Tasse mit den zwei Gesichtern lief. Sie wollte eine gute Polizistin sein, die beste sogar, das hatte sie sich vorgenommen. Eine Stütze der Gesellschaft. Und was machte sie jetzt? Sie hielt mit Informationen hinter dem Berg, die vermutlich hilfreich waren. Dieser Gedanke war nicht angenehm, doch sie sah im Moment keine andere Möglichkeit, als Braun noch einmal anzulügen. Zu groß war ihre Angst, dass er nicht verstehen würde, was sie ihm erzählte. Dass es überhaupt niemand jemals verstand.

»Der Rattenschädel symbolisiert den Tod«, sagte sie, als Braun zu ihr trat. »Es könnte die Signatur des Mörders sein.«

»Signatur? Du denkst, es werden noch mehrere Morde

verübt?« Braun verzog skeptisch das Gesicht. »Wie passt denn das zu deiner Theorie von Bernhard Frey?«

»Ich weiß es nicht. Ich habe Jan aber bereits beauftragt, nach früheren Fällen zu suchen, in denen Tiersymbole als Signatur verwendet wurden.«

»Das ist clever.« Braun lächelte anerkennend. »Du bist wirklich eine intelligente Polizistin, und ich bin froh, dich in meinem Team zu haben.« Sein Lächeln verschwand. »Aber das ist noch nicht alles. Du verbirgst etwas vor mir. Das spüre ich. Wenn du etwas weißt, Franka, dann rück damit heraus, und zwar jetzt!«

Franka schnappte nach Luft. »Ich weiß nichts.«

»Vergiss nicht, auf welcher Seite du stehst«, sagte Braun leise.

»Ich stehe auf der *richtigen* Seite.«

Tat sie das wirklich? Gab es überhaupt eine richtige Seite, oder waren alle Seiten falsch, trügerisch wie eine tückische Moorlandschaft? Gab es irgendwo da draußen ein Elmsfeuer, das sie in das Moor lockte, in dem sie rettungslos versinken würde?

»Wie du meinst.« Braun wirkte enttäuscht.

Er kippte Wasser in den Vollautomaten und wartete schweigend, bis der Kaffee seinen Becher füllte. Ohne ein weiteres Wort zu verlieren, ging er zurück an seinen Schreibtisch.

Verdammt! Wie komme ich aus diesem Schlamassel wieder heraus?, fragte sich Franka und stützte sich mit beiden Händen am Tresen neben dem Kaffeeautomaten auf.

Das Handy in der Tasche ihrer Jeans vibrierte. Es war eine SMS, die von einer unterdrückten Nummer an sie abgeschickt worden war. Der Text bestand aus nur drei Sätzen. *Kümmern Sie sich darum, dass nicht weiter gegen Viktor Maly ermittelt wird. Wir melden uns bald mit weiteren Anweisungen. Löschen Sie diese SMS sofort.*

Sie verstand nicht gleich, was die Nachricht zu bedeuten hatte. Doch dann sah sie den Anhang, der sofort Beklemmungen in ihr auslöste. Es war ein Bild von zwei schwarzen Hochhäusern, die wie monströse Kreuze in einem dunklen Niemandsland in die Höhe ragten.

Franka schluckte schwer und drückte den Lösch-Button.

18

Am späten Nachmittag fuhr Braun in die Psychiatrische Klinik von Linz. Als das denkmalgeschützte Gebäude in der Dämmerung vor ihm auftauchte, wirkte es wie eine unheilvolle Erscheinung aus einem Albtraum.

Noch immer hatte er nicht verstanden, warum ausgerechnet in diesem düsteren neogotischen Bau die geschlossene Abteilung der Psychiatrie untergebracht sein musste. Je näher er dem Haus kam, das auf einer Anhöhe stand und von einer großen Parkanlage umgeben war, die jetzt im Winter mit ihren kahlen Bäumen und braunen Wiesen an Trostlosigkeit nicht zu überbieten war, desto mehr wuchs sein Unbehagen. Er stellte sich vor, wie es den Patienten wohl ergehen musste, die dieses Bollwerk zum ersten Mal sahen und wussten, dass sie für eine lange Zeit hinter den dicken Mauern verschwinden würden.

Als er auf den Parkplatz fuhr, musste er an Franka und ihre Reaktion auf den Rattenschädel denken. Ihre Erklärung war halbherzig gewesen – sie hatte von einer Todessymbolik geredet und die Hypothese aufgestellt, dass der Rattenschädel die Signatur des Mörders sein könne. Aber auf Brauns Frage, wie das zu Bernhard Frey passe, hatte sie keine Antwort gewusst. Sehr eigenartig, dieses Verhalten, dachte er. Das kannte er überhaupt nicht von Franka. Doch sein Bauchgefühl sagte ihm, dass er im Moment nicht mehr von ihr erfahren würde.

Die geschlossene Abteilung war durch einen gläsernen Gang mit dem Empfang verbunden, der sich in einem hell erleuchteten Rundbau mit eiförmigen Sitzinseln aus Plastik befand. Als Braun am Tresen den Namen Viktor Maly erwähnte, kontrollierte der Wachmann seinen Dienstausweis noch genauer, ehe er die nötige Erlaubnis in seinen Computer tippte.

»Sind Sie immer so streng?«, wollte Braun wissen.

»Maly ist ein wichtiger Patient. Frau Dr. Jansen hat die Anweisung gegeben, alle Besucher zu kontrollieren und einzutragen.«

»Wann hat Maly das letzte Mal Besuch bekommen?«, fragte Braun und beugte sich über den Tresen, um mit auf den Bildschirm zu sehen.

»Vor zwei Wochen waren ein paar hohe Tiere aus Wien hier und haben sich mit Frau Dr. Jansen eingehend über den Patienten unterhalten.«

»Woher wissen Sie, dass es dabei um Viktor Maly ging?«

»Na, die Herrschaften mussten den Zweck ihres Besuchs angeben, genau wie Sie gerade.«

Braun wollte noch etwas fragen, doch in diesem Moment hörte er jemanden seinen Namen rufen, und als er sich umdrehte, sah er Thomas Just, den Assistenten von Karen, durch den gläsernen Gang auf sich zukommen.

»Chefinspektor Braun, wie schön Sie zu sehen«, begrüßte ihn Just mit einem sympathischen Lächeln.

Er nickte wissend, als Braun ihn nach den Leuten fragte, die vor zwei Wochen Maly besucht hatten.

»Das war die routinemäßige Kontrolle des Innenministeriums«, sagte Just, während sie auf die Sicherheitsschleuse zugingen, die den geschlossenen Trakt vom Rest der Psychiatrischen Klinik abschottete. »Es werden in Österreich jährlich rund hundert Personen ohne Erinnerung aufgegriffen. Dafür gibt es in Wien eine eigene Kommission, um die Identität der Leute festzustellen.«

»Diese Kommission war also auch bei Maly?«

»Natürlich. Maly ist ein Routinefall.«

»Für einen solchen Routinefall hat er aber eine Menge Privilegien. Weshalb genießt Maly so einen Sonderstatus? Ich hatte den Eindruck, als würde sich Dr. Jansen mehr mit ihm als mit den anderen Patienten beschäftigen.«

Just zuckte nur kurz mit den Schultern. »Ich kann Ihnen da leider nicht weiterhelfen.« Er hielt seinen Ausweis auf einen Lichtstreifen neben der Schleuse, und mit einem leisen Zischen öffnete sich die gläserne Tür. Als sie sich hinter ihnen wieder schloss, kam es Braun vor, als wäre er in einer anderen Welt.

Am frühen Morgen war alles dunkel und friedlich gewesen, doch jetzt war Leben auf der Station – wenn auch keines im herkömmlichen Sinn. Es war eine verlangsamte Welt, in der sich Braun befand, eine Welt der verzögerten Bewegungen, starren Blicke und zitternden Körper, faszinierend und deprimierend zugleich. Eine Welt der traurigen Seelen. Manche Patienten tasteten sich wie Blinde an den Wänden entlang, andere glotzten mit weit aufgerissenen Augen Braun und Just hinterher oder flüsterten mit den grün gestrichenen Wänden.

»Wieso bewegen sich alle Patienten so langsam?«, fragte Braun, dem zunehmend unwohl wurde. »Alles geschieht wie in Zeitlupe.«

»Entschleunigung ist eines der großen Themen unserer Klinik«, sagte Just leise, der seine Schritte ebenfalls verlangsamt hatte und nun über den grauen PVC-Boden schlenderte, offensichtlich um sich seiner Umgebung anzupassen und die Patienten nicht zu verwirren. »Das war die Idee von Dr. Jansen. Es ist eine Kombination aus Musik und Medikamenten, die unsere Patienten dazu bringt, sich in aller Ruhe mit sich selbst zu beschäftigen.«

»Auf mich wirkt es ziemlich einschläfernd«, widersprach Braun. »Und das kann doch nicht hilfreich sein, wenn alle wie in Trance sind. Wie sollen sich die Patienten jemals wieder in der hektischen Welt draußen zurechtfinden?«

»Sie gehen viel zu logisch vor.« Just lächelte wissend. »Niemand denkt an draußen. Hier in unserer kleinen Welt sind wir sicher. Wir sind eine große Familie.«

Vielleicht hat er recht, ich denke hier zu logisch. Ich sollte mich mehr auf meine Intuition verlassen. Und eine große Familie wäre wirklich schön ... Unwillkürlich musste Braun an seinen Sohn denken, den er sehr vermisste.

Als er einen Kaffeeautomaten entdeckte, sah er daneben einen älteren Mann stehen, der gerade dabei war, sich einen Plastikbecher in den Mund zu stecken.

»Thalström, draußen scheint die Sonne!«

Der Patient zuckte zusammen, nahm den Becher aus dem Mund und knüllte ihn mit schuldbewusster Miene zusammen.

»Dieser Patient leidet unter einer stark ausgeprägten Form des Pica-Syndroms, begleitet von einer schweren Zwangsstörung«, wandte sich Just vertraulich an Braun. »Er muss immerzu Gegenstände verschlucken. Wichtig ist, dieses Ritual mit absurden Sätzen zu durchbrechen. Bisher ist es uns immer rechtzeitig gelungen.«

Kopfschüttelnd blickte Braun dem Patienten hinterher, der jetzt den Gang entlangschlurfte. Dann drehte er sich zu Just um. »Kann man diesen Trakt eigentlich unbemerkt verlassen?«

»Wo denken Sie hin? Sie haben doch die Sicherheitsschleuse gesehen. Ohne Kontrolle kommt dort niemand durch.« Just blickte ihn fragend an. »Wollen Sie einen Kaffee?«

Braun nickte, und Just nahm einem anderen Patienten, der in der Nähe des Automaten stand und Löcher in die Luft starrte, einfach eine Münze aus der Hand, steckte sie in den Schlitz und schlug mit der Faust einmal kräftig auf den Automaten. Er hob belustigt die Augenbrauen, als der Patient mit betrübter Miene auf den Kaffeebecher starrte, der sich langsam füllte.

»Ich muss Sie jetzt allein lassen.« Just lächelte und hielt Braun den Kaffeebecher hin. »Sie finden den Weg zu Dr. Jansen?«

»Aber ja doch.«

Ganz vorn im Schatten einer trübseligen Zierpflanze sah Braun eine Gestalt, die ihn interessiert beobachtete. Es war Maly. Als der bemerkte, dass Braun ihn entdeckt hatte, nickte er leicht und ging langsam zurück in sein Zimmer.

19

»Hast du schon etwas von Viktor Maly erfahren?«, fragte Braun im Büro von Karen, während er sich an die kurze Seite ihres Schreibtisches lehnte, um unbemerkt einen Blick auf ihren Computermonitor zu werfen.

»Setz dich bitte wie ein normaler Mensch auf einen Stuhl«, meinte Karen, wies auf die beiden Besucherstühle vor dem Schreibtisch und versetzte ihren Computer in den Ruhemodus.

Braun kannte Karen durch den brutalen Sommermädchenmord vor sechs Jahren, später dann war sein Sohn Jimmy mit zwölf Jahren bei ihr in psychiatrischer Behandlung gewesen. Aber richtig kennengelernt hatte er sie nie, und wenn er ehrlich war, wusste er nicht, welcher Mensch hinter der professionellen Fassade steckte. Würde es sich lohnen, einen Blick dahinter zu werfen? Einen Versuch könnte es wert sein.

»Maly hat mir vorhin erzählt, dass er keine Ahnung hat, wie der Zettel in seine Hände gelangt ist«, riss ihn Karens Stimme aus seinen Gedanken.

»Weiß er denn, dass er mir den Zettel gegeben hat?«, fragte Braun.

Er sah, wie Karen kleine und große Kreise auf ihre Schreibtischunterlage malte. Hatte das irgendetwas zu bedeuten? Wollte sie ihn damit vielleicht verunsichern? Seltsam, in einer psychiatrischen Klinik werden die alltäglichsten Handlungen sofort mit einer tiefsinnigen Bedeutung aufgeladen.

»Daran kann er sich schon erinnern, aber er weiß nicht, woher der Zettel kam. Er lag einfach in seinen Händen.«

»Ich habe von Maly eine Schriftprobe mitgenommen, und mein Kollege Faber hat einen computerunterstützten Handschriftenabgleich damit gemacht. Es gibt zwar eine gewisse Übereinstimmung im Schriftbild zwischen der Probe und dem Zettel, aber das reicht nicht aus, um ihn als Urheber der Notiz zu identifizieren. Im Grunde könnte das jeder von uns geschrieben haben.«

»Was soll dieser Abgleich bei bloßen Zahlen schon bringen?«

Braun zuckte mit den Schultern.

»Wie hieß doch gleich der Kollege, der den Vergleich macht?«

»Jan Faber.«

Karen lächelte und schüttelte den Kopf. »Du hast echt einen Hang zu Schattenexistenzen.«

»Woher kennst du Jan?«, wunderte sich Braun. Karen war erst seit gut einem Jahr wieder in Linz, zuvor hatte sie als Psychiaterin in irgendwelchen Krisenregionen gearbeitet, so viel wusste er.

»Ich habe mal ein Gutachten über Faber erstellt. Prognose eher düster.«

»Na, dann passt er ja perfekt in die Mordkommission«, sagte Braun lakonisch. »Zurück zu Maly. Du weißt ja, er hat einen Mord vorausgesagt.«

»Nicht einen Mord, nur einen Tatort«, korrigierte Karen.

»Das kommt doch aufs Gleiche raus.«

Braun beugte sich vor und sah Karen direkt an. Sie war gut aussehend, keine Frage, aber sie war auch die Psychiaterin von Jimmy gewesen. Es war über vier Jahre her, seit Jimmy in Behandlung gewesen war, aber Braun konnte im Verhalten seines Sohnes kaum eine Besserung feststellen. Was aber nicht Karens Schuld war. Die Verbindung zwischen Vater und Sohn war einfach abgerissen, und keiner der beiden fand das lose Ende des Fadens wieder. Zusätzlich zu der emotionalen kam derzeit noch die räumliche Distanz, die sie trennte. Er fragte sich, ob Jimmy wohl bald genug von seiner Mutter und Finnland hatte.

Und was hatte sein Sohn wohl Karen alles über ihn erzählt? Über seine Wutausbrüche? Seinen übermäßigen Alkoholkonsum? Seinen Tick mit den ewig gleichen Anzügen und T-Shirts? Oder über sein neurotisches Sammeln von Vinylplatten. Er wollte gar nicht daran denken.

»Ich glaube nicht an Hellseherei, Karen. Wenn man zügig zu Fuß unterwegs ist, benötigt man vierzig Minuten von hier bis zum Tatort. Macht hin und zurück eine Stunde zwanzig, dazu kommen etwa zehn Minuten für den Mord. Maly hätte also jede Menge Zeit gehabt, Amelie Frey zu töten.«

»Interessante Rekonstruktion, Braun. Fakt ist aber, dass Viktor die Klinik nicht verlassen hat«, sagte Karen. »Er hätte sich am Wachpersonal mit einem Ausgangscode abmelden müssen. Und den hat er nicht.«

»Das klingt in der Theorie gut, aber die Praxis sieht meistens anders aus. Das weißt du so gut wie ich.« Braun lächelte Karen an. »Glaubst du im Ernst, Maly geht zum Wachmann und sagt: ›Hallo, ich will einen Mord begehen und melde mich ab‹? Der Typ findet Mittel und Wege, um von hier abzuhauen.« Zur Bestätigung tippte er mit seiner flachen Hand ein paar Mal auf den Schreibtisch.

»Findet er nicht«, sagte Karen mit einem freundlichen Lächeln, dem jedoch deutlich ihre Verärgerung anzusehen war. »Die Abteilung kann man nur mit einer Berechtigungskarte verlassen. Außerdem gibt es eine Kamera in Malys Zimmer, die in der Nacht aktiviert ist.«

»Verstößt das nicht gegen das Recht auf Privatsphäre?«

»Maly hat die Kamera auf eigenen Wunsch bekommen. So fühlt er sich sicher. Wir können uns später die Bilder aus seinem Zimmer ansehen. Und, noch was, Braun.« Sie hielt kurz inne und zeigte mit einem Kugelschreiber auf seine Hand. »Halte dein Temperament besser in Zaum. Du weißt, was die Geste von grade bedeutet?«

»Interessiert mich nicht.«

»Die Wahrheit wird nicht zugelassen. Die flache Hand ist der Deckel, der alles unter Verschluss hält. Ist gar nicht so schwer zu verstehen.«

»Danke für die Therapiestunde, Karen«, brummte Braun.

Er war unzufrieden, denn immer mehr beschlich ihn das Gefühl, dass Maly Karen in ihrem Urteil beeinflusste. Wieso verteidigte sie ihn so?

»Gehen wir?« Sie stand auf und sah Braun fragend an. Ein Lächeln umspielte plötzlich ihre Lippen.

Vor der Tür zu Malys Zimmer hielt Braun sie zurück. »Das ist eine polizeiliche Vernehmung, Karen. Du kannst leider nicht mit rein.«

»Netter Versuch. Maly ist mein Patient. Davon abgesehen: Das ist nicht mein erstes Verhör mit der Polizei.« Als Karen seine überraschte Miene sah, legte sie ihm beruhigend die Hand auf die Schulter. »Nun mach keine Riesensache draus, Braun.«

Damit öffnete sie die Tür und schob ihn ins Zimmer.

Maly lag auf dem Bett und machte nicht die geringsten Anstalten sich zu erheben. Braun sah einen Esstisch, der dank seines modernen Designs ausgezeichnet in diesen nüchternen Raum gepasst hätte – wäre er nicht mit einer Plastiktischdecke gedeckt gewesen, auf die lachende Erdbeeren gedruckt waren. Doch Brauns Blick wurde sofort von etwas anderem abgelenkt: der Titelseite der Linzer Nachrichten mit der Headline »Wer kennt diesen Mann?« und dem Bild von Maly darunter, die über dem Esstisch an die Wand gepinnt war.

»Vernehmung von Viktor Maly.« Braun betete den Rechtstext in sein Handy und stellte es dann auf das Erdbeertischtuch. »Setzen Sie sich bitte an den Tisch«, bat er Maly höflich.

Doch der schien ihn nicht zu hören. Er lag mit auf der Brust gefalteten Händen auf seinem Bett und rührte sich nicht.

»Setzen Sie sich bitte an den Tisch, damit ich Sie zu Ihren detaillierten Hinweisen befragen kann«, versuchte Braun es noch einmal.

Wie erwartet zeigte Maly auch dieses Mal keinerlei Reaktion.

»Woher kennen Sie den Tatort?«, fing Braun mit seinen Fragen an. »Wer hat Ihnen diese Information gegeben? Hatten Sie Kontakt zu dem Mörder? Kennen Sie Amelie Frey? Haben Sie selbst den Mord begangen?«

Nichts. Es war, als würde er mit der weißen Wand reden. Maly verarschte ihn. Die Stille im Raum war bedrückend, und nur das Ticken des kleinen Weckers auf dem Regal neben dem Bett war zu hören, und das Summen einer Fliege, die in trägen Bahnen durch den Raum flog. Niemand sagte ein Wort.

Dann plötzlich, mit einem Mal, hatte Braun genug. Er stand auf, knackte mit den Fingerknöcheln und ballte die Fäuste.

20

Tara saß auf einer Kiste vor der Sozialstation Social Care und wartete auf Marina Altenberg. Vielleicht konnte sie sich ein paar Euro mit Dolmetschen dazuverdienen? Das hatte ihr Marina in Aussicht gestellt. Die Station war in dem einzigen gemauerten Haus am Rand von Dogcity untergebracht und verfügte über einen eigenen Generator für Strom. Früher einmal war es die Polizeiwache gewesen, aber die Bullen hatten sich in Dogcity schon lange nicht mehr blicken lassen.

Der kleine Dimitru, den Tara mit einem Stofffetzen vorn an ihren Körper gebunden hatte, weinte still vor sich hin und ließ sich auch nicht beruhigen, als sie ihm ihren Daumen zum Nuckeln in den Mund steckte. Ein Kind macht das Leben sehr kompliziert, dachte sie.

Dunkel erinnerte sie sich noch an die Nacht mit Caspasian, der so wunderbar auf der Gitarre hatte spielen können und sie mit seiner Stimme verzaubert hatte. Er war der erste Mann gewesen, der ihr etwas geschenkt hatte. Noch immer trug sie die Kette mit dem glänzenden Stern, die er ihr als Wegbegleiter gegeben hatte. »So bin ich immer bei dir, auch wenn ich ganz weit weg bin.« Denn am nächsten Tag war er verschwunden, weitergezogen mit seinen Freunden. Tara hatte eine Zeit lang bittere Tränen um ihn geweint, sich aber schließlich mit ihrem Schicksal abgefunden, bis zu eben jenem Tag, an dem sie festgestellt hatte, dass sie schwanger war. Wie eine verhexte Schlafwandlerin war sie durch die Straßen geirrt und hatte schließlich wieder bei ihrer Babička, ihrer Großmutter, Zuflucht gesucht. Wie sollte sie plötzlich Verantwortung übernehmen? Wenn sie nicht einmal selbst klarkam? Aber Tara hatte sich zusammengerissen, ihrem Sohn zuliebe, schließlich war er ein Kind der Liebe.

»Da bist du ja.«

Die Stimme von Marina riss sie aus den Gedanken. Der Klang war für Tara wie ein Sonnenstrahl, der diesen düsteren, wolkenverhangenen Tag in etwas Wunderbares verwandelte. Das musste an Marina liegen, die mit ihren hellen Haaren, der weißen Haut und den blauen Augen in dieser schwarzen Welt wie eine Lichtgestalt wirkte.

»Du kannst für den Arzt dolmetschen, der am Nachmittag vorbeikommt«, sagte Marina und strich Tara über den Kopf. »Oh, deine Haare sind ja ganz verfilzt. Wann hast du sie das letzte Mal gewaschen?«

»Weiß nicht.« Tara zuckte mit den Schultern.

»Komm mit rein, ich wasche sie dir.«

»Das brauchst du nicht zu tun«, antwortete Tara schüchtern.

»Das mache ich doch gern«, lächelte Marina und zog sie am Arm in die Sozialstation. »Du kannst den kleinen Dimitru dorthin legen.«

Marina wies auf die Behandlungsliege, drückte Tara auf einen Stuhl und goss Wasser in einen großen Topf. »Warum schreit Dimitru so?«, fragte sie besorgt, während sie den Topf auf den Gasofen stellte.

»Er hat Hunger. Die Trockenmilch ist leer, die du mir gegeben hast.«

»Na, bald wird es ihm besser gehen, glaub mir«, meinte Marina mehr zu sich selbst als zu Tara und sah auf die Uhr. »Hier trink das.« Sie hielt ihr einen Becher hin. »Das ist Tee«, meinte sie lächelnd, als sie Taras skeptische Miene bemerkte. »Tee mit Zitronen. So wirst du nicht krank.«

»Du bist so gut zu mir.« Tara fasste nach der Hand von Marina und drückte sie an ihre Wange.

»Komm, trink endlich deinen Tee.«

»Schmeckt wirklich gut«, sagte Tara, obwohl das Getränk einen bitteren Nachgeschmack hatte. Doch sie wollte Marina nicht enttäuschen und trank deshalb gehorsam die ganze Tasse leer.

Draußen fuhr ein Wagen vor, Türen knallten. Marina löste ihre Hand von Tara. »Bin gleich wieder da«, sagte sie und verschwand nach draußen.

Tara hörte sie laut mit jemandem sprechen, verstand aber nicht, worum es ging. Marinas Stimme wurde lauter, schriller, aber etwas stimmte nicht mit ihrem Gehör. Die Geräusche ebbten ab, um Sekunden später unerträglich laut zurückzukommen und wie eine Welle aus verzerrten Lauten und Klängen über sie hinwegzuspülen. Auch die Welt rings um sie veränderte sich, die Wände der Sozialstation begannen plötzlich vor und zurück zu wabern, und Tara hatte das Gefühl, als wäre sie bei hohem Wellengang auf einem Schiff.

»Dimitru …«, stammelte sie und versuchte aufzustehen, stürzte aber mitsamt dem Stuhl um und schlug hart mit ihrem Kopf auf den Steinboden auf. Die Liege, auf der ihr Sohn unruhig strampelte, war unendlich weit weg, und Tara hatte das Gefühl, als würde sie immer weiter weggezogen. Entfernt hörte sie eine Tür und Schritte, die sich langsam näherten.

»Marina! Hilf mir …«, sagte sie, aber die Worte kamen völlig unartikuliert aus ihrem Mund. Ihre Arme und Beine hingen leblos an ihrem Körper herunter, und sie konnte sich plötzlich nicht mehr bewegen.

Derbe Schuhe tauchten in ihrem Blickfeld auf, dann das

verschwommene Gesicht eines Mannes, der sich zu ihr hinunterbückte.

»Hübsch, hübsch«, hörte sie undeutlich eine kratzige Stimme sagen, und sie spürte, wie ihr Kopf an den Haaren hochgerissen wurde. Alles um sie verschwamm, die Mauern, der Boden, die Liege mit ihrem Sohn. Wo war Marina? Sie fühlte sich wie in einem unsichtbaren Kokon, in dem die Schwerkraft aufgehoben war und sie durch die Luft schwebte.

Als ihr Kopf auf den Boden krachte, wurde ihr schwarz vor Augen. Das Letzte, was sie spürte, war, wie fremde Hände ihren zerschlissenen Rock hochschoben.

Dann verlor Tara das Bewusstsein.

21

»Bleib sitzen!«, hörte Braun die warnende Stimme von Karen durch das schwarze Wasser sickern, das seinen Kopf vollständig umgab, und er tauchte aus dem Unterwassertunnel wieder an die Oberfläche. Doch diesmal half der Ratschlag seiner Psychotherapeutin nicht: Wenn sich die Wut in seinem Inneren zusammenbraue, solle er sich einen Unterwassertunnel vorstellen, den er mit angehaltenem Atem durchtauchen müsse. Er sehe immer das Licht am anderen Ende, und wenn er es erreiche, könne er auftauchen, tief Luft holen, und die Wut sei verschwunden.

Doch seine Wut war nicht verschwunden.

Langsam setzte er sich wieder an den Tisch mit der kreischbunten Tischdecke und drehte sich zu Karen, die auf einem Stuhl neben der Tür saß, ein Klemmbrett auf ihrem Schoss, um das Treffen zu protokollieren.

»Was soll ich tun?«, wollte Braun mit einem angestrengten Schulterzucken von ihr wissen.

»Viktor, wollen Sie nicht mit Chefinspektor Braun über den Zettel sprechen? Es geht um eine Mordermittlung«, insistierte Karen.

»Genau, Maly. Mord. Sie haben den Tatort gekannt und vorausgesagt, dass etwas Schreckliches passieren wird«, nahm Braun mit eisiger Stimme den Faden wieder auf. Diese arrogante Scheiße von Maly ging ihm komplett gegen den Strich. »Kennen Sie Amelie Frey, das Opfer? Haben Sie diesen Namen schon einmal gehört?«

Wieder nur provokantes Schweigen.

Auf einmal atmete Maly laut aus und schwang sich mit einem Satz überraschend gelenkig aus dem Bett.

Der Kerl ist durchtrainiert, dachte Braun. Und stark. Aber nicht nur physisch, sondern auch mental.

Maly bückte sich und zog ein weißes Tuch von einem großen Käfig, der unter seinem leicht erhöhten Bett stand und den Braun jetzt zum ersten Mal bemerkte. Maly kniete sich hin und öffnete die Gitterklappe.

»Was macht er da?«, fragte Braun in Karens Richtung.

Sie schenkte ihm ein flüchtiges Lächeln. »Das ist Teil unserer Therapie.«

Keiner wagte ein Wort zu sagen, während Maly sich am Käfig zu schaffen machte, und Braun fühlte sich immer unwohler in dieser eigenartigen Situation. Er konzentrierte sich auf Maly. Etwas Weißes lief über dessen Schulter – ein Tier, eine riesige Maus, nein, es war eine Ratte, die geschickt über seinen Nacken sauste, den linken Arm entlang bis auf die Matratze lief und sich dann auf die Hinterbeine stellte und neugierig schnupperte.

Ratten als Therapietiere? Das ist doch komplett abgedreht, dachte Braun.

»Karen«, sagte Maly plötzlich, ohne sich umzudrehen. »George braucht frisches Gemüse und die kleinen Karotten. Als Belohnung, sonst funktioniert das Training nicht. Gilbert ist da ganz anders.«

»Natürlich, Viktor. Ich sage der Küche Bescheid, dass sie Gemüse und Karotten für Gilbert und George herrichten.«

Der ignoriert mich einfach, dachte Braun. In seinen Ohren rauschte es.

Langsam griff Braun nach seinem Handy und schaltete die Aufnahmefunktion aus. Es gab eine Grenze, die man als Polizist nie überschreiten sollte. Zum Beispiel sollte man Verdächtige nicht einschüchtern oder ihnen mit Gewalt drohen. Aber im täglichen Leben gab es eben immer wieder Situationen, in denen diese Grundsätze einfach nicht haltbar waren. So wie jetzt, beschloss Braun und schob langsam seinen Stuhl zurück.

»Braun?«

Er hörte, wie Karen hinter ihm aufstand. Wahrscheinlich spürte sie, dass die Luft rings um sie dicker wurde und die Temperatur anstieg. Braun sah den muskulösen Nacken von Maly und sein kurz geschorenes schwarzes Haar. Sah die weiße Ratte wachsam auf dem Bett hocken und mit roten Augen aufmerksam in seine Richtung spähen. Seine Wut war noch immer da, brodelte langsam hoch, wurde von seinem Verstand weggedrückt – doch es war nur noch eine Frage der Zeit, bis er explodierte. Seine Psychoanalytikerin hatte ihm zwar mit dem mentalen Unterwassertunnel-Trick ein Verhaltensmuster gezeigt, wie er seine Aggressionen zügeln konnte, aber zum Teufel damit. Hier ging es um eine gezielte Provokation von Maly, die sich eindeutig gegen Braun persönlich richtete, und das war einfach zu viel. Der Kerl trieb sein Spiel mit ihm. Welcher normale Mensch konnte sich das gefallen lassen? Wer ertrug, dass er ständig verarscht wurde? Keiner.

»Braun. Bleib ruhig!«

Karen sprach im Befehlston mit ihm, wahrscheinlich ahnte sie, was gleich passieren würde. Jimmy hatte ihr sicher erzählt, dass es zwischen ihm und seiner Exfrau Margot in der Endphase ihrer Ehe des Öfteren zu Schreiduellen gekommen war.

»Karen, soll ich Ihnen das Kunststück zeigen, dass ich George heute beigebracht habe?«

Maly stand mitten im Zimmer und verfolgte mit den

Augen die Flugroute der Fliege, die immer noch durch den Raum brummte. Plötzlich schnellte seine Hand nach vorn und wurde zur Faust – dann pfiff Maly leise. Sofort trippelte die Ratte auf ihn zu, und er öffnete seine Faust. Überrascht sah Braun die halb zerquetschte Fliege in der Handfläche zappeln, nach der die Ratte gierig schnappte.

»George ist so intelligent«, sagte Maly in tagträumerischer Gelassenheit. »Intelligenter als manche Personen, die sich hier in diesem Raum befinden.«

Braun vernahm die Stimme, die leicht spöttisch über ihn hinwegstrich. Die toten Augen von Amelie tauchten vor ihm auf. Er sah die blonde Haarsträhne, die traurig über ihre Wange strich, hörte ihr Baby verzweifelt wimmern. Aus dem Augenwinkel sah er den Babyschnuller, der verloren im Dreck lag. Plötzlich legte sich Malys dunkle Stimme über das Bild, die zynisch von Rattenkunststücken redete – vermutlich mit dem einzigen Ziel, Braun herauszufordern. Damit musste jetzt Schluss sein.

»Was würden Sie sagen, wenn ich einem Ihrer Lieblinge einfach den Hals umdrehe?«, fragte er, und noch ehe Maly reagieren konnte, war Braun mit zwei langen Sätzen neben das Bett getreten und hatte nach der Ratte darauf gegriffen. Er hielt sie am Schwanz in die Höhe. »Oder soll ich sie mit einem Skalpell aufschlitzen? Stellen Sie sich vor, wie das arme Tier in Todesangst quietscht und das Blut aus ihm herausläuft ...«

Die Ratte quiekte vor Aufregung und zappelte mit den Beinen, als würde sie jedes Wort verstehen.

»Lass die Ratte los!«, sagte Karen bestimmt, die einen Augenblick später neben ihm stand. Sie nahm Braun das Tier aus der Hand, während er weiterredete.

»Diese Todesangst verspürte Amelie Frey. Aus der Kehle der jungen Mutter ist das Blut nur so herausgespritzt. Es war ein elender Tod. Ein schneller zwar, aber ein elender. Ihre Kleidung war vollgesogen mit ihrem Blut.«

Als hätte die Vorstellung davon in Malys Kopf einen Hebel umgelegt, bäumte er sich plötzlich auf und versetzte Braun so schnell einen Schlag gegen die Schläfe, dass ihm für Sekunden schwarz vor Augen wurde und er ins Taumeln geriet. Er schüttelte den Kopf und wankte, wollte sich auf Maly stürzen. Doch der war schneller, packte seinen Arm, drehte ihn nach hinten, gleichzeitig stieß er ihm die Beine weg. Der Boden raste Brauns Gesicht entgegen, und er schlug der Länge nach schwer auf das graue PVC. Die Luft blieb ihm weg, trotzdem versuchte er sich aufzurappeln. Doch Maly war schon über ihm und drückte ihm das Knie in den Rücken.

»Ich könnte dich jetzt töten«, flüsterte Maly in sein Ohr.

Dann brachen Lärm und Hektik plötzlich wieder über Braun herein: Es war, als würde er aus einem totenstillen schwarzen Gewässer an die Oberfläche schnellen. Die Alarmsirene heulte, und Karen zerrte Maly von ihm runter.

»Aufhören, sofort aufhören!«, donnerte sie mit eisiger Stimme.

Im selben Moment wurde die Tür aufgerissen, und Karens Assistent Thomas Just stürzte gemeinsam mit einem Pfleger in das Zimmer. Kurz darauf hatte sich auch Braun wieder aufgerichtet und stand schwer atmend vor Malys Bett.

»Nur fürs Protokoll: Ich attestiere diesem Arschloch ein hohes Aggressionspotenzial und die Beherrschung von Nahkampftechniken. Er ist durchaus in der Verfassung, einen Mord zu begehen«, stellte Braun nüchtern fest und schnippte ein imaginäres Staubkorn von seinem Sakko. »Selbst wenn er total durchgeknallt ist. Oder gerade deswegen.«

»Bitte treten Sie zurück. Wir müssen unseren Patienten beruhigen«, sagte Just und schob Braun zur Seite.

»Woher kann Maly so kämpfen? Das sind Nahkampftechniken, die man nur bei der Polizei oder beim Militär lernt.«

»Das steht jetzt nicht zur Diskussion«, entgegnete Karen und beugte sich zu Maly, der im Klammergriff des Pflegers mit einem Mal ganz friedlich wirkte. »Die Situation muss deeskaliert werden. Bitte verlass sofort das Zimmer.« Dann wandte sie sich ihrem Patienten zu. »Erinnert Sie die Situation an etwas aus Ihrer Vergangenheit? Ist es so, Viktor?«

Karen legte Maly beruhigend die Hand auf die Schulter. Sie hatte Braun anscheinend völlig vergessen, der noch immer ein wenig benommen in der Tür stand.

»Denken Sie nach! Lassen Sie sich fallen, gehen Sie in unbekannte Welten, erobern Sie Ihr Gedächtnis zurück.«

22

Alles, was Tara sah, war das grelle Licht, das sie blendete, als sie wieder die Augen aufschlug. Sie spürte kaltes Wasser, das ihr jemand ins Gesicht spritzte.

»Wo bin ich?« Ihre Stimme kam ihr fremd vor.

»Ich habe dich nicht verstanden«, hörte sie jemanden dicht an ihrem Ohr sagen, den sie im ersten Moment nicht zuordnen konnte.

»Ich will wissen, wo ich bin! Wo ist Dimitru? Was ist passiert?«

Nur langsam kehrte die Erinnerung zurück, und sie sah das besorgte Gesicht von Marina vor sich.

»Was war das für ein Mann?«, keuchte Tara und versuchte sich aufzurichten. »Wo ist mein Sohn?«

Doch Marinas Hände drückten sie wieder zurück auf die Liege, und sie schloss die Augen vor dem gleißenden Licht.

»Bleib ruhig liegen, Tara.«

Die Stimme von Marina klang endlich wieder so, wie sie Tara kannte, und als sie erneut die Augen öffnete, konnte sie zu ihrer Erleichterung normal sehen.

»Was ist passiert?«, insistierte sie und richtete sich auf. Sie begriff, dass sie in der Sozialstation auf einer Behandlungsliege lag. Der Stuhl, auf dem sie gesessen hatte, war umgestürzt, auch der Schreibtisch stand schief an der Wand. Es sah aus, als hätte es einen heftigen Kampf in dem kleinen Raum gegeben.

Wenn ich auf der Liege bin, schoss es Tara durch den Kopf, wo ist dann mein Sohn?

»Was ist mit Dimitru? Wo ist er? Bitte, sag mir, was mit meinem Sohn ist!«

»Du musst jetzt stark sein«, flüsterte Marina, lehnte sich neben sie an die Liege und strich ihr über die Wange. Erst jetzt entdeckte Tara, dass Marina ebenfalls einen Verband um den Kopf gewickelt hatte. »Sie haben die Station überfallen und Dimitru geraubt.«

»Wer? Wer hat Dimitru geraubt? Was ist passiert?« Taras Stimme wurde immer schriller, und sie richtete sich auf, auch wenn in ihrem Kopf der Schmerz wie ein Donner widerhallte. »Wo ist Dimitru?«

Plötzlich liefen ihr die Tränen über die Wangen, und sie legte ihren Kopf an die Brust von Marina, umklammerte ihre Schultern und wünschte sich weit weg aus diesem Albtraum, aus dieser Hölle.

»Du bist aus heiterem Himmel ohnmächtig geworden. Ich habe noch versucht, den kleinen Dimitru vor den beiden Männern zu retten. Aber sie haben mich einfach niedergeschlagen.« Marina wies auf den Verband um ihren Kopf, der an der Seite ganz rot war.

»Du musst mir alles erzählen!«, keuchte Tara.

Sanft streichelte Marina ihr über die blauschwarzen Haare und berichtete von den Männern, die Medikamente für die Sozialstation hatten bringen sollen. Marina hatte die beiden noch nie gesehen und war deshalb misstrauisch geworden, hatte sie nicht in die Station lassen wollen. Doch dann war Tara plötzlich mit einer Kreislaufschwäche zusammengebrochen. Marina war völlig verwirrt gewesen, und diesen Zusammenbruch hatten die beiden Männer rücksichtslos ausgenutzt und sie niedergeschlagen. Als sie aus ihrer Bewusstlosigkeit erwacht war, waren die Männer bereits mit dem Baby verschwunden gewesen.

»Was sollen wir tun?«

Mit vom Weinen verquollenen Augen sah Tara Marina an, suchte einen Hoffnungsschimmer in den blauen Augen, aber da war nichts, nur Resignation. Langsam kroch die Erkenntnis in ihr hoch, und sie ahnte, dass sie ihren Sohn vielleicht nie wiedersehen würde. Schlagartig wurde ihr klar, dass die Gerüchte, in denen von geraubten Babys die Rede war, nicht übertrieben, sondern tatsächlich Wirklichkeit waren. Plötzlich wurde die Luft knapp, panisch öffnete Tara den Mund und atmete hektisch ein, doch es kam nicht genügend Sauerstoff in ihre Lungen. Ihr Herz pochte wie verrückt.

Was passiert mit mir?, dachte sie mit wachsender Verzweiflung. Muss ich jetzt sterben?

Dann begann sie am ganzen Körper zu zittern.

»Kleine, nicht umkippen!« Marina schüttelte sie, packte sie am Kinn, tätschelte ihr das Gesicht. »Sieh mich an! Kannst du mich hören?«

Mit einem Mal kehrte die Luft zurück, und Tara begann zu schreien. »Dimitru! Ich will meinen Sohn zurück!«, kreischte sie und trommelte mit ihren Fäusten wie verrückt auf Marina ein.

»Wir holen die Polizei. Sie wird uns helfen, deinen Sohn wiederzufinden. Ich gehe nach draußen und probiere es mit meinem Handy. Du bleibst hier. Du darfst dich nicht aufregen!«

Marina strich ihr mit beiden Händen über die Wangen und drückte ihr einen Kuss auf die Stirn. »Ich bin gleich zurück«, flüsterte sie.

Kurze Zeit später kam sie wieder. Sie hielt den Kopf gesenkt, der Verband über ihrem Kopf war verrutscht. »›Diese verdammten Zigeuner interessieren uns nicht.‹ Das hat man mir am Handy gesagt. Kannst du dir das vorstellen?« Marina schüttelte ihr Handy, als wäre es schuld an allem. »Die Polizei kommt nicht nach Dogcity. Diese korrupten Schweine!«

»Ich habe es geahnt«, sagte Tara mit tonloser Stimme. »Die rühren keinen Finger für uns Roma. Für die sind wir doch der letzte Dreck.«

»Das habe ich jetzt auch verstanden. Aber ich kann dir helfen, ich habe Verbindungen.« Endlich schien die Hoffnung wieder in Marinas Gesicht zurückgekehrt zu sein. »Du musst mir versprechen, dass du hier in Dogcity bleibst. Ich sehe zu, dass ich etwas über den Verbleib deines Sohnes herausfinde. Einverstanden?«

»Aber wie soll das gehen? Wie willst du das machen?« In Taras Augen sammelten sich wieder die Tränen. »Warum habe ich ihn nur losgelassen? Ich hätte ihn beschützen müssen.«

»Du darfst dir keine Vorwürfe machen«, versuchte Marina sie zu beruhigen. »Du hattest einen Kreislaufzusammenbruch.«

»Aber wieso denn?«, begehrte Tara auf. »Ich verstehe das nicht. Ich habe mich gefühlt wie in einem luftleeren Raum und konnte nicht nach draußen, wie in einer Luftblase gefangen. Dann stand ein Mann vor mir und ...« Sie stockte. »Er schob mir den Rock hoch.«

Marina streichelte ihr über die Haare. »Du armes Mädchen. Ich werde dir helfen, Dimitru zu finden. Ich verspreche es.«

Tara brachte nur ein ersticktes Schluchzen hervor. »Oh, Marina. Was würde ich nur ohne dich machen?«

23

Franka saß am frühen Morgen in Brunos Wagen am Donauufer und trank heißen Kaffee aus einem Pappbecher. Bruno hatte sie direkt vor der Oase aufgegabelt.

»Ich weiß nicht, warum du so ein Geheimnis um deine ehrenamtliche Tätigkeit machst. Ist doch nichts Schlechtes, wenn man mithilft, dass es den armen Schluckern ein wenig besser geht.« Er rollte sich, während er fuhr, mit einer Hand eine selbst gedrehte Zigarette, die er sich dann unangezündet in den Mundwinkel steckte.

»Ja, schon. Aber ich will es halt nicht rumtratschen, sonst denken alle, ich will angeben«, seufzte Franka, der die SMS vom Vortag nicht aus dem Kopf ging. Sollte sie die Gelegenheit ergreifen und Bruno ins Vertrauen ziehen?

»Ich erzähle es auch nicht weiter«, brummte Bruno, dem wieder mal nicht entging, dass sie etwas auf dem Herzen hatte. Das konnte sie ganz deutlich spüren. Und trotzdem – noch war sie nicht so weit.

»Warum sind wir so früh schon unterwegs?«, lenkte sie das Gespräch in eine andere Richtung.

»Wir besuchen Jan. Er hat einige Informationen über die Freys herausgefunden.«

Sie blickte hinaus auf die Donau, auf der riesige Lastkähne aus dem Nebel auftauchten, die mit ihren Containern bis ins Schwarze Meer fuhren. Wie gern wäre sie selbst gerade auf einem dieser Schiffe und würde auf ihm bis ans Ende der Welt fahren. Sie fühlte sich, als wäre sie einen schmalen Grat entlanggewandert und plötzlich in den Abgrund gestürzt, ohne jemals auf dem Boden anzukommen. Seitdem schwebte sie in einer Zwischenwelt. Sie konnte nicht mehr die Sterne berühren, zerschellte aber auch nicht im schwarzen Nichts der gescheiterten Träume.

Dieses verdammte Bild mit den Türmen von Sputnix III! Jemand wusste etwas. Wer steckte dahinter, und was wollte man von ihr? Und, verdammt noch mal, wie sollte sie mit der Aufforderung von Staatsanwalt Schuster umgehen, der ihr so unverhohlen aufgetragen hatte, die Ermittlungen in eine bestimmte Richtung zu lenken?

»Aussteigen. Wir sind da.« Bruno klopfte ihr aufmunternd auf die Schulter und sah sie mit väterlichem Ausdruck in den Augen an. »Du weißt, du kannst mit mir über alles reden.«

»Danke, aber es ist nichts«, sagte Franka schnell und stieg aus.

Sie standen in einem aufgeschütteten Hafenbecken, das die Stadt an einen Investor verkauft hatte, der darauf Luxuswohnungen mit Donaublick bauen wollte. Doch im Moment fanden sich auf dem gefrorenen Schottergrund nur einige rostige Container.

»Hier soll Jan sein? Was macht er hier?« Franka blickte verwundert umher und ging langsam weiter.

Der Ort war unwirtlich und kalt. Neben einem Container sah sie Jans schwarzen Rollstuhl stehen, daneben ein elegantes Florett, das in dem Schotter steckte. Einsam und verlassen.

Wo war Jan?

Da sah sie ihn. Jan hatte quer zwischen zwei Containern eine Eisenstange befestigt und machte Klimmzüge mit nacktem Oberkörper. Als er Bruno und Franka auf sich zukommen sah, grinste er nur leicht, hörte aber mit seinen Übungen nicht auf.

»Trainierst du immer noch für die Paralympics?«, fragte Bruno und zog sich die Strickmütze über die Ohren, um sich vor dem eisigen Wind zu schützen. »Mit Rollstuhlfechten hast du dir ja eine exotische Disziplin ausgesucht.«

»Erzählt das bloß keinem weiter. Das ist mein süßes kleines Geheimnis.« Die Stimme von Jan klang kein bisschen angestrengt, obwohl er sich unentwegt an den Armen nach oben zog.

»Weil du keine Erwartungen wecken willst?«

Jan grinste. »Nein. Weil ich gern den Geheimnisvollen spiele.«

Bruno verzog das Gesicht und blickte dabei Franka an. »Mystery-Man is back!« Auch er grinste. Dann schaute er wieder zu Jan. »Das hast du gar nicht nötig, Alter. Du bist doch ein Naturtalent im Angeben.«

Jan griff mit der linken Hand nach einem Seil, schlang es sich um den Arm und zog sich daran hoch. Dann ließ er sich elegant auf einem in der Nähe stehenden Ölfass nieder und zog sich ein Beastie-Boys-Shirt mit Kapuze über den durchtrainierten Oberkörper.

Vielleicht sollte ich mehr trainieren und weniger nachdenken, schoss es Franka durch den Kopf.

»Spotte nur, du Möchtegern-Winzer«, sagte Jan in Brunos Richtung. »Jeder hat ein paar verborgene Ecken. Oder, Franka?«

Bruno starrte sie von der Seite an. »Was meint er damit?«

Sie zuckte widerwillig mit den Achseln. Hatte Jan etwas über sie herausgefunden? Ihr Herzschlag beschleunigte sich, und sie hatte Mühe, die Fassung zu wahren.

»Du brauchst nicht so verblüfft zu gucken, Bruno«, lachte Jan. »Die Frau ist dir intellektuell weit überlegen. Sie hat den besten Abschluss der Akademie und trifft auf hundert Meter ins Schwarze. Letzte Woche beim Schießtraining dreimal en suite.«

»Woher kennst du meine Trainingsergebnisse?« Franka wusste nicht so recht, ob sie sich geschmeichelt fühlen oder sich ärgern sollte. Warum interessierte sich der toughe Jan Faber für sie? War der nicht schwul? Oder vielleicht bi? Oder missverstand sie das alles vielleicht? Hatte er nun ihre Vergangenheit durchleuchtet oder nicht?

»Ich bitte dich, Franka. Es ist mein Job alles herauszufinden. Auch die Tatsache, dass du eine hervorragende Schützin bist. Was sollte ich denn sonst den ganzen Tag in meinem Keller anfangen?«

»Bevor wir unsere Zeit mit noch mehr Komplimenten vertrödeln«, unterbrach ihn Bruno, »was kannst du uns Interessantes über die Freys erzählen?«

»Ich hab vor allem was über ihn in Erfahrung gebracht. Bernhard Frey, der vor der Ehe mit Amelie noch Schmitz hieß, hat in Wien Bildhauerei studiert, wurde bei seiner Bewerbung für eine Gastprofessur aber nicht berücksichtigt. Er ist frustriert nach Linz gekommen, um als Lehrer zu arbeiten, und hat bei einem Töpferkurs Amelie Frey kennengelernt. Als sie geheiratet haben, hat er nicht nur ihren Namen angenommen, sondern auch seinen Job an der Kunstschule gekündigt, um als freier Künstler zu arbeiten. Amelie arbeitete übrigens eine Zeit lang in der Bank ihres Vaters, dann aber nicht mehr. Die beiden lebten sehr zurückgezogen.«

»Stimmt. Die Freys haben einen sehr kleinen Bekanntenkreis. Laut seiner Aussage gab es nur ein Ehepaar, mit dem sie sich ab und an getroffen haben«, ergänzte Bruno.

Jan nickte kurz, machte eine Pause und fischte hinter dem Ölfass zwei Krücken hervor.

»Du willst doch nicht auf Krücken gehen?« Bruno schüttelte zweifelnd den Kopf. »Das hältst du doch nie im Leben durch.«

»Wetten, ich komme bis zur Ecke beim blauen Container.« Jan legte die Krücken an, holte tief Luft und schwang sich vom Ölfass. Für einen kurzen Moment hatte es den Eindruck, als würde er mitsamt seiner Gehhilfen zu Boden stürzen, doch dann fand er sein Gleichgewicht wieder und zog sich erstaunlich behände bis an die Ecke.

»Dieser verdammte Teufelskerl«, murmelte Bruno anerkennend.

Auch Franka war beeindruckt.

»Seit ich damals auf der Flucht vor der Polizei vom Dach gefallen bin, akzeptiere ich die Diagnose Querschnittlähmung einfach nicht«, rief Jan ihnen zu. »Genauso wenig wie ich es akzeptiere, dass Viktor Maly nicht existiert.«

»Das ärgert ihn gewaltig«, raunte Bruno leise Franka zu. »Dass er über Maly noch nichts herausgefunden hat.«

»Du brauchst nicht zu flüstern. Ja, das stört mich. Aber ich habe trotzdem was für euch. Ich habe mir die Konten der Freys mal angesehen.«

»Schieß los. Wir sind schon gespannt.«

»Vor etwa einem halben Jahr wurden insgesamt sechzigtausend Euro von einem gemeinsamen Konto der Freys auf ein Konto in Zypern überwiesen«, verkündete Jan, der wieder zu ihnen zurückgekehrt war.

»Sechzigtausend?«

»Ja, in zwei Tranchen. Zweimal dreißigtausend?«

Franka schüttelte den Kopf. »Was für eine Verbindung haben Bernhard Frey nach Zypern?«

»Vielleicht haben sie da mal Urlaub gemacht«, sagte Jan mit einem Grinsen. »Und wollten das Land vor dem Staatsbankrot bewahren.«

Franka ging nicht auf seine ironischen Bemerkungen ein.

»Weiß man was über den Empfänger?«

»Ja. Das Konto gehört der tschechischen Investmentfirma Sputnik, der man Kontakte zur Russenmafia nachsagt. Denen konnte aber bisher noch nie etwas nachgewiesen werden.«

»Sputnik? Hm. Das würde gut zum Mordwerkzeug passen. Die Garrotte wird ja bei der Ostblockmafia gern für Verräter eingesetzt. Dass man sie am Tatort zurückgelassen hat, könnte durchaus als Warnung verstanden werden.«

Jan nickte. »Gib mir noch ein wenig Zeit für die Zusammenhänge. Hinter Sputnik steckt ein ziemlich verwirrendes Firmenkonglomerat.«

»Das sind interessante Neuigkeiten, Jan«, sagte Franka. »Damit werden wir Bernhard Frey konfrontieren. Möglicherweise gibt es einen Zusammenhang.«

Und noch etwas fiel ihr natürlich auf: Der Name Sputnik erinnerte sie an Sputnix III, die zwei schwarzen Türme. Ob das wirklich nur ein Zufall war?

»War das alles?«, wollte Bruno wissen.

»Nein. Merkwürdig ist auch, dass die Geburtsurkunde von Amelie Frey erst vier Jahre nach ihrer offiziellen Geburt ausgestellt wurde, und zwar von der Richterin Dr. Helene Weinberg. In der Geburtsurkunde ist keine Mutter eingetragen, nur ihr Vater, der Bankier Robert Frey.«

»Das hört sich in der Tat mehr als seltsam an. Ob da jemand die richtigen Leute geschmiert hat?« Bruno zupfte an seinen grauen Locken, die unter der Strickmütze hervorlugten.

»Braun hat mir erzählt, Amelie hätte vielleicht einen Putzzwang gehabt«, fuhr Jan fort.

»Ja, wir hatten den Eindruck, als wir im Haus waren«,

nickte Franka. »Es war wirklich mehr als sauber dort, beinahe schon steril.«

»Das passt.« Jan zog sich zum Rollstuhl und ließ sich hineinplumpsen. »Amelie ist von ihrem Frauenarzt zu einem Psychiater überwiesen worden. Sie litt unter Depressionen. Laut Krankenakte hat sie eine Einzelbehandlung abgelehnt. Sie wollte in einer Gruppe therapiert werden, warum auch immer. Ihr Psychiater hat ihr eine empfohlen.«

Er drehte sich mit seinem Rollstuhl herum und sah Franka und Bruno direkt an. Die Kiefermuskeln in seinem kantigen Gesicht zuckten, und seine blauen Augen leuchteten. »Und jetzt ratet mal, was Mystery-Man herausgefunden hat.«

Franka seufzte. »Mach es nicht so spannend, Jan.«

»Amelie Frey war in einer Selbsthilfegruppe der Psychiatrischen Klinik von Linz. Und Leiterin dieser Gruppe war niemand Geringeres als Dr. Karen Jansen.«

24

Bernhard Frey sah völlig verkatert aus, als er am Morgen in der Schwarzen Halle auftauchte. Braun holte ihn am Empfang ab und drückte ihm eine Kaffeetasse in die Hand. Frey fingerte eine zerdrückte Zigarettenschachtel aus seinem grauen Militärmantel und klopfte die zahlreichen Taschen auf der Suche nach einem Feuerzeug ab.

»Hier ist Rauchverbot«, brummte Braun. »Aber oben auf dem Dach können Sie rauchen, während wir reden.«

Der Wind pfiff ungemütlich, als sie auf dem Flachdach standen und über die Donau blickten. Links und rechts der Schwarzen Halle ragten die Containertürme in den grauen Himmel. Die Ladekräne tauchten auf ihren Schienen lautlos wie prähistorische Ungeheuer auf, um die Frachtkähne zu beladen. Frey hatte sich eine Zigarette angezündet und stand am Rand des Daches. Es gab keine Brüstung, nur eine niedrige Begrenzung.

»Wenn ich jetzt hinunterspringe, dann glaubt man sicher, dass Sie mich gestoßen haben«, sagte er und trat einen halben Schritt nach vorn. Er wippte mit seinen Schuhen auf und ab, so als würde er überlegen sich abzustoßen. Einen Fuß hatte er auf der Brüstung abgestellt.

»Warum würden Sie springen wollen?«

Braun hatte beide Hände in die Hosentaschen gesteckt und den Kragen des Sakkos aufgestellt. Er blieb in sicherer Entfernung vom Dachrand stehen und sah nur den Rücken von Frey und die aufglimmende Zigarette.

»Alle Welt glaubt, dass ich Amelie ermordet habe«, antwortete Frey, als würde er über das Wetter reden. Seine Stimme wurde vom Wind nach unten in den Fluss geweht und verschwand dann in den Weiten des Mühlviertels. »Aber ich habe meine Frau geliebt. Ich hätte ihr nie etwas antun können.«

Braun ging nicht auf Freys Rechtfertigungen ein, sondern konfrontierte ihn mit den Erkenntnissen, die er von Franka erfahren hatte.

»Woher kam das Geld?«

»Sechzigtausend Euro sind eigentlich genug«, sagte Frey nachdenklich, anstatt auf Brauns Frage zu antworten, und breitete die Arme aus, als wollte er gleich wegfliegen. Noch immer stand er gefährlich nahe am Rand des Flachdachs. »Mit sechzigtausend Euro hätte ich ein neues Leben beginnen können.«

»Möchten Sie ein neues Leben beginnen?«

»Wer will das nicht? Gerade in meiner derzeitigen Situation. Ich weiß übrigens nicht, von welchem Geld Sie sprechen. Amelie und ich haben ein gemeinsames Konto. *Hatten* ein gemeinsames Konto«, verbesserte er sich sofort. »Aber ich bekam nur ein angemessenes Taschengeld.«

»Das hat ja jetzt ein Ende. Alles Geld gehört bald Ihnen allein«, sagte Braun und lächelte grimmig.

»Ach, das ist mir so was von egal.« Frey verzog das Gesicht und fuhr sich durch die Haare. Dann drehte er den Kopf nach hinten und zündete sich mit der abgerauchten Kippe die nächste Zigarette an. Er wippte mit seinen Schuhen auf der Brüstung gefährlich auf und ab.

Braun war sich nicht sicher, ob der Witwer von Amelie Frey eine gelungene Inszenierung darbot oder ob seine Verzweiflung wirklich echt war.

»Sie werden mir das jetzt nicht glauben. Aber ich besitze nicht einmal eine Karte für das Konto«, sagte Frey.

»Sie wissen also nicht, wofür dieses Geld bestimmt war?«

»Wann kann ich meine Frau endlich sehen?«, wechselte Frey plötzlich das Thema und schnippte die halb gerauchte Zigarette nach unten in die Donau. Nachdenklich sah er der Kippe nach und beugte sich dabei weit nach vorn. »Ich hatte noch keine Zeit, um von ihr Abschied zu nehmen.«

»Wir fahren später in die Gerichtsmedizin.« Braun machte einen Schritt auf Frey zu. »Los, wir gehen wieder nach unten, hier ist es zu kalt.«

»Ich überlege ernsthaft, ob ich springen soll.« Frey balancierte auf der Begrenzung entlang und klopfte gleichzeitig eine neue Zigarette aus der Packung. »Ja, warum eigentlich nicht? Ich springe in die Ruhe. Vielleicht aber auch in die Hölle.«

»Niemand hat Sie gesehen, als Sie das Callcenter verlassen haben«, redete Braun gegen den Wind an, der immer stärker über den Fluss wehte, der ihm zuflüsterte, dass Frey niemals seine Frau ermorden würde. Dazu war er viel zu passiv und wehleidig. Er war einfach nicht der Typ, der mit einer Garrotte in der Hand seiner Frau im Park auflauerte und sie damit fast köpfte. Trotzdem, er hatte kein Alibi.

»Wo sind Sie gewesen?«

»Ich bin ziellos durch die Stadt gefahren. Sagte ich doch bereits. Gestern habe ich mich betrunken und viele meiner Skulpturen zerstört«, schob Frey nach. »Mein Werk wird nicht weiter bestehen. Niemand wird mich vermissen. Ich gehöre zu den Vergessenen.«

»Denken Sie überhaupt nicht an Ihren Sohn?«

Braun ärgerte sich über sich selbst. Es war vielleicht keine so gute Idee gewesen, mit Frey auf das Dach zu steigen, wenn der Mann psychisch so unter Druck stand. Auf der anderen Seite stanken ihm dieses übertriebene Selbstmitleid und die lethargische Todessehnsucht gewaltig.

»Wo ist Ihr Sohn jetzt? Wer passt auf ihn auf? Oder ist er noch immer im Kinderspital?«, fragte Braun weiter, da Frey überhaupt keine Anstalten machte weiterzureden.

»Jakob? Der Junge ist bei seinem Großvater.«

Frey machte einen resignierten Eindruck, und Braun fragte sich, warum.

»Bei Robert Frey?«, fragte er. »Oder bei Ihrem Vater?«

»Ich habe keine Eltern mehr.« Frey schluckte. »Jakob ist bei Robert. Er hat ihn noch gestern Nacht abgeholt.«

»Ist es Ihnen völlig egal, dass Ihr Sohn nicht bei Ihnen ist?« Zweifelnd sah Braun zu Frey. »Ich kann das nicht verstehen.«

»Für Amelie gab es nur ein Vorher bei ihrem Vater und ein Nachher mit mir und ihrem Sohn.«

»Wie meinen Sie das?«, fragte Braun, der aus dieser Bemerkung nicht ganz schlau wurde.

»Amelie hat, bis sie mich kennenlernte, bei ihrem Vater gelebt. Die beiden standen sich sehr nahe.«

»Was ist eigentlich mit der Mutter? Wir haben herausgefunden, dass es einige Ungereimtheiten mit ihrer Geburtsurkunde gibt. Dort fehlt der Eintrag, wer die Mutter war.«

»Ich weiß nichts davon. Amelie hat immer nur von ihrem Vater gesprochen, und abgesehen davon, haben wir nie groß über die Vergangenheit geredet. Uns beiden war immer nur die Gegenwart wichtig. Das ist doch das Einzige, was letztendlich zählt, meinen Sie nicht?«

Diese pseudo-philosophische Bemerkung ignorierte Braun lieber. »Und jetzt hat Ihr Schwiegervater sofort Ihren Sohn zu sich geholt? Finden Sie das alles nicht auch ein wenig eigenartig? Immerhin sind Sie der Vater.«

»Nun, so ist Robert nun einmal. Er setzt sich etwas in den Kopf und zieht es dann durch. Rücksichtslos. Er ist eben ein richtiger Banker.«

»Litt Amelie deshalb an Depressionen, weil sie so eine enge Beziehung zu ihrem Vater Robert hatte? Was hat sie Ihnen darüber erzählt? Wussten Sie, dass Ihre Frau in einer Selbsthilfegruppe war?«

Der plötzliche Themenwechsel brachte Frey völlig aus dem Konzept. »Aber das ist doch Unsinn. Davon wusste ich nichts. Warum sollte Amelie wegen ihrem Vater Depressionen gehabt haben? Sie ging zum Frauenarzt. Depressionen, das ist vollkommen lächerlich! Sie hatte wirklich alles. Zum Schluss sogar das Kind, dass sie sich in den Kopf gesetzt hatte.« Er schwieg, als dächte er über seine Worte nach. Dann setzte er hinterher: »Und natürlich hatte sie mich.«

25

Sie spürte, wie das eiskalte Wasser durch ihre löchrigen Sneaker drang. Vielleicht ist es doch keine so gute Idee gewesen, nach Sputnix III zu gehen, um mein gestohlenes Kind zu suchen, dachte sie angsterfüllt und blickte hektisch nach links und rechts. Sie wusste, dass Dutzende Augenpaare jeden ihrer Schritte belauerten, nur darauf warteten, dass sie eine falsche Bewegung machte. Immer wieder hörte sie leises Plätschern, wenn nackte Füße durch die Pfützen liefen, um sich hastig hinter einer der unzähligen Betonsäulen zu verbergen, die Tara an einen Zementgarten mit Bäumen aus Beton erinnerten.

»Geh nach Sputnix III«, hatte die Chovihani, die alte Roma-Hexe aus Dogcity, zu Tara gesagt und mit ihren schwarzen Fingernägeln zu den Türmen gewiesen, die unheilvoll in den Himmel ragten. »Geh zu Zoran. Er wird dir helfen, dein geraubtes Kind zu finden.«

Zunächst hatte sie es gar nicht vorgehabt. Sie war noch in der Dunkelheit aufgebrochen, um Marina zu fragen, wie es weiterging. Welche Pläne sie hatte, um Dimitru zu suchen. Doch die Station von Social Care war geschlossen gewesen, und hinter den vergitterten Fenstern hatte kein Licht gebrannt. Auch der Wagen von Marina war weg gewesen. Sie werde erst im nächsten Frühjahr zurückkommen, hatte auf einem Zettel gestanden, der an die Tür der Baracke geklebt worden war.

Sie hat mir nicht gesagt, dass sie wegfährt. Nicht einmal

verabschiedet hat sie sich von mir, dachte Tara, während sie sich weiter vorankämpfte.

Marina war weg und Tara ganz allein. In ihrer Not hatte sie sich an die alte Chovihani erinnert und war in ihren nach verbotenen Kräutern riechenden Verschlag geschlüpft. Die Chovihani hatte sich eine Pfeife gestopft und verzückt den dicken Rauchschwaden nachgeblickt. Dann war sie auf ihr mottenzerfressenes Sofa gesunken und hatte etwas über die Türme und Zoran gemurmelt. Da hatte Tara gewusst, dass Zoran ihr letzter Ausweg war, dass es sonst niemanden gab, an den sie sich wenden konnte. Nach einem fast schon unverschämt kurzen Abschied hatte sie die Chovihani verlassen und sich vorsichtig über vereiste Wege an die schwarzen Hochhäuser herangetastet, die immer größer, immer bedrohlicher wirkten, je näher sie kam.

Mit angehaltenem Atem hatte sie kurze Zeit später vor der Einfahrt in die Tiefgarage gestanden, die von Müll und altem Gerümpel übersät war und in ein schwarzes Loch mündete, das Tara an das Tor zur Hölle erinnert hatte. Mitten in der Einfahrt stand ein klappriger Lieferwagen mit geöffneten Türen. Sie riskierte einen kurzen Blick hinein und sah aufeinandergestapelte Kartons mit Zigaretten und Holzkisten voller Wodka und Champagner. Schnell drückte sie sich an dem Wagen vorbei, denn sie wollte niemandem in die Quere kommen.

Auf der Suche nach einer Treppe irrte sie weiter durch die finstere Tiefgarage, in der das verseuchte Grundwasser bis zum Knöchel hoch stand. Ihr langer Rock schleifte durch das Wasser, ihre Beine waren schon eiskalt. Die Arme hatte sie schützend um ihren Oberkörper gelegt, die zerschlissene Strickjacke war beileibe kein ausreichender Schutz gegen die beißende Kälte. Vorsichtig tappte sie durch das Dunkel, sah gebückte Gestalten über rostige Wasserrohre huschen und glaubte, ein vielstimmiges Wispern zu vernehmen.

Endlich erreichte sie eine verrostete Eisentreppe. Sie führte nach oben auf eine Plattform und hatte an der Seite große metallene Räder, um die eine Eisenkette gelegt war, ähnlich wie bei einem Fahrrad. Tara hatte gehört, dass man einst geplant hatte, eine Rolltreppe von der Tiefgarage in das Erdgeschoss zu bauen, aber wie so vieles war auch dieses Vorhaben nie fertiggestellt worden. Langsam wie eine Schlafwandlerin schleppte sie sich durch das verfallene Foyer bis zum frei stehenden Treppenhaus, das an den Seiten notdürftig mit Brettern gesichert war.

Es war bereits finstere Nacht, als sie in den oberen Etagen ankam. Der eisige Wind blies heftiger, und Tara hatte das Gefühl, als würde der nächste Windstoß sie in die Tiefe reißen. Jedes der Stockwerke des Hochhauses wurde von mehreren Roma-Familien bewohnt, die den Rohbau notdürftig in Wohnungen verwandelt hatten. Viele der alten, gebrechlichen Bewohner hatten schon seit Jahren die Türme nicht mehr verlassen, denn sie hatten keine Familie und damit niemanden, der sie ins Freie trug. Aber so jemand brauchten sie auch gar nicht, denn die zwei Türme waren wie eine Stadt. In manchen Etagen gab es kleine Läden, in denen man Nahrungsmittel und Kleidung kaufen konnte, aber auch verschlissene Bettwäsche und notdürftig reparierte Möbel. In den untersten Stockwerken, die als Einkaufszentrum mit Galerie geplant worden waren, befand sich sogar eine provisorische Schule.

Ein heftiger Regenguss peitschte Tara die Haare ins Gesicht. Der Schauer war so heftig, dass er den Beton, auf dem sie lief, glitschig machte, und beinahe wäre sie von der Treppe in den Abgrund gestürzt. Mit Müh und Not erlangte sie wieder das Gleichgewicht und kämpfte sich verbissen nach oben, dorthin, wo Zoran auf sie wartete.

Doch plötzlich wurde ihr der Weg versperrt. Vergeblich rüttelte sie an der Brettertür, mit der die Treppe versperrt war. Als sie versuchte, darüber zu klettern, und ihren Fuß zu diesem Zweck auf einen Querbalken stellte, wurde sie plötzlich am Rock zurückgerissen und stürzte in das kalte Wasser auf dem Betonboden des Treppenabsatzes.

Blitzschnell drehte sich Tara um, versuchte auf die Füße zu kommen, aber sie war von mehreren dunklen Gestalten umgeben, die einen dichten Ring um sie bildeten. Auf allen vieren versuchte sie zwischen diesen Beinen hindurchzukriechen, wurde aber immer wieder zurückgestoßen. Das Wispern, das sie umgab, wurde lauter, schwoll an, zu einer Symphonie der Bedrohung.

»Bitte!«, flüsterte Tara, mit erhobenen Händen im Brackwasser kniend. »Lasst mich in Ruhe. Ich muss zu Zoran.«

Ein vielleicht fünfundzwanzigjähriger Bursche löste sich aus dem Kreis und schlenderte auf Tara zu. Er trug einen schwarzen Nadelstreifenanzug und darunter ein weit ausgeschnittenes geripptes Unterhemd. Mit einem glänzenden Metallkamm fuhr er sich so lange durch seine pomadisierten Haare, bis sie wie gelackt an seinem Kopf klebten.

»Du weißt doch, dass die Türme für solche wie dich tabu sind. Was hast du hier zu suchen? Wolltest wohl wie ein Vögelchen nach oben flattern?«

Er packte Tara und stieß sie an den Rand der Treppe, die nur mit einem dünnen Brett gesichert war. Fest drückte er ihren Kopf über die Latte hinweg ins Freie. Dort unten sah sie die winzigen Hütten und Verschläge von Dogcity wie einen Aussatz wuchern. Sie wusste, dass man sie gleich nach unten stoßen würde. Sie würde fallen, fliegen und endlich das ganze

Elend zurücklassen. Doch zugleich würde sie nie wieder ihren kleinen Dimitru im Arm halten, nie mehr sein Lachen hören und seine zarte Haut auf ihrer spüren. Das war traurig.

In letzter Sekunde wurde sie zurückgerissen und starrte panisch in das von Pockennarben zerklüftete Gesicht des jungen Mannes.

»Soll unser Vögelchen fliegen oder vor dem Fliegen vögeln?«

Beifall heischend drehte er sich zu den anderen Männern um, die ihm den Gefallen taten und laut auflachten.

Der Kerl packte Tara am Arm und riss ihn hoch. »Wer bietet zwei Flaschen Wodka für sie?«, rief er wie bei einer Versteigerung in das Grölen der Männer hinein. Er zerrte Tara an den Haaren, presste sie eng an sich, drückte sein Knie zwischen ihre Beine und vollführte einige Tanzbewegungen, die entfernt an Tango erinnerten. Dann stieß er sie weg, ohne ihre Hand loszulassen. Gierig betrachtete er Tara von unten nach oben, leckte sich über die Lippen und fuhr mit einem Finger über ihre Brust.

»Zeig uns, was du kannst, kleine Nutte.«

Ekelhafte Bilder schossen ihr durch den Kopf. Das Bett von Dusan, sie, nackt und mit gespreizten Beinen, Dusans ekelhafter Schwanz. Eine Sekunde später sah sie wieder das lachende Gesicht ihres Sohnes vor ihrem inneren Auge, seine kleinen Arme, die sich ihr entgegenstreckten. Dieses letzte Bild gab ihr Kraft, und wie eine weiße Wolke aus der Pfeife der Chovihani stieg sie nach oben, über diesen Albtraum hinaus, und wurde mit einem Mal stark, als sie die befreiende Luft atmete.

»Ich bin für Zoran bestimmt!«, rief sie. »Er will sicher nicht, dass mich jemand vor ihm benutzt.«

»Du bist ein Geschenk für Zoran?«, fragte der Mann im

Nadelstreifenanzug verblüfft und ließ sie los. Er war verunsichert, damit hatte er nicht gerechnet. Sollte er ihr das glauben? An seiner Miene erkannte Tara, dass er Angst hatte, das Falsche zu tun und von Zoran bestraft zu werden.

Tara musste an Dusan und seine Filme denken. Ihr Körper war ihr einziges Kapital. Für ihr Kind war sie bereit, ihn zu verkaufen. Sie hatte eine Entscheidung getroffen: Sie würde mit Zoran schlafen, wenn er ihr half, Dimitru zu finden. Wenn nicht, dann würde sie, bevor die Männer über sie herfielen, von dem Turm springen und sterben.

»Du hast richtig geraten«, sagte sie, schob sich die Haare aus dem Gesicht, öffnete ihre Jacke und streckte ihren Busen nach vorn. »Ich bin ein Geschenk für Zoran.«

26

Braun saß an seinem Schreibtisch in der Schwarzen Halle und dachte angestrengt nach. Karen hatte mit keinem Wort erwähnt, dass sie Amelie Frey bei einer Selbsthilfegruppe getroffen hatte. Getroffen haben *musste*. Denn Karen war ja die Leiterin der Gruppe gewesen.

Warum hatte sie nichts darüber erwähnt? Spielte sie nicht mit offenen Karten? Wenn er an die letzte Szene mit ihr und ihrem Schützling dachte, dann wurde ihm übel. Was verschwieg ihm Karen sonst noch? Entschlossen wählte er ihre Nummer.

»Du leitest Selbsthilfegruppen, Karen?«, legte er sofort los, nachdem sie abgehoben hatte.

»Hallo, Braun, ich freu mich auch, von dir zu hören. Ist das ein Verhör?« In Karens Stimme hatte sich ein belustigter Unterton geschlichen.

»Nein, nur ein Gespräch. Also, betreust du Selbsthilfegruppen?«

»Früher ja, jetzt bin ich nur noch als Leiterin tätig.«

»Betreuerin, Leiterin ... Was ist denn da der Unterschied?«

»Ich bin nicht mehr selbst in den Gruppen, sondern arbeite im Hintergrund, betreue die Supervision der Therapeuten, koordiniere die Pläne und schalte mich ein, wenn es notwendig ist. Warum fragst du?«

»Amelie Frey war bei einer Selbsthilfegruppe, die du geleitet hast. Warum hast du das nicht erwähnt?«

»Warum sollte ich? Die Gruppen sind anonym. Stell mich nicht so hin, als wollte ich dir Informationen vorenthalten. Schon mal was von ärztlicher Schweigepflicht gehört?«

Karens Tonfall war härter geworden, und Braun hatte das unbestimmte Gefühl, dass er sie mit seinen Fragen beleidigte.

»Erklär mir das genauer.«

»Die ärztliche Schweigepflicht?«

»Karen«, seufzte Braun genervt.

»Also gut. Ich stehe im Programm der Klinik als Leiterin der Selbsthilfegruppen, aber in Wirklichkeit moderiert die Gruppen der Therapeut, der gerade Zeit hat.«

»Klingt nicht gerade Erfolg versprechend für die Hilfesuchenden«, meinte Braun zweifelnd.

»Im Gegenteil. Sie sollen ja interagieren. Nicht einem Vortrag zuhören, sondern sich frei austauschen und selbst moderieren.«

»Wer hat die Gruppe geleitet, bei der Amelie dabei war? Gibt es darüber Aufzeichnungen.«

»Nein, alles läuft anonym ab, und damit meine ich wirklich alles. Die Teilnehmer müssen sich zwar anmelden, aber die Namen werden nicht überprüft, und es gibt auch keine Anwesenheitslisten oder schriftlichen Aufzeichnungen. Das ist das Erfolgsprinzip dieser Gruppen. Tut mir leid.«

Sie hörte sich wieder ein wenig versöhnlicher an. Braun atmete im Stillen auf. Er verstand zwar den Sinn dieser Therapieform nicht, aber er wollte Karen auf gar keinen Fall verstimmen. Er wusste selbst nicht so genau, warum.

»Braun, ich habe jetzt eine Therapie. Ich muss Schluss machen. Man sieht sich.«

Vielleicht war Karen ja auch bloß unter Zeitdruck? War sie deswegen so zickig gewesen? Braun kapierte es einfach nicht.

Wann würde er je eine Frau verstehen lernen? Wahrscheinlich nicht mehr in diesem Leben.

Er drehte sich zu seinem Computer und öffnete gerade sein Mailprogramm, als ihm jemand von hinten auf den Rücken klopfte. Braun musste sich beherrschen, um nicht erschrocken loszubrüllen, denn er hasste diesen kumpelhaften Körperkontakt – insbesondere dann, wenn er hinterrücks passierte.

»Wir machen eine Teambesprechung, um uns upzudaten«, rief ihm Staatsanwalt Schuster gut gelaunt zu und deutete auf die Bühne, wo bunt zusammengewürfelte Sofas wie für ein Beziehungsdrama arrangiert standen. Dann griff Schuster auch noch nach einer von den Bierdosen aus aller Welt, die Braun schon sein halbes Leben lang sammelte. »Wir werden einen Consultant mit der Schreibtischgestaltung beauftragen, das habe ich mit der Polizeipräsidentin abgesprochen. Dann gibt es keine Bierdosen mehr, mit denen wir Fälle nachstellen, sondern Playmobil-Figuren. Jeder hat dann seinen Wunschpolizisten in klein. Klingt gut, oder? Aber jetzt geht's ans Updaten.«

Updaten und Consultant, das passte zu diesem Karrierearsch. Warum konnte er nicht einfach »Besprechung« sagen? Dieses Gute-Laune-Getue und Ich-will-euch-motivieren-Gerede war doch einfach zum Kotzen. Der Consultant fliegt bei mir hochkantig raus, beschloss Braun.

»Ach, übrigens, als Info für Sie: Ab sofort bin ich bei diesem speziellen Fall Ihr direkter Vorgesetzter. Die Polizeipräsidentin wird sich in nächster Zeit etwas zurückziehen. Also, auf eine gute Zusammenarbeit, Chefinspektor!«

Brauns Lächeln erstarb, als ihm Schuster erneut auf die Schulter klopfte und mit einem Satz auf die Bühne sprang. Elender Wichtigtuer. Hoffentlich wurde er bald nach Wien befördert.

Die Überwachungsbänder aus der Psychiatrischen Klinik, die sie sich im Schnelldurchlauf anschauten, waren zum Abwinken uninteressant. Maly schlief zur Tatzeit in seinem Bett, Thomas Just beobachtete ihn vom Tisch aus und machte die ganze Nacht über Aufzeichnungen in seinen Schreibblock. Eine Nachtschwester mit Kopfhörern auf den Ohren kam für eine letzte Visite zu allen Patienten, eine andere am frühen Morgen – ansonsten passierte nichts. Niemand betrat das Zimmer, niemand verließ es. Insofern deckten sich die Aufzeichnungen mit den Aussagen der Ärzte, Pfleger und Schwestern.

»Weshalb sitzt Just die ganze Nacht im Zimmer von Maly?«, fragte Lena, die Polizeiassistentin.

»Laut Dr. Jansen arbeitet er an einer Tiefschlaf-Studie«, antwortete Braun. »In dieser Phase des Schlafes können Patienten reden und sich vielleicht unterbewusst an etwas erinnern.«

»Wäre es nicht einfacher, das zu filmen, anstatt die ganze Nacht bei dem im Zimmer zu hocken?«, wollte Lena wissen.

»Vermutlich. Aber Just hat Franka erzählt, dass er nachts sowieso nicht gut schlafen kann. Er hat wohl irgendwelche Einschlafstörungen, soll was damit zu tun haben, dass er die ganze Nacht vom Fluglärm gestört wird.« Braun wandte sich den anderen zu. »Wir haben im Moment nur zwei Personen, die für diesen Mord infrage kommen: Bernhard Frey und Viktor Maly. Die Assistentin des Gerichtsmediziners ist dabei, Hautpartikel auf der Tatwaffe zu isolieren, um daraus ein DNS-Profil zu erstellen. Aber das dauert noch ein wenig, da es nur unvollständige Spuren gibt. Das Blut auf dem Zettel stammt zweifelsfrei von Amelie. Der Zettel muss also vom Täter geschrieben worden sein.«

»Ist das alles? Diese Informationen sind mir schon aus den Mails bekannt, die Ihre Abteilung so rege schreibt. Deswegen bin ich nicht hierhergekommen. Gibt es auch irgendwelche neue Erkenntnisse?« Schuster strich sich über seine dunkelblaue Krawatte, die perfekt mit dem marinefarbenen Anzug harmonierte.

»Ich finde, dass wir in dieser kurzen Zeit schon jede Menge herausgefunden haben. Und bald haben wir auch den Täter. Das sagt mir mein Bauchgefühl«, verteidigte sich Braun, der nicht verstand, warum Schuster plötzlich so unfreundlich war.

»Soso, Ihr Bauchgefühl sagt das. Schon wieder.«

Schuster stand auf und baute sich in der Mitte der Bühne auf. Angriffslustig reckte er sein Kinn nach vorn. Braun wusste, dass ihn der Staatsanwalt gleich provozieren würde.

»Ich will Ihnen jetzt mal was sagen. Sie sind der leitende Ermittler in diesem Mordfall und reden ständig von Ihrem albernen Bauchgefühl. Wir haben nicht *einen* verwertbaren Hinweis! Die Bevölkerung erwartet eine rasche Klärung des Falls, so kurz vor Weihnachten. Aber wir haben nichts!«

»Ach, daher weht der Wind. Es geht um versöhnliche Weihnachten.« Braun stand auf und stellte sich vor Schuster. »Da würde ein nicht aufgeklärter Mord bloß stören, was? Das ist Ihr erster Mordfall bei uns, Herr Staatsanwalt, und Sie wollen mir erklären, wie man die Ermittlungen zu führen hat? Dass ich nicht lache!«

Braun holte tief Luft und sah sich um. Michael und Lena hatten die Köpfe gesenkt und blickten betreten auf ihre Notizblöcke. Franka und Bruno sahen zu Schuster und warteten auf eine Reaktion. Bruno zwinkerte Braun verstohlen zu, während Frankas Gesichtsausdruck neutral blieb.

»Sind Sie jetzt fertig, Chefinspektor Braun?« Schusters

Miene blieb undurchdringlich. »Ich habe nämlich auch noch eine Frage. Führen Sie immer Ihre Ermittlungen, indem Sie unzurechnungsfähige Patienten unter Druck setzen?«

»Wenn Sie auf Maly anspielen: Er hat *mich* angegriffen. Und es war nicht umsonst.«

»Ach nein?« Schuster verschluckte sich fast an der Frage.

»Nein. Denn nun weiß ich mit Sicherheit, dass er eine militärische Ausbildung genossen hat. Oder wundert es Sie gar nicht, warum er so gut kämpfen kann?«

»Das tut jetzt nichts zur Sache!« Schuster zeigte mit der Hand auf Franka. »Passen Sie bloß auf, dass Sie nicht bald von Ihrer talentierten Kollegin überholt werden, Braun. Bis Ende der Woche erwarte ich Beweise, die zu einem Verdächtigen führen – und damit meine ich keine unzurechnungsfähigen Psychiatrieeinsassen! Ich habe nächste Woche ein wichtiges Arbeitstreffen im Ministerium in Wien und möchte Erfolge vorweisen. Ist das klar?« Er drehte sich von Braun weg und blickte in die Runde. »Die Marschrichtung habe ich gestern schon festgelegt. Konzentrieren wir uns auf den Ehemann, der hatte ein Motiv, der hatte die Gelegenheit, und der profitiert vom Tod seiner Frau.«

»Aber was ist mit dem Zettel?«, insistierte Braun.

»Welchem Zettel?« Schuster wirkte verwirrt.

»Der Zettel von Viktor Maly, der uns überhaupt erst zu Amelie Frey geführt hat.«

Der Staatsanwalt lief rot an. »Ja, was weiß denn ich? Bin ich hier der leitende Ermittler?« Er packte seine Sachen zusammen. »Muss ich eigentlich alles selber machen? Offenbar bin ich nur von Dilettanten umgeben.« Sein Blick fiel auf Franka. »Ausnahmen bestätigen die Regel. Dennoch, ich werde mich selbst in die Aktenlage einlesen und Ihnen meine Ergebnisse mitteilen.«

»Na dann, willkommen in unserem Team«, sagte Braun mit einem freudlosen Lächeln. »Wir freuen uns über jede Unterstützung. Welches Playmobil-Männchen hätten Sie denn gerne?«

Schuster schenkte ihm nur ein unechtes Lächeln und verließ mit forschen Schritten die Halle.

»Das habe ich nicht gewollt. Keine Ahnung, warum Schuster das gesagt hat«, sagte Franka plötzlich. Anscheinend war es ihr peinlich, auf Brauns Kosten gelobt worden zu sein.

»Schon gut«, brummte er. »Er hat ja recht, du bist talentiert. Ungefähr das Einzige, womit er recht hat.«

27

Sie befand sich im Reich von Zoran Almassy, im zwanzigsten Stockwerk von Sputnix III. Zoran hatte vor der Samtenen Revolution Philosophie studiert und eigentlich Universitätsdozent werden wollen, erzählte man sich. Doch nach dem Zusammenbruch des Kommunismus hatten die Diskriminierungen gegen Roma begonnen, und Zoran war in sein Heimatdorf zurückgekehrt. Dort hatte er mit Autohandel, Drogendeals und Zigarettenschmuggel etwas Geld gemacht. Es wurde gemunkelt, dass halb Tschechien auf Zorans Lohnliste stand und sein Einfluss bis nach Prag reichte. Deshalb gab es auch keine Polizei in Sputnix III und dem Dogcity-Slum. So hieß es jedenfalls in den Hütten der Roma, und Tara war gewillt, es zu glauben, als sie in Zorans Prachtetage ankam.

Das Stockwerk, das er bewohnte, war mit Kissen, Betten, bunten Lampen und einem großen Billardtisch ausgestattet. Prachtvoll gemusterte Tücher hingen von den Decken, wehten im Wind, umschmeichelten ein großes Bett. Als Schutz gegen die schneidende Zugluft hatten Zorans Männer riesige Plastikbahnen an die Betonpfeiler genagelt. Rund um das Bett standen mehrere rostige Fässer, in denen Feuer loderten, und ein knatternder Dieselgenerator in der Ecke sorgte für Strom, der die vielfarbigen Lampions zum Leuchten brachte.

»Was für ein hübsches Geschenk!«

»Sollen wir es auspacken?«

»Vielleicht sogar ausprobieren?«

Nach jeder Frage wurde Tara von einem Mann zum nächsten gestoßen, als wäre sie ein Ball und das Ganze nur ein Spiel, mit dem sich Zorans Männer die Zeit vertreiben konnten. Aber es war bitterer Ernst, das konnte sie an den Mienen der Männer erkennen, die alle jung waren, zerschlissene Anzüge trugen und ihre Haare mit billiger Pomade in Form gebracht hatten. Und vielleicht war es sogar tödlicher Ernst, denn sie würden über Tara herfallen, wenn Zoran nicht kam oder sie ihm nicht gefiel, und sie dann aus dem Turm werfen wie ein benutztes Kleidungsstück, das zu oft getragen, zerrissen und beschmutzt war, um noch ansehnlich zu sein. Ein abgegriffenes Stück Seide, das durch zu viele Hände gegangen war, sodass es nur noch ein matter Abklatsch früherer Schönheit war.

»Ja, wir probieren das Geschenk aus«, riefen sie plötzlich im Chor und hoben Tara einfach hoch. Obwohl sie sich heftig wehrte, hatte sie keine Chance gegen die Männer. Sie wurde unter lautem Gegröle durch den großen zugigen Raum getragen und auf ein breites Bett geworfen. Zwei Kerle drückten ihr die Arme an den Seiten nieder, während ein junger Bursche mit einem toten Auge langsam auf sie zukroch und dabei ihren Rock hochschob. In der Hand hielt er ein Messer mit einer dünnen Klinge.

»Bitte, lasst mich! Ich bin für Zoran bestimmt!«, kreischte Tara und bäumte sich auf. »Das könnt ihr doch nicht machen. Habt ihr denn überhaupt keine Achtung?«

Die Männer hingegen lachten nur und drückten sie noch heftiger auf das Bett. Der Kerl mit dem Messer lag jetzt schwer auf ihr, packte ihr Gesicht und versuchte sie zu küssen. Panisch drehte sich Tara zur Seite, versuchte sich aus der Umklammerung zu winden, aber sein fauliger Atem drang durch die Poren ihrer Haut, vergiftete sie schleichend von innen, versteinerte ihr Herz, und die Messerspitze kitzelte herausfordernd ihren Hals.

»Küss mich, Täubchen, sonst schlitze ich dir die Kehle auf…«, flüsterte er in ihr Ohr und leckte ihr über die Wange.

Die Planen ringsum knatterten durchdringend, und durch das dreckige Plastik konnte Tara verschwommen die schneebedeckten Berge erkennen, zu denen sie in ihren Gedanken flüchtete, um auf einem der sturmumtosten Gipfel als kleiner Vogel zu landen.

Plötzlich wurde der Mann, der auf ihr lag, von ihr gerissen und landete krachend auf dem blanken Betonboden. Ein breites Gesicht tauchte vor ihr auf, und eine atemlose Stimme hustete: »Du bist also das Geschenk. Nun, du siehst aus wie alle Mädchen aus Dogcity. Noch bist du hübsch, aber nicht mehr lange. Sag mir deinen Namen, damit ich weiß, wen ich später in die Tiefe werfe.«

»Ich bin Tara. Tara Grigorescu. Die Chovihani hat mir gesagt, ich soll zu Zoran gehen. Er wird mir helfen.«

»Wie ist dein Name? Sag ihn noch mal.« Der Mann brachte die Worte nur keuchend hervor.

»Tara Grigorescu«, flüsterte sie und versuchte sich ein wenig aufzurichten, doch noch immer drückten sie die Männer auf das Bett.

»Grigorescu«, sinnierte der Mann. »Ich kannte einen Dimitru Grigorescu…«

»Das war mein Vater!«, beeilte Tara sich zu sagen.

Ein verschwommenes braunstichiges Bild tauchte vor ihrem geistigen Auge auf, das einen verwegen dreinblickenden Mann mit vielen Ohrringen und langem Bart zeigte, der ein kleines Mädchen auf den Schultern trug. Doch so schnell, wie es gekommen war, verschwand das Bild wieder, und Tara fragte sich wie so oft, ob sie sich das Aussehen ihres Vaters nicht bloß eingebildet hatte.

»Mein verschwundener Sohn heißt Dimitru. Ich habe ihn nach meinem Vater benannt. Ich muss mit Zoran sprechen.«

»Lasst sie los!«, rief der Mann, und sofort zuckten seine Lakaien zurück. »Ich bin Zoran Almassy. Dein Vater Dimitru hat mir einmal das Leben gerettet. Dafür bin ich ihm noch immer dankbar.«

Tara rieb sich die schmerzenden Handgelenke, während sie sich aufrichtete. »Du ... du hast meinen Vater gekannt?«

Sie sah ihn fragend an. Zoran trug einen abgewetzten Smoking mit einem bis zum Nabel aufgeknöpften Rüschenhemd darunter. Seine mit Öl eingeriebenen Haare fielen ihm in Wellen auf die Schultern. An jedem seiner Finger trug er zwei Ringe, die er ständig gegeneinanderschlug. Aber das Merkwürdigste an ihm war eine längliche Sauerstoffflasche auf Rädern, von der zwei Schläuche zu einer Maske führten, die Zoran um den Hals hängen hatte.

»Ich habe Lungenkrebs.« Zoran machte eine wegwerfende Handbewegung und atmete schneller. »Man hat bereits einen Lungenflügel operiert, aber jetzt ist auch der zweite von Metastasen zerfressen.« Er hustete, und sein Gesicht wurde zuerst rot und dann kreidebleich. »Was willst du, Tara Grigorescu? Einem alten Mann beim Sterben zusehen?« Er grinste.

»Man hat meinen Sohn Dimitru gestohlen. Ich muss ihn finden. Ohne ihn will ich nicht mehr weiterleben.«

»Du bist mutig.« Zoran lächelte erneut, und ein goldener Eckzahn blitzte im Schein einer Lavaleuchte. »Aber du hast keine Ahnung, mit wem du dich da anlegst.«

»Es ist mir egal, was das für Menschen sind. Ich habe keine Angst um mich, nur Angst um meinen Sohn«, sagte Tara und hielt ihre eiskalten Hände über das Feuer, das in einer Tonne flackerte und den Raum erwärmte. »Weißt du, wer dahintersteckt? Weißt du, wo mein Sohn ist?«

»Ich kenne Namen, aber selbst für mich ist es gefährlich, darüber zu sprechen. Diese Menschen sind wie Kraken. Sie haben ihre langen dünnen Greifarme überall. Die Kraken sind eine dunkle Macht, zu der auch die höchsten Kreise aus Politik und Wirtschaft zählen. Sie sind skrupellos, unangreifbar und stehen über dem Gesetz.«

Mit einer müden Handbewegung schob sich Zoran die Sauerstoffmaske über Nase und Mund und atmete ein paar Mal tief durch. Seine Haut bekam wieder ein wenig Farbe, und als er weiterredete, klang seine Stimme fast normal.

»Ich gebe dir einen Hinweis, dann kannst du selbst entscheiden, ob du deinen Sohn suchen willst oder nicht. Mehr kann ich nicht für dich tun.«

Zoran ging zu einem wurmstichigen Schreibtisch und kramte in den Schubladen herum. Nur Augenblicke später reichte er Tara eine schmuddelige Karte.

»Such nach einer Agentur namens Baby4you in Wien. Diese Adresse ist ein erster Anhaltspunkt. Dein Sohn ist dort.«

»In Wien?«, fragte Tara fassungslos.

»In Österreich. Wo dort, weiß ich nicht.«

Langsam ging Zoran zu einem breiten Sofa, das mit einem künstlichen Leopardenfell bedeckt war, und ließ sich ächzend in die zerschlissenen Leopardenkissen fallen.

»Mehr kann ich nicht für dich tun, Mädchen.« Er streckte ihr die Hand entgegen. »Obwohl. Da gibt es doch noch etwas. Komm einmal her.«

Tara beeilte sich, zu ihm zu gelangen, und kniete sich vor dem Sofa nieder. Zoran beugte sich vor und flüsterte ihr einige Worte ins Ohr. Und dann machte er ihr das größte Geschenk von allen.

Als er fertig war, lehnte er sich zurück. »Hol dein Kind

zurück. Du bist noch jung und hast das ganze Leben vor dir. Zeig dieser dunklen Macht, dass du stark bist, dass du diese Kraken nicht fürchtest.«

28

April 1991
Gestern haben wir in Wien unseren geheimen Club aus der Taufe gehoben. Wir nennen ihn »Club der Sieben«, weil er nicht mehr als sieben innere Mitglieder haben soll. Wir nennen uns nie beim richtigen Namen. Niemand darf wissen, wer wir wirklich sind. Man weiß ja nicht, wer dieses Notizbuch in die Finger kriegt.

Wir, das sind der Minister, der Bankier, die Richterin, der Staatssekretär, der Anwalt und der Lobbyist. Mich nennt man den Rattenkönig. Ich habe das Geschäft in der Tschechoslowakei entstehen lassen. Ich bin unersetzlich, denn ich habe die Idee mit dem Aberglauben gehabt und den Roma Rattenschädel in die Betten gelegt. Ich habe die Polizei im Sack, selbst die Hexe fürchtet sich vor mir. Alle haben Schiss. Bald werde ich reich wie ein König sein und nicht mehr nur so heißen. Die Nachfrage nach Babys ist groß und die Gier von uns sieben unersättlich. Bei der Gründung habe ich mich wie ein Kapitän gefühlt, der den Kurs vorgibt. Mir gehört das Schiff.

Habe Rede gehalten. Sie war großartig. Von großem Reichtum und Macht geredet, Erfolg und viel geilem Sex. Plötzlich war ich wer, als ich ihnen unglaubliche Gewinne versprochen habe. Vorher hätten sie mich nicht mal auf der Straße gegrüßt. Aber jetzt sind sie von mir begeistert. Sie fressen mir aus der Hand. Wie hungrige Hunde. Frage mich trotzdem: Warum wollen Reiche immer mehr?

Nach der Gründung des Clubs habe ich ein großes Bankett für fünfzig Gäste organisiert. Zwanzig Mädchen und Jungen aus Dogcity waren auch gebucht. Habe meinen ersten Smoking probiert. 20 000 Schilling teuer und maßgefertigt. Vor dem großen Spiegel in meiner Wohnung habe ich mich ausgiebig betrachtet. Nicht übel für einen, der aus Temeschwar kommt, einer Provinzstadt in Rumänien, habe ich zufrieden festgestellt. Nur der Bauch vom vielen Bier muss wieder weg.

Anruf von der Grenze: Der Bus mit den Mädchen ist aufgehalten worden. Komische Policie an der Grenze. Ich habe ein Mädchen und Hunderte Dollars dagelassen, damit der Bus die Grenze passieren durfte. Gerade rechtzeitig, damit das Bankett richtig losgehen konnte.

Die riesige Tafel im teuersten Restaurant von Wien hat eine stabile Tischplatte. Da habe ich schon wieder eine geniale Idee gehabt: Ich habe vier nackte Mädchen darauf gelegt, dekoriert mit Essen. Das habe ich mal auf einem alten Kinoplakat gesehen.

Ein voller Erfolg. Der Politiker aus der bayrischen Staatskanzlei ist vor dem Essen schon so geil gewesen, dass er eines von den Mädchen ficken wollte. Habe ihn mit der Zwölfjährigen nach nebenan geschickt. Da hat es einen Zwischenfall gegeben. Die Kleine wollte nicht, und er hat sie fast ins Koma geprügelt. Zum Glück kenne ich einen ehemaligen Doktor, der mir noch einen Gefallen schuldig war. Der flickte die Kleine wieder zusammen. Ansonsten keine besonderen Vorkommnisse.

Frage mich manchmal, warum die Reichen so brutal sind. Hängt das damit zusammen, dass sie sich alles erlauben können? Ach. Nicht zu viel komplizierte Dinge denken, lieber das Geschäft ausbauen.

Unheimlich ist die Richterin. Sie ist ganz anders als der Rest und die einzige Frau in unserem Club. Sitzt immer eher ruhig dabei und redet wenig. Bei der Gründung hat sie ein Korsett getragen, das war ganz eng geschnürt. Sie hat fast keine Luft mehr bekommen. Ihre Bluse war bis oben eng zugeknöpft, sie hat auf mich wie ein Eisblock gewirkt. Hat sich an keinem Spaß beteiligt. Und nicht mit den Gabeln auf die Mädchen eingestochen, wie die anderen.

Erst als ich die beiden sechsjährigen Buben aus dem Nebenzimmer geholt habe, taute sie auf. Ihre Augen haben vor Lust geglänzt, und ich war beruhigt. Die beiden Jungen hätte ich ihr gern verkauft, aber dann habe ich es mir anders überlegt. Ich habe der Richterin die Buben überlassen, als Geschenk. Wollte Eindruck schinden.

Notiz: Die Richterin liebt es, kleine Jungen stundenlang auf Stacheldraht knien zu lassen. Dabei müssen sie beten. Sie hat auch Dornenkronen und veranstaltet blutige Kinderhochzeiten auf ihrem Bauernhof. Verrückte Alte. Sie ist mir wohlgesonnen, aber ich muss sie im Auge behalten.

29

Karen macht gerade den Rorschach-Test mit mir, als ihr Handy aufblinkt. Ohne ersichtlichen Grund hat sie es zuvor auf lautlos gestellt und auf den Tisch gelegt.

Nach einem kurzen Blick auf das Display schaltet sie das Handy ab und steckt es in ihre Tasche. Aber sie ist nicht schnell genug, denn ich habe den Namen gesehen, zu dem diese Nummer gehört: Tony Braun, der Chefinspektor der Mordkommission, der durch meine verschüttete Erinnerung taumelt wie ein Irrlicht und von dem ich nicht weiß, ob ich ihm trauen kann oder nicht. Woher kenne ich ihn, was hat er mit meiner Vergangenheit zu tun? Warum hat Karen seinen Namen eingespeichert? Unruhig trommle ich mit meinen Fingerspitzen auf die weiße Tischplatte.

»Viktor, konzentrieren Sie sich bitte auf die Tafeln«, ermahnt mich Karen, die jede meiner Handbewegungen notiert. Das gehört zum Rorschach-Test mit seinen zehn Tafeln, um die Persönlichkeit eines Probanden in seiner Gesamtheit psychiatrisch zu erfassen. Auf den Tafeln finden sich Tintenklecksfaltbilder, die man interpretieren muss. Karen hat mir eine kurze Einführung gegeben, aber merkwürdigerweise kam mir das meiste bekannt vor. Doch wenn ich mich an Ort oder Datum erinnern will, dann öffnet sich nur der schwarze Abgrund, in den große Teile meines Verstands gestürzt sind, und ich weiß von nichts.

Wir sind bei Tafel vier angelangt, die normalerweise Assoziationen mit einem abgezogenen Tierfell hervorruft, mich aber frappant an etwas anderes erinnert. »Das ist ein Rattenschädel«, sage ich zu Karen, nachdem ich das Bild einige Male hin und her gedreht habe, um dem Tintenklecks eventuell eine andere Bedeutung zu geben. Vergebens, für mich ist und bleibt es ein Rattenschädel.

»Interessant.« Karen schreibt wie im Wahn, mit ihrer großzügigen, aber schwer leserlichen Handschrift füllt sie Seite um Seite. Als wir mit dem Test fertig sind, hat sie den halben Block vollgeschrieben.

»Zurück zu Tafel vier«, sagt sie und holt das entsprechende Tintenklecksbild hervor. »Warum denken Sie an eine Ratte?«

»Wieso wollen Sie das wissen?« Ich kann mir keinen Reim auf die Absicht hinter ihrer Frage machen, schließlich habe ich alle Bilder spontan interpretiert. »Es ist außerdem keine Ratte, sondern nur ihr Schädel. Von oben betrachtet«, füge ich hinzu.

»Hat das mit unserer Therapie zu tun, oder denken Sie dabei an etwas anderes?«, murmelt Karen, während ihr Stift über das Papier fliegt.

»Ratten symbolisieren die Vergänglichkeit und werden oft mit dem Satan in Verbindung gebracht.«

»Wirklich?«, sagt Karen und macht ein entsetztes Gesicht. Sie ist eine furchtbar schlechte Schauspielerin. »Daran haben Sie bei der Tafel gedacht? An den Tod? An Satan?«

»Ich habe nur unbewusst geantwortet, so wie Sie es mir vorgeschrieben haben, Karen.«

»Sie machen nie die Dinge, die ich Ihnen vorschreibe, sondern nur diejenigen, die Sie selbst für richtig halten.«

Obwohl sie mir keinen Grund dafür gibt, misstrauisch zu sein, muss ich mich vor Karen in Acht nehmen. Sie will bis in mein Innerstes vordringen, mich mit ihren Tests in meiner

Gesamtheit erfassen und meine verloren gegangene Erinnerung durch unterbewusste Assoziationen ausgraben. Sie will den Menschen hinter dem Namen Viktor Maly kennenlernen.

»Wie geht es Ihnen mit dem Rattentraining?«, fragt mich Karen und sammelt ihre Rorschach-Tafeln wieder ein, als sie bemerkt, dass sie auf diesem Weg nicht weiterkommt.

Gelangweilt zucke ich mit den Schultern.

»Holen Sie die Ratten heraus«, fordert sie mich auf, und gehorsam ziehe ich den Käfig unter dem Bett hervor.

Ich habe mich heute den ganzen Tag nicht mit den Ratten beschäftigt. Deshalb sind George und Gilbert jetzt begierig darauf, aus dem Käfig zu kommen und durch das Zimmer zu flitzen.

»Das Training mit Ratten wurde erfolgreich eingesetzt, um Patienten, die unter psychischen Traumata litten, zu therapieren. Die Methode wurde ursprünglich für das Militär entwickelt. Sie müssen sich das so vorstellen, Viktor: Ihre Erinnerungen schwirren unzusammenhängend durch Ihren Kopf, manchmal setzt ein Erinnerungsfetzen auf dem richtigen Punkt zur Landung an, und Sie können sich erinnern. Aber eben nur manchmal.«

Karen hat eine angenehme Stimme, ich höre ihr unglaublich gern zu. Die Erklärung mit dem Rattentraining wiederholt sie ständig, weil ich lüge und ihr sage, dass ich alles wieder vergesse. Ratten haben in meiner Vergangenheit eine große Rolle gespielt, da bin ich mir sicher. Doch welche, das weiß ich nicht mehr.

Immer wieder kommt Karen auf das Militär zu sprechen. Das gibt mir zu denken. Doch ich kann keinen Zusammenhang zu ihrer jetzigen Arbeit als Psychiaterin herstellen. Noch nicht.

»Durch das Rattentraining werden Ihr Kurzzeitgedächtnis und Ihre Haptik aktiviert. Aber auch Ihre Gefühlswelt wird einbezogen. Die Ratten lieben Sie. Sie sind für sie verantwortlich. Können Sie mir folgen?«

Ich öffne den Mund, will Ja sagen, denn so schwer ist das alles nicht zu verstehen, aber genau in diesem Augenblick beginnt Gilbert aggressiv zu zischen und fällt über den schüchternen George her. Mit seinen langen spitzen Vorderzähnen verbeißt sich Gilbert im Nacken von George, und das Blut spritzt in einem dünnen Strahl hervor.

Als würde ein schwarzer Vorhang in meinem Kopf zur Seite gerissen, sehe ich ein Zimmer mit einem großen Bett darin. Kleider liegen verstreut herum, Boden und Wände sind über und über mit Blutspritzern versehen und wirken auf mich wie ein abstraktes Gemälde. Die Erinnerung an dieses Zimmer voller Blut ist so intensiv und qualvoll, dass ich mit dem Kopf auf die Tischplatte schlage, um den Schmerz zu ertragen. Doch die Bilder lassen sich nicht stoppen, auch wenn ich schreie und versuche, alles wieder zurück in diesen verdammten Schädel zu stopfen, der meiner ist und sich erinnert.

Ich sehe eine breite Spur, die sich wie ein roter Läufer aus Blut über den weißen Marmorboden zieht. Eine blutige Hand streckt sich nach mir aus, die zu Krallen gekrümmten Finger haben etwas Flehentliches. Doch noch ehe ich nach der Hand greifen kann, sehe ich plötzlich einen Spiegel, der mit blutigen Schlieren übersät ist, sodass ich nur schemenhaft die Umrisse einer Gestalt erkennen kann, die langsam näherkommt.

Bin das etwa ich?

Mit einem Mal reißt die Erinnerung ab, und ich bleibe zurück mit dieser schrecklichen Ungewissheit.

Als ich die Augen wieder öffne, liege ich in meinem Bett, und der Assistent Just schlägt seine Zeitschrift zu.

»Wie geht es George?«

»Es geht ihm gut. Er wurde mit ein paar Stichen genäht, aber er hat das Schlimmste hinter sich.«

»Wo ist Karen?«, frage ich verwirrt und sehe mich in meinem Zimmer um.

»Dr. Jansen hat mir aufgetragen, in Ihrem Zimmer zu warten, bis Sie aufgewacht sind«, sagt er entschuldigend. »Sie hatten einen heftigen Anfall.«

»Wo ist Karen?«, wiederhole ich und werde plötzlich nervös.

»Dr. Jansen hat einen dringenden Termin außer Haus.«

Ich weiß sofort, dass er mir etwas verheimlicht.

»Sie trifft sich mit Tony Braun. Richtig?«

»Ich weiß es nicht«, antwortet Just und sieht mich dabei gelangweilt an. »Dr. Jansen kommt und geht, wie es ihr beliebt. Sie hat hier einen Sonderstatus.« Er nimmt wieder seine Zeitschrift und beginnt zu lesen.

»Sonderstatus?«

»Ach, das ist nur so eine Floskel«, antwortet Just ausweichend und blättert in seiner Zeitschrift.

Doch mich kann er nicht so leicht täuschen. Jetzt kenne ich auch den Grund meiner Nervosität. Es hat mit dem Anruf zu tun, den Karen nicht angenommen hat. Der Anruf von Braun. Braun, den ich kenne und der vielleicht mein Gegner ist. Braun, dem ich misstraue und dessen Augen alles zu sehen scheinen.

30

Braun lehnte an einem ramponierten Stehtisch vor dem Anatolu Grill und starrte auf das träge fließende Wasser der Donau. Kemal, der Wirt, hatte in weiser Voraussicht bereits drei San-Miguel-Bierdosen, Brauns Lieblingsmarke, auf dem wackeligen Tisch platziert, dazu eine Plastikschale mit Erdnüssen.

»Seit wann gibt's denn etwas zum Bier?«

»Nüsse sind gut fürs Hirn«, sagte Kemal zu Braun. »Das habe ich gelesen. Und Alkohol tötet das Hirn ab.« Er wies auf die Bierdosen. »Die Nüsse gleichen's aus.«

Braun musste lächeln. Schön, wenn es ausnahmsweise mal so einfach war.

»Was hältst du davon?« Kemal kam mit einem Poster zurück, auf dem in grellen Farben »Aus Alt mach Neu!« geschrieben stand, daneben war die Abbildung eines menschlichen Hirns.

»Was ist das?«

»Das ist Marketing. So kommen Kunden zu mir. Die möchten alle ihr Hirn erneuern.«

»Aha. Sieht aber nicht so aus«, sagte Braun und blickte auf die leeren Stehtische.

Er war im Augenblick der einzige Gast vor der Containerbude am Hafen. Der Anatolu Grill blinkte in allen Farben, die der Regenbogen so hergab, denn Kemal hatte sein Lokal und die hölzerne Veranda mit Lichtgirlanden und zwei Plastikpalmen weihnachtlich geschmückt.

Braun wartete auf Karen. Sie war ziemlich überrascht gewesen, als er sie angerufen hatte. Am Telefon hatte sie sogar ein wenig konfus gewirkt.

»Was gibt es, Braun?«

»Störe ich dich?«

»Wenn ich ehrlich bin, ja, du störst. Es herrscht im Augenblick ein ziemliches Durcheinander auf der Station.«

»Durcheinander? Ist etwas mit Maly?«

»Nein, mein Leben dreht sich nicht ständig um Viktor. Ich bin bloß ein wenig aus dem Tritt und müde. Es war ein anstrengender Tag.«

»Na, dann will ich dich nicht mit meinem Sohn nerven.«

»Jimmy? Gibt's ein Problem?« Sie wirkte plötzlich ernsthaft interessiert.

»Nicht direkt, ich brauche nur einen professionellen Rat. Das kann aber warten, kein Problem.«

»Du willst mit *mir* über deinen Sohn reden?«

»Genau, und vielleicht ein bisschen über was anderes.«

»Stopp, Braun. So funktioniert das nicht«, sagte Karen, die den Braten sofort zu riechen schien. »Das Thema Viktor Maly ist in meinem Privatleben tabu, verstanden?«

»Das meinte ich gar nicht«, flunkerte Braun. »Aber gut, Viktor Maly wird nicht erwähnt.«

»Was hast du denn gemeint?«

»Ist nicht so wichtig. War nur so eine Idee.«

»Wir legen die Rollen jetzt fest: Ich bin die Psychiaterin. Wenn du reden willst, dann sag es.«

»Okay, reden wir über Jimmy. Aber nicht am Telefon. Ich bin beim Anatolu Grill.«

»Kenne ich. Immer noch derselbe Ort zum Besaufen, Braun.«

»Wird das wirklich eine Therapie?«

»Bis gleich.«

Braun hatte schon seit Tagen versucht, Jimmy in Finnland zu erreichen, aber der hob nicht ab. Seine Exfrau Margot hatte ihm bei seinem letzten Anruf in mageren Worten erklärt, dass mit Jimmy alles in Ordnung sei. Dann war gestern Abend der Anruf seines Sohnes gekommen. Und jetzt brauchte Braun wirklich professionellen Rat, um nicht wieder alles falsch zu machen. Deshalb war er zum Hafen gefahren, um sich im Anatolu Grill, seinem Stammlokal, bei ein paar Bier zu entspannen.

Während Braun die zweite Dose öffnete, beobachtete er einen vielleicht zehnjährigen Jungen, der plötzlich aufgetaucht war und am Tresen heftig mit Kemal debattierte.

»Ohne Ausweis gibt's kein Bier, Kleiner«, sagte Kemal und wischte sich mit einem schmierigen Tuch die Hände ab. »Ich verliere sonst meine Lizenz.«

»Aber das Bier ist ja gar nicht für mich, sondern für meinen Vater«, sagte der Junge mit weinerlicher Stimme.

»Du kannst sagen, was du willst, Junge, ich *darf* das nicht.« Kemal zuckte bedauernd mit seinen Schultern.

Braun stieß sich von seinem Stehpult ab und ging hinüber zum Tresen. »Gib dem Jungen das Bier, Kemal. Du hast die ausdrückliche Erlaubnis von der Polizei dafür. Ich kenne seinen Vater.«

»Auf deine Verantwortung, Braun.« Kemal stopfte mehrere Dosen in die braune Einkaufstüte, die ihm der Junge hinhielt.

»Ich musste auch immer für meinen Vater das Bier holen. Wie heißt du, mein Junge?«, fragte Braun und hockte sich vor den Jungen.

»Johannes. Aber du kannst Joey zu mir sagen.«

»Hey, was für ein cooler Name.« Braun nickte anerkennend.

»Findest du?« Ein scheues Lächeln huschte über das Gesicht des Jungen. »Mein Vater mag den Namen auch. Aber meine Mutter sagt immer Johannes zu mir. Das gefällt mir nicht so gut.«

»Kann ich verstehen, Joey. Mir ging es genauso. Ich heiße Tony, aber meine Mutter sagt immer Anton zu mir. Ich hasse das.«

»Dann bis zum nächsten Mal, Tony.«

»Bis bald, Joey.«

Braun blickte dem Jungen hinterher, und für einen kurzen Augenblick sah er sich selbst Bier für seinen Vater holen. Das war die glückliche Zeit gewesen, bevor durch die Schuld seiner Mutter die Familie zerrissen worden und sein Leben völlig aus den Fugen geraten war.

31

Sie musste an Zorans Worte denken, als sie über die mit Müll übersäte Einfahrt ins Freie trat. Angestrengt blickte Tara in die Dunkelheit. Der Wind hatte die Wolken verjagt, und im fahlen Mondlicht konnte sie die Umrisse des Hügels sehen.

Als sie endlich die kleine Anhöhe erreicht hatte, war der Mond wieder hinter dicken Wolken verschwunden, und sie konnte nur schemenhaft die Umgebung erkennen. Angespannt sah sie sich um. Auf der abgeflachten Spitze des Hügels wuchsen Gestrüpp und einige kahle Bäume, die ihre knorrigen Äste in den schwarzen Himmel reckten. Es war ein alter Friedhof, gänzlich verfallen. Hier wurde niemand mehr begraben. Und niemand kam jemals hierher, um der Toten zu gedenken.

Ratlos bahnte sie sich einen Weg durch die umgestürzten Grabsteine. Dann sah sie es: Jemand hatte Steine auf den Hügel geschleppt und sie neben einem Grab zu einer Pyramide aufgetürmt.

Als sie näher herantrat, entdeckte sie die verwitterte Steinplatte, von der Zoran erzählt hatte. Es war ein umgestürzter Grabstein. Tara hätte ihn beinahe übersehen, denn er war fast völlig vom Gestrüpp überwuchert. Hier nahm die Geschichte ihren Anfang, hier war die Wurzel des Bösen. Das also hatte Zoran gemeint, als er ihr ins Ohr flüsterte, sie müsse an diesem unheiligen Ort den ersten Stein werfen. Nur dann würde ihr Vorhaben unter einem guten Stern stehen, und sie würde Dimitru wiederfinden.

Konzentriert streckte sich Tara aus und nahm den obersten Stein von der Pyramide. Er war scharfkantig und wog schwer in ihrer Hand. Dann trat sie direkt vor das Grab mit der umgestürzten Steinplatte und verharrte einen kurzen Moment mit geschlossenen Augen. Langsam hob sie den Stein und ließ ihn mit voller Wucht auf den Grabstein fallen, genau wie es ihr Zoran aufgetragen hatte. Denn auch sie war eine Mutter und musste das Ritual ausführen, um das Böse zu verbannen. In der Stille der Nacht klang es wie ein Donnerschlag, als der Stein auf die Platte aufschlug. Der Mond tauchte erneut zwischen den Wolken auf und beleuchtete für einen kurzen Moment den Friedhof.

Tara kniete sich an dem Grab nieder und wischte mit den Händen über den verwitterten Stein. Der Name auf dem Grabstein war noch deutlich zu erkennen: Viktor Maly.

32

Der rote Punkt tauchte wie ein Leuchtfeuer in der dunklen Winternacht auf und breitete sich rasch zu einer schlanken Gestalt aus. Karen kam auf Braun zu, und sie sah umwerfend aus. Sie trug einen signalroten Mantel, ihre braunen Haare flatterten im Wind. Das dezente Make-up, das sie aufgetragen hatte, verlieh ihrem Gesicht eine erotische Verletzlichkeit. Ihr Auftritt war so beeindruckend, dass sogar Kemal mit offenem Mund hinter seinem Tresen stand und von ihr zu Braun und wieder zurück blickte.

»Was starrst du mich so an?« Ein leichtes Lächeln umspielte Karens Lippen, als sie ihre schwarze Brille zurechtrückte.

»Die Brille ... Ich wusste nicht, dass du eine trägst.«

»Sehe ich damit so schlimm aus?«, fragte sie rhetorisch, denn sicher spürte Karen, dass sie Eindruck auf ihn machte.

Aber er hatte sie meist nur mit straff zusammengebundenen Haaren und in weißem Kittel gesehen. Kein Wunder, dass ihr heutiger Anblick so aufregend war.

»Was trinkst du?«, fragte er und winkte Kemal zu sich.

»Gib mir eine von deinen Dosen«, meinte Karen und wartete seine Antwort erst gar nicht ab.

Sie stießen sich mit den Bierdosen zu, und Karen nahm einen tiefen Schluck. Dann stützte sie ihre Arme auf dem Stehtisch auf und sah Braun herausfordernd an.

»Erzähl mir von deinem Sohn.«

Er seufzte. Wo sollte er da anfangen?

»Jimmy ist in schlechte Gesellschaft gekommen und hat sich mit einem echt schweren Bruder angefreundet. Der hat ihm die Flausen in den Kopf gesetzt, er würde aus Jimmy einen Kickboxstar machen. Deshalb haben meine Exfrau und ich beschlossen, Jimmy zu ihr nach Finnland zu schicken.«

»Du meine Güte! Was macht ein sechzehnjähriger Junge in Finnland?«

»Ein Praktikum bei Nokia, das hat der neue Freund meiner Ex vermittelt.«

»Das war eine gute Entscheidung von euch, und irgendwann wird das Jimmy auch so sehen.« Karen trank einen weiteren Schluck Bier und strich sich die Haare aus dem Gesicht. »Wo liegt also das Problem?«

»Jimmy hat gestern angerufen, weil er auf die Schnelle tausend Euro braucht. Als Vorschuss, bald ist ja Weihnachten. Da kriegt er sowieso was.«

»Ist 'ne Menge Geld«, sagte Karen und nickte bedächtig. »Was will er damit bloß anstellen?«

»Angeblich eine Boxausrüstung kaufen und Trainingsstunden nehmen. Er gibt das Kickboxen nicht auf.«

»Dieses sture Verhalten kommt mir bekannt vor«, antwortete Karen und lächelte ihn an.

»Aber die Idee kommt von diesem Verbrechertypen, und das kann ich nicht akzeptieren«, erwiderte Braun und winkte Kemal zu, der gleich darauf mit neuen Bierdosen zu ihnen kam. »Andererseits möchte ich mich zu keiner unüberlegten Handlung hinreißen lassen. Wie damals.«

Braun dachte an jenen Sommertag, an dem sich sein Leben schlagartig geändert hatte. Als er Jimmy von der Schule abgeholt hatte, um mit ihm und Margot ein gemeinsames Wochenende zu verbringen. Als er einen Funkspruch bekam und an einen Tatort fuhr. Als er völlig konfus seinen kleinen Jungen an der Hand nahm und die Treppe nach oben sprintete. Als er mit gezogener Waffe in das Zimmer stürmte und die beiden erschossenen Dealer vorfand, durch Kopfschüsse hingerichtet. Als er mit einem Kugelschreiber Hirnmasse von der Wand kratzte, um sich ein Bild vom Tathergang zu machen. Als ihn Paul Adrian darauf aufmerksam machte, dass Jimmy die ganze Zeit über still im Zimmer stand und die Toten anstarrte. Als er unfähig war, über Margots kurz zuvor entdeckte Affäre zu sprechen und alles hinunterschluckte. Als nur wenige Tage später seine Frau die Scheidung einreichte und das Sorgerecht für Jimmy verlangte.

»Damals haben Margot und ich den Jungen zu dir in Therapie geschickt«, erinnerte er sich.

»Ich weiß. Aber hast du jemals mit Jimmy darüber gesprochen? Über seine Gefühle, Gedanken? Welches Bild er danach von seinem Vater hatte?«

»Nein, nein. Natürlich nicht. Ich wollte die alten Wunden nicht wieder aufreißen. Deshalb war Jimmy auch bei dir. Außerdem hat mich zur selben Zeit Margot verlassen.«

»Ach, jetzt ist also deine Exfrau schuld?«

»Ich war gekränkt und wollte ihr nicht hinterherkriechen.«

»Vielleicht wollte sie, dass du um sie kämpfst.«

»Ach was, kämpfen. Da gab es ganz andere Hintergründe. Aber wir schweifen vom Thema ab. Was soll ich Jimmy sagen?«

»Sag ihm, dass du seinen Ehrgeiz gut findest. Aber es muss die ganze Familie dahinterstehen. Jeder muss seinen Teil dazu beitragen. Deshalb werden Margot und du, aber auch Jimmy selbst etwas zur Ausrüstung beisteuern. An seiner Reaktion siehst du gleich, ob er es auch wirklich ernst meint oder andere Pläne mit dem Geld hat.«

»So einfach ist das? Da hätte ich auch selbst drauf kommen können.«

»Bist du aber nicht. Komm, lad mich noch auf ein Bier ein. Ansonsten stell ich dir vielleicht doch noch ein Honorar in Rechnung.«

Sie tranken noch ein weiteres Bier, dann sah ihn Karen lange an. »Ich mache dir noch einen Vorschlag. Du kommst zum Essen zu mir nach Hause und erzählst mir ein bisschen von dir.«

»Ich soll zum Essen zu dir kommen?«, wiederholte Braun und strich sich überrascht die Haare aus dem Gesicht. »Zu dir nach Hause?«

»Das ist kein unsittlicher Antrag. Es ist nur ein Abendessen.«

Karen lächelte und legte ihre Hand auf Brauns Arm. Ihr Parfüm wehte leicht zu ihm herüber, es war eine Mischung aus herber Frische mit einer unbekannten exotischen Note. Wieso war ihm dieser Duft in der Psychiatrischen Klinik nie aufgefallen? Oder hatte sie das Parfum extra für diesen Abend ausgewählt? Quatsch! Das hier war mehr oder weniger ein berufliches Treffen.

»Hast du verstanden, was ich gesagt habe?«, fragte sie und schnippte mit den Fingern vor seinen Augen herum.

»Ja.«

»Und?«

»Willst du noch ein Bier?«, fragte er.

Karen blickte aufs Wasser, und Braun hatte das Gefühl, als würde sie ihre Möglichkeiten abwägen. Schließlich nahm sie die Brille ab und steckte sie in ihre Manteltasche. Ihre Augen mit dem leichten Silberblick waren grau mit blauen Einsprengseln. Das Licht von Kemals Weihnachtsbeleuchtung brach sich in ihnen.

»Trink nicht so viel, Braun«, sagte sie, ohne auf seine Frage einzugehen, und strich zärtlich über seinen Dreitagebart. »Du siehst viel besser aus, wenn du nüchtern bist.«

Dann drehte sie sich um und verschwand ohne ein Wort des Abschieds.

33

Braun rannte durch das knietiefe Wasser und hörte hinter sich das unheilvolle Rauschen der riesigen Welle. Er wusste, dass er immer weiterhetzen musste, nicht stehen bleiben durfte, um nicht von den Wassermassen begraben zu werden. Seine Beine schmerzten, die Strömung war stark und zerrte an seinen Füßen. Er rannte, doch das Ufer mit dem langen Sandstrand, wo unter einem großen weißen Segel eine Frau im Sand lag und döste, kam nicht näher. Auf einer steilen Felsklippe turnte ein zwölfjähriger Junge umher, bis er einen Vorsprung erreicht hatte. Es sah aus, als wollte er von dort oben ins Meer zu springen.

»Jimmy!«, brüllte Braun, doch der Junge reagierte nicht und fiel mitten in die Welle hinein. Er wurde augenblicklich von ihr verschluckt.

Brauns Geschrei hatte auch die Frau am Strand geweckt, die sich jetzt langsam aufrichtete. Sie strich sich die von der Sonne gebleichten blonden Haare zurück und schirmte mit der Hand die Augen vor der Sonne ab, um im gleißenden Licht etwas zu erkennen.

»Wo ist er?«, rief sie angstvoll. »Warum hast du nicht auf Jimmy aufgepasst?«

»Er hat nicht auf mich gehört, Margot!«

»Du hast Jimmy springen lassen!«, schrie sie anklagend, sprang auf und lief ins Wasser, auf ihn zu.

Er wollte noch etwas erwidern, wollte sagen, dass ihn keine Schuld treffe, aber da brach die Welle mit aller Wucht über ihm zusammen und begrub ihn unter sich. Einmal noch wurde er an die Oberfläche gespült und sah Margot gegen die Wellen ankämpfen.

Plötzlich übertönte eine Sirene das Rauschen des Meeres. Der elektronisch-schrille Ton traf Margot, die eben noch braun gebrannt und voller Vorwürfe im Blick durch das Wasser auf ihn zu geschwommen war. Innerhalb von Sekunden wurde ihr geschmeidiger Körper von den Schallwellen erfasst und löste sich plötzlich im Nichts auf.

Dann erwachte Braun und starrte auf sein Handy, das penetrant klingelte.

»Braun, ich höre«, murmelte er und versuchte den anklagenden Blick seiner Exfrau aus dem Gedächtnis zu streichen – aber das war wie immer hoffnungslos. Er konzentrierte sich auf die Anruferin. Es war Karen, und erfreut setzte er sich auf.

»Das wird ja fast schon zur Gewohnheit. Vermisst du meine Stimme schon am frühen Morgen?«, brummte er.

»Spar dir deine Sprüche.«

Karen klang kalt und humorlos, und Brauns gute Stimmung verschwand so schnell wie seine Vorsätze, mit dem Biertrinken aufzuhören.

»Was kann ich für dich tun?«

»Kannst du sofort in der Klinik vorbeikommen?«

»Was? Schon wieder?« Er lachte trocken auf. »Bin ich jetzt dein Therapeut oder soll ich mich gleich in die Klapse einweisen lassen?«

»Das ist nicht der richtige Moment für blöde Witze, Braun. Viktor ist …« Sie brach mitten im Satz ab. »Nein, nicht am Telefon. Komm in die Klinik.«

»Was ist mit Maly?« Ruckartig schwang Braun die Beine aus dem Bett und presste das Handy fester ans Ohr. Sein

Kopf dröhnte – er brauchte dringend eine Kopfschmerztablette.

»Was ist mit Maly?«, fragte er ein weiteres Mal und klang leicht gereizt, während er sich einhändig in die schwarze Anzughose zwängte.

»Es gibt einen Toten«, sagte Karen kühl. »In Viktors Zimmer. Du sollst dir das ansehen. Aber diskret, ohne viel Aufsehen zu erregen. Kriegst du das hin?«

»Einen Toten? Wer ist es?« Braun klemmte das Handy zwischen Wange und Schulter ein, während er hastig in seine Springerstiefel schlüpfte. »Warum diskret? Bei einer Leiche hört die Diskretion auf, Karen.«

»Ich bitte dich nur noch um diesen einen Gefallen, mehr nicht.« Sie ging mit keinem Wort auf Brauns Bedenken ein.

»Na gut, ich komme.«

Karens Antwort konnte er nicht mehr hören, denn in diesem Moment fiel das Handy zu Boden. »Scheiße!«, fluchte er, aber die Verbindung war unterbrochen. Erneut wählte er ihre Nummer, aber es war besetzt. Wahrscheinlich probierte sie gerade ihn zu erreichen.

Vom Auto aus schickte er Franka eine SMS, Diskretion hin oder her. Dann machte er sich auf den Weg in die Psychiatrische Klinik.

Es gab also einen Toten in Malys Zimmer. War es ein Patient? Und war er ermordet worden oder war es nur ein Unfall? Stand sein Tod vielleicht mit der ermordeten Amelie Frey in Zusammenhang?

Als er durch die Sicherheitsschleuse in den geschlossenen Trakt drängte, stellte er überrascht fest, dass hier alles seinen gewohnten Gang ging. Die Schwestern trugen Tabletts mit Getränken in die Zimmer, Pfleger und Patienten verfolgten gemeinsam die Morgennachrichten im Fernsehen. Nichts deutete darauf hin, dass in einem Zimmer am Ende des Flurs ein Toter lag. Karen scheint die Kunst der Verschleierung wirklich perfekt zu beherrschen, dachte er. In diesem Moment sah Thomas Just, der ihm von Weitem ein Zeichen gab. Gemeinsam gingen sie Richtung Malys Zimmer.

»Braun, da bist du ja!«

Im Neonlicht des Korridors wirkte Karen ungewöhnlich bleich und blutleer. Sie sah gänzlich anders aus als am Abend zuvor beim Anatolu Grill. Er fragte sich, ob es dieselbe Frau war.

»Tut mir leid, dass ich dich umsonst hergeholt habe«, sagte sie. »Ich glaube inzwischen, dass es ein Unfall war.«

»Ich muss mir selbst ein Bild machen. Erst dann kann ich ein Urteil abgeben«, erwiderte Braun kühl, der sich in Karens Gegenwart plötzlich nicht sonderlich wohlfühlte. »Wenn es kein Unfall war, muss ich meine Leute herbestellen. Das verstehst du doch.«

Er berührte Karen an den Schultern, doch sie entzog sich ihm und verschränkte ihre Arme vor der Brust. Überrascht sah er ihr in die Augen. Auch hier war kein verführerischer Glanz mehr, nur Professionalität und Härte.

»Ich gehe jetzt hinein«, sagte er widerwillig. »Dann reden wir weiter. Okay?«

Seit Brauns letztem Besuch hatte sich im Zimmer von Viktor Maly nichts verändert. Boden, Wände und Mobiliar waren weiß, wirkten durch die Neonröhren an der Decke aber noch greller. Dieses Mal erschien ihm die Helligkeit im Raum so intensiv, dass Braun die Augen zusammenkneifen musste, um etwas zu erkennen. Der Blickfang im Zimmer war wieder der Zeitungsartikel, der an die Wand über dem Esstisch gepinnt war. Bei genauerem Hinsehen stellte Braun jedoch fest, dass es nicht mehr dieselbe Seite war, sondern der gestrige Titel der Linzer Nachrichten mit dem Bericht über den brutalen Mord an Amelie Frey.

Maly saß an dem Esstisch, vor ihm stand ein weißes Plastiktablett mit mehreren Schalen und Tellern darauf. Die Schalen waren mit unterschiedlichen Früchtegesichtern bedruckt, die alle lachten. Maly war so auf das Tablett fokussiert, dass er Braun überhaupt nicht zu bemerken schien. Vielleicht stand er unter Tabletteneinfluss? Das musste Braun später unbedingt fragen.

Er wollte etwas zu Maly sagen, doch dann zog die Person, die Maly gegenübersaß, seine ganze Aufmerksamkeit auf sich. Der Mann saß mit dem Rücken zu Braun und trug wie Maly einen weißen Pyjama. Sein Kopf war nach hinten gekippt, und ein weißes Ding steckte in seinem Mund. Ohne Zweifel war der Mann nicht mehr am Leben.

»Was ist passiert?«, fragte Braun Maly, während er langsam auf den Tisch zuging.

Doch Maly löffelte ungerührt sein Müsli und kippte gerade einige geschnittene Bananenscheiben dazu. »Die sollten Sie auch essen, Chefinspektor Braun. Bananen machen glücklich.« Er hob die Schale mit einer lachenden Banane hoch und hielt sie Braun hin. »Das haben Sie sicher nötig.«

Braun kochte innerlich vor Wut. Durch die zusammengebissenen Zähne knurrte er: »Was ist passiert?«

»Ich wollte mein Frühstück mit ihm teilen, aber ich glaube, er hatte keinen Hunger. Wirklich kein schöner Anblick.«

»Erzählen Sie mir, was geschehen ist.«

Langsam ließ Maly den Löffel sinken und blickte an Braun vorbei auf den Toten. »Gestern war er noch ganz lebendig«, flüsterte er mit rauer Stimme. Dann zuckte er mit den Schultern und griff nach einem Brötchen. »Die könnten ein wenig knuspriger sein«, meinte er nach dem ersten Bissen. Er hielt

Braun den Brotkorb entgegen. »Möchten Sie auch ein Brötchen, Chefinspektor?«

Braun ersparte sich eine Antwort und drehte sich zu dem Toten um. Neben sich hörte er Maly laut in sein Brötchen beißen.

»Jetzt ist es einer weniger«, sagte Maly mit vollem Mund.

»Wie viel gibt es denn noch?«, wollte Braun wissen, der sich geschworen hatte, sich dieses Mal nicht von Maly provozieren zu lassen.

»Nur noch Sie und mich.«

34

Braun betrachtete den Toten. Das Gesicht war blau angelaufen, und es sah auf den ersten Blick so aus, als wäre er erstickt. Sein Mund war weit aufgerissen, und nun endlich erkannte Braun auch das Ding, das aus dem Rachen ragte. Es war eine weiße Ratte. Der rosige nackte Schwanz wirkte obszön, wie er da so aus dem Mund des Toten heraushing. Er bewegte sich leicht hin und her, als würde die Ratte noch leben. Aber es war nur ein Schwall warmer Luft, der aus der Klimaanlage in den Raum geblasen wurde, der den Rattenschwanz in Bewegung versetzte.

Ein dünner Blutfaden war aus dem Mundwinkel des Toten über das Kinn auf seinen weißen Pyjama getropft und hatte dort einen roten Fleck hinterlassen. Plötzlich erinnerte sich Braun, wo er den Mann schon einmal gesehen hatte: beim Kaffeeautomaten am Flur, als dieser einen Plastikbecher verschlucken wollte.

»Was ist geschehen?«, wiederholte Braun und bemühte sich, ruhig zu bleiben. Er drehte sich zu Maly, der immer noch ungerührt kaute. Bei dem Anblick war es vorbei mit Brauns Beherrschung. »Antworten Sie!«

Maly strich aufreizend langsam die Butter auf sein Brötchen, ohne zu reagieren. Die Situation war völlig abgedreht, und Malys Verhalten das eines Psychopathen.

Plötzlich hörte er auf zu essen und ließ die Hände kraftlos auf die Tischplatte sinken. Sein breites Gesicht mit den tief liegenden Augen verzerrte sich gequält, und seine Lippen zitterten, als er zu sprechen begann. Weinte er etwa? Braun konnte es kaum glauben.

»George war so liebenswert! Er hat doch keiner Seele etwas zuleide getan. Warum nur, warum musste er sterben?«

Maly packte einen Arm von Braun. Der wurde von einem unerklärlichen Widerwillen erfasst, als würde ihn Malys Berührung durch die Kleidung hindurch mit Wahnsinn infizieren. Vorsichtig löste er sich aus dem festen Griff, widerstand aber dem Drang, über den Ärmel seines Mantels zu wischen.

»Ich weiß es nicht«, sagte er. »Aber vielleicht können Sie ein wenig Licht in die Angelegenheit bringen. Schließlich sitzt der Tote ja in *Ihrem* Zimmer.«

Mit verschränkten Armen stellte sich Braun neben Maly, der noch immer den toten Mann mit der Ratte im Hals betrachtete.

»Der Mann heißt also George. Und wie weiter?«, fragte Braun. Er hatte den Eindruck, als würde ihn Maly nicht verstehen. Deshalb beugte er sich zu ihm hinunter und wiederholte seine Frage. »Dieser Mann heißt George. Wie ist sein Familienname? Er muss ein Patient sein, dem Pyjama zufolge. Und er hat Sie in Ihrem Zimmer besucht, da müssen Sie ihn doch kennen? Antworten Sie!«

Maly hob den Kopf und sah Braun an. Er wirkte plötzlich wie ferngesteuert. Unendlich langsam öffnete er den Mund, suchte schwerfällig nach Worten. »Das Leben ist so ungerecht. Ein Mörder verlässt ungestraft den Gerichtssaal, bloß weil er einen guten Anwalt hat.«

»Ich verstehe nicht, was Sie meinen.« Brauns Tonfall wurde härter. »Worauf wollen Sie hinaus?«

»Die Guten sterben, die Bösen überleben«, monologisierte Maly. »Das erleben Sie doch bei Ihrer Arbeit immer wieder.

Ein Mörder wird gefasst, und der nächste wartet schon auf seine Chance. Das Böse ist ein Antrieb, ein Ziel. Das Böse setzt ungeahnte Energien frei. Wenn man sich ihm verschrieben hat, steht man außerhalb von Raum und Zeit.«

Ach du heilige Scheiße, dachte Braun. Was quatscht dieser Irre?

»Ich kann verstehen, dass die Situation belastend für Sie ist. Aber Sie müssen mir sagen: Was ist in diesem Zimmer passiert? Sind Sie dafür verantwortlich?« Er wies mit der Hand auf den Toten. »Haben Sie Ihren Freund George getötet?«, wiederholte Braun und sah Maly fest in die Augen.

»Nein. Es war ein Unfall«, stieß Maly hervor und wirkte mit einem Mal wieder völlig klar. »Wieso sollte ich George töten? Er und Gilbert waren meine engsten Freunde hier.«

Er sah hinüber zum Bett, und Braun folgte seinem Blick. Unter dem Gestell stand der Rattenkäfig, den er beim ersten Besuch schon gesehen hatte.

»Moment, Moment. Wer ist George? Sprechen wir von dem toten Mann oder von der Ratte, die in seinem Hals steckt?«

Maly ließ mit schmerzverzerrter Miene den Kopf hängen.

Ungläubig schüttelte Braun den Kopf. »Sie reden von Ihrer Ratte? Das ist doch krank, vollkommen verrückt ist das.«

»Sie können sich das natürlich nicht vorstellen, denn Sie haben ja wahrscheinlich keine Freunde.«

»Woher wollen Sie denn das wissen?«, fragte Braun verärgert.

»Ich weiß noch viel mehr über Sie, als Sie sich denken!«

35

»Es ist Ihnen also völlig egal, dass dieser Thalström in Ihrem Zimmer gestorben ist?« Nur mit Mühe brachte es Braun fertig, einen halbwegs neutralen Ton anzuschlagen. »Wenn Thalström jeden Tag in Ihrem Zimmer war, dann haben Sie doch sicher mitbekommen, dass er unter dem Pica-Syndrom und einer Zwangsstörung litt.«

Maly schwieg und knabberte weiter an seinem Brötchen herum. Seine Kaltschnäuzigkeit widerte Braun zutiefst an. Er spürte, dass sein Gegenüber mit ihm sein Spiel trieb, kannte aber noch nicht die Regeln. Daher würde er versuchen, Maly seinen eigenen Spielverlauf aufzudrücken. Als Patient der Psychiatrie musste er dabei lediglich mit Samthandschuhen angefasst werden.

»Wie kommt Thalström in Ihr Zimmer?«, fuhr Braun fort. »Wir befinden uns doch in der geschlossenen Abteilung, richtig?« Die letzte Frage war an Karen gerichtet.

»Stimmt, das ist die geschlossene Abteilung. Das heißt aber nur, dass unsere Patienten den Trakt nicht verlassen können. Innerhalb der Abteilung können sie sich frei bewegen. Es sind ja keine Gefangenen, sondern psychisch kranke Menschen, denen wir helfen.« Sie strich sich eine widerspenstige Haarsträhne aus der Stirn. »Wir bewahren unsere Patienten davor, sich selbst Schaden zuzufügen.«

»Das merkt man. Auf Thalström habt ihr ja *super* aufgepasst«, konnte sich Braun eine ätzende Bemerkung nicht verkneifen.

»Das ist unfair.«

Karen wirkte gekränkt, und Braun tat sofort leid, was er gesagt hatte. Nervös drehte er seinen Stift auf der Tischplatte und überlegte, wie er weiter vorgehen konnte. Er war froh, als sich die Tür öffnete und Franka außer Atem den Aufenthaltsraum betrat.

»Tut mir leid. War überall Stau. Bin mit dem Taxi gekommen«, sagte sie und setzte sich neben Braun.

»Wieso ist noch jemand von der Polizei hier? Braun, du hast mir doch Diskretion versprochen!« Karen schob genervt die Brille hoch und rieb sich die Augen.

»Das ist meine Auffassung von Diskretion«, antwortete Braun ruhig, dann stellte er Franka vor. »Meine Kollegin Franka Morgen.«

»Wie schön, eine junge Kollegin.« Malys Lethargie war mit einem Mal wie weggeblasen, er setzte sich auf seinem Stuhl aufrecht hin und wirkte dabei geradezu dynamisch. »Viktor Maly«, stellte er sich Franka vor. »Wir hatten noch nicht das Vergnügen.«

Er streckte ihr die Hand entgegen, und für einen kurzen Moment hatte Braun den Eindruck, als würde Franka sie ergreifen. Dann aber wandte sie sich ab und konzentrierte sich wieder auf das Tablet, das sie aus der Tasche gezogen hatte. Maly ließ die Hand sinken und lehnte sich im Stuhl zurück. Mit verkniffenem Gesicht starrte er weiter angespannt auf Frankas Hand, und schien intensiv über etwas nachzudenken.

»Was wollen Sie wissen, Frau Kommissar?«, sagte er plötzlich. Er sah ihr auffordernd ins Gesicht.

»Ich bin Polizeiinspektorin, keine Kommissarin«, antwortete Franka und wischte über das Tablet.

»Wir wollen wissen, wie es dazu kam, dass Thalström tot in

Ihrem Zimmer aufgefunden wurde«, mischte sich Braun ein. »Mit einer Ratte im Hals. Wo waren Sie, als Thalström in Ihr Zimmer gekommen ist?«

»Ich lag im Bett«, antwortete Maly, ohne sich von Franka abzuwenden. »Thalström kommt jeden Morgen in mein Zimmer und erzählt mir von Strindbergs Ehedrama mit der Österreicherin Frida Uhl, das ihn nicht schlafen lässt. Immer ist er in der Klamschlucht und wird von großen schwarzen Kreaturen durch die enge Schlucht gejagt. Stimmt das so, Karen?«

Sie nickte wortlos, und Maly sprach weiter.

»Heute Morgen war Thalström noch nervöser als sonst. Er redete ohne Unterlass. Da bin ich einfach aufgestanden und in mein Bad gegangen.«

Noch immer ignorierte Maly Braun komplett, richtete seine Worte ausschließlich an Franka. Doch Braun war das nur recht, wenn seine Kollegin einen besonderen Draht zu Maly hatte – umso besser. Musste er sich nicht mit diesem Psychopathen herumschlagen.

»Ich habe das Wasser aufgedreht, um seine Stimme nicht mehr zu hören. Thalström hat ein fürchterlich schrilles Organ, das man nur begrenzt ertragen kann. Habe mir die Hände gewaschen. Sehr sorgfältig. Zeigen Sie mir doch mal Ihre Hände«, forderte er Franka auf.

»Nein«, antwortete sie freundlich.

Maly sah Franka durchdringend an, aber sie erwiderte seinen Blick nicht, sondern fummelte an der Aufnahmefunktion ihres Tablets herum.

Braun betrachtete die beiden argwöhnisch. Weshalb interessierten Maly Frankas Hände? Waren die zwei sich schon einmal begegnet? War es so ähnlich wie bei ihm? Auch ihn glaubte Maly zu kennen. Oder war das nur Malys Trick, um sein Gegenüber zu verwirren? Falls ja, klappte es ganz hervorragend.

»Als ich wieder ins Zimmer kam, war Thalström bereits tot. Ich habe Karen verständigt und mich anschließend an den Frühstückstisch gesetzt.«

»Sie wollen uns also erzählen, dass Sie die ganze Zeit beim Händewaschen waren, während Thalström erstickt ist?«, fragte Franka ungläubig nach.

Zum ersten Mal wandte sich Maly mit ausdrucksloser Miene an Karen. »War es denn ein Unfall oder ein Mord?«

»Es war höchstwahrscheinlich ein Unfall«, antwortete Sie ihm. »Thalström litt ja unter Pica. Sie hätten uns alarmieren müssen, Viktor.«

»Oh, das habe ich nicht gewusst«, sagte Maly mit übertrieben erschrockener Miene. »Ich dachte, es wäre ein Kunststück.«

»Sind hier eigentlich alle bescheuert?«, sagte Braun ärgerlich. Nicht nur, dass Karen offensichtlich darüber entschied, ob der Tote vorsätzlich umgebracht worden oder an den Folgen eines Unfalls gestorben war – nein, man meinte wohl, ihn für dumm verkaufen zu können. »Ein Kunststück mit einer Ratte im Mund? Sie sind doch komplett durchgeknallt.«

»Vergiss nicht, wir sind in einer psychiatrischen Klinik. Hier gelten andere Gesetze.« Karens Tonfall würgte jede weitere Diskussion ab.

»Nun gut«, gab sich Braun schweren Herzens geschlagen. »Aber ich bekomme den Bericht des Arztes, ohne Wenn und Aber.«

»Selbstverständlich«, antwortete Karen.

»Brauchen Sie mich noch, Frau Polizeiinspektor?« Maly war aufgestanden und sah auf Franka herunter.

»Ich? Nein, ich habe keine Fragen mehr«, antwortete sie verwirrt, blickte kurz zu Braun, der nickte, und stand ebenfalls auf.

»Dann bedanke ich mich für das Gespräch.«

Erneut streckte Maly ihr mit einem Lächeln die Hand entgegen, und dieses Mal schlug Franka ein. Doch Maly ließ ihre Hand nicht sofort wieder los, sondern zog sie langsam zu seinem Gesicht hoch. Franka zuckte erschrocken zurück.

»Dachte ich's mir doch«, flüsterte Maly und umklammerte Frankas Handgelenk. »Wie haben Sie mich gefunden?«

»Ich verstehe nicht ...« Franka versuchte sich vergeblich aus seinem Griff zu winden.

»Man hat Sie geschickt. Das ist das Zeichen!«

»Was für ein Zeichen?« Frankas Stimme wurde schriller, panischer. »Loslassen, Sie tun mir weh!«

»Das da. Genau hier.« Mit seiner Fingerspitze tippte er auf Frankas Handrücken, strich fast zärtlich darüber.

»Lassen Sie die Spielchen, Maly. Damit können Sie uns nicht beeindrucken«, zischte Braun. Er stand auf und befreite Franka aus dem Griff dieses Irren.

Der hielt sich plötzlich beide Hände an die Schläfen. »Ich konnte mich kurz erinnern ... Aber jetzt ist alles wieder schwarz. Wie ausradiert.«

»Viktor, beruhigen Sie sich«, sagte Karen mit sanfter Stimme. »Woran können Sie sich erinnern? Denken Sie nach!« Als Maly nichts sagte, verlor sie für einen kurzen Moment die Beherrschung. »Los, Maly, erinnern Sie sich!«, befahl sie mit metallener Stimme.

Der Angesprochene lehnte sich zurück und hielt sein Gesicht hinauf in das Neonlicht. »Ich kenne Sie, Braun. Und ich kenne dieses Zeichen. In Ihrer kleinen geordneten Welt gibt es nur Schwarz oder Weiß. Aber in Wahrheit sind überall Grauschattierungen, die sich zu einer gewaltigen Macht zusammengeschlossen haben. Sie setzen alles daran, um mich zu vernichten.«

»Wer will Sie vernichten?« Franka rieb sich das Handgelenk und zog sich dann den Ärmel der Jacke darüber. Sie betrachtete Maly interessiert. »Vor wem haben Sie Angst?«

36

»Braun, ich schlage dir einen Deal vor.« Jans Stimme drang ziemlich aufgekratzt aus dem Lautsprecher. »Du fährst mich in mein Fitnesscenter, und ich sage dir, was ich herausgefunden habe.«

Braun war gerade dabei, den Bericht des Amtsarztes zum Tod von Thalström zu lesen. Wie er erwartet hatte, war kein Fremdverschulden festzustellen, deshalb ging man von einem Unfall aus. Sein Finger kreiste bereits über der Delete-Taste, um den Bericht zu löschen und auf Nimmerwiedersehen in die unendlichen Weiten des Cyberspace zu schicken. Aber noch zögerte Braun: Irgendwas war faul an der Sache. Er würde seine Hand dafür ins Feuer legen, dass Maly etwas mit dem Ableben des Mannes zu tun hatte. Er war ein Wahnsinniger, ein Manipulator – wahrscheinlich hatte er den psychisch kranken Thalström durch einen Trick dazu gebracht, die Ratte zu verschlucken.

Aber wieso hatte er das gemacht? Einfach, weil er vollkommen durchgeknallt war? Sowohl Just als auch Karen behaupteten immer wieder, dass in einer psychiatrischen Einrichtung besondere Regeln galten, die mit dem »gesunden« Menschenverstand nicht zu begreifen seien. War damit auch ein so skurriler Todesfall wie der von Thalström gemeint? Und war es richtig, sein Sterben einfach als Unfall abzutun?

Bevor er sich weiter den Kopf über Dinge zerbrach, die er vielleicht ohnehin niemals begreifen würde, hatte er Jan angerufen. Seine Stimmung besserte sich schlagartig, sobald er hörte, dass sein Kollege tatsächlich etwas herausgefunden hatte. Braun schnappte sich sofort seinen Mantel und fuhr zu Faber. Als er im Loft ankam, saß Jan bereits vor der Tür in seinem Rollstuhl und wartete auf ihn.

»Wir fahren in ein privates Fitnesscenter. Das wird dich überraschen.«

»Ich hasse Überraschungen«, seufzte Braun. »Das hat meine Mutter immer zu mir gesagt, wenn sie mich zum Friseur geschleppt hat.«

»Verstehe – du hast ein Friseurtrauma. Deshalb lässt du dir jetzt die Haare immer so lang wachsen«, grinste Jan. »Ach, du und deine Mutter. Ihr seid wahrlich kein Dream-Team gewesen.«

»Blödsinn.«

»Tröste dich. So ein Mutterkomplex ist nichts, für das man sich schämen müsste.«

»Ich habe keinen Mutterkomplex!«

»Das sagen alle Männer.«

Das Fitnesscenter befand sich auf dem Pöstlingberg in einem gläsernen Designerbau, von dem aus man einen phänomenalen Blick über Linz hatte. Der stylische Kubus gehörte dem Halbitaliener Ronaldo. Jan hatte ihm eine moderne Kundendatenbank eingerichtet und durfte deshalb kostenlos trainieren.

»Ich habe gar nicht gewusst, dass unsere Stadt von hier oben so toll aussieht«, sagte Braun beeindruckt und trat zu der bodentiefen Fensterfront. »Wie kommt man bei diesem Ausblick überhaupt zum Trainieren? Da wäre es doch viel besser, man würde sich mit einem Drink in der Hand entspannen.«

»Es soll Menschen geben, die gern etwas für ihren Körper

tun.« Jan deutete mit seiner Hand in den Trainingsraum, wo durchtrainierte Männer vor Spiegelwänden Gewichte hoben.

»Die sehen alle wie Models aus«, bemerkte Braun anerkennend und blickte suchend umher. »Gibt's keine normalen Menschen hier?«

»Du könntest mitmachen und die Quote anheben. Das würde deinem Geist und auch deinem Körper nicht schaden.«

»Sorry, für diese Sportart bin ich noch zu jung«, sagte Braun. »Aber wie soll ich dir helfen?«

»Du musst mir nur die Stange mit den Gewichten auf die Halterung legen.«

»Wenn's weiter nichts ist.«

Braun griff nach der Stange und ließ sich nicht anmerken, dass er sie nur mit größter Kraftanstrengung hochheben konnte. Bewundernd beobachtete er kurz darauf Jan, der das Teil leicht wie eine Feder in die Höhe stemmte und dabei auch noch lächelte. Vielleicht sollte er tatsächlich mehr für seinen Körper tun. Früher war er Marathons gelaufen, aber seit einiger Zeit hatte er zu nichts mehr Lust. Das musste sich ändern.

»Willst du es wirklich nicht ausprobieren?«, fragte Jan.

Braun winkte ab. »Du trainierst einfach für mich mit. Ich genehmige mir so lange an der Bar ein paar Eiweißshakes. Oder doch lieber ein Bier«, meinte er noch grinsend.

Als Jan nach etwa einer Stunde mit seiner Trainingseinheit fertig war, kam er zu Braun und setzte sich zu ihm an die Bar. Er klappte seinen Laptop auf.

»Es hat mir keine Ruhe gelassen, dass unser Viktor Malý nicht existieren soll. Dann hatte ich eine Idee. Ich habe eine Gesichtserkennungssoftware ein wenig umprogrammiert und damit sämtliche Event- und Partyplattformen der letzten

Jahre durchsucht. Auf Instagram bin ich schließlich fündig geworden.«

»Ja und? Mach es nicht so spannend.«

Jan lächelte breit. »Es war ein ganzes Stück Arbeit, aber endlich beginnt sich das Dunkel langsam zu lichten.«

37

Juni 1991
Geschäfte laufen prächtig. Nachfrage nach Babys steigt sprunghaft an. Wir kommen mit dem Liefern fast nicht mehr nach.

Vor einigen Tagen bin ich wieder in Dogcity angekommen. Will Frischfleisch besorgen. Mein neuer Anzug aus Prag ist zu schade für Dogcity. Und erst der Dreck auf meinen Schuhen. Hier ist alles noch schlimmer geworden. In einem Monat ist der Slum wieder um ein Drittel gewachsen. Habe in der Zeitung gelesen: Vaclav Havel, der tschechoslowakische Präsident, verspricht Annäherung an EU. Tschechen und Slowaken streiten immer noch über den Staatsnamen. Nennen das den Gedankenstrich-Krieg. Aber der echte Krieg ist im Osten.

Tschechoslowakische Skinheads haben in Košice einem Roma-Mädchen die Haare angezündet und anschließend die Familie im Haus verbrannt. Keine Polizei hat ihnen geholfen. Aber nach Dogcity trauen sich die Skinheads nicht. Noch nicht. Die Roma aus Košice sind jetzt hierher geflüchtet. Alles quillt über. Die Türme von Sputnix III sind wie Bienenwaben. Überbevölkert. Unten in Dogcity immer mehr Hütten und Elend. Über 10 000 Roma leben jetzt hier, schätze ich. Es gibt viele Tote, denn der Sommer ist heiß. Auf dem Hügel am Friedhof findet fast jeden Tag eine Beerdigung statt.

Zurück zu den Geschäften. Mit Gitanos Hilfe haben wir die Flüchtlinge von den alten Bewohnern getrennt und sie mit

Alkohol und Aberglauben gefügig gemacht. Sie haben eine Scheißangst vor den Rattenköpfen und werden den Mund halten.

Letzte Woche haben wir mit unseren Listen den Slum durchkämmt. Wir haben dreißig Babys an die Grenze gebracht. Da haben schon die Schlepper auf uns gewartet. Die schmuggeln die Babys immer durch den Wald in den Westen. Dreißig Babys, und für jedes werden wir sechzigtausend Dollar bekommen. Das macht 1,8 Millionen Dollar. In einer Woche!

Aber ich habe die Hauptarbeit gehabt, besonders mit den neuen Roma, die von überall her nach Dogcity kommen. Einschüchtern, prügeln, bestechen, töten, rauben. Alle kassieren dasselbe. Ist das gerecht?

Gestern, nach einem besonders anstrengenden Tag, habe ich eine neue Idee gehabt. Ich gebe nur einen Bruchteil des Geldes an unseren Club weiter. Der Bankier verwaltet unser Geld, er kümmert sich nicht um den Rest. Deshalb besteht auch nur ein minimales Risiko für mich. 600 000 Dollar sind ein fairer Preis für die Scheiße, mit der ich in Dogcity täglich zu tun habe. Finde ich. Möchte bald etwas Ruhe haben.

Später in der Nacht Blick aus dem Fenster: Ein Mädchen mit einem Kind an der Hand hat unten vor meinem Hotel gestanden und nach oben geglotzt. Das Kind hat geheult, und in den Nachbarhäusern sind die Lichter angegangen von dem Geschrei der Frau. Peinlich, wenn man mich mit der Roma-Nutte gesehen hätte. Habe sie reingeholt.

»Das ist dein Sohn!«, hat sie gesagt.

Mein Sohn? Davon dürfen meine Geschäftspartner nichts mitkriegen. Es ist mir unangenehm. Ich habe sie gefickt, mehr nicht. Keine überflüssigen Gefühle! Trotzdem habe ich sie in einem leer stehenden Zimmer schlafen lassen.

Berechnung: 600 000 Dollar bleiben einfach bei mir, 1,2 Millionen verteilen sich auf die Mitglieder im Club der Sieben. Sage einfach, ich habe in Österreich nicht die Preise reingeholt, die ich wollte.

Auch die Übergaben der Babys habe ich professionalisiert und die Polizeistreifen an der Grenze bestochen. Diskrete österreichische Mittelsmänner haben bereits im Grenzgebiet auf die Schlepper gewartet und unsere Babys dann nach Wien gebracht. Dort werden sie über die Agentur weitervermittelt. Die habe ich im Sack.

Im Grunde bin ich ein Wohltäter für diese Rattenkinder. Dank mir erhalten sie ein menschenwürdiges Dasein, in Familien, wo man sie liebt und ihnen eine Zukunft bietet. Sie müssen nicht mehr wie die Tiere in Dogcity im Müll wühlen.

Ziel: Bald werde ich mein Geschäft ausbauen, auch die Nachfrage nach heranwachsenden Jungen und Mädchen steigt. Das wird aber schwieriger. Diese Halbstarken haben bereits einen eigenen Willen. Denen muss man erst das freche Maul stopfen.

Dafür muss ich bewachte Zwischenlager organisieren und eine eigene Kalkulation erstellen. Aber alles der Reihe nach. Der Rattenkönig schafft das schon.

38

Als Franka am Abend nach der letzten Teambesprechung ziemlich müde in die Oase ging, kam sie wie immer an dem Gebrauchtwagenplatz vorbei. Sie blieb stehen, um einen Blick auf die Moto Guzzi zu erhaschen, ihr Objekt der Begierde. Doch zu ihrer Überraschung war das Motorrad fort.

»Wo ist die Moto Guzzi, die immer draußen stand?«, fragte sie den Gebrauchtwagenhändler. Wer konnte auf einmal ein Interesse an dieser gebrauchten Maschine haben, die seit Monaten unbeachtet geblieben war?

»Die hat gestern Morgen jemand gekauft und gleich mitgenommen. War ein gutes Geschäft, hat mir noch einige Tausender eingebracht«, sagte der Händler grinsend. »Sie hätten eher zugreifen müssen, junge Frau. Nicht einfach nur am Zaun stehen und davon träumen.«

»Da ist was dran«, entgegnete Franka enttäuscht und ging langsam wieder nach draußen.

In der Oase spürte sie, dass etwas nicht stimmte. Auf den ersten Blick wirkte alles wie immer, die ehrenamtlichen Mitarbeiter saßen an einem langen Tisch und unterhielten sich leise, und die ersten Obdachlosen tauchten auf. Auch wenn sich die Zusammensetzung der Oase-Schützlinge seit ihrem ersten Mal, bei dem sie in die Einrichtung gekommen war, verändert hatte: Waren früher fast ausschließlich Obdachlose aufgetaucht, so kamen jetzt vermehrt auch Menschen aus der Mittelschicht, die sich einfach keine warme Mahlzeit mehr leisten konnten.

Aber lag es nur daran, dass sie heute so ein extrem merkwürdiges Gefühl in der Magengegend hatte? Wie ein drohendes Unwetter, das an einem heißen Sommertag über der Stadt hängt und jeden Moment auszubrechen droht ... Vielleicht war es auch auf ihre angespannten Nerven zurückzuführen. Seitdem sie die SMS bekommen hatte, konnte sie die Gedanken an das Bild mit den beiden Zwillingstürmen nicht abschütteln.

»Hallo, Franka. Danke, dass du dir heute Abend Zeit genommen hast«, begrüßte sie Wolfgang, der Leiter der Oase, der gemeinsam mit den anderen an einem der Tische saß. Er stand auf und nahm sie beiseite. »Ich muss noch schnell etwas mit dir klären.«

»Worum geht es denn?«

»Du solltest deinem Verehrer sagen, dass er seine Liebesbeweise in Zukunft bleiben lassen soll. Zumindest hier bei uns.« Er zwinkerte ihr zu.

»Verehrer? Ich habe keine Ahnung, wovon du redest.«

»Mach doch kein solches Geheimnis daraus. Ist ja nichts Schlimmes.«

Franka schüttelte den Kopf. »Ich verstehe nur Bahnhof.«

»Na gut«, seufzte Wolfgang. »Das Ding hat heute mit Luftballons verziert bei uns im Hof gestanden. Mit einer großen Tafel: ›Für Franka‹. Das wirft kein gutes Licht auf uns, immerhin haben wir es hier mit armen Menschen zu tun, die ums tägliche Überleben kämpfen. Wenn da eine unserer Helferinnen so ein schickes Teil geschenkt bekommt ...«

»Könntest du mir bitte sagen, worum es eigentlich geht?«, sagte Franka empört zu Wolfgang, der sie ansah, als würde er ihr kein Wort glauben.

»Komm mal mit.«

Im Hinterhof befand sich eine Garage, in der gebrauchte Möbel restauriert wurden, um sie dann auf hauseigenen Flohmärkten zu verkaufen. Wolfgang sperrte die Garage auf.

»Da ist sie.«

Ja, da stand sie, Frankas Objekt der Begierde seit fast über einem Jahr. Die Moto Guzzi 800 Nero, Limited Edition in mattschwarz. Sie war frisch poliert und glänzte verführerisch. Auf den ersten Blick sah die Maschine wie neu aus.

»Das soll für mich sein? Von wem ist das?«, stammelte Franka, doch Wolfgang zog nur die Augenbrauen in die Höhe.

»Keine Ahnung. Sie stand einfach so bei uns im Hof. Du machst ja ein mächtiges Geheimnis aus deinem Privatleben.«

»Ich … ich habe keinen Freund.« Franka schüttelte den Kopf. »Und ich weiß auch nicht, wer mir ein Motorrad schenkt.«

Wolfgang klang enttäuscht. »Also gut, wenn du nichts über deinen Freund sagen willst, will ich dich nicht weiter drängen. Aber trotzdem. Sag ihm, er soll dir solche Geschenke lieber nach Hause schicken lassen. Und sieh zu, dass das Motorrad bald von hier wegkommt.«

»Geht klar«, sagte sie kleinlaut und wusste nicht recht, ob sie sich freuen oder entsetzt sein sollte. »Kann ich sie noch ein paar Tage hier stehen lassen? Bitte.«

»Meinetwegen«, meinte Wolfgang und klang bereits wieder versöhnlich. »Aber nur, wenn du mich auf eine Spritztour mitnimmst.«

Franka lächelte. »Aber sicher doch.«

Zurück in der Oase setzte sie sich an den Rand des Mitarbeitertisches und hing ihren Gedanken nach. War das nicht ungerecht? Da stand die Maschine, die sie sich immer gewünscht hatte, in der Garage, und sie wusste, dass sie das Geschenk nicht annehmen konnte. Es gab nichts umsonst.

War ihr Stalker wieder auf ihrer Spur? Nein, der machte keine Geschenke. Er folgte ihr nur.

Staatsanwalt Schuster fiel ihr wieder ein. Vielleicht handelte es sich um eine kleine Gefälligkeit, die er von ihr mit dieser großzügigen Geste erbat? Nichts Aufregendes, vielleicht sollte sie nur ausführlichere Informationen über den Fall sammeln?

Oder eben doch die Ermittlungen so lenken, dass Bernhard Frey der Hauptverdächtige blieb. Sie war hin und her gerissen. Was Schuster noch angedeutet hatte, nämlich dass man ihr Tun verfolgte, dieser Gedanke ließ ihr nun einen Schauer über den Rücken rieseln. War *das* damit gemeint? Dass man ihre geheimen Sehnsüchte kannte?

»Wann hast du Zeit, um mit mir zum Arzt zu gehen? Du hast es versprochen.« Nana tippte Franka auf den Arm, und die zuckte erschrocken zusammen. Sie hatte nicht bemerkt, wie die alte Frau sich ihr genähert hatte.

»Ich weiß, Nana, aber im Moment habe ich ziemlich viel um die Ohren. Ich hab's aber nicht vergessen.«

»In Ordnung.«

Nana stand schwankend auf, und als sie langsam zur Tür ging, erinnerte ihr dürrer Körper Franka an ein zartes Schilfrohr, das sich sanft im Wind wiegt, aber bei einer allzu heftigen Sturmbö sofort zerbricht.

Wem konnte Franka glauben? Was war richtig, was war falsch? Wieder verlor sie sich in Gedanken und bemerkte zuerst nicht, dass sich jemand ihr gegenüber hinsetzte. Erst als sich die Person lautstark räusperte, blickte sie hoch.

Der Mann, der ihr gegenübersaß, lächelte ihr freundlich zu und blies in seinen Kaffee. Im ersten Augenblick wirkte er auf

Franka wie das typische Mitglied einer Motorradgang: lange Haare, Dreitagebart, Ledergilet mit Stickern und Nietenarmbändern. Aber bei näherem Hinsehen wirkte alles an ihm etwas deplatziert und unecht. Vielleicht hatte er ja Spaß daran, sich als harten Kerl zu verkleiden.

»Es ist schön, wenn es hilfsbereite Menschen gibt«, sagte er und sah sie unverwandt an. »Ich bin ein Freund von Wolfgang und helfe manchmal hier aus.«

»Ich habe dich noch nie in der Oase gesehen.«

»Ich bin nur abends hier, du fast nur am Morgen.«

»Ach so«, antwortete Franka abwesend, denn sie konnte sich kaum auf dieses Gespräch konzentrieren. Sie hätte viel lieber allein hier gesessen und nachgedacht.

»Ich muss jetzt arbeiten«, sagte sie schließlich, um das peinliche Schweigen zu brechen, und stand auf. Sie deutete unbestimmt zum Tresen, wo bereits einige Obdachlose auf das Essen warteten.

»Natürlich. Vielleicht hast du ja später Zeit. Dann erzähle ich dir von meinem Traum. Vier Wochen mit dem Motorrad durch die USA. Am liebsten mit so einem schönen Mädchen wie dir.«

Sie lächelte kühl. »Ach komm, du machst Witze. Aber gerne ein andermal. Heute bin ich die ganze Nacht beschäftigt.«

Seltsam, alles dreht sich heute um Motorräder, dachte Franka und nickte dem Mann zu.

»Schade. Dabei hast du doch allen Grund zur Freude. Du willst heute Nacht wahrscheinlich alleine sein und mit deiner neuen Moto Guzzi ein paar Proberunden drehen. Hast du dich eigentlich über das Geschenk gefreut?«

39

Die Selbsthilfeseminare finden in einem hässlichen Rundbau aus roten Klinkersteinen statt; er ist durch einen Verbindungsgang von der geschlossenen Abteilung aus erreichbar.

Besonders interessant finde ich die Gruppen, die sich mit Depressionen beschäftigen. Ich sitze oft stundenlang im Kreis und höre mir die Probleme der anderen an. Es tut mir gut, wenn ich in die Gefühlswelt fremder Menschen eintauchen kann und mir ihre Lebensgeschichten einpräge. Es fällt mir leicht, als hätte ich das früher auch schon getan. Spielerisch merke ich mir jedes Detail und speichere es ab, um es später einmal wieder für meine Biografie abzuklopfen. War ich in meinem früheren Leben vielleicht Schauspieler?

Wie zu Beginn jeder Sitzung setze ich mich neben Laura, die lächelt, als sie mich sieht. Laura ist zart und feingliedrig, ihre Haut fast durchscheinend, und ihre Augen himmelblau. Sie hat es nach drei Fehlgeburten aufgegeben, noch an Kinder zu denken. Deshalb hat sie sich auch vor längerer Zeit von ihrem Freund getrennt und beschlossen allein zu leben. Die letzten Male hat Laura immer von den einsamen Nächten und den Albträumen erzählt, die sie mit einer Wucht heimsuchen und in das Bett drücken, dass ihr die Luft wegbleibt.

Es ist immer wieder derselbe Traum, der sie plagt. Sie erwacht als Mutter auf einer einsamen Insel, ohne ihr Kind. Sie hat keine Ahnung, wie sie dorthin gekommen ist, aber sie weiß, dass sie ihr Kind niemals mehr sehen wird. Diese Erkenntnis trifft sie wie ein Keulenschlag, und dann beginnt sie zu weinen. Wir alle versuchen ihr Trost auszusprechen, aber ich bin der Einzige, dem es gelingt, denn ich lege den Arm um ihre Schulter und schweige. So war das jedenfalls bisher.

»Wie geht es Ihnen heute?«, frage ich, und überrascht sieht Laura zu mir hoch.

»Sie können reden?«, antwortet sie verwundert, und ihr Lächeln wird breiter.

»Ja, eigenartig, plötzlich habe ich die Sprache wieder gefunden«, sage ich und setze mich neben sie. »Es kam völlig unerwartet.«

»Ich kenne diese Ereignisse. Mir ist Ähnliches passiert.«

»Aber Sie haben doch immer gesprochen«, stelle ich mich dumm, um ihren Redefluss nicht zu blockieren.

»Ich meine ja mein Problem. Es hat sich auf unerwartete Weise gelöst.«

»Sind Sie schwanger?«

»Nein«, lacht Laura geheimnisvoll, und ihr Lachen löst etwas in mir aus, was an eine längst vergangene Zeit erinnert, etwas, das schön und schrecklich zugleich gewesen ist.

»Was ist es dann?«, frage ich neugierig.

»Darüber darf ich nicht sprechen, das bringt Unglück. Nur so viel: Ab nächster Woche ändert sich mein Leben vollkommen.«

»Gibt es jemanden?«

Laura nickt heftig, und ihre langen blonden Haare rutschen ihr wie ein seidiger Schleier ins Gesicht. Mit einer eleganten Handbewegung streicht sie den Haarvorhang zurück.

»Aber es ist nicht das, was Sie denken. Es ist ganz, ganz anders und wunderschön. Doch ich musste versprechen, darüber kein Wort zu verlieren. Verstehen Sie das?«

»Natürlich. Geheimnisse müssen bewahrt werden. Ich freue mich trotzdem für Sie.«

Laura ist höflich und gut erzogen. Sie ist die Sekretärin eines ehemaligen Politikers und kümmert sich auch nach dem Ende seiner Karriere noch um seine Termine. Heute wird sie zum letzten Mal in der Selbsthilfegruppe sein, das erwähnt sie, als sie an die Reihe kommt. Sie bedankt sich bei allen, danach gehen wir zur Tagesordnung über. Diesmal steht Peter aus dem mittleren Management im Mittelpunkt. Er hat ein Burnout, aber das interessiert mich nicht besonders.

Ich kann es kaum erwarten, bis die zwei Stunden zu Ende sind und Laura sich ihren blauen Mantel mit den Goldknöpfen von der Garderobe holt, der so hervorragend zu ihren blonden Haaren passt.

»Schade, dass wir uns jetzt nicht mehr sehen werden«, sage ich und verleihe meiner Stimme einen bedauernden Unterton, während ich ihr in den Mantel helfe. »Ihre Gegenwart ist so beruhigend«.

»Wirklich?«

Wieder streicht sie sich die Haare zurück. Die Geste erinnert mich an eine Frau aus früheren Tagen. Meine Geliebte? Aber jetzt will ich nicht daran denken, jetzt will ich mich ganz auf Laura konzentrieren, deren grüne Augen wie kostbare Jadesteine strahlen.

»Auch mir hat es gutgetan, neben Ihnen zu sitzen.«

»Obwohl ich nie gesprochen habe«, sage ich und lächle charmant.

»Gerade deshalb habe ich mich bei Ihnen so wohlgefühlt.« Laura denkt kurz nach und blickt dann zu mir hoch. »Sie können mich ja besuchen, wenn Sie wieder gesund sind«, sagt sie spontan. »Haben Sie etwas zu schreiben? Ich gebe Ihnen meine Adresse.«

Hastig kritzelt sie eine Adresse auf die Rückseite eines Flyers und steckt mir das Papier in meine Hemdtasche.

»Wenn Sie zu mir kommen, zeige ich Ihnen auch den Grund, warum ich so glücklich bin.«

»Sie machen mich richtig neugierig.«

»Auf ein Wiedersehen, Mariusz. Versprochen.«

Oh, sie hat sich sogar den Namen gemerkt, unter dem ich die Gruppe besuche: Mariusz. Ich sehe Laura hinterher, die langsam durch den gläsernen Gang geht. Es stimmt, heute wirkt sie selbstbewusst und glücklich.

Anders als ich.

40

Bernhard Frey trug eine altmodische Motorradbrille, gelbe Ohrenschützer und einen grauen Overall, der mit seinem angestrengten Gesicht zu einer einzigen Fläche aus Staub, Dreck und Schweiß verschmolz. Der Pressluftbohrer, mit dem er Löcher in einen massiven Stein bohrte, dröhnte ohrenbetäubend. Ununterbrochen stiegen Staubwolken in die Höhe und hüllten Frey fast vollständig ein.

Braun stand mit verschränkten Armen im geöffneten Garagentor und sah Frey zu, wie er den riesigen Quader verbissen zu kleinen Steintrümmern pulverisierte. Von außen hatte das Atelier nicht sonderlich groß ausgesehen, aber von innen wirkte es beinahe wie eine weitläufige Lagerhalle. Überall standen einsame unbehauene Steine herum. Es hatte den Anschein, als hätte Frey schon seit einiger Zeit nicht mehr gearbeitet. In einer Ecke lag ein zusammengeknüllter roter Schlafsack, auf einem Campingtisch standen ein Bunsenbrenner und mehrere Konservenbüchsen. Ein Heizstrahler lief auf höchster Stufe, und die rot glühenden Stäbe wirkten in dem grauen Staub ringsum wie das Gitter eines unsichtbaren Gefängnisses.

An der rückwärtigen Wand lehnte eine Drahtfigur, die einem weiblichen Körper nachempfunden war. Sollte das etwa Amelie sein? Von der Decke hing waagrecht eine große Steinplatte, aus der dünne Stahldrähte wie Schnüre nach unten baumelten. Die Stahldrähte waren hauchdünn und wirkten trotzdem widerstandsfähig. Ob das derselbe Draht war, aus dem die Garrotte gefertigt worden war?

Mittlerweile hatte Frey den Steinblock vollständig zertrümmert und damit begonnen, den Betonboden der Garage aufzustemmen. Immer heftiger stieß er den Pressluftbohrer in den Boden und sprang dabei umher wie ein wild gewordener Schamane bei einem Ritualtanz.

»Hören Sie endlich mit diesem Unsinn auf!«, brüllte Braun gegen den Lärm an und zog dann einfach den Stecker des Pressluftbohrers. Schlagartig wurde es still. »Wen wollen Sie damit beeindrucken?«

»Sie stören meinen Inspirationsprozess!«, rief Frey wütend in das Echo von Brauns Frage hinein und riss sich die gelben Ohrenschützer vom Kopf. »Lassen Sie mich gefälligst in Ruhe an meinem Kunstwerk weiterarbeiten.«

»Da bleibt von der Kunst ja nicht mehr viel übrig, wenn Sie alles zertrümmern«, antwortete Braun trocken und wies auf die im Atelier liegenden Steinbrocken.

»Pah! Das ist ein Abbild meiner Ehe mit Amelie«, sagte Frey und schob sich die Motorradbrille auf die Stirn hoch.

»Genau darüber will ich mit Ihnen reden. Was ist, gehen wir ins Haus?«

»Nein, ich mache keinen Schritt mehr da rein. Es gehörte meiner Frau.«

»Verstehe. Sie wohnen jetzt also in der Garage.«

»Na und? Das ist doch nicht verboten«, erwiderte Frey trotzig.

»Natürlich nicht. Also, bleiben wir hier in Ihrem Atelier.« Braun stieß sich von der rückwärtigen Wand ab und angelte sich mit dem Fuß einen dekorativ verrosteten Eisenstuhl. »Sie haben schon wieder gelogen«, sagte er und achtete auf Freys Reaktion.

Er dachte an die Nachricht, die ihm Jan gestern geschickt

hatte: *Habe ein wenig tiefer in der Datei des Frauenarztes von Amelie Frey gewühlt. Es gibt einen Befund von Bernhard Frey, einen Spermientest. Ist im Anhang. Frey war unfruchtbar und konnte keine Kinder zeugen.*

»Ach ja? Habe ich das?«

»Sie können keine Kinder bekommen.«

»Woher wissen Sie das? Wer gibt Ihnen das Recht, in meinen Privatangelegenheiten herumzuschnüffeln?«, begehrte Frey auf.

»Kürzen wir doch das Ganze ab, Herr Frey. Jakob ist nicht Ihr Sohn. Von wem ist das Kind? Hatte Ihre Frau ein Verhältnis?«

»Niemals. Für Amelie gab es nur ihren Vater ... und mich. Sie wuchs gut behütet auf.«

»So behütet, dass sie in psychiatrischer Behandlung war, richtig?«, brachte es Braun auf den Punkt.

Frey zuckte zusammen, als hätte Braun ihn bedroht. »Wer behauptet denn so etwas?«

»Weshalb war Ihre Frau also in Behandlung?«, ließ sich Braun nicht aus der Ruhe bringen.

Endlich bequemte sich Frey zu einer Antwort. »Sie hatte ... Probleme.« Er schüttelte den Kopf. »Eine Frau, die alles hat, müsste eigentlich glücklich sein. Das habe ich ihr immer wieder gesagt. Aber nein, sie hütete ihre Depressionen wie einen kostbaren Schatz.«

»Beim letzten Mal haben Sie gesagt, Sie wüssten nichts von einer Depression.«

»Ich hatte es einfach vergessen. Jetzt geht es ja um mich. Ich bin alleine.«

»Natürlich«, antwortete Braun mit ironischem Unterton in der Stimme, »das passiert schon mal, wenn man gerade gehört hat, dass die geliebte Gattin verstorben ist.« Er seufzte. »Also noch mal von vorn. Ihre Frau war schwanger, und Sie wissen nicht von wem. Richtig?«

Frey wich seinem Blick aus. »Amelie war nicht schwanger.«

»Woher stammt dann dieses Kind?«

Als Frey nicht antwortete, stand Braun genervt auf. Er klopfte sich den Staub vom schwarzen Mantel und ging auf Frey zu.

»Ist Ihnen eigentlich klar, dass Sie sich immer verdächtiger machen? Wenn Sie weiter so eine gequirlte Scheiße reden, nehme ich Sie einfach mit. Kapiert?« Er packte Frey am Arm und zog ihn langsam zu sich heran. »Ihre Frau wurde brutal ermordet. Das ist Ihnen wohl vollkommen egal.«

»Sie drohen mir, Chefinspektor. Das ist nicht erlaubt!« Frey hatte die Augen weit aufgerissen.

»Beschweren Sie sich doch.«

»Amelie hat das Kind adoptiert.« Freys Schultern sackten nach unten, und Braun kam es vor, als wäre der Mann innerhalb weniger Minuten um mehrere Zentimeter geschrumpft. »Ich habe damit nichts zu tun.«

»Was soll das heißen?«

»Amelie machte immer das, was sie sich in den Kopf gesetzt hatte. Sie wollte ein Kind, also rief sie ihren Vater an. Der hat alles in die Wege geleitet, und schon nach kurzer Zeit hatte sie diesen Jungen.«

»Das müssen Sie mir schon ein wenig genauer erklären. Ein Kind bekommt man doch nicht einfach wie ein Haustier.«

»Doch, das funktioniert genau *so*. Es gibt einen Katalog, aus dem kann man sich ein Baby aussuchen und bestellen.«

»Kinder aus einem Katalog bestellen? Sind Sie komplett verrückt?« Braun trat einige Schritte zurück und musterte

Frey, der sich mit den Fingern über die staubige Stirn fuhr. »Wo ist dieser Katalog? Ich will ihn sehen.«

»Den gibt es nur online. Jeder Kunde erhält nach einer Anzahlung ein Passwort, mit dem er sich einloggen kann. Dann kann er sich sein Wunschkind aussuchen.«

»Sie lügen doch schon wieder, Frey! Wie lange mussten Sie auf das Kind warten? Ein Jahr, zwei?«

»Wir hatten Jakob bereits nach fünf Monaten. Amelie bekam ein Foto gemailt und tätigte eine weitere diskrete Überweisung à dreißigtausend Euro, dann wurde geliefert.«

Frey zuckte gleichgültig mit den Schultern, und Braun musste sich zusammenreißen, um ihm nicht einen Schlag ins Gesicht zu verpassen. Kein Wunder, dass Frey so ein Arschloch war – er besaß nicht einen Funken Sensibilität oder Empathie, sprach von Kindern wie von Kleidungsstücken eines Internet-Versandhauses.

»Von welcher Firma stammt dieser Onlinekatalog? Da muss es doch einen Namen und eine Adresse geben.«

»Natürlich. Es ist eine Adoptionsagentur in Wien. Ein seriöses Unternehmen, sagt mein Schwiegervater.«

»Wie heißt die Agentur?«

»Baby4you, meine ich. Aber an den Namen der Frau, mit der Amelie gesprochen hat, kann ich mich wirklich nicht erinnern.«

Braun zog sein Telefon aus der Tasche. »Franka, check sofort die Adoptionsagentur Baby4you in Wien. Und schick die Spusi in das Atelier von Bernhard Frey. Ihr müsst euch in der Garage den Draht ansehen, der von der Decke hängt.«

Nachdem er sein Handy wieder eingesteckt hatte, wandte er sich an Frey und deutete auf das Kunstwerk. »Wo ist die Drahtrolle?«

Frey blickte ihn ratlos an und zuckte mit den Schultern.

»Keine Ahnung. Ist verdammt lange her, dass ich die ›Hängenden Gärten‹ gemacht habe.«

Als Braun nach draußen zu seinem Jeep ging, sah er Frey, wie der sich gerade mit einer großen Schaufel daranmachte, den Zen-Garten neben dem Hauseingang umzugraben. Offenbar setzte der Mann alles daran, nicht mehr an die Vergangenheit erinnert zu werden – und konnte dafür keinen Stein auf dem anderen lassen.

41

Die Agentur Baby4you befand sich in einem Fin-de-Siècle-Gebäude im ersten Wiener Bezirk. Das Foyer war mit großer Sorgfalt restauriert worden. Die ausladende Treppe erstrahlte in weißem Marmor, und die geschwungenen Handläufe aus Messing glänzten wie Gold. In den mehrere Meter hohen geschliffenen Spiegeln an den Wänden sahen sich Braun und Franka bis in die Unendlichkeit vervielfältigt, während sie die Treppe nach oben stiegen. In dieser Eingangshalle roch es förmlich nach Geld, nach viel Geld.

»Mit Adoptionen scheint man ja eine Menge zu verdienen«, meinte Braun zynisch, als sie vor einer hohen doppelflügeligen Tür standen, die in die Agenturräumlichkeiten führte.

Auf der knapp zweistündigen Fahrt nach Wien hatte ihn Franka umfassend über die Agentur informiert. Baby4you war Teil eines weitverzweigten Firmenkonglomerats, das sich Venturia nannte und neben mehreren Feinschmeckerrestaurants auch eine Sozialstation in Tschechien und eine Partnervermittlung in Österreich betrieb. Franka hatte auch herausgefunden, dass die Hausbank von Venturia die Frey Privatbank war. Das konnte kein Zufall sein, und Braun wusste, dass es allerhöchste Zeit war, auch dem Banker Robert Frey, dem Vater der verstorbenen Amelie, einen Besuch abzustatten.

Der protzige Stil des Foyers setzte sich im Empfangsbereich der Adoptionsagentur fort. Riesige Kristallluster erhellten den Raum, der die Ausmaße eines Ballsaals hatte und in jeder nur erdenklichen Ecke Stuckverzierungen aufwies. An den Wänden hingen gerahmte Bilder von lachenden Kleinkindern, die T-Shirts mit der Aufschrift »Baby4you« trugen und von ebenfalls lächelnden Frauen, die wie Models aussahen, in die Kamera gehalten wurden. Zwischen diesen Postern gab es amtliche Urkunden und Auszeichnungen, Fotos von Ministern und Schreiben glücklicher Eltern, die sich überschwänglich für ihr Adoptionskind bedankten – es war der totale Overkill an Erfolgsmeldungen. So empfand es jedenfalls Braun, nachdem er sich kurz umgesehen hatte. Baby4you finanzierte ein Waisenhaus in Tschechien, betrieb dort auch eine Sozialstation in einem Slum und sorgte dafür, dass Neugeborene und ihre Mütter kostenlos behandelt wurden. Das stand in einer Hochglanzbroschüre zu lesen, die auf dem Tresen lag. Alles wirkte perfekt inszeniert und diente ganz offensichtlich dem Zweck, Besucher zu beeindrucken. Braun wusste nicht, warum, aber er empfand sofort eine tiefe Abneigung gegen dieses fast aggressiv zur Schau gestellte soziale Engagement.

Eine junge Frau schwebte in den Empfangsbereich. Sie sah ebenfalls so aus, als wäre sie einem Modekatalog entstiegen, und setzte ein blendendes Lächeln auf, sobald sie Braun und Franka bemerkte. »Was kann ich für Sie tun?«, fragte sie mit hartem osteuropäischen Akzent.

Braun wollte gerade seinen Ausweis zücken, da wurden die großen Flügeltüren im Hintergrund geöffnet, und eine attraktive blonde Frau trat in den Empfangsbereich. Auf dem Arm trug sie ein hübsches Baby, dessen dicke schwarze Haare wie Stacheln in die Höhe standen. Der Bub, der nicht älter als ein halbes Jahr sein mochte, streckte seine kleinen dicken Ärmchen aus. Er wirkte unruhig.

»Branca, ich muss gleich mit dem Kleinen nach Linz fahren. Kannst du ihm noch schnell ein Fläschchen machen?« Dann erst bemerkte sie Braun und Franka. »Oh, ich habe Sie gar nicht gesehen.« Die blonde Frau reichte das Baby an Branca weiter, die mit ihm in einem Zimmer verschwand.

Braun sah, wie Franka den beiden hinterherblickte. Ihr Gesicht war undurchdringlich, aber er spürte, dass irgendetwas in ihr vorging. Ob sie sich auch mal Kinder wünschte?

»Mein Name ist Marina Altenberg«, riss ihn die Frau aus den Gedanken. Sie reichte Braun eine perfekt manikürte Hand. »Ich bin die Geschäftsführerin von Baby4you. Sie möchten ein Baby adoptieren?«, fragte sie mit professioneller Herzlichkeit, trat hinter den Empfangstresen und blätterte in einem in Leder gebundenen Kalender. »Wir haben für heute keinen Termin eingetragen, Herr und Frau …« Sie drehte sich zu Braun und Franka und lächelte fragend.

»Chefinspektor Braun. Wir haben keinen Termin und möchten auch kein Kind adoptieren. Wir sind von der Kriminalpolizei«, antwortete Braun und hielt der Altenberg seinen Ausweis entgegen. »Das ist meine Kollegin Frau Morgen.«

»Polizei?« Braun bemerkte, wie die Altenberg schlagartig blass wurde und sich reflexartig zu den Flügeltüren umdrehte. Doch schnell hatte sie sich wieder unter Kontrolle. »Worum geht es?«

»Nur um eine kurze Auskunft. Kennen Sie Amelie Frey?«

»Der Name sagt mir im Moment nichts.«

»Amelie Frey ist die Tochter des Bankiers Robert Frey.« Franka zog ein Foto von Amelie aus ihrer Umhängetasche. Sie hielt es der Frau entgegen, die jedoch den Kopf schüttelte, ohne das Bild überhaupt angesehen zu haben.

»Tut mir leid, diese Frau kenne ich nicht«, antwortete sie etwas zu schnell. »Warum fragen Sie?«

»Amelie Frey wurde ermordet.«

»Oh, das tut mir leid. Aber was hat unsere Agentur damit zu tun?« Ein besorgter Unterton hatte sich in die Stimme der Blondine geschlichen.

Natürlich, es ist auch nicht gut fürs Geschäft, wenn Mütter Babys adoptieren und kurz darauf ermordet werden, dachte Braun nur.

»Amelie Frey hat ein Baby von Ihrer Agentur adoptiert.«

»Wirklich? Das muss eine Verwechslung sein.«

»Haben Sie denn nichts von diesem schrecklichen Mord gelesen?«, hakte Franka nach. »Alle Zeitungen waren voll davon.«

»Ich lese so gut wie keine Zeitungen«, erwiderte Marina Altenberg. »Es gibt so viele schlechte Dinge auf dieser Welt, das deprimiert mich nur. Wie Sie sehen können, arbeite ich ehrenamtlich für das Sozialprojekt Social Care. Damit wollen wir das Elend der Roma in Tschechien lindern.«

»Wer ist ›wir‹?«, warf Braun ein, und Franka legte das Foto von Amelie auf den Tresen.

Die Altenberg gab sich sichtlich Mühe, nicht noch einen Blick auf das Bild zu werfen. »Die Schirmherren von Social Care und ich. Sie sind aber heute leider nicht hier. Wichtige Termine mit Regierungsvertretern.«

Sie wies auf einige Fotos, die an der Wand hingen. Es waren Bilder von offiziellen Empfängen, und immer standen Marina Altenberg und ein älterer Mann mit hochmütigem Gesichtsausdruck im Mittelpunkt.

»Wer ist das?« Franka deutete auf den Mann auf dem Foto.

»Der Vorsitzende unserer Stiftung. Ein ehemaliger Innenminister. Daneben steht der Staatssekretär im Außenministerium, ebenfalls im Beirat unserer Stiftung.«

Braun kannte die Methode, die Marina Altenberg anwandte. Immer wieder versuchten Zeugen oder auch Verdächtige, sie mit angeblichen oder sogar tatsächlichen Kontakten in der Welt der Schönen und Reichen zu beeindrucken – weil sie wohl dachten, dass kleine Beamte vor großen Namen in Deckung gingen. Aber Braun ließ sich davon nicht im Mindesten beeindrucken.

»Kommen wir auf Amelie Frey und das adoptierte Baby zurück. Die Frey Privatbank ist doch Ihre Hausbank, Frau Altenberg, Sie wickeln alle Ihre Geschäfte darüber ab. Und da können Sie sich ernsthaft nicht erinnern, wenn Sie der Tochter des Besitzers ein Kind vermitteln? Denken Sie einfach noch einmal richtig nach.«

Die Miene der attraktiven Frau verfinsterte sich, nervös drehte sie an einem großen goldenen Ring an ihrem Finger.

»Wir können die Befragung natürlich auch auf einem Polizeirevier fortsetzen, wenn Ihnen das lieber ist«, sagte Braun in freundlichem Ton.

»Jetzt, wo Sie es sagen, fällt es mir wieder ein. Natürlich kenne ich sie, wie dumm von mir.« Marina Altenberg lachte gekünstelt. »Amelie, ja, die Tochter von Robert Frey! Wir haben ihr vor einigen Monaten ein Baby vermittelt. Auf dem Foto habe ich sie nicht sofort erkannt«, fügte sie entschuldigend hinzu und lächelte Braun an.

»Wie schön, dass Sie sich wieder erinnern«, erwiderte er mit einem nicht minder falschen Lächeln.

»Die Arme ist ermordet worden, sagen Sie?«, fuhr Marina Altenberg mit gespieltem Entsetzen fort. »Wie schrecklich! Bedauerlicherweise kann ich Ihnen gar nicht weiterhelfen. Wir waren Amelie bei der Adoption behilflich, mehr auch nicht.«

»Haben Sie oder die Agentur jemals Drohungen erhalten?«, fragte Braun. »Vielleicht von den leiblichen Eltern, denen es nicht recht war, dass sie ihre Kinder weggeben mussten?«

»Glauben Sie, wir zwingen diese armen Eltern, uns die Kinder zu überlassen?« Marina Altenberg wirkte empört.

»Das habe ich nicht gesagt. Aber möglich wäre doch, dass es sich Eltern später anders überlegen.«

»Die meisten Babys holen wir aus Waisenhäusern. Da gibt es keine Eltern mehr. Natürlich geben uns auch alleinstehende Mädchen ihre Kinder, weil sie zu arm sind, um für das Baby zu sorgen, oder zu jung, um die Verantwortung zu übernehmen. Und die sind uns dankbar, wenn wir einen guten Platz für ihre Kinder finden. Nein, eine ernst zu nehmende Bedrohung ist noch nie vorgekommen.«

»Gab es schon mal Probleme mit den Adoptiveltern? Etwa, weil ihnen das Baby doch nicht zugesagt hat? Es vielleicht später ernsthaft krank wurde?«

»Nicht mit unseren Kindern. Wir sind ein seriöses Unternehmen und sehr sorgfältig bei der Auswahl. Unsere Familien sind alle sehr glücklich.« Die Altenberg blickte auf die Armbanduhr. »Es tut mir leid, ich habe jetzt leider einen wichtigen Termin. Wie schade, dass ich Ihnen nicht weiterhelfen konnte.«

»Doch, doch, Sie haben uns sehr geholfen«, sagte Braun und beobachtete fast genüsslich, wie Frau Altenberg zusammenzuckte. Dann gab er Franka ein Zeichen zum Aufbruch, drehte sich an der Tür aber noch einmal um. »Eine allerletzte Frage. Wie ist das möglich, ein Kind innerhalb von fünf Monaten zu adoptieren? Normalerweise dauert das doch viel länger.«

»Fünf Monate? Das ist Unsinn. So schnell geht das nicht.« Die Altenberg verzog den Mund, und Braun fiel auf, dass sich ein harter Zug in ihr glattes Gesicht schob. Als er nicht auf ihre Aussage reagierte, sah sie sich offenbar gezwungen weiterzusprechen.

»Die Notlage unserer kleinen Schützlinge verlangt ein schnelles Handeln. Deshalb arbeiten wir sehr effizient. Aber selbstverständlich gehen wir vor nach einem detaillierten Ablaufplan – und fünf Monate, nein, das ist vollkommen undenkbar.« Ihre Stimme bekam einen lauernden Klang. »Wer behauptet das denn?«

»Das tut nichts zur Sache. Wir haben übrigens auch gehört, dass man sich bei Ihnen Babys im Onlinekatalog aussuchen kann.«

»So ein Blödsinn!«, antwortete sie mit etwas zu viel Nachdruck. »Das ist eine glatte Verleumdung. Wenn Sie keine weiteren Fragen mehr haben, dann entschuldigen Sie mich bitte.«

Ohne sich zu verabschieden, drehte sie sich auf dem Absatz um und verschwand wieder durch die Flügeltür. Nachdenklich stiegen Braun und Franka die geschwungene Treppe nach unten ins üppige Foyer.

»Sie lügt. Oder?« Franka sah ihn von der Seite an.

»Natürlich lügt sie.« Braun stieß die Eingangstür des Palais auf und trat hinaus in den grauen Dezembertag. »Aber ich weiß nicht, warum.« Er lächelte grimmig. »Noch nicht.«

42

Braun hatte den Kragen seines Mantels aufgestellt und wirkte ziemlich nachdenklich, als er mit Franka die Straße entlangging, in der er den Jeep im Halteverbot geparkt hatte. Plötzlich blieb er stehen und warf einen Blick in die Auslage eines Devotionalienladens.

»Was ist los? Was ist so spannend? Etwa die Rosenkränze?« Franka sah ihn von der Seite an, doch Braun reagierte nicht.

»Bin gleich wieder zurück«, murmelte er und ging in den Laden.

»Soll ich hier warten?«, rief ihm Franka hinterher und steckte die Hände in ihre Jackentaschen, um sich ein wenig aufzuwärmen.

Es war manchmal schwierig, mit Braun im Team zu arbeiten und seine Gedankengänge zu verstehen. Aber genau das, was sie zuweilen am meisten nervte, bewunderte sie auch an ihm: Er war so intuitiv, pfiff auf Konventionen und behielt in den meisten Fällen recht mit seinem Bauchgefühl. Ihre Gedanken schweiften wieder ab in die Oase, zu dem Mann, mit dem sie gesprochen hatte. Er hatte sich als Freund von Wolfgang ausgegeben, dem Leiter der Einrichtung, doch dieser kannte ihn nicht und hatte ihn auch nie zuvor gesehen. Vielleicht war es auch nur Zufall gewesen, und der Mann hatte das Motorrad beim Reinkommen gesehen? Aber Braun sagte immer, es gebe keine Zufälle.

»Entschuldigen Sie? Können Sie mir sagen, wie ich in die

Kärntnerstraße komme?« Ein junger Mann mit einem Stadtplan in der Hand stand plötzlich neben Franka.

»Ich bin nicht von hier«, antwortete sie und blickte zu dem Mann hoch.

»Vielleicht könnten wir gemeinsam die Kärntnerstraße suchen? Bei einer Tasse Kaffee? Was meinen Sie, hübsche Frau?«

»Nein danke, ich bin dienstlich unterwegs«, antwortete Franka verwirrt. So direkt wurde sie selten angebaggert. »Ich warte nur auf meinen Kollegen.« Sie zeigte unbestimmt auf die andere Straßenseite in Richtung des Ladens, in dem Braun verschwunden war. »Ich bin Polizistin«, ergänzte sie lächelnd.

»Ich weiß. Sie heißen Franka Morgen und sind von der Mordkommission Linz.« Die Stimme des jungen Mannes hatte mit einem Mal den charmanten Unterton verloren. Plötzlich klang er mitleidlos und hart. »Ich erinnere Sie nur noch mal an die Information, die Ihnen bereits in der SMS angekündigt wurde. Grundsätzlich gehen wir davon aus, dass Sie die Ermittlungen in die richtigen Wege leiten. Viktor Maly hat mit dem Mord nichts zu tun. Verstehen Sie? Sie werden das beweisen.«

»Wer sind Sie?« Franka starrte dem Mann ins Gesicht. »Ist das Motorrad von Ihnen? Glauben Sie etwa, Sie könnten mich damit kaufen?«

»Ich habe keine Ahnung, wovon Sie sprechen, Frau Inspektor.« Sie sah, wie der Mann abfällig das Gesicht verzog. Dann kam er ihr plötzlich so nah, dass sie zurückzuckte. »Sorgen Sie einfach dafür, dass Ihr Chef endlich Viktor Maly in Ruhe lässt. Ist das klar?«

Franka wollte etwas erwidern, doch in diesem Moment schrillte ihr Handy, und reflexartig griff sie danach. Eine anonyme Nummer erschien, und sie drückte den Anruf einfach weg. Auch das noch, anonyme Anrufe, während sich die Welt rings um sie herum auflöste.

»Ich werde nichts dergleichen tun«, sagte sie mit eisiger Stimme. »Und das Motorrad können Sie gleich wieder abholen.«

»Es besteht kein Grund sich aufzuregen«, erwiderte der junge Mann ernst. »Wir kennen Ihre Vergangenheit, Frau Inspektor. Und Sie sollten wissen, dass Ihre Adoption nie rechtsgültig war, sondern eindeutig illegal. Wir haben Beweise.«

Franka klappte der Mund auf vor Schreck.

Er zuckte bedauernd mit den Schultern. »Sie haben es in der Hand, dass alles gut ausgeht. Sie brauchen nur zu tun, was man von Ihnen verlangt.«

»Ich verstehe nicht ...«, stammelte Franka, doch in ihrem Inneren begriff sie sehr wohl die schreckliche Bedeutung dieser Drohung.

Sie spürte den eisigen Wind, der die Straße entlangpfiff, wie feine Nadelstiche auf der Haut. Nadeln, die sie durchbohrten, an die Hauswand nagelten. Sie fröstelte bis ins Mark.

»Frau ... Inspektor, Sie verlieren alles, wenn Sie nicht tun, was wir von Ihnen verlangen. Dann sind Sie gar nichts mehr – nur ein einfaches Rattenkind.«

43

Sie knallte den Telefonhörer auf die Gabel und stopfte den Zettel mit der Nummer wieder in die Tasche ihrer zerschlissenen Strickjacke. Mit verschränkten Armen hockte sie sich auf den Boden der Telefonzelle und starrte auf ihre löchrigen Turnschuhe.

Erst vor einer Stunde war sie in Linz angekommen, ein Lkw hatte sie von Prag aus mitgenommen. Vom Fernfahrerparkplatz vor den Toren der Stadt bis zum Hafen war sie in der eisigen Kälte gelaufen. Völlig durchfroren hatte sie endlich eine Telefonzelle gefunden, etwas Geld von einigen Passanten erbettelt und die Nummer gewählt. Aber jedes Mal wurde einfach aufgelegt.

Ob die Nummer wirklich richtig war? Hatte sie die letzten Worte von Zoran vielleicht falsch verstanden? Wie sollte es weitergehen? Tara hatte keine Ahnung. Sie wusste nicht, was sie erwartete. Wie würde die Person reagieren, die sie seit zwanzig Jahren nicht mehr gesehen hatte, die sie nur aus ihrer dunklen Erinnerung kannte? Würde sie diese Person verleugnen und wegstoßen oder liebevoll in die Arme schließen? Sie wusste es nicht.

Immer wieder rieb sie ihre eiskalten Hände aneinander, um sich ein wenig aufzuwärmen. Noch immer schmerzte sie die Wange, und sie hatte einen schalen Geschmack im Mund, der einfach nicht verschwinden wollte.

Ihre Reise stand unter keinem guten Stern. Kurz vor Linz hatte der Fahrer plötzlich auf einem Parkplatz angehalten und seine Hose geöffnet. »Jetzt wird bezahlt«, hatte er grinsend gesagt und Taras Kopf nach unten gedrückt. Doch er hatte nicht mit ihrer Gegenwehr gerechnet und sie sofort losgelassen, als sie ihm in den Bauch geboxt hatte.

»Hau ab, du Nutte!«

Nach einer Schrecksekunde war er richtig wütend geworden, hatte ihr eine gewaltige Ohrfeige verpasst und sie aus dem Lkw geworfen. Mit aufheulendem Motor war er verschwunden – mitsamt Taras Koffer und ihren wenigen Geldscheinen.

Mutterseelenallein und ohne einen Cent war sie also in dieser fremden Stadt gestrandet. Doch hier lebte der einzige Mensch, der ihr noch helfen konnte, das hoffte sie zumindest. Mutlos schlich sie über einen großen asphaltierten Platz, an dessen Rand die Lichter eines Supermarkts verheißungsvoll blinkten. Gebannt starrte Tara durch die riesigen Glasfronten ins Innere, wo sich in endlosen Regalen Unmengen von Lebensmitteln auftürmten, die nur darauf warteten, von den Kunden, die gemächlich durch die Gänge flanierten, gekauft und verzehrt zu werden.

Vor dem Supermarkt standen einige abgerissene Gestalten, Männer und Frauen, die wahrscheinlich genauso arm wie Tara waren und sich mit dem Verkauf der Obdachlosenzeitungen ihren Lebensunterhalt verdienten. Verständnisvolle Blicke streiften sie, als sie sich in ihren zerschlissenen Klamotten an ihnen vorbeidrückte, um durch die sich zischend wie ein gefräßiges Maul öffnenden Schiebetüren in den Verkaufsraum zu gelangen. Dort musste sie sich entscheiden, welche Richtung sie einschlagen wollte, in die Feinkostabteilung oder zu den Kühlregalen, an die Kuchentheke oder in den Backstore. Die Möglichkeiten kamen ihr grenzenlos vor, und die Erkenntnis, dass sie ohne Geld niemals in den Genuss auch nur eines einzigen Krümels Brot kommen würde, war an diesem Ort besonders bitter.

Die einzelnen Gänge waren appetitlich beleuchtet und von allen Seiten einsehbar, bis auf einen kleinen Bereich neben dem Backstore, wo vergünstigtes Brot vom Vortag angeboten wurde. Obwohl sie wusste, dass sie darin nichts finden würde, suchte Tara in ihrer Strickjacke und in den Taschen ihres dreckigen Samtrocks nach einigen Münzen – aber sie hatte alles für die zwecklosen Telefonate ausgegeben. Das Brot glänzte verlockend unter der Lampe und schien nur darauf zu warten, von ihr mitgenommen zu werden.

Unauffällig blickte sie sich nach allen Seiten um. Sie hatte Glück, um diese Zeit war im Supermarkt wenig los, und der Gang war menschenleer. Schnell packte sie ein langes Baguette, brach sich ein großes Stück ab und schob es sich in den Mund. Unauffällig drückte sie sich an den Regalen entlang und riss gierig weitere Brocken aus dem Brot. Sie stopfte sich so viel in den Mund, bis sie husten musste und Krumen auf den Boden spuckte. Schließlich blieb nur noch ein kleiner Rest übrig, und Tara brachte es nicht übers Herz, ihn einfach wieder ins Regal zu legen, sondern versteckte ihn in den Taschen ihres weiten Rocks.

Scheu wie eine Wildkatze auf der Jagd nach Beute schlich sie durch die Gänge und kam in den hell erleuchteten Kassenbereich. Dort war ebenfalls wenig Betrieb, nur zwei Kassen waren besetzt, und niemand nahm Notiz von ihr, als sie mit hängendem Kopf an den Laufbändern vorbei nach draußen huschte. Die gläsernen Schiebetüren öffneten sich lautlos, und ein Windstoß wehte ihr die langen verfilzten Haare ins Gesicht. Nur noch ein paar Meter, dann hatte sie es geschafft!

In diesem Moment wurde sie am Arm gepackt und herumgerissen. »Was haben wir denn da?«, hörte sie eine laute Stimme, und als sie den Kopf hob, sah sie einen großen bleichen Mann in einem grauen Anzug, der hastig in ihre Rocktasche griff und mit dem Rest des Baguettes vor ihrer Nase herumfuchtelte.

»Du hast das Brot gestohlen, Zigeunerin! Du bist eine Diebin. Wir rufen jetzt die Polizei.«

Polizei. Dieses Wort ließ Tara den Schreck in die Glieder fahren. Sie musste sofort verschwinden, denn die Polizei würde ihr alle Knochen brechen, sie vergewaltigen und in einer Zelle verrotten lassen. Dann könnte sie ihren Sohn niemals wieder in die Arme schließen.

»Bitte«, flüsterte Tara. »Lassen Sie mich gehen. Ich habe nichts getan.« Doch an der Miene des grauen Mannes las sie sofort ab, dass ihr Flehen ihn nicht erweichen konnte. Trotzdem gab sie nicht auf. »Ich habe nur Hunger.«

»Was redest du da?« Der Mann umfasste ihr Handgelenk fest. »Hör bloß auf zu jammern. Deine Ausreden kannst du dir für die Polizei aufsparen.«

Tara sackte mit den Schultern nach unten. Die Chovihani hatte doch recht gehabt mit ihrer Warnung: *Nimm dich in Acht, wenn du in den goldenen Westen kommst. Dort haben die bösen Geister die Macht übernommen und das Mitgefühl aus den Herzen der Menschen vertrieben.*

Diese Worte der alten Dorfhexe aus Dogcity hallten in Taras Kopf noch nach, als sie eine halbe Stunde später in den Polizeiwagen verfrachtet wurde. Der Wind hatte die Wolken ein wenig aufgerissen, und die Sonne zeigte sich schüchtern. Ein Lichtstrahl streifte Taras Wange, konnte aber die Schwärze ihrer Gedanken nicht erhellen.

44

Braun drückte das Gaspedal durch. Im Rückspiegel sah er Franka, die noch immer vor der Schwarzen Halle stand. Ihre blonden Haare wehten im Wind, und neben dem imposanten Gebäude wirkte sie einsam und verloren. Was wohl in ihrem Kopf vor sich ging? Sie hatte im Moment keinen Freund, lebte nur für die Arbeit und wohnte im Hotel, weil ihre Wohnung voll böser Erinnerungen war. Letzteres hatte Bruno ihm gerade gesteckt. Franka war im Grunde ein Fall für den Polizeipsychologen; vermutlich sollte er als ihr Vorgesetzter mal ein paar Termine für sie ausmachen. Aber waren sie das nicht alle? Waren sie nicht alle als Krieger des Lichts in den Kampf gezogen und hatten sich nach und nach ins Dunkel ziehen lassen, bis sie selbst nicht mehr wussten, was gut und was böse war?

Irgendwann musste er mit ihr reden. Braun ahnte, dass Franka ein Problem mit sich herumschleppte, das sie selbst nicht lösen konnte. Aber natürlich war sie zu stolz, ihm von sich aus davon zu erzählen. Franka wollte immer perfekt sein. An diesem Anspruch würde sie zerbrechen, denn niemand war perfekt – am allerwenigsten er selbst. Nur wahrscheinlich war das für Franka keine Entschuldigung für ihre eigene Schwäche. Verdammt, auf der Fahrt von Wien nach Linz hatte er die Zeit unnütz verstreichen lassen, anstatt Klartext mit ihr zu reden. Das würde nicht wieder vorkommen.

Seine Gedanken hatten ihn bis zur richtigen Ausfahrt der Stadtautobahn begleitet, in der Ferne sah er nun bereits die

Gebäude der Psychiatrischen Klinik aufragen. Er parkte wie immer auf einem für das Klinikpersonal reservierten Platz und nahm die Tüte vom Rücksitz, die er aus Wien mitgenommen hatte.

»Frau Dr. Jansen ist nicht mehr auf der Station«, begrüßte ihn der Wachmann, der Braun mittlerweile kannte.

»Ich bringe nur ein Geschenk nach oben«, sagte er, nahm die Schlüsselkarte, die der Wachmann ihm hinhielt, und ging zum Aufzug. Er atmete tief durch und starrte auf sein verzerrtes Spiegelbild, das ihn von den polierten Blechwänden der Liftkabine anglotzte. Die automatische Tür glitt lautlos auf, als Braun vor der Schleuse stand, die in die geschlossene Abteilung führte, und die Schlüsselkarte gegen den Sensor hielt. Fast zärtlich strich er über die Tüte, die er bei sich trug. Er lief über den Gang und trat in das Zimmer ein, ohne anzuklopfen.

Maly lag auf dem Bett und hörte über Kopfhörer Musik. Er starrte an die Decke, seine Ratte Gilbert krabbelte geschäftig über seine Brust. Als das Tier Braun bemerkte, stutzte es und stellte sich auf die Hinterbeine. Die rot unterlaufenen Augen betrachteten ihn neugierig. Auch Maly drehte den Kopf zur Seite und musterte ihn überrascht.

Nur mit Mühe konnte Braun ein leichtes Lächeln unterdrücken. Die Überraschung war gelungen, mit seinem Auftauchen hatte Maly nicht gerechnet.

»Chefinspektor Braun. Was führt Sie hierher?« Mit einer Armbewegung vertrieb Maly die Ratte von der Brust, zog die Kopfhörer vom Kopf und setzte sich schwungvoll auf. »Karen ist nicht mehr auf der Station.«

»Ich will nicht zu Karen, sondern nur zu Ihnen.«

»Dafür müssen Sie sich bei Frau Dr. Jansen die Erlaubnis holen«, antwortete Maly.

Braun fiel auf, dass Maly die Psychiaterin zum ersten Mal beim Nachnamen nannte und auch auf den Titel nicht verzichtete.

»Lassen wir doch diesen spießigen Bürokratismus«, winkte Braun ab. »Ich hatte einfach große Sehnsucht nach Ihnen. Jetzt bin ich hier, und Sie müssen meine Gesellschaft wohl oder übel ertragen.« Er trat an den weißen Tisch mit dem geschmacklosen Erdbeertischtuch und winkte Maly zu sich.

»Was wollen Sie?«

»Ja, was will ich eigentlich?« Braun legte die Tüte vorsichtig auf den Tisch. »Ich will einfach ein wenig mit Ihnen reden. Ich habe festgestellt, so banal es auch klingt, dass wir etwas gemeinsam haben.«

»Wir beide?« Maly wirkte erstaunt und gleichzeitig wachsam interessiert.

»Ja. Wir beide haben ein Faible für blonde Frauen.«

»Wie kommen Sie darauf?«

»Amelie hatte blonde Haare, und natürlich auch Svenja.« Noch ehe sich Maly von seiner Verblüffung erholen konnte, öffnete Braun die Tüte. »Hier ist mein Geschenk für Sie. Haben Sie so einen Rosenkranz auch Svenja geschenkt, bevor sie sterben musste?« Er drapierte das Schmuckstück auf dem Erdbeertischtuch, mit dem die winzigen roten Steine der Kette perfekt harmonierten.

Mit großen Augen stand Maly auf und kam näher: Er starrte auf die Kette, griff unwillkürlich danach, verharrte aber mitten in der Bewegung, so als spürte er, dass von ihr eine böse Erinnerung auf ihn überspringen würde.

»Ich habe noch eine Überraschung«, sagte Braun, denn er wollte Maly keine Zeit zum Überlegen geben. »Vielleicht kann ich Ihrer Erinnerung ein wenig auf die Sprünge helfen. Wir haben etwas über Sie herausgefunden.«

Er legte den Ausdruck des Fotos auf den Tisch, das Jan auf Instagram gefunden hatte. Es zeigte einen Mann, der Maly wie aus dem Gesicht geschnitten war, mit einer blonden Frau im Arm. Die Bildunterschrift lautete: *Svenja freut sich über ein Geschenk.*

»Ich erinnere mich dunkel an eine Svenja«, sagte Maly völlig teilnahmslos und ließ sich auf einen der Stühle sinken. »Der Name spukt durch meine Erinnerung, aber ich kann sie nicht fassen. Vielleicht war sie meine Freundin, vielleicht meine Feindin, ich weiß es nicht.« Er presste beide Hände gegen die Schläfen. »Sie hat mir ein Geschenk gemacht. Aber es war voller Blut ...«

»Svenja ist tot. Ein Mordfall, der nie aufgeklärt wurde. Ihr wurde in den Kopf geschossen. Das passierte vor knapp einem Jahr in Tschechien. Genauer gesagt: Kurz bevor Sie hier in der Klinik auftauchten, Viktor, mit Ihrer angeblichen Amnesie. Wir rücken näher. Jetzt kommt Licht in das Dunkel, das Sie umgibt.«

Maly griff nach dem Foto und betrachtete es eingehend. Ein flüchtiges Lächeln huschte über sein Gesicht, und Braun hatte den Eindruck, als würde Maly plötzlich wissen, wo dieses Foto entstanden war. Doch schon in der nächsten Sekunde wurde seine Miene wieder ausdruckslos.

»Ich kann mich nicht erinnern.« Er lehnte sich zurück und gähnte provokant. »Kommen wir zum angenehmen Teil. Ich will mich meinem Geschenk widmen.« Liebevoll strich Maly über den Rosenkranz. »Sie wollen mich mit dem Mord an Amelie in Verbindung bringen und darüber hinaus auch mit dieser alten Geschichte aus Tschechien, mit der ich mit Sicherheit nichts zu tun habe. Aber Sie können mir überhaupt nichts nachweisen«, sagte Maly gelassen. »Sie wissen ja nicht einmal, welche Rolle Karen spielt, nicht wahr?«

»Was hat Karen damit zu tun?«, fragte Braun.

»Karen hat große Probleme, das können Sie mir glauben. Haben Sie jemals eine Bemerkung von ihr über ihre Vergangenheit gehört oder sie ehrlich danach gefragt?«, beharrte Maly. »Karen ist ganz anders, als Sie denken.«

»Es geht hier nicht um Karen, sondern um Sie und Ihre Vergangenheit.« Braun griff in seine Manteltasche, holte ein weiteres Bild hervor und legte es neben das andere auf die Tischplatte. »Was können Sie mir über den Rattenschädel sagen?«

»Der Rorschach-Test. Die vierte Tafel«, flüsterte Maly und wurde kreidebleich, sobald er das Foto des Rattenschädels sah. »Karen hat mich etwas ganz Ähnliches gefragt.«

»Wie bitte? Karen hat Sie nach der Bedeutung dieses Rattenschädels gefragt?«

Maly begann tief ein- und auszuatmen, als würde er sich in eine Trance versetzen.

»Welche Bedeutung hat dieser Rattenschädel?«, wollte Braun nachdrücklicher wissen.

»Denken Sie selbst nach. Sie langweilen mich. Ich bin müde.« Maly lehnte sich entspannt im Stuhl zurück und hob die Ratte vom Boden auf, die um seine Füße huschte. Dann beugte er sich verschwörerisch über den Tisch. »Glauben Sie, dass der Besuch bei Karen morgen Abend für Sie zufriedenstellend verläuft?«

»Woher wissen Sie von meiner Verabredung?«

»Ach, nicht weiter wichtig.« Maly streichelte behutsam die Ratte. »Jeder von uns hat doch eine schwache Stelle.«

45

August 1991
Tagtäglich harte Arbeit: Habe die Liste mit den Babys in der Hand und trete mit dem Stiefel eine Tür ein. Drinnen hockt der übliche Abschaum. Eine zahnlose Alte, zwei besoffene Männer, drei Weiber mit faltigen Gesichtern. Erinnert mich an meine Familie. Besser nicht mehr daran denken.

Uns interessieren nur die Mädchen, die wir uns gleich vornehmen wollen. Sie sind noch jung, sehr jung sogar. Haben trotzdem schon Babys. Die Nutten machen anscheinend bei jedem die Beine breit.

War diesmal mit einem Fremdenlegionär unterwegs. Wir sind in die stinkende Hütte gekommen. Eine Affenhitze. Habe den polierten Rattenschädel zwischen meinen Fingern gedreht und irgendwelches Zeugs gemurmelt. Die Alten sind auf die Knie gefallen und haben zu beten angefangen. Haben die guten Geister beschworen. Aber mein erfundener Dämon ist stärker. Bin dann zu dem mit Fetzen verhängten Verschlag gegangen. Dahinter schlafen die Babys. Auf der Liste standen drei Namen.

Eine der jungen Nutten ist aufgestanden. Hat ein hübsches Gesicht gehabt. Wütend hat sie die Fäuste in ihre Hüfte gestemmt und mit schriller Stimme gebrüllt: »Raus! Es gibt keinen Rattenkönig! Das ist Aberglaube.« Hat mir den Rattenschädel aus der Hand gerissen und ihn vor meinen Augen zertreten.

Achtung, Gesichtsverlust! Bin nicht wütend geworden, nur

kalt. Wirkt besser. Habe das Mädchen zur Seite geschoben und einen Fluch gemurmelt. Die Alten haben wieder zu jammern angefangen und sich auf den Boden geworfen. Ihre Familie wurde von mir über Generationen verflucht. Sie sind jetzt Aussätzige. Weil ich das bestimmt habe.

Doch das Mädchen war eine Furie. Ist wie eine Wildkatze auf mich gesprungen, um mir das Gesicht zu zerkratzen. Sie war modern, hat Jeans getragen. Das ist nicht gut.

»Knüppel«, habe ich so ruhig wie möglich zu dem Fremdenlegionär gesagt, der sie an den Armen festhielt.

Ich war intelligent genug, um das Mädchen nicht zu töten. Nein, sie muss weiterleben, als Zeichen meiner Stärke. Als sichtbare Strafe. Damit sie sehen, dass es jeden treffen kann, der sich meinem Willen widersetzt.

Der Legionär hat ihr die Hände auf den Rücken gebogen und sie aus der Hütte geschoben. Natürlich kamen die Gaffer. Alle wollten sehen, was passiert. Der Fremdenlegionär hat den Knüppel gepackt und ihn dem Mädchen quer in das hübsche Gesicht geschlagen. Habe ruhig dabeigestanden und zugesehen, wie ihr Gesicht blutig geworden ist.

»Halt!«, habe ich dann gerufen. »Genug!«

Ich habe einen glatt polierten Rattenschädel herumgezeigt. Lautes Klatschen, sie haben mich für den Retter des Mädchens gehalten. Ich bestimme über Leben und Tod.

Das Mädchen ist zusammengesunken und in den Staub gefallen. Ihr Gesicht war verquollen, aufgerissen. Kein schöner Anblick. Trotzdem hat sie meine Beine umfasst. »Danke! Danke!«, habe ich sie murmeln gehört. Habe gedacht, sie küsst mir die Schuhe. Habe ihr auf die Beine geholfen und mich als Sieger gefühlt.

Da hat sie mich angespuckt. Die Nutte! Vor allen Zuschauern. Mir, mitten ins Gesicht.

»Du bist verflucht! Die Chovihani hat dich verflucht!«, hat sie geschrien.

Ich musste mich zusammenreißen, sie nicht sofort zu töten. Aber alle Blicke waren auf mich gerichtet. Plötzlich hat auch die Dorfhexe vor mir gestanden. Die Alte hat mich angestarrt wie eine Erscheinung. Wolken sind aufgezogen, die Sonne ist verschwunden, und der Himmel ist plötzlich schwarz gewesen. Alle haben gemurmelt. War richtig unheimlich.

Aber: Keine Schwäche zeigen! Die Meute ignorieren. Habe mich wortlos umgedreht und bin gegangen. Habe die Babys genommen und die Rattenschädel auf die Schwelle der Bretterbude gelegt.

46

»Sie kommen immer zu spät, Braun. Da wollen Sie mir einen Schritt voraus sein, doch in Wahrheit laufen Sie mir hinterher. Ihnen geht die Luft aus, nicht wahr?«

»Scheiße! Wie kommen Sie hierher, Maly?«

»Ich habe mich in Ihrem Kopf eingenistet und verfolge Sie bis in Ihre Träume.«

»Was wollen Sie von mir? Lassen Sie mich in Ruhe.«

»Das geht doch nicht. Wir ergänzen einander wie Yin und Yang. Wir sind das Gute und das Böse.«

»Ich werde Ihnen den Mord an Amelie Frey und Svenja Bergman nachweisen.«

»Viel Glück dabei. Was, wenn es bereits ein neues Opfer gibt?«

»Was sagen Sie da? Ein neues Opfer? Wer ist es?«

»Das müssen Sie schon selbst herausfinden.«

Braun schreckte schweißgebadet hoch und sah sich verwirrt um. Er lag in seinem Schlafzimmer, es war mitten in der Nacht, nur vereinzelte Autos malten mit ihren Scheinwerfern Lichtspuren auf die weiße Wand. Mit dröhnenden Kopfschmerzen stand er auf und tappte ins Badezimmer.

Dort hielt er den Kopf unter das eiskalte Wasser, um den Albtraum aus seinen Gedanken zu spülen. Warum verfolgte Maly ihn bis in seine Träume, wenn es in der realen Welt keinen Beweis für seine Existenz gab? Langsam hob Braun den Kopf, betrachtete sein Gesicht im Spiegel. Er hatte schwarze

Ringe unter den Augen, und die Falten auf seiner Stirn waren noch tiefer als sonst.

Nach seinem Besuch bei Maly war er in die Schwarze Halle zurückgekehrt und hatte die Polizeiassistentin Lena damit beauftragt, bei den tschechischen Kollegen Informationen über den Mordfall Svenja Bergman einzuholen.

Svenja Bergman – das war die Frau, die auf dem einzigen Bild zu sehen war, dass Jan von Victor Maly im Internet hatte finden können. Auf dem Bild waren eine junge blonde Frau und eben dieser Kerl zu sehen, der dem Psychiatrieinsassen so verdammt ähnlich war.

Noch eine tote Frau.

Denn Svenja Bergman war vor mehr als einem Jahr in einer Wohnung hundert Kilometer östlich von Prag tot aufgefunden worden, las Braun in dem File, das ihm Jan zusammengestellt hatte. Man hatte der jungen Frau mehrmals in den Kopf geschossen, vom Täter fehlte jede Spur, und es gab auch keine verwertbaren DNS-Spuren. Svenja hatte für eine Nicht-Regierungs-Organisation in Tschechien gearbeitet, die sich um heimatlose Roma kümmerte. Leider hatte die Organisation mittlerweile ihre Tätigkeit eingestellt, sodass es mehr als fraglich war, dass sie eine Verbindung zwischen ihr und Maly würden herstellen können.

Mitten in der Nacht war Braun schließlich nach Hause gefahren und hatte sich ein, zwei Biere genehmigt, während ihm die Coney Island Baby LP von Lou Reed Gesellschaft leistete – na gut, vielleicht waren es eher vier, fünf Dosen gewesen. Das zählte jetzt auch nicht mehr.

»Reißen Sie sich zusammen, Braun!«

Irritiert sah er in den Spiegel. Maly lehnte mit verschränkten Armen an der Wand hinter ihm und lächelte amüsiert.

»Wie kommen Sie hierher?«, fragte Braun staunend.

»Ich bin immer bei Ihnen, das wissen Sie doch. Sie dürfen jetzt nicht schlappmachen. Es gibt noch so viel zu tun! Sie müssen einen Mordfall aufklären, und bald schon den nächsten. Ihr Sohn braucht Sie als Vater – nicht als den lächerlichen Bullen, den Sie abgeben. Sie wollen mit Karen ins Bett. Vielleicht träumen Sie auch von einer dauerhaften Beziehung, wer weiß? Sie haben nicht mehr viel Zeit, alle diese Dinge zu erledigen.«

»Sie sind nicht hier! Hauen Sie endlich ab!«, brüllte Braun und hielt sich beide Hände an die Schläfen. »Lassen Sie mich doch einfach in Ruhe. Verschwinden Sie aus meinem Leben!«

Erschöpft flüchtete er ins Wohnzimmer und widerstand dem Drang, sich volllaufen zu lassen. Draußen schneite es leicht, und langsam nahm der Verkehr auf dem Autobahnzubringer vor den Fenstern des Wohnblocks zu. Die Scheinwerfer glitten gemächlich über die Regal-Wände seines Wohnzimmers, in denen Tausende von Schallplatten alphabetisch geordnet waren. Wozu sammelte er diese Schallplatten eigentlich? Was war der Sinn dahinter? Wäre es nicht besser, gemeinsam mit Jimmy eine neue Wohnung zu suchen, weit draußen im Grünen? Fernab von allen Verführungen der Großstadt? Vielleicht ein Haus an der Donau? Karen hatte ihm erzählt, dass sie auch außerhalb wohnte …

Nein, das war keine gute Idee. Besser wäre es, seinen Sohn in Finnland zu besuchen. Auf neutralem Boden. Dort könnte er sich mit seiner Exfrau aussprechen. Jimmy brauchte einen Vater *und* eine Mutter. Spontan griff er nach seinem Handy und wählte Jimmys Nummer. Doch dann drückte er auf die Auflegen-Taste, denn ihn hatte der Mut verlassen. Irgendwann würde er sich trauen, das wusste er. Irgendwann … Immerzu rannte er diesem Irgendwann hinterher, diesem sinnlosen Wort, das niemals zu einem Jetzt wurde, das zu einer bloßen Phrase, einer Durchhalteparole verkommen war. *Irgendwann* musste sich doch alles zum Guten wenden.

Wann war er an diese verdammte Wegkreuzung gelangt und hatte die falsche Abzweigung genommen? Konnte er noch umkehren, oder musste er immer weitergehen, bis er irgendwann vor dieser unüberwindlichen Mauer stehen würde und sich eingestehen musste, dass er in einer Sackgasse gelandet war?

47

Franka hatte etwas Zeit vergehen lassen, um ihre Gedanken zu sortieren. Sie hatte den ganzen Tag mit dem Verfassen von Berichten verbracht und auf die Ergebnisse der Spurensicherung gewartet, die Bernhard Freys Garage untersucht hatte. Der Draht, den Frey für seine Skulpturen verwendete, war tatsächlich derselbe, den der Mörder benutzt hatte. Allerdings hatte man nirgends eine Drahtrolle gefunden, die zu dem Stück passte, außerdem war es Massenware. Theoretisch würden sie in jedem Haushalt in Linz genau so ein Stück Draht finden. Dennoch deutete im Grunde alles auf Frey als Täter. Er hatte die Möglichkeit, die Fähigkeiten und ein Motiv, und vor allem er hatte kein Alibi. Niemand hatte ihn zur fraglichen Zeit am Hafen gesehen. Franka ertappte sich dabei, dass sie die Unterlagen nun weniger vorurteilsfrei durchlas als noch vor ein paar Tagen. Ihrer Meinung nach war Frey der Täter, und die Indizien wurden von ihr unter diesem Gesichtspunkt gesammelt.

Der klassische Tunnelblick, würden ihre Ausbilder auf der Akademie dazu sagen, und natürlich hätten sie recht. Es war ein Foto von Maly im Internet aufgetaucht, das ihn mit Svenja Bergman zeigte, einer Frau, die ebenfalls ermordet worden war. Da konnte es einen Zusammenhang geben – musste es aber nicht.

Betrachtete man es nüchtern, sprachen die Indizien eindeutig gegen Frey. Maly hatte ein Alibi, Thomas Just war die ganze Nacht nicht von seiner Seite gewichen. Am besten wäre es, Frey würde ein Geständnis ablegen, dann wäre der Fall gelöst, und Franka bräuchte sich keine Gedanken mehr um Staatsanwalt Schuster zu machen. Oder irgendwelche dunklen Typen, die ihr auf der Straße auflauerten, sie offen bedrohten und ihr gruselige Textnachrichten schickten. Und vielleicht, ja vielleicht könnte sie sogar das Motorrad behalten.

Ja, das Motorrad. Man hatte ihre Schwachstelle entdeckt und eiskalt ausgenutzt, da machte sie sich keine Illusionen. Sie wusste auch, dass sie die Maschine in die Asservatenkammer geben musste, da es sich eindeutig um Beamtenbestechung handelte. Die Moto Guzzi würde im Keller des Polizeipräsidiums vermodern und irgendwann in zehn Jahren versteigert werden. Ihr Objekt der Begierde würde still vor sich hin rosten, ohne noch einmal gefahren zu werden. Perlen vor die Säue. Die Maschine war doch wie ein Rassepferd, man musste sie ausfahren! Ob sie nicht ... wenigstens einmal?

Es war Mittag, als sie in der Oase auftauchte. Franka hatte sich den Rest des Tages freigenommen, weil sie mit Nana endlich zum Arzt gehen wollte. Die saß wie immer an einem der vorderen Tische – weiter ließ es ihre Platzangst einfach nicht zu – und bemalte Kaffeetassen mit den zwei Gesichtern, die Frankas Persönlichkeit so treffend widerspiegelten.

»Komm, wir gehen jetzt zum Arzt«, sagte Franka, doch Nana blieb sitzen und bemalte stur die Tasse, ohne den Blick zu heben. »Hörst du mich nicht? Ich habe mir extra freigenommen.«

»Heute ist kein guter Tag, um zum Doktor zu gehen«, unkte Nana. »Außerdem ist der Arzt bestimmt schon im Weihnachtsurlaub.«

»Jedes Mal eine andere Ausrede, Nana. Wie soll das mit dir bloß weitergehen? Wann machst du etwas gegen deine Angst?«

»Aber du hast doch auch Angst! Das hast du mir erzählt.«

Franka wusste, dass es im Augenblick nichts brachte, wenn sie Nana unter Druck setzte. Also ging sie wieder nach draußen, in den Hinterhof.

Obwohl es eigentlich nicht in Ordnung war, konnte sie nicht widerstehen. Einmal nur wollte sie die Pferdestärken der Moto Guzzi spüren, das warme Gluckern des Motors hören, den Druck erleben, der auf den Körper einwirkte, wenn man die Kupplung losließ und der Motor aufheulte.

Franka öffnete das Garagentor und schaltete das Licht an. Die Moto Guzzi funkelte im Licht, schien nur auf sie zu warten, bereit für eine kurze Ausfahrt, begierig, die Geschwindigkeit zu spüren. Aus ihrer Umhängetasche fischte Franka ein Überführungskennzeichen, das sie sich aus der Verkehrsabteilung geliehen hatte, und befestigte es am Motorrad. Dann schob sie die Maschine hinaus in den winterlichen Nachmittag. Zum Glück schneite es nicht. Sie fuhr ein kurzes Stück die Stadtautobahn entlang und bog dann ab auf eine kurvige Landstraße, cruiste durch die beginnende Dämmerung. Durch die Geschwindigkeit ließ sie ihre Ängste, ihre Vergangenheit und auch den aktuellen Fall einfach hinter sich, und je länger sie fuhr, desto mehr wünschte sie sich, dass diese Fahrt niemals aufhören würde. Seit Langem fühlte sie sich endlich frei.

48

Das Foto, das Maly mit Svenja Bergman zeigte, hatte Braun keine Ruhe gelassen, ihn bis in seine Träume verfolgt. Er musste den Kopf schütteln, wenn er an die letzte Nacht dachte: Schon lange hatte ihn ein Fall nicht mehr so mitgenommen. Das musste sich ändern, und zwar dringend. Sie brauchten endlich Fakten. Deswegen hatte er heute immer wieder die Polizeiassistentin Lena gefragt, ob schon Informationen aus Tschechien eingegangen waren. Aber die Behörden vor Ort ließen sich Zeit, schließlich war der Mordfall schon über ein Jahr her.

Als sich Braun seinen dritten Kaffee geholt hatte, fiel ihm plötzlich Pavel Hajek wieder ein, ein alter Kollege aus Europol-Zeiten, und kurzerhand wählte er dessen Nummer in Prag.

»Ich bin's, Braun«, meldete er sich.

»Tony Braun. Was für eine Überraschung.« Hajeks Stimme klang müde, und er atmete rasselnd. Wahrscheinlich hatte er sich noch immer nicht von den Schussverletzungen erholt, die er bei dem Fall Drakovic abbekommen hatte. Damals hatte Hajek für Braun in Kroatien ermittelt und war bei einem Schusswechsel nur knapp dem Tod entronnen.

»Ich brauche Informationen über einen Mordfall in Tschechien«, sagte Braun, nachdem sie einige persönliche Sätze ausgetauscht hatten. »Svenja Bergman.«

Hajek räusperte sich. »Ich erinnere mich. Ein merkwürdiger Fall. Die Ermittlungen landeten direkt bei meinen Kollegen hier in Prag, obwohl der Mord weit im Osten passierte.«

»Wieso weißt du davon?«

»Nun, es gab damals zeitgleich eine verdeckte Ermittlung in einem Roma-Slum. Durch meine Europol-Kontakte habe ich das mitbekommen. Der Fall Bergman wurde nie aufgeklärt, aber es hieß, dass ein ausländischer Diplomat darin verwickelt wäre.«

»Gibt es einen Namen?«

»Der wurde unter Verschluss gehalten, aber es gab Gerüchte, dass es sich um einen ehemaligen Minister gehandelt habe.«

»Was war das eigentlich für eine verdeckte Ermittlung?«

»Europol hat wegen Menschenhandels ermittelt. Angeblich hatten sie einen Undercover-Agenten im engsten Kreis der Organisation platziert, aber die Aktion ist gründlich schiefgelaufen.«

»Inwiefern schiefgelaufen?«

»Keine Ahnung.«

Braun dachte einen Moment lang nach. »Sagt dir der Name Viktor Maly etwas?«

»Viktor Maly? Nein, aber ich kann mich umhören.«

»Das wäre toll.«

Nachdem er das Telefonat beendet hatte, legte Braun die Füße auf den Schreibtisch. Wer war dieser ominöse Minister, der angeblich in den Fall Svenja Bergman verwickelt gewesen war? Woher kannten sich Maly und Svenja? Warum gab es ein Foto, auf dem die beiden zu sehen waren? Und aus welchem Grund hatte Maly ihr einen Rosenkranz geschenkt?

Brauns Handy klingelte, es war aber kein Anruf, sondern eine Erinnerung. »Abendessen bei Karen« stand auf dem Display, und Braun schwang sich aus seinem Stuhl. Er ging nach hinten zu den Toiletten und schlüpfte in das weiße Hemd, das er sich auf Anraten von Jan gekauft hatte. Nachdem er Jan erzählt hatte, dass Karen um ein weiteres Treffen gebeten hatte, war für den Computerspezialisten der Fall klar gewesen: Sie verfolgte eindeutige Absichten.

Als sich Braun kurz darauf im Spiegel betrachtete, war er zufrieden. Der Abend könnte vielleicht doch ein Erfolg werden, dachte er gut gelaunt.

Karen wohnte ein wenig außerhalb von Linz in einem Haus direkt an der Donau. Nachdem Braun einige Male die falsche Abzweigung genommen hatte, fand er endlich den richtigen Weg und erreichte trotzdem noch pünktlich das Haus. Verwundert stieg er aus dem Jeep. Das Haus war ein einstöckiges Blockhaus mit einer Terrasse auf Stelzen, die direkt zum Fluss hinausging. Es passte überhaupt nicht zu Karens kontrollierter Art. Er hätte sie sich eher in einem schmucklosen Designkubus vorgestellt als in dieser rustikalen Hütte. Da er nirgends eine Klingel fand, klopfte er kurz an der Tür und trat nach ein paar Sekunden des Wartens ein.

»Karen?«, rief er und ging weiter in einen großen Raum, der nur von den Kerzen erhellt war, die auf einem langen Tisch standen. Durch die breite Fensterfront konnte man hinaus auf die Donau sehen, deren Ufer beinahe völlig von der Dunkelheit verschluckt wurden.

»Hallo, Braun.«

Er wirbelte herum und grinste verlegen. »Die Tür war offen«, sagte er entschuldigend.

»Schon gut. Schön, dass du da bist.«

Karen hatte so plötzlich hinter ihm gestanden, dass er erst jetzt erkannte, wie gut sie wieder aussah. Sie trug enge Jeans und einen roten Pullover mit weitem Ausschnitt, der über eine ihrer Schultern gerutscht war. Ihr braunes Haar glänzte, und ihre schwarze Brille signalisierte Braun paradoxerweise Distanz und Nähe zugleich.

»Hier also wohnst du. Dein Zuhause habe ich mir ganz anders vorgestellt.«

»Wie denn? Mit weißen Wänden und unbequemen Designermöbeln?«

Das ging daneben. Braun musste sich Mühe geben, nicht allzu ertappt auszusehen.

»Nein, so natürlich nicht. Aber vielleicht ein wenig ... kantiger.«

»Kantiger? Du meinst spröder?«

»Das wollte ich nicht sagen. Ach, vergiss es einfach.«

Er gab sich geschlagen und sah sich in dem Raum um. An den Wänden standen bis zur Decke Bücherregale, die allerdings zum größten Teil leer waren. Über einer Tür hing ein ausgestopfter Karpfen, dessen halb geöffnetes Maul zu einem obszönen Kussmund geformt war. Auf einem niedrigen Bord stand ein Hai aus Plastik. Das alles entsprach nicht unbedingt Brauns Geschmack.

»Magst du Haie?«, fragte er und deutete auf den Plastikfisch.

»Ich mag ihre Bewegungen«, antwortete Karen. »Wusstest du, dass sie immer in Bewegung sein müssen, weil sie sonst sterben? Mir geht es ähnlich.«

»Interessant«, sagte Braun, obwohl er sich nichts darunter vorstellen konnte. »Ist das dein Haus?«, fragte er und drehte sich zu Karen um.

»Hat meinem Vater gehört, er war ein passionierter Angler.«

Karen hielt plötzlich eine große Schüssel in der Hand, aus

der ein verführerischer Geruch aufstieg. Wo hatte sie die nun wieder her?

»Du hast einen Vater, der hier gewohnt hat?«, fragte Braun überrascht, denn er hätte nicht erwartet, dass Karens Wurzeln hier an der Donau lagen.

Wieder kreisten die Wortfetzen durch seinen Kopf: *Sie wissen nichts über Karen!*, und Malys Gesicht blitzte wie ein Wetterleuchten vor seinem inneren Auge auf.

»Stell dir vor, Braun. Sogar ich als Psychiaterin habe einen Vater«, lachte Karen, ging zum Tisch mit den vielen Kerzen und verteilte den Inhalt der Schüssel auf den beiden Tellern, die einander gegenüberstanden. »Komm, lass uns essen. Couscous mit Hammelfleischstückchen. Das gab es in Libyen immer«, sagte Karen geistesabwesend.

»Du warst in Libyen? Das wusste ich gar nicht.« Braun ließ sich auf einen der Stühle sinken. Es stimmte, er wusste nichts über Karen.

»Ja, ich habe dort gearbeitet, mit traumatisierten Kriegsopfern. Aber nicht ich bin das Thema heute Abend, sondern du.« Karen nahm ihre Brille ab und beugte sich über den Tisch. Eine Haarsträhne schob sich über ihre nackte Schulter, die noch weiter aus dem Ausschnitt des Pullovers gerutscht war, und das Kerzenlicht spiegelte sich in ihren Augen. »Wie hat dein Sohn auf deinen Vorschlag reagiert?«

»Jimmy? Ach, du meinst mit der finanziellen Beteiligung an der Ausrüstung?« Mühsam riss sich Braun von Karens verführerischem Anblick los. »Er war zunächst nicht erfreut, hat meinen Vorschlag dann aber akzeptiert. Denke ich jedenfalls«, schob er nach.

Sie aßen eine Weile schweigend, und Braun musste anerkennen, dass er noch nie in seinem Leben ein so köstliches Hammelfleisch gegessen hatte. Eigentlich mochte er das sonst gar nicht. Aber auf diese Art zubereitet und in Gesellschaft einer so interessant eigenwilligen Frau verzehrt …

»Warum konzentrierst du dich so auf Maly?«, fragte er, als Karen ihm sein zweites Glas Wein einschenkte.

»Maly?« Sie blickte überrascht auf. »Er ist ein interessanter Patient.«

»Interessiert dich nicht, was er früher gemacht hat? Vielleicht war er ein Mörder.«

»Das glaube ich erst, wenn du es mir beweisen kannst. Außerdem, heißt es nicht immer ›im Zweifel für den Angeklagten‹, Braun? Aber heute Abend lassen wir Maly aus dem Spiel, okay?«

Sie schenkte ihm ein breites Lächeln, und er konnte nicht anders, als sich auf ihren Vorschlag einzulassen.

Nachdem sie gegessen hatten, trat Braun an die Terrassentür und blickte hinaus auf die Donau, auf der gerade ein hell erleuchtetes Ausflugsschiff durch die Nacht pflügte, das in der Spiegelung der Scheibe wie ein merkwürdiges Fabelwesen wirkte. So, wie er stand, sah er zum ersten Mal die Treppe, die an der Außenwand entlang nach unten in den Keller führte, der mit einer massiven Eisentür verschlossen war.

Mit ihrem Weinglas in der Hand trat Karen neben ihm und sah ebenfalls hinaus auf den Fluss. »Das meine ich mit ständiger Bewegung«, sagte sie und deutete auf das Schiff. »Niemals stillstehen, sonst stirbt man.«

»Aber manchmal muss man stehen bleiben, um Luft zu holen.«

»Nicht zu lange. Auch du bist einmal auf der Stelle getreten, damals, als der Sommermädchenmord passiert ist. Du warst nicht glücklich in deiner Ehe.«

»Das stimmt. Ich wollte eigentlich zu Europol, aber wegen

der Familie habe ich mich dagegen entschieden und bin in Linz geblieben.«

»Falsche Entscheidung, oder?«

»Ja, das weißt du doch. Margot hatte eine Affäre und kurz danach passierte die Katastrophe mit Jimmy.«

»Jeder von uns macht manchmal eine falsche Bewegung.« Karen drehte ihr Weinglas und schien in Gedanken versunken zu sein. Dann trank sie das Glas in einem Zug leer.

»In Libyen hat mir eine Ratte das Leben gerettet. Ich war in einem Keller eingesperrt. Einen Meter hoch und zwei mal zwei Meter Länge. Die Ratte war buchstäblich das Einzige, was mich abgelenkt hat. Ich habe sie dressiert und bin mit ihr um die Wette gekrochen. Wie ein Hai musste ich immer in Bewegung bleiben, sonst wäre ich verrückt geworden und gestorben.«

»Was? Du warst in Libyen im Gefängnis?« Braun blickte Karen erstaunt an. »Daher kommt also deine Vorliebe für Ratten. Was ist dort passiert?«

»Vielleicht erzähle ich es dir ein anderes Mal.« Karen lachte leise und schüttelte den Kopf.

Braun konnte nicht anders. Er streckte die Hand aus und berührte ihre weichen Haare, nahm eine Strähne und wickelte sie sich um den Finger. Karen ließ ihn nicht aus den Augen und trat einen Schritt auf ihn zu.

»Warte mal, ich habe etwas für dich«, sagte sie dann und ging zum Bücherregal. Aus einer kleinen Holzkiste nahm sie ein Lederband mit einem Anhänger. »Das ist ein Haifischzahn«, erklärte sie und ließ den Anhänger zwischen ihren Fingern baumeln. »Ich finde, der passt zu dir.«

»Weil ich auch ein Haifisch bin?«

»Nein. Es ist ein Talisman, der dich immer daran erinnern soll, dass man in Bewegung bleiben muss und nicht in negativen Erinnerungen verharrt.«

»Er wird mich aber auch an dich erinnern.«

»Psst! Sag jetzt nichts.«

Karen legte ihm den Finger auf die Lippen. Wieder fuhr ein hell erleuchtetes Schiff lautlos am Haus vorbei, und der durch die Fenster in das Zimmer sickernde Lichtstrahl erhellte ihre Gesichter. Braun versuchte in Karens Augen zu lesen, doch sie schienen ihm unergründlich. Langsam zog er Karen zu sich, bis ihr verhaltener Atem über sein Gesicht strich. Dann küsste er sie. Sie erwiderte seinen Kuss leidenschaftlich und fuhr ihm mit den Fingerspitzen über die unrasierten Wangen. »Wenn du willst, kannst du heute hier …« Sie sah ihn vielsagend an.

In diese elektrisch aufgeladene Stille schrillte plötzlich Karens Handy.

»Tut mir leid«, sagte sie mit rauer Stimme, drückte Braun noch einen flüchtigen Kuss auf den Mund und nahm das Telefon vom Tisch. Dann hörte sie aufmerksam zu, was der Anrufer zu sagen hatte.

»Das war die Klinik. Wir müssen diesen schönen Abend leider abbrechen. Viktor hat einen Anfall erlitten.«

49

Es hatte aufgehört zu schneien, als Braun am frühen Morgen vor der Schwarzen Halle parkte. Der dunkle Himmel war sternenklar, und es war empfindlich kalt geworden. Eine dünne Schneedecke lag über der Hafenmole und den vertäuten Containerbooten, und alles wirkte weiß und unschuldig, wie in einem romantischen Winterbild, in dem das Böse keinen Platz hat. Braun gähnte ununterbrochen, während er auf den Eingang zustapfte. Die morgendliche Stille machte auf ihn den Eindruck, als wäre noch immer tiefste Nacht.

»Morgen, Chefinspektor«, begrüßte ihn der Beamte am Empfang. »Schon so früh unterwegs? Trifft sich gut, Sie haben bereits Besuch.«

»Besuch? Um diese Uhrzeit?«, fragte Braun verwundert und ignorierte das Hämmern in seinen Schläfen.

Der Beamte wies mit einem Kopfnicken nach hinten in die ehemalige Garderobe des Theaters, die jetzt zu einem Wartesaal umfunktioniert worden war. Eine einzelne Neonröhre spendete trübes Licht und tauchte den kleinen Raum in einen traurigen Ort von Schuld und Sühne. Auf den braunen Plastikstühlen saßen zwei Personen, von denen Braun durch die Milchglasscheiben nur die Umrisse erkannte.

Mit wenigen Schritten war er bei der Tür und öffnete sie schwungvoll. Sobald er sah, wer da auf ihn wartete, strömte das Adrenalin durch seinen Körper, und das Pochen in seinen Schläfen steigerte sich zu einem Trommelsolo.

»Wie zum Teufel kommen Sie hierher?«, sagte er laut und

forderte Thomas Just, der gerade etwas sagen wollte, mit einer Handbewegung zum Schweigen auf. »Wieso lässt man Sie raus? Sie sind doch in der geschlossenen Abteilung!«

»So viele Fragen auf einmal. Und das, bevor ich einen Kaffee getrunken habe«, erwiderte Maly mit stoischer Ruhe.

Braun schloss kurz die Augen und wartete einen Moment. Er riss sie wieder auf, aber Maly saß noch immer da, war nicht verschwunden, eine Halluzination wie vor zwei Tagen nach zu viel Bier. Der Typ war real, Brauns fleischgewordener Albtraum.

»Bekomme ich jetzt bitte einen Kaffee?«

Maly klang entspannt, anders als Braun, der mit rasenden Kopfschmerzen an der Glaswand des kleinen Raums lehnte und versuchte, sich professionell zu verhalten. Denn diese Professionalität war vielleicht noch das Einzige, was ihn in der Spur hielt. Deshalb atmete er tief durch und tastete sich langsam an Maly heran.

»Warum sind Sie hier?«

»Herr Maly hat eine dringende Nachricht für Sie, Chefinspektor Braun. Dr. Jansen war nicht zu erreichen, deshalb sind wir direkt zu Ihnen gekommen. Herr Maly wollte Ihnen die Information gern persönlich mitteilen«, antwortete Just an Malys Stelle und redete dabei so gestelzt wie ein Musterschüler. Braun ging er wahnsinnig auf die Nerven.

»Kann er nicht selbst sprechen?«, fragte er Just und wies mit seinem Daumen auf Maly.

»Aber selbstverständlich kann ich mich Ihnen selbst mitteilen.« Maly lächelte Braun freundlich an. »Thomas hat es auf den Punkt gebracht: Ich habe eine weitere Information für Sie. Hier, lesen Sie selbst.«

Wieder war es ein einfacher Zettel, den ihm Maly entgegenstreckte, und wieder enthielt der Zettel ein Koordinatensystem, einen Blutstropfen und eine Zeichnung. Diesmal war es jedoch keine stilisierte Parkbank, sondern ein mit wenigen Strichen dargestelltes Bett mit einem Baldachin und wehenden Vorhängen wie aus einem Märchen.

»Woher haben Sie diesen Zettel?« Braun presste die Lippen aufeinander und schob mit seinem Springerstiefel ungeduldig einen Stuhl zur Seite. Gestern hatte er einen Trumpf im Ärmel gehabt und gedacht, er würde Maly in die Enge treiben – doch damit hatte er sich anscheinend getäuscht. Maly schlug zurück. »Woher haben Sie das?«, fragte er erneut und gab sich dabei betont gleichgültig.

»Ich bin aufgewacht, und da lag der Zettel auf meiner Brust. Mehr weiß ich nicht.« Malys Miene blieb undurchdringlich.

»Sie haben die Klinik nicht verlassen?«

»Nein, natürlich nicht. Wie sollte das funktionieren? Wir sind doch eingesperrt. Schon vergessen? Es ist die geschlossene Abteilung.« Maly lächelte ironisch.

»Sind Sie nach dem Anfall gestern Abend gleich wieder eingeschlafen?«

»Was für ein Anfall? Thomas hat mir noch eine Schlaftablette gegeben. Wovon reden Sie, Braun?« Maly nickte zu Just.

»Gestern Abend war alles wie immer«, bestätigte dieser.

»Aber Karen war doch noch bei Ihnen.« Braun wandte sich an Just. »Die Klinik hat gestern Abend bei Dr. Jansen angerufen. Viktor Maly hätte einen Anfall, hieß es.«

»Davon weiß ich nichts.« Just zuckte bedauernd mit den Schultern.

»Dr. Jansen war gestern Nacht nicht bei mir«, sagte Maly. »Sie müssen da etwas verwechseln. Da wir übrigens gerade von Karen sprechen, ich werde Sie jetzt wieder verlassen. Sonst macht sie sich noch Sorgen.« Er stand auf.

»Sie gehen nirgendwo hin. Ich muss Sie leider enttäuschen.« Braun öffnete die Tür und wählte gleichzeitig die Nummer von Jan. »Ich gebe dir jetzt wieder Koordinaten durch, sag mir so schnell wie möglich, wo das ist«, sprach er in sein Handy und winkte einen Polizisten herbei. »Sie bleiben vor dieser Tür stehen, solange ich weg bin. Die beiden Männer sind vorläufig festgenommen.«

»Sie machen einen Fehler«, mischte sich Maly ein. »Sie vergeuden nur sinnlos Ihre Zeit mit mir. In der Zwischenzeit passiert ein Verbrechen, und Sie trödeln hier rum und können es nicht verhindern.«

»Weshalb kann ich es nicht verhindern?«, rief Braun verärgert über die Schulter. »Weil Sie bereits wissen, dass irgendwo in dieser Stadt eine Leiche liegt und ich in jedem Fall zu spät komme. Und warum wissen Sie das? Weil *Sie* diesen Mord begangen haben. Jetzt sitzen Sie hier und halten sich für unbesiegbar. Das macht Sie an, Sie kranker Psychopath!«

»Warum werden Sie beleidigend?«, antwortete Maly sanft. Mit seinen tief liegenden Augen fixierte er Braun, als wollte er ihn hypnotisieren. »Ich sage es nur ungern, aber die Zeit verrinnt. Husch, husch.« Er wedelte mit der Hand.

Brauns Mobiltelefon läutete. Es war Jan. »Es ist eine Adresse auf dem Pöstlingberg.« Er gab Straße und Hausnummer durch, und Braun alarmierte sofort sein gesamtes Team.

Maly saß währenddessen weiter entspannt auf dem Stuhl und machte ein unbeteiligtes Gesicht. Ihn schien das alles nicht weiter zu beschäftigen. Braun kam es vor, als hätte er eine Mauer um sich gezogen, die keine Gefühlsregung durchließ. Wo zur Hölle hatte er ein derartiges Pokerface gelernt?

Er starrte Maly an und dachte angestrengt nach. Plötzlich kam ihm eine Idee, die so verrückt war, dass sie vielleicht wie ein reinigendes Feuer, wie ein Exorzismus wirken konnte, um Malys Souveränität zu erschüttern und seine eigenen Albträume ein für alle Mal zu vertreiben.

Er musste es auf einen Versuch ankommen lassen.

50

Das Gesicht der Frau wirkte durchscheinend, als wäre ihre Haut aus kostbarem weißem Papier. Die langen blonden Haare lagen aufgefächert auf dem Seidenpolster und sahen aus wie die Strahlen einer Sonne. Sie hatte die Augen geschlossen, und ihre ungeschminkten Lippen waren von einem zarten Rosa. Lange Wimpern und schön geschwungene Augenbrauen verliehen ihrem schmalen Gesicht eine edle Aura. Von der Tür aus gesehen wirkte sie wie eine romantische Fantasie.

Aber sie war keine schöngeistige Vision, sondern traurige Realität. Genauso real war auch, dass nur wenige Minuten zuvor die massive Eingangstür zu dem kleinen Haus aufgebrochen worden und ein mobiles Einsatzkommando durch das Stiegenhaus getrampelt war. Doch das Haus war leer, bis auf das Zimmer, in dem die Frau lag und zu schlafen schien. Bis zum Hals war sie mit einer roten Samtdecke verhüllt. Durch die halbgeöffneten Vorhänge sickerte genug Licht, um das Zimmer ein wenig zu erhellen und das Grauen sichtbar zu machen.

Eben jenes Grauen zeigte sich, als Braun vorsichtig die rote Decke zurückschlug, um die Tote genauer in Augenschein zu nehmen. Da sah er das Blut, das über ihr Seidennachthemd geflossen war und ihren Körper fast vollständig bedeckt hatte. Der dünne Stahldraht hatte ihre Halsschlagader durchtrennt, die Frau war elendig verblutet. Immerhin ein schneller Tod – auch wenn das nur ein schwacher Trost war. Mit einem weiteren Stück Draht hatte der Täter ihre Hände zusammengebunden und sie auf der Brust in einer betenden Haltung fixiert.

Neben dem Kopf lag, von einer Haarsträhne verdeckt und durch seine weiße Schlichtheit noch bedrohlicher, ein Rattenschädel. Von irgendwoher war ein leises Schluchzen zu hören, das in Wellen anschwoll und abebbte wie ein Ozean des Schmerzes.

»Was macht dieser Mann hier?«, hörte Braun Frankas Stimme hinter sich, während er noch tiefer in den Schmerz der toten Frau eintauchte.

»Das ist mein persönlicher Exorzismus«, flüsterte Braun und riss sich von dem Anblick der Toten los. Langsam richtete er sich auf und drehte sich zu dem Mann um, der regungslos in der Tür stand und den Tatort aufmerksam betrachtete.

»Ist das Ihr Werk?«, fragte Braun und schob Franka zur Seite. »Haben Sie diese Frau so zugerichtet?«

»Du kannst einen Patienten aus der Psychiatrie doch nicht an einen Tatort mitnehmen!« Franka sah fassungslos zwischen den beiden hin und her.

Aber Maly zeigte keine Regung, er wirkte vollkommen beherrscht, weder Brauns Anklage noch Frankas Worte schienen ihn zu berühren.

»Das geht nur mich und ihn etwas an«, knurrte Braun. »Wenn du damit nicht klarkommst, ist es besser, wenn du uns kurz allein lässt.«

Franka holte tief Luft – dann jedoch ging sie, ohne ein weiteres Wort zu verlieren.

Als sie das Zimmer verlassen hatte, trat Braun ganz nahe an Maly heran. »Sie kennen das Opfer. Das sehe ich in Ihren Augen«, zischte er und schubste Maly in Richtung der toten

Frau. »Sehen Sie genau hin! Ist es das, was Sie antreibt? Diese hilflose Angst im Gesicht einer Todgeweihten? Macht Sie das an, wenn Ihre Opfer plötzlich erkennen, dass ihr Leben vorüber ist? Dass ihr Mörder eine Entscheidung getroffen hat, nämlich die Entscheidung, sie zu töten?«

»Lassen Sie mich!«, keuchte Maly und wich jetzt doch zurück, ließ urplötzlich Angst erkennen. Doch Braun zwang ihn, sich wieder dem Bett zuzuwenden.

»Jetzt haben Sie wohl dazugelernt. Kein Nahkämpfer, sondern ein hilfloser Patient – ist das Ihre neue Rolle? Trotzdem sollen Sie sich das ansehen. Was war das für ein Gefühl, als Sie den Draht um ihren Hals geschlungen haben? Haben Sie mit der Frau geredet? Ihr vielleicht sogar genau erzählt, wie sie sterben wird? Dass Sie den Draht ganz langsam zusammenziehen, dass Sie sich mit dem Töten Zeit lassen werden, um jede Sekunde davon auszukosten?«

»Ich will sofort zurück in die Klinik!«, flüsterte Maly. »Sie machen einen Fehler, einen großen Fehler.«

Doch Braun reagierte nicht. Unten auf dem Treppenabsatz hörte er die Stimmen von Paul Adrian und den Männern der Spurensicherung, die flüsternd bis zu ihm in das Todeszimmer drangen. Aber er verstand den Sinn der Worte nicht, er war in seinem Tunnel gefangen.

»Die Chefs kommen mit Dr. Jansen«, rief ihm Franka von draußen warnend zu.

Braun zeigte keine Reaktion, obwohl er sie gehört hatte. Er hatte nur Augen für Maly, den er hier am Tatort zu einem Geständnis zwingen würde.

»Sie kennen diese Frau«, zischte er Maly ins Ohr und drängte sich so nahe an ihn, dass er jede einzelne Pore seiner Haut erkennen konnte. »Sie ist blond wie Amelie und Svenja. Geben Sie es doch zu.«

»Ja, es stimmt. Ich kenne sie«, seufzte Maly und sackte in sich zusammen.

»Woher? Blicken Sie mir gefälligst in die Augen, Sie Feigling!«

Endlich gesteht er, dachte Braun, und die Gedanken in seinem Kopf überschlugen sich, endlich gelingt mir der Durchbruch! Jetzt gab es nur Maly und ihn.

»Ich frage Sie: Woher kennen Sie diese Frau?«

»Aus der Klinik. Ich kenne sie aus der Klinik.« Maly drehte den Kopf zur Seite und blickte zu Boden. War ihm der Anblick der Leiche unangenehm?

»Haben Sie diese Frau ermordet?«, fragte Braun ganz leise, so als fürchtete er, dass irgendjemand anders das schreckliche Geheimnis, das Maly in sich trug, hören könnte. Denn Maly hatte ein Geheimnis und wusste viel mehr, als er preisgeben wollte, dessen war Braun sich sicher.

»Ich kann mich an nichts erinnern.«

»Sie lügen! Dieser Tatort hat Sie an etwas erinnert. Ich habe es deutlich in Ihren Augen gesehen. Sie haben diese Frau getötet. Geben Sie es schon zu!«

»Nein. Das stimmt so nicht!« Maly schloss die Augen und hielt sich die Hände an die Schläfen. »Ich war schon einmal an einem Ort wie diesem, aber das ist lange, lange her.«

»Wo war das? Hat das vielleicht mit dieser Svenja zu tun?«

»Daran versuche ich mich ja die ganze Zeit zu erinnern! Ich habe Karen davon erzählt. Es war ein ähnliches Zimmer, und eine blonde Frau lag blutüberströmt auf dem Bett.«

»War es dieses Zimmer?«

»Nein, das Zimmer hatte eine verspiegelte Wand. Ich konnte mich im Spiegel sehen. O mein Gott, alles war voller

Blut! Als ich ein Spiegelbild sah, da wusste ich, dass ich etwas Schlimmes getan hatte und dass die Frau tot war.« Maly wies mit der Hand auf das Bett. »So tot wie Laura.«

51

»Maly kennt den Namen der Toten, Laura Neumann. Das ist doch kein Zufall! Verdammt, hört mir denn hier *niemand* zu?«

»Chefinspektor Braun, verlassen Sie sofort den Tatort. Dr. Jansen, bitte kümmern Sie sich um Ihren Patienten«, ordnete Elena Kafka mit einer Stimme an, die keinen Widerspruch duldete.

»Scheiße! Ich hätte ihn fast so weit gehabt!« Mit der Faust schlug Braun gegen die Wand. »Maly kennt den Namen der Toten, er hat zugegeben, dass er an einem ähnlichen Tatort war. Er hat vermutlich eine Frau namens Svenja getötet. Ich muss ihn weiter in die Mangel nehmen!«

»Schluss jetzt!«, donnerte Elena. »Ich will kein Wort mehr hören.«

»Braun, ich verstehe dich nicht. Du hast alles nur noch schlimmer gemacht«, flüsterte Karen, als sie an Braun vorbeiging und Maly die Hand auf die Schulter legte. »Kommen Sie, Viktor. Es ist vorbei. Sie sind in Sicherheit.«

»Wen haben Sie noch ermordet?«, rief Braun Maly hinterher, der mit unsicheren Schritten neben Karen die Treppe nach unten stieg.

Auf dem unteren Treppenabsatz blieb Maly stehen und drehte sich zu Braun um. »Ich habe manchmal diese Mordvisionen. Aber das sollten Sie nicht allzu ernst nehmen, Chefinspektor«, sagte er und verzog den Mund zu einem resignierten Grinsen. »Ich bin doch verrückt, wie Sie immer sagen.«

»Ich kriege dich, du verdammter Psycho«, spuckte Braun aus.

»Chefinspektor, kommen Sie bitte nach draußen!«

Der scharfe Ton von Elena brachte ihn wieder zurück in die Wirklichkeit, die Luftblase, die mit Malys tödlichen Erinnerungen angefüllt war, sackte zischend in sich zusammen, und zurück blieb nichts außer der Tatsache, dass sich Braun wie ein Idiot benommen hatte. Ohne ein weiteres Wort folgte er ihr auf den Flur.

»Das war eine widerwärtige Aktion.« Elena drückte den Gummiball so fest zusammen, dass ihre Fingerknöchel ganz weiß wurden. »Im Grunde müsste ich Sie sofort suspendieren. Der Leiter der Mordkommission benimmt sich wie ein blutiger Anfänger! Dank einer fixen Idee kontaminieren Sie den Tatort und zerstören vielleicht entscheidende Spuren. Aber der Gipfel der Dummheit ist, dass Sie einen wichtigen Zeugen direkt an den Tatort gelassen haben. Einen Tatort, an dem sich noch das Opfer befindet! Wenn wir Malys Spuren hier sicherstellen, dann ist das kein Beweis, denn *Sie* haben ihn ja hierhergeschleppt, Sie Stümper!«

»Sie finden keine Spuren. Der Kerl ist zu klug dafür«, erwiderte Braun müde. »Er war heute Morgen in der Schwarzen Halle und hat mir die Koordinaten dieses Hauses gegeben. Sogar das Bett hatte er aufgezeichnet.«

Er deutete zurück ins Zimmer, auf das Eisengestell, das rings um das Bett angebracht war und an dem man Vorhänge und einen Baldachin befestigen konnte.

»Ich wette, der Blutstropfen auf dem Papier stammt von Laura Neumann. Der Kerl treibt ein krankes Spiel mit uns.« Nachdenklich ging Braun hin und her und kratzte sich den Bart.

»Alles schön und gut«, sagte Elena Kafka gedehnt. »Das

gibt Ihnen aber noch lange nicht das Recht, Maly mit an einen Tatort zu bringen. Was haben Sie sich dabei gedacht?«

»Das würde mich auch interessieren.« Staatsanwalt Schuster tauchte plötzlich hinter Elena auf der Treppe auf. Seine Miene drückte skeptisches Erstaunen aus. Suchend blickte er sich um, dann sah er Franka im Korridor stehen. »Inspektor Morgen? Sie leiten ab jetzt die Ermittlungen.«

»Aber das ist doch mein Fall, verdammte Scheiße!«, brauste Braun auf. »Ich denke nicht daran einfach auszusteigen.«

»Braun, Sie halten jetzt wirklich den Mund. Es bleibt offiziell Ihr Fall, aber es ist besser, wenn Sie jetzt verschwinden«, warnte ihn Elena.

Plötzlich hörten sie ein leises Schluchzen, das nach kurzer Zeit in ein trauriges Wimmern überging.

»Hört sich an wie das Weinen eines Kindes«, sagte Schuster.

»Das klingt nach einem Baby. Das Einsatzkommando hat doch die Zimmer durchsucht?«, fragte Braun Franka.

»Ja, die restlichen Zimmer waren sauber«, antwortete sie und lief den Flur entlang nach hinten. Sie stieß die Türen auf, aber sämtliche Räume waren leer. »Wo kommt dieses Wimmern her?«

»Psst!« Braun hielt den Finger an den Mund, und alle verharrten in der Bewegung. Braun blickte nach oben und entdeckte eine Falltür in der Holzverkleidung der Decke, die auf den ersten Blick nicht zu erkennen gewesen war. »Das kommt von da oben, vom Dachboden.«

Franka holte einen Stuhl aus einem der Zimmer und stellte ihn unter die Falltür. Vorsichtig stieg Braun auf den Stuhl und zog am Haken, der die Falltür verschloss.

»Auf drei«, flüsterte er, und Franka zielte mit ihrer Waffe auf die Öffnung.

Mit einem lauten Ratschen öffnete sich die Falltür, und Braun zog die an der Innenseite fixierte Leiter heraus. Vorsichtig stieg er nach oben und leuchtete mit seiner Taschenlampe über den dunklen Dachboden. Das Wimmern wurde lauter, geriet erst zu einem Schreien, dann zu einem Brüllen. Der Strahl der Lampe streifte Möbel, Kisten, alte Teppiche, Bilder. Entschlossen schwang sich Braun durch die Öffnung und richtete sich auf.

Dann sah er die altmodische Wiege, die in einer leeren Ecke des Dachbodens stand. Hastig ging er näher und blickte hinein. Das Kind trug ein gestricktes Mützchen und war in viele Decken eingehüllt, neben ihm lag eine Babyflasche in einem Wärmehalter. Auf den ersten Blick ging es ihm gut, soweit Braun das beurteilen konnte, aber anscheinend hatte es Hunger.

»Jemand hat das Kind an einen sicheren Ort gebracht, damit ihm nichts passiert«, rief er die Treppe hinunter, »offenbar hatte die Mutter noch Zeit dazu«. Dann nahm er das Baby vorsichtig aus der Wiege und reichte es Franka, die direkt hinter ihm stand.

Sie leuchtete kurz mit ihrer Taschenlampe auf das Gesicht und den Hals des Babys. »Das kann nicht sein«, murmelte sie und ließ den Lichtkegel ihrer Lampe über die speckigen Ärmchen des Kleinen wandern. Mit den Fingerspitzen strich sie behutsam über die geschlossenen Fäuste, die sich wie von Zauberhand öffneten und gleich darauf wieder um ihren Zeigefinger schlossen.

»Was ist mit dem Kind?«, fragte Braun.

»Ich glaube, genau dieses Baby hat Marina Altenberg auf dem Arm gehalten, als wir sie bei Baby4you aufgesucht haben.«

52

Früher wurden auf der Bühne blutige Königsdramen aufgeführt, die in ihrer formvollendeten Niederträchtigkeit und Brutalität nur der Fantasie eines Dichters entsprungen sein konnten. Jetzt diente diese Bühne als Schauplatz für weit grausamere und perfidere Mordszenarien, und das wahrlich Erschreckende daran war, dass es sich nicht um ein Bühnenstück handelte, sondern um die kalte, unmissverständliche Wirklichkeit. Es war die Schwarze Halle der Mordkommission, und auf der Bühne stand Braun als Hauptdarsteller.

Ein abscheuliches Wort geisterte bereits durch alle Köpfe, aber keiner wagte, es auszusprechen. Also blieb Braun nichts anderes übrig, als es selbst zu tun: »Wir haben es mit größter Wahrscheinlichkeit mit einem Serienmörder zu tun.«

»Serienmörder?« Schuster räusperte sich laut, und ein Hauch von Panik schlich sich in seine Stimme. »Das darf auf keinen Fall an die Öffentlichkeit. So kurz vor Weihnachten.«

»Wie kommen Sie darauf, Braun?«, fragte Elena und trat an den Rand der Bühne, als würde sie gleich mit den ersten Zeilen eines dramatischen Monologs beginnen. »Immerhin haben wir erst zwei Tote.«

»Es geht nicht um die Anzahl, sondern um die Art.« Auf einem Monitor tauchte der Charakterkopf von Jan auf, der via Skype live zugeschaltet worden war. »Der niederländische Serienkiller Van Beuren hat seinen Opfern Schmetterlinge auf die Augen gelegt, weil sie sich seiner Ansicht nach durch ihren Tod von hässlichen Raupen zu schönen Schmetterlingen verwandelt hatten. Braun kennt die Story, er war damals dabei.«

»Was hat das mit unseren Morden zu tun?«, unterbrach ihn Schuster.

»Es geht hier um Signaturen, sie sind klassische Kennzeichen eines Serientäters. Unser Killer verwendet dafür Rattenschädel. Wenn wir hinter deren Bedeutung kommen, kriegen wir ihn. Ich habe bei meinen Recherchen bisher leider keine Morde in der Vergangenheit gefunden, bei denen ein Rattenschädel eine Rolle gespielt hat.«

»Danke, Jan.« Elena sah zu Braun. »Was meinen Sie?«

Er zuckte mit den Schultern. »Wir kennen unseren Killer doch bereits. Es ist Viktor Maly. Er hat beide Male die Todesbotschaft überbracht, kannte das zweite Opfer persönlich und er hat ein Faible für Ratten.«

»Den Namen Laura Neumann kann er auch auf ihrem Türschild gelesen haben«, gab Schuster zu bedenken. »Dass Sie immer noch an diesem Maly festhängen, Braun. Ich sagte doch bereits, dass wir uns auf Frey konzentrieren sollten.« Er seufzte theatralisch. »Kommen wir wieder zu den Fakten dieses zweiten Mordfalls.« Schuster gab Franka ein Zeichen, dass sie an der Reihe war.

»Die Tote Laura Neumann war die Chefsekretärin des früheren österreichischen Innenministers Udo Kalkleben. Sie war achtunddreißig Jahre alt und lebte allein in dem Haus, das sie von ihrer Mutter geerbt hatte. Die ist im letzten Jahr gestorben.« Franka wies auf ein Foto, das ein kleines Haus im Fünfzigerjahre-Stil zeigte. »Der Mörder hat ein Kellerfenster eingeschlagen und Laura im Schlaf überwältigt, gefesselt und schließlich erdrosselt. Dann hat er sie so in das Bett gelegt, als würde sie schlafen.«

»Der Klassiker«, murmelte Bruno.

»Wann ist der Mord passiert?« Elena drehte sich zu Paul Adrian, der ebenfalls anwesend war.

»Ungefähr zwischen drei und fünf Uhr morgens. Genaueres gibt's nach der Obduktion.«

»Hat Maly ein Alibi für diesen Zeitraum?«, fragte Elena Franka.

»Er war auf seinem Zimmer, in Begleitung von Thomas Just, wie jede Nacht. Wir haben die Videoaufzeichnung der Klinik bereits geprüft.«

»Nun gut«, meinte Braun. »Dann hat Maly eben einen Trick, wie er aus der Klinik entkommen kann, ohne dass es jemandem auffällt.«

»Na klar«, sagte Schuster spöttisch. »Vermutlich mithilfe von Schwarzer Magie!«

Braun ignorierte den Staatsanwalt. »Diesen Kalkleben habe ich doch auf einem Foto bei Baby4you gesehen. Mein Kollege Hajek hat gesagt, dass bei dem bislang ungeklärten Mord von Svenja Bergman ein Minister involviert war. Könnte vielleicht dieser Udo Kalkleben sein.«

»Alles bloße Spekulation«, sagte Elena.

»Ach ja? Und was ist mit den adoptierten Kindern, die beide Toten jüngst erst bekommen hatten? Sie kamen beide Male von der Adoptionsagentur Baby4you.«

»Woher wissen Sie das?«, fragte Elena erstaunt.

»Franka hat das Baby von Laura Neumann wiedererkannt. Es war dasselbe Kind, das die Geschäftsführerin der Agentur, eine gewisse Marina Altenberg, auf dem Arm gehalten hat, als wir vor ein paar Tagen in Wien waren.«

»Das kann man so einfach feststellen?« Elena verzog skeptisch das Gesicht.

»Ich bin mir wirklich sicher«, erklärte Franka verlegen.

»Vielleicht ist das alles nur Zufall.« Schuster rückte seine Krawatte zurecht. »Sonst noch etwas, das uns weiterhilft?«

»Diesen Ring haben wir im Badezimmer von Laura Neumann gefunden. Es ist ein Männerring mit einem Siegel darauf.« Franka hielt das Schmuckstück so in die Kamera, dass Jan es genauer betrachten konnte.

»Es dürfte nicht allzu schwer sein, dieses Siegel zu identifizieren«, sagte er und nahm einen Schluck von seinem Energydrink. »Ich denke, ein Blick in den Gotha dürfte ausreichen.«

»Der Ring könnte von einem Freund von Laura stammen. Wer das ist, werden wir ja hoffentlich bald herausfinden«, meinte Franka.

»Es ist klar, dass wir die Identität des Ringträgers ermitteln müssen, aber für mich hat das nur eine marginale Bedeutung«, versuchte Braun die Diskussion wieder auf Malys Spur zu lenken. »Unser Täter macht keine Fehler. Der lässt nicht einfach einen Ring liegen – es sei denn mit Absicht. Die Signatur unseres Täters sind die Rattenschädel. Und es gibt noch eine weitere Parallele. Wir wissen inzwischen, dass Laura Neumann im Schlaf überwältigt wurde. Nicht sie hat den Kleinen auf dem Dachboden versteckt, sondern der Täter. Die überlebenden Kinder, denen er kein Haar krümmt, sind eine Botschaft. Damit will er uns etwas sagen. Er möchte, dass wir eine Verbindung zwischen den Kindern, den toten Müttern und den Rattenschädeln herstellen.«

»Wer könnte Maly denn sonst diese Todesbotschaften untergeschoben haben? Wenn er nicht selbst unser Mörder ist?«, wollte Elena wissen.

»Dr. Karen Jansen wäre natürlich eine Möglichkeit«, antwortete Franka. »Sie geht in der Klinik ein und aus und war die Leiterin der Selbsthilfegruppe, die Laura Neumann besucht hat. Jan hat das herausgefunden.«

»Ja, Karen Jansen hat nicht nur Laura Neumann gekannt, sondern auch Amelie Frey. Beide waren in derselben Selbsthilfegruppe«, hörten sie Jans Stimme aus dem Lautsprecher des Monitors.

»Hat jemand ihr Alibi überprüft?«, fragte Elena und blickte in die Runde.

»Nein, haben wir noch nicht, wird aber gleich gemacht. Das hatten wir sowieso vor«, sagte Bruno und rückte seine Mütze zurecht.

»Karen Jansen war gestern Abend mit mir zusammen«, sagte Braun nach einem kleinen Räuspern. »Wir waren in ihrem Haus an der Donau. Sie bekam einen Anruf aus der Klinik, dass Maly einen Zusammenbruch erlitten hat, und ist sofort zu ihm gefahren.«

»Merkwürdig«, mischte Bruno sich ein. »Auf den Videoaufzeichnungen aus Malys Zimmer macht Just wie immer seine Tiefschlaf-Studie, und Maly schläft. Da ist nichts von einem Zusammenbruch zu bemerken.«

Braun sah ihn nachdenklich an. »Und auch Maly selbst kann sich an keinen Zusammenbruch erinnern.«

53

»Das Wappen ist im Gotha nicht zu finden.«

»Wovon redest du?« Braun starrte auf sein Handy. Obwohl die Freisprecheinrichtung aktiviert war, kam es ihm natürlicher vor, mit dem Apparat zu sprechen als einfach nur in die Luft zu quasseln.

Nach der großen Kälte der letzten Wochen war es auf einmal unnatürlich warm für Dezember. Ein Föhnsturm hatte das bisschen Schnee der letzten Tage hinweggefegt, und die warme Luft war für Brauns Kopfschmerzen alles andere als förderlich.

»Ich spreche von dem Siegelring, den ihr bei Laura Neumann gefunden habt«, erklärte Jan über den Lautsprecher.

»Ach, das meinst du«, sagte Braun nicht sonderlich interessiert.

»Sag mal, hörst du mir überhaupt zu?« Jan klang ein wenig verärgert, weil Braun nicht richtig bei der Sache war.

»Sorry, war in Gedanken gerade woanders.«

Braun hatte über Jimmy nachgedacht. Was sein Sohn wohl gerade machte? Ob es ihm gut ging da oben in Finnland? Er nahm sich jetzt schon seit Tagen vor, endlich mal bei Margot anzurufen und mal länger als ein paar Minuten mit ihr und Jimmy zu plaudern, aber irgendwie konnte er sich im entscheidenden Moment dann nie durchringen.

»Lust auf ein kleines Quiz? Das bringt dich auf andere Gedanken«, schlug Jan vor.

»Ehrlich gesagt, nein.«

»Ach, komm schon!« Jan klang fröhlich. »Wie heißt der österreichische Popstar, der in den USA einen Nummer-1-Hit landete?«

»Machst du Witze, Jan, das war doch das Idol meiner Jugend. Falco mit *Rock me Amadeus*.«

»Korrekt! Damit hast du dir meine Ermittlungsergebnisse redlich verdient.« Jan kicherte und wurde dann wieder ernst. »Das Wappen war früher ein fester Bestandteil im Logo der Frey Privatbank.«

»Die Frey Privatbank hat damit zu tun?« Braun sog die Luft ein. »Der Ring gehört demnach jemandem aus der Familie Frey.«

»Wahrscheinlich, ja.«

»Und wie kommt Laura Neumann an den Ring?«

»Keine Ahnung«, erwiderte Jan.

»Vielleicht kannten sich die beiden Frauen.«

»Hm. Möglich. Es ist aber ein Männerring. Ich habe ein altes Pressefoto von Robert Frey ausgegraben, darauf kann man einen solchen Ring deutlich an seiner Hand erkennen. Natürlich kann ich dir nicht sagen, ob es genau das Exemplar ist, was wir bei Laura Neumann gefunden haben. Keine Ahnung, wie viele von den Dingern im Umlauf sind. Ich maile dir das Bild gleich mal rüber.«

Kurze Zeit später ging Braun über den Linzer Hauptplatz und hielt sein Gesicht in die Sonne. Auch wenn der Föhn seine Kopfschmerzen anfeuerte, tat die Wärme nach den langen Tagen der Dunkelheit erstaunlich gut.

Braun blieb vor einem Haus aus der Jahrhundertwende stehen. »Frey Privatbank« las er auf einem Messingschild, das an dem schlichten Portal des renovierten Hauses angebracht war. In der Schwarzen Halle hatte er noch kurz überlegt, ob er seinen Besuch bei Frey ankündigen sollte, aber dann hatte er sich dagegen entschieden. Besser war es, den Überraschungseffekt zu nutzen.

Als er auf die Klingel drückte, drehte sich ein Kameraauge, das in die Hauswand eingelassen war, in seine Richtung. Braun hielt seinen Ausweis in das Objektiv, und gleich darauf öffnete sich die Tür mit einem Summen. Ein blasser junger Mann im schwarzen Anzug überprüfte seinen Ausweis am Eingang und führte ihn dann in das Foyer der Privatbank.

Braun war überrascht. Er hatte sich einen nüchternen Kassenschalter vorgestellt, so wie er ihn von dem Kreditinstitut kannte, bei dem er schon seit Jahrzehnten sein Konto hatte. Aber in der Frey Privatbank sah es aus wie in einem Jagdschloss. An den Wänden hingen Wappen, gekreuzte Säbel und Hirschgeweihe, und neben den schweren Sitzgruppen im Foyer standen lebensgroße Ritterrüstungen, die Schwerter und Streitäxte in ihren gepanzerten Fäusten hielten. Nirgends war ein Schreibtisch oder Computer zu sehen, und Braun fragte sich, wo hier eigentlich die Bankgeschäfte abgewickelt wurden.

Hinter dem blassen jungen Mann stieg er eine breite Treppe mit geschnitztem Geländer nach oben und wurde dort von einer attraktiven Sekretärin in Empfang genommen.

»Bitte gedulden Sie sich noch einen Augenblick, Chefinspektor«, flötete die junge Frau, die in ihrem engen blauen Kostüm und mit dem schräg sitzenden Hütchen auf dem ondulierten Haar wie eine Stewardess aus einer nostalgischen Fernsehserie wirkte. Sie schenkte Braun ein unverbindliches Lächeln, während sie mit einem silbernen Stift die Taste eines Telefons drückte.

Braun wartete und sah sich um. Die Geschäfte der Frey Privatbank schienen gut zu laufen.

»Direktor Frey ist leider in einer wichtigen Besprechung«,

verkündete ihm die blonde Empfangsdame schon nach wenigen Augenblicken. »Und so wie es aussieht, hat er heute keine Kapazitäten mehr frei. Es wäre vielleicht besser, wenn Sie Ihre Fragen per E-Mail an uns schicken würden.«

Braun fiel auf, dass sie den Hörer gar nicht in die Hand genommen und erst recht nicht mit jemandem gesprochen hatte. Wollte die ihn verarschen?

»Sagen Sie Ihrem Direktor, er soll sich heute noch bei mir melden«, brummte Braun und fischte eine zerknitterte Visitenkarte aus der Sakkotasche. »Es ist dringend.«

»Ich werde sehen, was ich tun kann.«

Wie ihm diese eingebildete Tussi auf die Nerven ging!

»Ja, machen Sie das, ansonsten lasse ich Ihren Chef vorladen!«

Plötzlich wurde eine Tür aufgerissen, und eine Frau mit einem Sektkübel voller leerer Flaschen in den Händen stürzte mit glühenden Wangen aus einem Zimmer. Ihre hochgesteckten Haare waren zerzaust, und zu viele Knöpfe ihrer weißen Bluse waren geöffnet. Aus dem Raum dahinter hörte Braun lautes Gelächter und das Knallen eines Sektkorkens.

»Soso, Ihr Chef hat also eine wichtige Besprechung«, sagte Braun süffisant zur Blondine hinter dem Tresen und ging auf die Tür zu.

»Halt, da dürfen Sie ohne Anmeldung nicht rein!«, rief sie ihm hinterher, doch Braun ignorierte das Gezeter.

Im Zimmer ging es hoch her. Champagnerflaschen und die Überreste eines exquisiten Fingerfood-Menüs standen auf einem langen Besprechungstisch, um den mehrere Männer in dunklen Nadelstreifenanzügen saßen und interessiert den Neuankömmling musterten. Ein junges Mädchen, das auf dem Schoß eines der Männer gesessen hatte, sprang auf ein Zeichen hin schnell auf und zog sich den kurzen Rock über den blanken Hintern. Mit gesenktem Kopf schlich sie an Braun vorbei nach draußen.

Am Kopf des langen Tisches, unter einem gewölbten Schild mit zwei gekreuzten Degen, saß Robert Frey und winkte ihm leutselig zu. Frey war Mitte sechzig, das wusste Braun aus Frankas Exposé, wirkte aber unglaublich fit und dynamisch.

»Chefinspektor Braun«, sagte Frey und zog einen Mundwinkel in die Höhe, was wohl als ein Lächeln zu verstehen war. Er war nicht im Geringsten über Brauns Erscheinen überrascht. »Es freut mich, Sie endlich persönlich kennenzulernen.«

Er stand auf, ging um den Tisch herum, fasste Braun am Unterarm und zog ihn in den Raum hinein. »Ein Gläschen Champagner? Das hebt den Blutdruck am Morgen. Kann ich nur empfehlen.«

»Danke, nein«, winkte Braun ab. Er wollte noch etwas sagen, doch Frey hob die Hand und drehte sich zu den Nadelstreifenträgern am Tisch um.

»Das ist Chefinspektor Tony Braun, der Mann, der den Mörder meiner Tochter jagt. Er ist der beste Ermittler, den wir in Linz haben.« Er beugte sich zu Braun und flüsterte ihm verschworerisch zu: »Wie weit sind Sie eigentlich mit Ihren Ermittlungen? Gibt es schon einen Verdächtigen?«

»Wir arbeiten daran«, antwortete Braun einsilbig.

Vom ersten Augenblick an war ihm die Atmosphäre widerwärtig und Frey extrem unsympathisch vorgekommen. Er erfüllte in Brauns Augen alle Klischees eines ekelhaften Bankers: Champagner, Nutten und dubiose Geschäfte hinter verschlossenen Türen, mit Typen, die eigentlich in den Knast gehörten. Er würde jede Wette eingehen, dass einige von den feinen Herren auf den Fahndungslisten von Interpol standen. Doch er war aus einem anderen Grund hier.

»Sie haben das hier bei Laura Neumann vergessen«, sagte er und schwenkte eine Plastiktüte mit dem Siegelring darin vor Freys Gesicht hin und her.

»Was soll das sein?« Frey grinste amüsiert und griff nach einem Champagnerglas, das auf dem Tisch stand. »Wollen Sie nicht doch ein Schlückchen?«

»Ich habe bereits Nein gesagt.« Braun wusste, wie gefährlich nah er daran war, endgültig die Geduld zu verlieren. Der Mann wollte ihn dazu bringen, keine Frage. Und leider war Braun jemand, der sich immer wieder von solchen ekelhaften Widerlingen provozieren ließ, allein schon durch ihr großkotziges Auftreten.

»Ach richtig, Chefinspektor. Ich vergaß. Als Sohn eines Hausmeisters trinken Sie ja nur Dosenbier bei einem Schmuddeltürken unten am Hafen.« Frey lachte aus voller Kehle über seinen eigenen Witz.

Braun spürte, wie sein Puls sich beschleunigte. »Hören Sie mir jetzt gut zu. Dieser Ring wurde bei einem Mordopfer gefunden. Wie kommt er dorthin? Wenn ich nicht augenblicklich eine Antwort erhalte, schleppe ich Sie in Handschellen zu einer offiziellen Vernehmung und werde die Personalien Ihrer Geschäftspartner hier überprüfen lassen.«

»Na gut. Gehen wir nach nebenan.« Frey zuckte leicht mit den Schultern, machte aber nicht den Eindruck, als hätte ihn die Drohung sonderlich berührt. Der Mann fühlte sich sicher, ziemlich sicher sogar.

»Der Ring trägt Ihr Wappen.«

»Stimmt. Aber ich weiß nicht, wie er in Lauras Besitz gelangt ist.«

»Sie geben also zu, Laura Neumann gekannt zu haben?« Braun schnappte nach Luft. Das wurde ja immer besser!

»Natürlich habe ich sie gekannt. Sie war einige Zeit die

Freundin meines Golfpartners Wolkenstein.« Er sah Braun mitleidig an, dann seufzte er. »Wir vergeuden hier nur meine kostbare Zeit. Ja, ich habe mit Laura einige Male gevögelt. Sie war früher einmal meine Assistentin, wissen Sie? Und sie wollte sich eben erkenntlich zeigen, weil ich ihr den Job bei Kalkleben besorgt habe. Der Innenminister, verstehen Sie? Alter Studienfreund.«

»Ach so ist das. Vetternwirtschaft.«

»Man hilft sich von Zeit zu Zeit«, sagte Frey mit einem generösen Lächeln, das ihm Braun gerne aus dem Gesicht geprügelt hätte.

»Lauras Tod scheint Ihnen ja nicht sonderlich nahezugehen.«

»Wie gesagt, ich kannte sie nur flüchtig. Sonst noch etwas?« Frey rückte seinen Krawattenknoten zurecht und lächelte noch etwas breiter.

»Ist es der einzige Ring dieser Art?«

»Ja.«

»Gehört er Ihnen?«

»Gehörte. Präteritum, dritte Person Singular. Wenn Sie wissen, was ich meine.«

Braun musste sich arg zusammenreißen, um diesem arroganten Arschloch nicht einfach die Fresse einzuschlagen und die nächste Frage noch halbwegs höflich zu formulieren.

»Wann haben Sie den Ring bei ihr vergessen?«

»Ich habe ihn nicht *vergessen*. Den Ring habe ich schon vor einem Jahr meiner Tochter Amelie geschenkt. Es ist ein Familienerbstück. Meine Großmutter war eine gebürtige Gräfin Loosthal. Wie er zu Laura kommt? Keine Ahnung.«

»Nette Story, aber leider gelogen«, konterte Braun. »Das Wappen ist reine Fantasie. Sie sollten den Gotha besser studieren, bevor Sie sich mit falschen Titeln schmücken. Das ist übrigens auch strafbar.«

Doch selbst diese Drohung schien Frey nicht im Geringsten zu beeindrucken. »Wäre das jetzt alles, Chefinspektor? Wie gesagt, ich habe noch zu tun. Anders als Sie muss ich für mein Geld arbeiten. Bis jetzt haben Sie den Mörder meiner Tochter ja noch nicht gefunden. Schade um das schöne Steuergeld.«

»Nur noch eine Frage«, sagte Braun, der sich von Frey nicht provozieren ließ, obwohl es ihn die größte Überwindung kostete, der Wut, die in seinem Inneren hochkochte, nicht einfach nachzugeben. »Wo ist eigentlich die Mutter von Amelie? Gibt es sie überhaupt? In der Geburtsurkunde Ihrer Tochter sind nur Sie verzeichnet.«

»Amelies Mutter starb bei der Geburt.« Frey zuckte mit den Schultern. »War's das?«

»Noch nicht ganz. Ob die Mutter bei der Geburt ihres Kindes stirbt oder nicht, hat ja nichts mit der Urkunde zu tun. Die ist übrigens erst vier Jahre nach der Geburt ausgestellt worden.«

»Tja, die Behörden brauchen eben manchmal länger. Sollte Ihnen ja entgegenkommen. Spaß beiseite, Amelie ist ein adoptiertes Kind.« Frey lächelte immer noch so breit, dass die strahlend weißen Jacketkronen blitzten.

»Sie hat bis zu ihrer Heirat bei Ihnen gewohnt«, fuhr Braun ungerührt fort. »Ziemlich intensiv, dieses Vater-Tochter-Verhältnis, finde ich.«

»Sie verstehen nichts von Familie, Chefinspektor. Nicht wahr?« Der Banker lächelte anzüglich. »Wo doch Ihr Sohn gerade erst nach Finnland aufgebrochen ist. Nicht dass ihm dort oben etwas passiert. Es soll ja sehr einsam sein, im hohen Norden. Und so fürchterlich dunkel ...«

»Was soll das heißen?« Braun packte Frey an den Aufschlägen seines Dreitausend-Euro-Anzugs und zog ihn ganz nahe an sich heran. »Wenn Sie glauben, dass Sie mich verarschen können, dann haben Sie sich geschnitten!«

Aufreizend langsam schob Frey Brauns Hände zurück und schlug sich den imaginären Staub vom Revers. »Sie legen sich mit den falschen Leuten an, Chefinspektor. Früher oder später wird sich Ihr tumbes Benehmen rächen. Darauf können Sie sich verlassen!«

54

»Spreche ich mit Inspektor Franka Morgen?«

Die Stimme klang unpersönlich, und ein schneller Blick auf das Display ihres Handys zeigte ihr, dass es die Nummer eines Linzer Polizeireviers war.

»Am Apparat«, antwortete sie und wunderte sich, dass ihr Herz plötzlich heftig zu klopfen begann. »Was kann ich für Sie tun?«

»Wir haben gestern eine junge Frau ohne Papiere festgenommen.«

»Ja, und?«

»Sie wurde beim Diebstahl in einem Supermarkt aufgegriffen und hat dann massiven Widerstand geleistet, als man ihre Personalien aufnehmen wollte. Sie soll heute in das Untersuchungsgefängnis überstellt werden.«

»Ich verstehe nicht, was das mit mir zu tun hat.«

»Die Frau behauptet, Ihre Schwester zu sein.«

Der Satz genügte, um Frankas Existenz von einer Sekunde auf die andere in Nichts aufzulösen. Das Fundament, auf dem sie ihr Leben aufgebaut hatte, war fort. Es zerbröckelte zu Staub und ließ sie im luftleeren Raum zurück.

»Meine Schwester? Das … das kann nicht sein.«

»Haben Sie denn eine Schwester?«, fragte der Polizist.

»Nein … Das heißt … ja.«

»Wie heißt Ihre Schwester, Frau Morgen?«

Sie brauchte zwei Anläufe, um den Namen richtig auszusprechen. »T … Tara.«

»Die Frau heißt auch so«, sagte der Polizist ungeduldig.

Vor Frankas innerem Auge erschien ein Bild, das sie lange verdrängt hatte. Sie sah die geschwärzten Türme von Sputnix III und rundherum die armseligen Hütten. Sie sah ein zweijähriges Mädchen mit pechschwarzen Haaren vor einer windschiefen Hütte stehen. Sie sah eine gebückte alte Frau, die ihre Hände in den düsteren Himmel streckte, und die angstgeweiteten Augen des kleinen Mädchens. Sie sah das dreckverschmierte Gesicht, die Tränenspuren auf ihren Wangen und die Lumpen, in die das Kind gekleidet war. Dann sah sie sich selbst auf der Rückbank einer Limousine kauern und aus dem hinteren Fenster starren. Die windschiefe Hütte ent fernte sich in rasender Geschwindigkeit, und damit auch das weinende kleine Mädchen. Genauso schnell löste sich das bisherige Leben von Franjia Grigorescu auf, und als sie die Augen wieder öffnete, war sie zu Franka Morgen geworden, der Tochter des Arztehepaars Morgen aus Linz.

»Hallo, Frau Inspektor? Sind Sie noch am Apparat?«

»Behalten Sie die junge Frau auf dem Revier. Ich komme sofort vorbei.«

Sie unterbrach mit klopfendem Herzen die Verbindung. Wie war das möglich? Warum war Tara in Linz? Hing das mit den Drohungen, mit dem Motorrad zusammen? Noch immer stand die Moto Guzzi in der Garage der Oase. Franka hatte es nach ihrem Ausflug nicht übers Herz gebracht, sie in die Asservatenkammer zu bringen und dort registrieren zu lassen.

Plötzlich spürte sie eine Welle der Übelkeit, die aus ihrem Magen nach oben drängte, und sie hielt sich die Hand vor den Mund. Einen Wimpernschlag später stieß sie ihren Stuhl zurück und rannte hinter die Bühne zu den Toiletten. Am liebsten hätte sie den Kopf in die Kloschüssel gesteckt und sich vollständig darin verkrochen. Aber es gab eine Realität, die sich nicht mehr verdrängen ließ, die unerbittlich und mit aller Macht über sie hereingebrochen war. Der Schmutz, das Elend, die alte Frau, all das tauchte schlagartig wieder vor ihr auf. Sie konnte die Armut förmlich riechen. Sie erbrach sich, bis ihr Magen leer war. Dann sank sie mit zitternden Knien auf die grauen Fliesen.

»Geht es dir nicht gut, Franka?«

Bruno stand vor den Toiletten und fragte nach ihr. Der Kollege, der mehr über sie wusste als alle anderen. Dem sie aber nicht sagen konnte, dass sie eine Schwester hatte. Oder doch? Sie musste mit jemandem reden, sonst würde sie wahnsinnig. Braun kam dafür nicht infrage, sie konnte mit ihm ja noch nicht mal über die Bedrohung sprechen, der sie ausgesetzt war. Aber Bruno konnte sie sich anvertrauen.

Ächzend stand sie auf und öffnete die Tür. »Bruno, hilf mir …«

»Hey Mädchen, was ist denn los mit dir?«, hörte sie Brunos Stimme, als sie ihren Kopf an seine Brust lehnte und zu weinen begann.

»Meine kleine Schwester ist in Linz«, sagte sie schließlich und schniefte laut. »Ich habe gerade einen Anruf von einem Polizeirevier erhalten.«

»Du hast eine Schwester? Das wusste ich gar nicht. Warum hast du nie von ihr erzählt?«

Bruno versteht mich vielleicht wirklich, ging es ihr durch den Kopf. Sie spürte, dass sie an einer Wegkreuzung stand, die für ihr weiteres Leben entscheidend sein würde. Eine Entscheidung war fällig, und es galt, die einzig richtige zu treffen. Sie musste es für ihre Schwester tun, war es Tara schuldig.

Es brach wie eine gewaltige Wortfontäne aus ihr heraus. Sie erzählte Bruno von ihrer Vergangenheit, als Kind in einer ständig herumreisenden Roma-Familie. Wie quälend Armut und Elend gewesen waren, wie der Hunger sie stets begleitet hatte. Dass sie immer auf ihre zwei Jahre jüngere Schwester aufgepasst hatte, bis sie, Franka, eben durch eine Adoption in einem anderen, einem besseren Leben in Österreich gelandet war. Und dann, endlich, gestand sie das größte Geheimnis von allen: Im fremden Land angekommen, hatte sie ihre Schwester einfach vergessen und ihre triste Vergangenheit verdrängt. Zu groß war der Wunsch gewesen, den neuen Eltern zu gefallen und sich so schnell und reibungslos wie möglich in ihrem zweiten Leben einzufinden.

Doch jetzt war ihre Schwester aus irgendwelchen Gründen auf einem Polizeirevier gelandet und steckte wahrscheinlich in Schwierigkeiten. Sie wollte zu ihr – oder warum sonst war sie ausgerechnet in Linz aufgetaucht?

»Das ist meine Schuld«, schluchzte sie. »Ich hätte sie niemals alleinlassen dürfen.«

»Quatsch! Du warst ein kleines Mädchen. Es ist nicht deine Schuld, dass deine Schwester ein anderes Leben geführt hat als du. Und erst recht nicht, dass sie jetzt in Polizeigewahrsam ist.« Bruno strich sich die grauen Locken nach hinten und setzte dann die Strickmütze wieder auf. »Warum wurde sie aufgegriffen?«

»Tara hat gestohlen und sich bei ihrer Festnahme gewehrt. Das jedenfalls hat mir der Polizist am Telefon erklärt.«

Während sie das sagte, tauchte wieder das dreckverschmierte kleine Mädchen mit den rabenschwarzen Haaren vor ihrem geistigen Auge auf.

»Lass uns aufbrechen«, sagte Bruno. »Wir müssen sie dort rausholen, bevor die Mühlen des Gesetzes so richtig zu mahlen beginnen.«

Er konnte wahrlich Gedanken lesen. Ein Hoffnungsschimmer drang bis in Frankas Inneres, als sie Bruno fürsorglich am Arm fasste und durch die Toilettentür ins Foyer schob.

»Es gibt noch etwas, Bruno, das ich dir sagen muss«, sagte Franka verlegen und hielt ihm den Rücken der rechten Hand mit dem winzigen, eintätowierten Hundekopf darauf entgegen. »Das ist ein Zeichen, das alle neugeborenen Kinder von Dogcity bei ihrer Geburt von der Chovihani, der Dorfschamanin, bekommen. Auch das Baby von Laura Neumann hat dieses Zeichen. Das habe ich Braun allerdings verschwiegen, aus Angst, dass ...« Sie verstummte.

»Das heißt, das adoptierte Kind von Laura Neumann stammt aus deiner ehemaligen Heimat, aus einem Ort namens Dogcity?«

Sie nickte. »Diese Marina Altenberg hat gesagt, dass sie das Kind aus einem Waisenhaus hat. Aber die Roma geben ihre Kinder nicht in ein Waisenhaus. So etwas würden sie nie tun! Die Familie ist uns heilig.«

55

Tara hockte mit angezogenen Beinen auf dem Boden der Ausnüchterungszelle und summte ein Lied auf Romani. Der Text des Liedes handelte von ihrem Volk und von der ständigen Wanderschaft. Auch sie würde sich wieder auf Wanderschaft begeben, wie Grigori der Schattenmann, von dem das Lied erzählte. »Niemals werde ich zur Ruhe kommen, niemals meinen Frieden finden«, sang sie mit leiser, fast tonloser Stimme, um kein Aufsehen zu erregen.

Sie hatte dem Polizisten, der ihre Daten in einen Computer getippt hatte, erzählt, dass ihre Schwester auch bei der Polizei sei, dass er sie anrufen solle. Das hatte ihr Zoran vor ihrer Abreise verraten – bevor er sie aufgefordert hatte, das Grab von Viktor Maly zu besuchen. Wahrscheinlich war es ein Fehler gewesen, hierherzukommen und nach ihrem Sohn zu suchen. Dimitru war für immer verschwunden. In Österreich hatte sie keine Chance, ihr Kind jemals wiederzufinden. Hier war sie nichts weiter als eine Zigeunerin, das hatte sie ja am eigenen Leib schon erfahren, als sie von dem Supermarktdetektiv festgenommen worden war. Kein Wunder, dass sie sich mit Händen und Füßen zur Wehr gesetzt hatte … Die Angst hatte sie in eine Raubkatze verwandelt. Und jetzt hatte sie alles noch viel schlimmer gemacht.

Wie Franjia, ihre Schwester, jetzt wohl aussah? Ob Tara sie überhaupt würde erkennen können? Schließlich hatte sie kein eigenes Bild vor Augen, kannte sie nur aus den Erzählungen ihrer Großmutter. Aber sie tröstete sich damit, dass

Franjia zwei Jahre älter war, bestimmt könnte sie sich an Tara erinnern. Dennoch: Die letzten zwanzig Jahre hatte jede von ihnen ein Leben geführt, das Lichtjahre von dem der Schwester entfernt war. Im Grunde waren sie völlig Fremde. Franjia war hier in Österreich Polizistin, war sie vielleicht genauso unfreundlich wie die korrupten Schweine daheim? Würde sie Tara auch verachten? Sie wusste es nicht, hatte sich in den letzten Tagen verboten darüber nachzudenken. Bis jetzt.

Die ganze Nacht über hatte Tara auf ihre Schwester gewartet. Doch niemand war erschienen, außer einer freundlich dreinblickenden Frau, die ihr im Morgengrauen das Frühstück auf den Stahltisch gestellt hatte. Mit wahrem Heißhunger hatte Tara die beiden Brote verschlungen und gierig den heißen Kaffee getrunken. Wann hatte sie jemals einen so guten Kaffee gehabt? Bei Dusan hatte es ab und zu einen dünnen Bohnenkaffee gegeben, aber dafür hatte sie teuer bezahlen müssen. Hier schenkte man sogar im Gefängnis Kaffee aus, das war unglaublich.

In der Zelle war es kühl, und Tara setzte sich auf den Heizkörper, um sich zu wärmen und einen Blick nach draußen zu erhaschen. Durch die Milchglasscheibe des einzigen Fensters konnte sie zwar nur die Umrisse der Häuser erkennen, aber es musste bereits um die Mittagszeit sein, denn das Licht war hell und gleißend.

Plötzlich hörte sie laute Schritte auf dem Gang, dann das Rasseln eines Schlüsselbundes. War es jetzt so weit? Durfte sie gehen? Oder passierte noch etwas viel Schlimmeres, als eingesperrt zu werden? Tara spürte einen Kloß in der Kehle und starrte wie ein gefangenes Kaninchen auf die graue Stahltür, die sich langsam öffnete. Ängstlich wich sie zurück, als ein großer Mann mit einer schwarzen Mütze über den grauen Haaren eintrat. Hinter ihm tauchte eine zierliche junge Frau mit blonden Haaren auf. Ihre Augen waren schwarz und schimmerten feucht, als sie Tara erblickte.

»Tara«, sagte die Frau, und ihre Stimme hörte sich rau und kratzig an. »Ich bin's, Franjia.«

»Franjia! Du bist ... wirklich gekommen.«

Tara sprang auf. Sie fühlte sich leicht wie eine Feder, als sie auf ihre Schwester zulief. Schluchzend umarmte sie Franjia, die zunächst noch ein wenig steif dastand, sie dann aber in die Arme nahm. Es war ganz anders, als sie gedacht und vielleicht auch befürchtet hatte. Die Nähe ihrer Schwester war ihr auf seltsame Weise vertraut, sie fühlte sich unerklärlicherweise geborgen und sicher.

»Ich habe so oft an dich gedacht. Erinnerst du dich noch an unsere Babička, bei der wir gewohnt haben? Sie ist vor einiger Zeit gestorben. Jetzt gibt es nur noch uns beide«, flüsterte sie auf Romani, doch ihre Schwester legte ihr den Zeigefinger auf den Mund.

»Langsam«, sagte Franjia mit einer nur schwer verständlichen Aussprache. »Ich kann fast kein Romani mehr. Sprichst du Deutsch?«

»Ja, ein wenig.« Tara nickte.

»Ich heiße jetzt Franka. Verstehst du? Mein Name ist jetzt Franka.«

»Natürlich verstehe ich das. Ich bin nicht dumm.«

Tara betrachtete ihre Schwester genauer. Der Name klang fremd, und die schwarzen Haare waren blond gefärbt. Sie trug keinen langen bunten Roma-Rock, sondern Jeans und eine Lederjacke. Doch Tara konnte Franjia gut verstehen. Unter keinen Umständen wollte ihre Schwester als Roma erkannt werden. Wahrscheinlich hatte auch sie gespürt, dass sie so einer Minderheit angehörte und hier, in der westlichen Welt, nichts wert war.

»Du bist so hübsch«, sagte Tara und drückte Franjia einen zärtlichen Kuss auf die Wange. Wieder spürte sie die feste Umarmung ihrer Schwester, die sie um keinen Preis mehr loslassen wollte, und ein leichtes Zittern lief über ihren Körper. Als sie den Kopf hob, sah sie, dass ihre Schwester Tränen in den Augen hatte.

»Ich bringe dich hier raus. Du brauchst keine Angst mehr zu haben. Jetzt bin ich für dich da«, sagte Franjia.

Der ältere Mann mit den grauen Locken räusperte sich. »Wir müssen jetzt langsam los. Ich regele das mit dem zuständigen Beamten.« Er wandte sich an Tara. »Übrigens, ich heiße Bruno und bin ein Kollege von Franka.«

»Hast du keine dicke Jacke? Wo ist dein Gepäck?«, fragte Franjia erstaunt, als sie durch den grau gestrichenen Korridor der Polizeistation in das Foyer gingen.

Am Tresen stand ein kleiner Weihnachtsbaum mit blinkenden Kerzen, und der Beamte dahinter trank einen Tee, dessen Aroma Tara bis hierhin riechen konnte. Sie kniff die Augen zusammen und riss sie sofort wieder auf. Aber nein, es war kein Traum, sie hatte ihre Schwester wiedergefunden, und nur das zählte!

»Ich habe nur das, was ich anhabe. Ich habe meinen Koffer auf der langen Reise verloren.«

War sie ihrer Schwester peinlich? Franjia, die so gut gekleidet und so hübsch war. Die mit ihrem runden glatten Gesicht und den blonden Haaren so westlich aussah. Wie gern wäre Tara so wie Franjia gewesen, aber gegen ihre Schwester war sie eine armselige Erscheinung in ihrem langen zerschlissenen Samtrock, den löchrigen Sneakers und der fadenscheinigen Jacke. Aber sie hatte noch den Schmuck, den ihr die Babička hinterlassen hatte.

»Sieh nur«, sagte sie und klimperte mit den großen Ohrringen aus grün verfärbtem Messing. »Sind die Ohrringe nicht schön? Die Babička hat sie mir vermacht, als sie dem Schattenmann ins Dunkel gefolgt ist.«

»Sie sind sehr schön. Wann ist sie denn gestorben?«

Tara zwirbelte eine Strähne ihrer Haare und dachte angestrengt nach. »Ich weiß es nicht genau«, flüsterte sie schließlich, »ich habe keinen Kalender. Ich glaube, vier Winter sind seither vergangen.«

»Das ist eine lange Zeit. Ich hätte sie gern noch einmal gesehen«, sagte Franjia leise. »Jetzt fahren wir erst mal zu mir, da kannst du ein heißes Bad nehmen. Und wenn ich zurückkomme, gehen wir Klamotten für dich kaufen, ja?«

»Nehmen Sie die Zigeunerin mit, Frau Inspektor?«, fragte der Polizist hinter dem Empfangstresen und trank einen kräftigen Schluck Tee.

»Das ist keine Zigeunerin«, erwiderte Franjia mit schneidender Stimme. »Sie ist eine Roma. Das Wort Zigeunerin ist rassistisch und diskriminierend. Sie entschuldigen sich sofort bei ihr, sonst gibt es eine Dienstaufsichtsbeschwerde.«

»Tut mir leid. Ich wollte niemand beleidigen«, antwortete der Polizist perplex. »Was wird jetzt aus der Anzeige wegen dem Diebstahlsdelikt?«, rief er ihnen noch hinterher, als sie bereits die Foyertür aufstießen.

»Das übernehmen wir«, antwortete Bruno.

Draußen im Auto setzte sich Tara auf die Rückbank. »Franjia?«, flüsterte sie stockend. »Ich habe ein Kind. Einen sechs Monate alten Sohn. Er heißt Dimitru.«

»Du hast ein Kind? Das ist ja wunderbar.« Franjia drehte sich zu ihr um. »Wo ist er denn?«

»Dimitru ... wurde mir gestohlen.« Beinahe lautlos kamen ihr die Worte über die Lippen. »In Dogcity. Ich war bewusstlos ... und dann war mein kleiner Dimitru weg.«

Langsam und nach Worten suchend, erzählte sie ihrer Schwester von dem Vorfall in der Sozialstation, berichtete auch von Marina, die ihr so selbstlos geholfen hatte, dann aber plötzlich verschwunden gewesen war.

»Ich glaube, Dimitru ist in Österreich«, schloss Tara ihren Bericht. »Deswegen bin ich hier. Ich muss ihn finden.«

»Was erzählst du da?«, mischte sich Bruno ein, der aufmerksam zugehört hatte. »Woher willst du wissen, dass dein Sohn in Österreich ist?«

»Jemand hat mir diese Karte mitgegeben.« Tara hielt Franjia die zerschlissene Visitenkarte hin.

»Baby4you«, las Franjia laut vor, und Bruno schlug mit der Faust auf das Lenkrad des Wagens.

»Fuck! Das ist ja ein Ding.«

»Was ist los?« Ängstlich blickte Tara nach vorn, doch Bruno schwieg.

»Wie heißt deine Freundin noch mal? Marina? Und wie weiter?«, fragte stattdessen Franjia atemlos.

Sobald Tara den vollen Namen genannt hatte, sah sie Bruno und ihre Schwester einen Blick tauschen.

»Hast du ein Foto von Dimitru?«, wollte sie dann wissen.

Tara nestelte nervös in der ausgebeulten Tasche ihrer Strickjacke herum und reichte Franjia das zerknüllte Foto ihres kleinen Sohns.

Die Stimmung im Wagen hatte sich schlagartig verändert. Jetzt herrschte keine ausgelassene Wiedersehensfreude mehr, sondern eine knisternde Spannung, wie die elektrisch aufgeladene Luft vor einem Gewitter. Es war eine Spannung, die darauf wartete, sich mit einem lauten Knall zu entladen. Die Chovihani würde über diese schwarze Wolke orakeln, dass jemand das Tor zur Hölle aufgestoßen hätte und die giftigen Dämpfe mit der reinen Luft kämpfen müssten.

Franjia gab ihr das Foto zurück und strich Tara sanft die Haare aus dem Gesicht. »Ich glaube, ich weiß, wo dein Kind ist.«

56

Die Gedanken in meinem Kopf rasen umher wie in einem schwarzen Universum, versuchen ständig am Saum meines Bewusstseins anzudocken, doch die Dunkelheit dehnt sich aus und wird immer größer. Die einzelnen Erinnerungsfetzen verglühen wie Sternschnuppen in der Schwärze, ohne den schmalen Pfad von meiner Vergangenheit bis in die Gegenwart zu erhellen.

Unbeabsichtigt hat Braun das Richtige getan, als er mich an den Tatort mitnahm, denn plötzlich setzten sich die einzelnen Mosaiksteine zu einem logischen Ganzen zusammen. Das Schlafzimmer mit der blutüberströmten Laura wirkte auf mich, als hätte ich das alles schon einmal gesehen. Es war ein fleischgewordenes blutüberströmtes Déjà-vu. Nur der fehlende Spiegel irritiert mich. Bei Svenja gab es einen Spiegel, daran habe ich mich wieder erinnert.

Natürlich hat mich Karen später gefragt, woher ich das Zimmer, Lauras Zimmer, kenne. War ich etwa schon einmal dort? Aber sie hat mir versichert, dass ich die ganze Nacht im Bett gelegen hätte. Trotzdem hatte ich am frühen Morgen den Zettel in der Hand. Wenn ich ihn selbst geschrieben habe, dann bedeutet das wohl, dass ich die Frau ermordet habe. Interessanter Gedanke.

»Brauns Verhalten war verantwortungslos. Sie merken es doch selbst! Sie sind aufgewühlt, nervös und leiden unter Bewusstseinsstörungen. Es hätte nicht viel gefehlt, und Sie wären an Ort und Stelle zusammengebrochen«, sagt Karen nüchtern.

Aber nicht ich bin aufgewühlt. Karen ist es. Es hat sie wütend gemacht, dass ich die Psychiatrische Klinik ohne ihr Wissen verlassen habe. Aber sie war ja nicht erreichbar. Wo war Karen eigentlich in dieser Nacht?

»Entspannen Sie sich. Schließen Sie die Augen und konzentrieren Sie sich ganz auf die Musik«, höre ich Karens Stimme und spüre ihre kühle Hand, die mich zurück auf die Gummimatte drückt, die auf dem Boden liegt.

Karen hat wieder das Kommando über meine Gedankenwelt übernommen, und ich muss ihr im Augenblick gehorchen. Tatsächlich hat die Musik eine beruhigende Wirkung auf mich, mein Atem wird gleichmäßig, die Augenlider flattern nicht mehr, und ich fühle mich angenehm schläfrig.

»Es ist Zeit für die Therapie.«

Karen flüstert samtweich, und bei diesem Klang muss ich an ein tiefblaues Tuch denken, das mit goldenen Fäden durchwirkt ist. Doch es ist ein hartes, unfreundliches Blau, wie es die tschechische Polizei in ihren Uniformen verwendet ... Seltsam, wie komme ich darauf? Ich versuche den Faden zu fassen und mich an ihm zurück in die Vergangenheit zu ziehen, aber wie so oft halte ich nur ein loses Ende in den Händen, ein Ende ohne Anfang.

Während ich die Matte zusammenrolle, holt Karen Gilbert aus dem Käfig. Zum ersten Mal hat sie auch einen Sack mit bunten Bauklötzen mitgebracht, mit denen sie einen Parcours auf dem Boden auslegt. Sie wirkt sehr mädchenhaft, als sie auf den Knien über den Boden rutscht und widerspenstige Haarsträhnen hinters Ohr schiebt. Karen ist so engagiert und beherrscht, doch sie ist beschädigt, kontaminiert, genau wie ich es bin.

Wieder einmal habe ich mich in einem unbeobachteten Moment an ihren Computer gesetzt und die Einträge studiert. Sie führt ein elektronisches Tagebuch, in dem sie ihr eigenes Trauma aufarbeitet – natürlich nicht passwortgeschützt. Sie fühlt sich zu sicher hier. Ach, Karen …

Ich werde sie selbstverständlich nicht auf den Inhalt der Texte ansprechen, aber es ist gut zu wissen, woran man bei ihr ist. Karen hat beispielsweise Angst vor leeren Hallen. Es gibt eine Seite in ihrem Tagebuch, da sind nur Bilder von leeren Lagerhallen mit einsamen Stühlen darin zu sehen. Manche dieser Stühle erinnern an altmodische Foltergeräte, haben Drähte und eiserne Zacken in den Lehnen und lederne Riemen zum Fixieren von Armen und Beinen. Auf so einen Stuhl hat man Karen einst gesetzt, stundenlang befragt und grausam gequält. Sie beschreibt das sehr eindringlich.

»Viktor, stehen Sie bitte auf!«

Karen ist ein wenig ungehalten, denn ich bin heute nicht richtig bei der Sache.

»Ich habe einen Parcours aufgebaut, den Gilbert durchqueren muss. Ihre Aufgabe ist es, sich zu merken, bei welchem der bunten Steine er zögert oder vom Weg abweicht. Haben Sie das so weit verstanden?«

»Natürlich. Wir spielen jetzt also mit Bauklötzen. Wollen Sie mich in eine frühkindliche Phase zurückführen?«

»Ich will Ihr Erinnerungszentrum stimulieren. Sie notieren sich auf einem Block, wie oft Gilbert an den blauen, roten oder grünen Bauklötzen stoppt und auf welcher Seite er daran vorbeihuscht. Es gibt sechs Durchgänge. Wenn Sie am Schluss alles richtig notiert haben, werde ich Sie zu den einzelnen Durchgängen befragen. Sie müssen aus dem Gedächtnis antworten. Deshalb machen wir diese Therapie.«

Wieder schweife ich gedanklich ab. Ich erinnere mich an eine Textstelle in Karens elektronischem Tagebuch. Sie handelt von ihrem Lieblingsthema, den Ratten: *Ratten sind sehr intelligent, sie werden zur Sprengstoff- oder Drogensuche eingesetzt. Diese besonderen Tiere merken sich Abläufe. Wenn eine Ratte beispielsweise vor einem blauen Hindernis steht, nimmt sie beim nächsten Mal den roten Parcours …*

Es ist verrückt, dass ich zeilenlange Passagen im Wortlaut im Gedächtnis behalten kann, aber immer noch nicht weiß, wer ich bin und woher ich komme.

»Ratten werden doch auch zur Folter eingesetzt?«

Warum frage ich das? Karen sieht mich überrascht an, und ihr Gesicht verzieht sich zu einer schmerzlichen Grimasse.

»Wieso fragen Sie das? Wie kommen Sie darauf?« Jetzt wirkt sie mit einem Mal klein und verletzlich, keine Spur mehr von ihrer sonst zur Schau gestellten Souveränität.

»Es kam einfach in meinen Kopf. Wie ein einzelner Regentropfen ist dieser Satz auf dem Boden meines Bewusstseins zerplatzt.«

»Sie drücken sich manchmal sehr poetisch aus«, sagt sie gedehnt. »Warum gerade der Vergleich mit dem Regentropfen? Erst durch Ihre Deutung wird der zerplatzte Regentropfen zu einer Empfindung von Ihnen. Können Sie mir folgen?«

»Nein, aber ich ahne, was Sie mir sagen wollen. Sie knüpfen eine Verbindung zwischen den Ratten und den zerplatzten Regentropfen.«

»Das ist Ihre Assoziationskette.«

»Nein, es ist die Ihre, Karen. Ratten und das Trommeln von Regentropfen auf dem Dach einer Lagerhalle. Wie hat man Sie denn dort auf den Stühlen gequält?«

Sie öffnet den Mund, will etwas sagen, schluckt es aber im letzten Moment hinunter. Stattdessen holt sie Gilbert aus dem Käfig und schickt ihn auf die Reise. Jetzt hat sie sich wieder vollständig unter Kontrolle. Schmerz und Erinnerung hat sie tief in ihrem Inneren vergraben. Wahrscheinlich öffnet sie nachts, wenn die Welt rings um sie in Träumen versunken ist, die geheime Schublade und denkt daran. Dass sie in Libyen entführt wurde und beinahe gestorben wäre. Dass sie in einer Lagerhalle gefoltert wurde. Sie durchlebt noch mal die Zeit in dem engen Kellerloch, begleitet von der Ratte, die ihr schließlich das Leben gerettet hat.

»Schreiben Sie die Zettel selbst?«, fragt sie plötzlich, ganz nebenbei. »Ich kann mir nicht erklären, wie sie ansonsten in Ihre Hände gelangen. Und die Botschaften müssen aus dem Umfeld des Mörders stammen, das ist eindeutig erwiesen, sagt Braun.«

»Wie das?«, frage ich überrascht.

»Die Blutstropfen stammen von den Opfern.«

»Also müsste ich der Mörder sein. Das ist nur die logische Konsequenz.«

»Nehmen wir einmal an, Sie haben diese Morde begangen. Wollen Sie mit den Botschaften beweisen, dass Sie intelligenter als die Polizei sind?«

»Ja, vielleicht.« Ich lächele. »Trotzdem weiß ich nicht, ob ich diese Morde begangen habe. Ich glaube es eigentlich nicht. Die Frage ist nur: wer sonst?« Und in Gedanken setze ich hinzu: Sie, Karen?

57

Auf Braun wirkte das ausgemergelte Mädchen mit den zerschlissenen Klamotten und geflochtenen Haaren wie ein verschreckter Vogel, der sich in einem Raum verirrt hatte und verzweifelt flatternd versuchte, wieder in die Freiheit zu gelangen. Immer wieder blickte die junge Frau sich verstört in der Schwarzen Halle um. Mit offenem Mund starrte sie auf die großen, silbrig glänzenden Turbinen, die ununterbrochen heiße Luft in die Halle schaufelten, um sie zu erwärmen.

Genau wie Bruno war auch Braun ziemlich erstaunt gewesen, als er erfuhr, dass Tara die Schwester von Franka war. Nachdem man das Mädchen mit Tee und Wurstsemmeln versorgt hatte, erzählte sie stockend von der Entführung ihres kleinen Sohnes.

»Ich bin mir fast sicher, dass der Sohn von Laura Neumann das Kind von Tara ist«, schaltete sich Franka in das Gespräch ein, als Tara zu Ende erzählt hatte. Sie ging zu einer der Pinnwände und deutete auf das Foto, das sie von dem Baby gemacht hatten.

»Also, für mich sehen alle Babys gleich aus«, murmelte Braun, nachdem er das Foto mit dem Bild von Taras Sohn verglichen hatte. »Gibt es ein eindeutiges Erkennungsmerkmal, damit wir ihn identifizieren können?«

»Das ist mein Sohn.« Tara schüttelte die schwarze Mähne und schlich auf die Pinnwand zu. Dann tippte sie mit ihrem Finger auf das Foto. »Eine Mutter erkennt ihr Kind.«

»Trotzdem brauchen wir Gewissheit«, gab Braun zu

bedenken. »Verstehen Sie mich nicht falsch, Tara. Aber das Kind ist jetzt in der Fürsorgestelle, da können wir es nicht einfach so abholen. Wir brauchen einen Beweis, dass dieses Baby Ihr Sohn Dimitru ist. Natürlich könnten wir auch auf den DNS-Abgleich warten, nur …«

Er musste den Satz nicht zu Ende sprechen. Alle im Raum wussten, dass so eine Untersuchung Tage dauern konnte.

»Genügt mein Wort denn nicht?«, fragte Tara mit wachsender Verzweiflung. Fragend blickte sie von Braun zu Franka.

»Wir tun alles, was in unserer Macht steht, um dir dein Kind zurückzugeben«, sagte Franka eindringlich. »Wir alle glauben dir. Doch für die Fürsorge brauchen wir einen Beweis.«

»Einen Beweis …«

Genau wie Franka biss sich Tara auf die Nägel, wenn sie nachdachte, und Braun dachte in diesem Moment, dass sich die Schwestern doch ähnlicher waren, als man auf den ersten Blick sah.

»Doch! Es gibt etwas«, rief Tara aufgeregt. »Dimitru hat die Tätowierung von Dogcity.«

»Die haben die anderen Kinder, die von dort gestohlen wurden, auch.«

Tara machte ein trauriges Gesicht. Dann erhellte es sich wieder. »Jetzt weiß ich es! Er hat eine kleine Narbe am Oberschenkel. Da hat ihn einer der streunenden Hunde aus Dogcity gebissen. Das war kurz nach seiner Geburt.«

»Na bitte«, rief Braun.

Er blickte Tara zufrieden an, aber sie stand vor der Pinnwand und starrte auf die Namen, die auf einem der Flipcharts notiert und mit Strichen miteinander verbunden waren.

»Was ist los mit Ihnen? Alles in Ordnung, Tara?«

Sie fuhr mit dem Finger einen Kreis entlang, den Braun um

einen Namen gezogen hatte, der im Zentrum stand. »Viktor Maly. Viktor Maly«, buchstabierte Tara langsam. Plötzlich drehte sie sich zu Braun um. »Ich habe das Grab von Viktor Maly gesehen«, sagte sie mit einem unheilvollen Unterton. »Es liegt auf dem alten Friedhof, direkt neben Sputnix III.«

»Wie bitte?« Braun verschlug es fast die Sprache.

»Erinnerst du dich nicht an die Geschichten der Babička, Franka?«, fuhr Tara unbeeindruckt fort.

»Nein, das ist viel zu lange her.«

In der nächsten Sekunde redete Tara schnell in einer unverständlichen Sprache. Die Worte sprudelten nur so aus ihr heraus, aber es war keine einzige Silbe zu verstehen.

Fragend blickte Braun zu Franka. »Was sagt sie?«

»Ich habe keine Ahnung. Dafür reicht mein Romani nicht mehr.« Franka wandte sich an ihre Schwester. »Versuch Deutsch zu sprechen!«

»Er ist von den Toten auferstanden! Er will sich rächen. Denn auf seinem Grab liegt ein Fluch.«

»Moment, Moment«, mischte Braun sich wieder ein und stellte sich vor Tara. »Sie kennen den Namen Viktor Maly von einem Friedhof?«

»Das ist alles so schrecklich!« Sie hielt sich die Hände an die Ohren und krümmte sich zusammen, als hätte sie Bauchschmerzen. »Ich will doch nur Dimitru wiederhaben.«

Braun tat die junge Frau leid. Tara war verwirrt, die vielen Menschen, die fremde Umgebung und dann die Erkenntnis, dass sie ihren Sohn nicht einfach wieder mitnehmen konnte. Trotzdem, wenn sie Informationen zu Maly hatte, musste er sie hören. Dringend.

Zum Glück hatte Tara sich nach ein paar endlos scheinenden Minuten wieder so weit beruhigt, dass sie auf Brauns Fragen antworten konnte.

»Ich war am Grab von Viktor Maly. Zoran, der Boss von Sputnix III, hat mir aufgetragen, einen Stein auf das Grab zu werfen, dann werde ich meinen Sohn wiederfinden, hat er gesagt. Er hat recht behalten.«

»Was hat das für eine Bedeutung?« Braun konnte sich keinen Reim darauf machen.

»Die Frauen aus Dogcity haben Steine auf Viktor Maly geworfen, nachdem ihn die Clanchefs zum Tode verurteilt hatten. Er hat Tausende Babys gestohlen und dafür kleine Rattenköpfe bei den Familien zurückgelassen. Für diese bösen Taten wurde er bestraft und hingerichtet. Dieses Ritual musste ich wiederholen, um die Geister milde zu stimmen, damit ich meinen Sohn wiederfinde.«

»Aha.« Braun fuhr sich über das Kinn und sah dabei zu Bruno. »Aber endlich erhalten wir einige Antworten auf unsere Fragen. Was die Rattenköpfe zu bedeuten haben, zum Beispiel. Und wir können uns nun ganz sicher sein, dass die adoptierten Babys auch etwas mit den Morden zu tun haben.« Er hielt inne, dachte kurz nach. »Wenn Tara aber das Grab von Viktor Maly gesehen hat, wer ist dann der Mann in der Psychiatrie, der sich Viktor Maly nennt?«

»Vielleicht ist Viktor Maly aus Dogcity gar nicht tot? Vielleicht ist unser Mann hier in Wahrheit der angebliche Tote, auferstanden, um sich zu rächen?« Bruno schob sich die Strickmütze tiefer in die Stirn. »Wäre doch eine Möglichkeit?«

Braun nickte. »Die Hinrichtung könnte damals ja nur vorgetäuscht gewesen sein.«

Bruno ging zu dem Flipchart. »Nehmen wir an, Maly täuscht seinen Tod nur vor und taucht dann unter. Irgendwer kommt ihm auf die Schliche, und er sucht Zuflucht in der Klinik.«

»Klingt logisch«, stimmte Braun zu, »doch warum sollte er jetzt die Mütter töten?«

»Na, das liegt doch auf der Hand.« Bruno zog sich die Strickmütze vom Kopf und schüttelte die grauen Locken. »Er will sich an den Müttern rächen. Es waren ja auch die Roma-Mütter der entführten Babys, die ihn damals töten wollten.«

»Das wäre ein Motiv, stimmt. Es löst aber nicht das Problem, wie er ungesehen aus der Klinik verschwunden ist. Und außerdem: Würdest du dann deinen echten Namen nennen, wenn du um dein Leben fürchtest?«

»Vielleicht hat er wirklich eine Amnesie und kann sich nur noch an seinen Namen erinnern. Er weiß möglicherweise gar nicht, dass er ein gesuchter Verbrecher ist.«

»Aber seine Fingerabdrücke sind nirgends verzeichnet, Jan hat das überprüft. Maly taucht nirgends auf. Es gibt bisher nur dieses Instagram-Bild von ihm und der ermordeten Svenja.«

Bruno war noch nicht überzeugt. »Nach dem Fall des Eisernen Vorhangs kam die gesetzlose Zeit in den ehemaligen sozialistischen Ländern. Da gab es keine Akten und auch keinen funktionierenden Polizeiapparat. Ich nehme an, Maly hatte dort sein eigenes kleines Reich.«

»Wie passen dann die entführten Babys dazu? Und diese Adoptionsagentur Baby4you und Marina Altenberg?« Franka saß neben Tara auf einer Plüschcouch in der Besprechungsinsel und hatte den Arm fürsorglich um die Schulter ihrer Schwester gelegt.

»Marina Altenberg?«, fragte Tara und hob den Kopf.

»Sagt Ihnen der Name was?«, wollte Braun wissen.

»Ja, ich kenne eine Marina Altenberg vom Sozialstützpunkt Social Care in Dogcity.«

»Das kann nur sie sein!«, meinte Franka bestimmt.

»Aber Marina ist nicht böse. Sie hat mir versprochen, dass sie Dimitru suchen wird.« Tara sank immer mehr in sich zusammen und tippte mit ihren löchrigen Turnschuhen auf den Boden.

»Wir wissen noch nicht, welche Rolle Marina Altenberg in dem Ganzen spielt«, sagte Braun mit ruhiger Stimme.

»Was ist mit Bernhard Frey?«, warf Franka plötzlich in die Runde. »Er zählt immer noch zu unseren Hauptverdächtigen. Vielleicht hat auch er ein Verhältnis mit Laura Neumann gehabt? Und wollte sie loswerden?«

»Und warum?« Braun zuckte resigniert mit den Schultern. »Das reicht nicht für ein Motiv, das ist eine bloße Vermutung. Außerdem erscheint mir Robert Frey, der Schwiegervater, viel verdächtiger. Ein widerliches Arschloch, der Typ. Und dann kommt noch der frühere Innenminister Udo Kalkleben ins Spiel, der angeblich in den Fall von Svenja Bergman verwickelt war. Die wiederum für eine NGO in Tschechien gearbeitet hat, die sich um heimatlose Roma kümmerte. Eine nette Truppe.«

Braun wollte noch etwas sagen, doch Tara unterbrach ihn. »Wann kann ich zu meinem Sohn?«

»Wir fahren gleich zum Sozialamt.« Franka legte den Arm um die Schulter ihrer Schwester und schob sie zum Ausgang.

Braun sah den beiden Frauen hinterher, die langsam auf die Tür zugingen, die ins Foyer und zu den Spinden führte. Seit Tara aufgetaucht war, hatte sich Franka verändert, fand er. Sie wirkte selbstbewusster, innerlich gereift, und ihre großen dunklen Augen strahlten, als sie mit ihrer Schwester nach draußen ging. Tara hatte den Kopf an Frankas Schulter gelehnt und wirkte in ihrem langen bunten Rock wie ein verlorenes Kind in einer kalten Welt.

58

Das Amt für Soziales befand sich in einem unübersichtlichen Bürogebäude aus Waschbeton mit ausufernden Terrassen, das direkt an der Donau stand. Nachdem sich Franka einen Überblick über die verwirrend vielen Dienststellen und Zuständigkeiten verschafft hatte, liefen Tara und sie durch düstere Korridore, bis sie endlich vor einer grünen Tür standen. Nachdem sie kurz angeklopft hatte, trat Franka in den Raum.

»Heute keine Sprechstunde«, murmelte eine Frau, die über ein aufgeschlagenes Buch gebeugt war, ohne aufzublicken. Auf einem schmalen Messingschild, das vor dem Computerbildschirm thronte, stand »Rita Wagner« und darunter ein Titel, den Franka noch nie gehört hatte.

»Mordkommission. Inspektor Morgen«, sagte Franka und zückte ihren Ausweis. Sie spürte, wie Tara fest ihre Hand hielt und tief aus- und einatmete.

»Mordkommission?« Die Frau sah hoch und blickte Franka mit großen Augen an. »Wie kann ich Ihnen helfen?«

»Ein Baby wurde vor Kurzem in Ihre Obhut übergeben.« Franka hielt der Frau das Handyfoto von Dimitru entgegen.

»Ach ja, dieser niedliche kleine Junge.« Bei der Erinnerung begann Frau Wagner zu lächeln, und ihr Gesicht wurde merklich hübscher, als es sich entspannte. »Ich erinnere mich. Er hat in einem fort gelacht. Was ist mit ihm?«

»Wir möchten ihn abholen. Das ist seine Mutter.«

Franka schob Tara nach vorn, die sich die Haare zusammengebunden hatte und in den geliehenen Jeans und dem Anorak ihrer Schwester einigermaßen manierlich aussah.

»Dimitru ist mein Sohn«, sagte Tara und nickte ebenfalls.

»Ach, Dimitru heißt der Kleine«, sagte Frau Wagner und klappte das Buch zu, das vor ihr auf dem Tisch lag. »Er ist drüben im Sozialzentrum. Ich rufe gleich mal an.«

Sie wollte nach dem Hörer greifen, doch Franka winkte ab und war schon wieder bei der Tür.

»Nicht nötig. Wir gehen selbst dorthin. Wo ist das bitte?«

»Dritter Stock, dann den Gang entlang und wieder zwei Etagen mit dem Lift nach oben, und ...«

»Würde es Ihnen etwas ausmachen, uns den Weg zu zeigen?« Franka lächelte Frau Wagner so gewinnend wie möglich an, und auch Tara bemühte sich, ein freundliches Gesicht zu machen.

»Aber gern. Es freut mich, wenn ich der Polizei behilflich sein kann«, antwortete Frau Wagner geschäftig und trat mit ihnen in den Korridor. »Ich lese nämlich sehr gerne Kriminalgeschichten, müssen Sie wissen.«

»Aha«, sagte Franka und nickte der Frau unverbindlich zu.

»Was war das eigentlich für ein Mord?«, fragte die Sachbearbeiterin neugierig, während sie die verwinkelten Korridore entlanggingen, die Franka an ein Labyrinth erinnerten. Schon nach wenigen Metern hatte sie vollständig die Orientierung verloren. »Ist der kleine Bub in den Mordfall verwickelt?«

»Tut mir leid, das ist eine laufende Ermittlung. Da darf ich nichts zu sagen.«

»Schade. Aber das verstehe ich natürlich. Es hätte mich nur interessiert.« Frau Wagner lächelte. Offenbar fand sie das Ganze mehr als aufregend.

Schweigend gingen sie weiter, und nach einer endlos langen Zeit erreichten sie endlich das Sozialzentrum. Der Name klang vielversprechend, aber in Wirklichkeit handelte es sich bloß um zwei große Zimmer, die mit einem geblümten Teppich ausgelegt waren. Die Wände waren in einem zarten Gelb gestrichen und sollten wahrscheinlich fröhlich wirken.

»Das ist aber schön hier«, sagte Tara.

Stimmt, für sie ist dieser Raum wie das Paradies, sie kommt ja auch aus einer anderen Welt, dachte Franka. Bei dem Gedanken durchfuhr es sie eiskalt, und sie musste wieder an die unverhohlenen Drohungen denken, die der Mann in Wien ausgestoßen hatte.

»Schau doch, wie gut es diesen Kindern geht.« Tara konnte sich fast nicht mehr einkriegen, so beeindruckt war sie von der Umgebung.

Kleine Jungen und Mädchen hockten auf dem Boden und spielten mit Bauklötzen oder saßen an niedrigen Zeichentischchen. Mehrere Kinderwagen standen an der Wand, in denen Babys friedlich schliefen. Zwei Sozialarbeiterinnen lehnten am Fenster und unterhielten sich leise.

»Ist Ihr kleiner Sohn hier?«, flüsterte Frau Wagner und deutete zu den Kinderwagen.

Langsam ging Tara von einem Wagen zum nächsten, beugte sich lange über jedes Baby und betrachtete es in Ruhe. Als sie alle Kinder in Augenschein genommen hatte, drehte sie sich zu Franka und sah sie ratlos an. »Dimitru ist nicht dabei«, sagte sie mit wachsender Verzweiflung in der Stimme. »Wo ist mein Sohn?«

»Aber das gibt es nicht! Er muss doch hier sein.« Frau Wagner schüttelte ärgerlich den Kopf und trat dann zu den beiden Sozialarbeiterinnen. »Kürzlich wurde ein kleiner

Junge hierhergebracht. Ihr wisst schon, das Baby von dem Mordfall am Pöstlingberg. Wo ist er?«

»Schon die Zweite heute, die nach dem Kind fragt.« Eine der Sozialarbeiterinnen löste sich vom Fenster und kam langsam auf sie zu. Aus der Teetasse in ihrer Hand stieg Dampf auf. »Worum geht's denn?«, fragte sie gelangweilt und betrachtete Franka und Tara von oben bis unten.

»Das ist Inspektor Morgen von der Mordkommission«, antwortete Frau Wagner geschäftig.

»Und das ist die Mutter des Buben. Wo ist er?« Franka deutete auf Tara, trat dann einen Schritt nach vorn und stellte sich direkt vor die Sozialarbeiterin, die gut einen Kopf größer war als sie.

»Das soll die Mutter sein?« Die Sozialarbeiterin schüttelte den Kopf. »Das ist nicht möglich.« Sie drehte sich zu ihrer Kollegin, die noch immer an der Wand lehnte und die Szene beobachtete. »Wie findest du das, Ingrid? Sie sagt, sie wäre die Mutter.«

»Haben Sie damit ein Problem?« Frankas Stimme wurde ein wenig lauter.

»Nein, natürlich nicht«, entschuldigte sich die Sozialarbeiterin beleidigt und blickte betreten zu Boden. »Man hat mir gesagt, dass die Mutter des Jungen tot wäre, deshalb käme er zu den Großeltern.«

»Welchen Großeltern? Ich verstehe das nicht.«

Franka spürte, wie ihr das Blut ins Gesicht schoss. Etwas lief hier komplett falsch, und sie wusste instinktiv, dass sie schnell handeln musste.

»Bevor Sie gekommen sind, wurde das Baby abgeholt. Eine Frau hat den Kleinen mitgenommen, das ist erst wenige Minuten her. Sie müssten ihr noch auf dem Gang begegnet sein.«

»Uns ist niemand entgegengekommen.« Wie auch in dem Irrgarten? »Wie sah die Frau aus?«

»Sie war groß und blond. O mein Gott ... Hoffentlich haben wir keinen Fehler begangen.« Jetzt wurde auch der Sozialarbeiterin sichtlich unwohl. »Sie hat uns dieses Formular dagelassen. Es sieht alles offiziell aus, deswegen haben wir ja auch keinen Zweifel daran gehabt, dass etwas nicht stimmt.«

Sie ging schnell zu einem kleinen Schreibtisch in der Ecke des Raums und nahm ein Blatt Papier von einem Stapel. Franka riss ihr den Brief aus der Hand. Es war ein offizielles Schreiben einer gewissen Doris Neumann, aus dem hervorging, dass Marina Altenberg von Baby4you berechtigt sei, den Jungen abzuholen und zu seiner Großmutter zu bringen. An das Schreiben war ein ausgefülltes und abgestempeltes Formular des Sozialamts geheftet.

»Wo kann die Frau hingegangen sein?« Franka nickte Tara zu, und beide eilten zur Tür. »Denken Sie nach, bitte!«, rief sie der Sozialarbeiterin zu.

»Es gibt so viele Eingänge hier ...« Die Frau rang hilfesuchend die Hände. »Doch nein, ich erinnere mich wieder! Sie hatte ein Ticket für die Tiefgarage dabei. Ich habe ihr ein paar Münzen gewechselt, weil sie kein Kleingeld hatte.«

»Tiefgarage. Wie kommen wir dahin?«

»Mit dem Lift nach ganz unten, dann kommen Sie ins Parkhaus.«

»Vielen Dank!« Franka öffnete die Tür und fasste Tara am Arm. »Marina hat dein Baby gestohlen, Tara, zum zweiten Mal.«

»Aber sie ist doch meine Freundin. Sie wollte das Kind sicher zu mir bringen ...«

»Sei nicht so naiv! Und jetzt spute dich, wir müssen sie einholen.«

Es waren vielleicht drei Minuten vergangen, seit sie in das Sozialzentrum gekommen waren. Drei Minuten, die Marina höchstwahrscheinlich genügt hatten, um mit dem Baby zu entkommen.

Sie rannten durch den Gang, der zum Aufzug für die Tiefgarage führte. Hektisch drückte Franka alle Knöpfe gleichzeitig. Sie klopfte mit den Füßen nervös auf den Boden, während Tara langsam die Wand nach unten rutschte und sich auf den Boden hockte.

»Steh auf!«, herrschte sie Franka an. Sie nahm ihre Hand und zog sie hoch. »Du wirst jetzt nicht aufgeben, verstehst du?«

Der Aufzug kam nicht. Also sah sich Franka um und entdeckte nach wenigen Sekunden eine unauffällige weiße Stahltür, über der das Notausgang-Schild prangte.

»Komm, wir nehmen die Treppe!«

Sie rasten durch das Treppenhaus nach unten, flogen förmlich über die Stufen und erreichten schließlich den Ausgang. Franka riss die Tür auf. Sie erblickte die Ausfahrt aus der Tiefgarage, die vielleicht fünfzig Meter entfernt war.

»Da!«

Sie rannten los, an den geparkten Autos vorbei. Tara strauchelte, fing sich jedoch wieder. Da Franka besser in Form war, setzte sie sich schon nach wenigen Metern ab. Gleich würde sie die Ausfahrt erreicht haben, und dann ...

In diesem Moment schoss ein schwarzer Geländewagen von links zwischen den Autos hervor und donnerte einfach den kleinen Hügel hinauf, der zur Straße führte. Den Ticketautomaten und die rot-weiß gestreifte Schranke ignorierte der Fahrer, und so knallte es ganz gewaltig, als die silberne

Stoßstange gegen den Alubalken krachte und ihn aus der Verankerung riss.

Franka und Tara duckten sich instinktiv. Als Franka wieder aufsah, bog der Wagen schon nach rechts auf die Straße ab, ohne sich um den Verkehr zu scheren, und gab sofort Gas, dass die Reifen quietschten. Die Heckscheibe war verdunkelt, doch Franka erhaschte durch das Beifahrerfenster einen Blick auf die blonde Frau, die den Wagen fuhr. Es war Marina.

»Wir müssen ihr hinterher!«, rief Franka und sprintete los.

Sie raste die Auffahrt hinauf und auf ihren Wagen zu, Tara hielt sich dicht hinter ihr. Als Franka den Zündschlüssel umdrehte, sah sie weit vorn den Geländewagen auf die Stadtautobahn einbiegen. In diesem Moment wusste sie, dass sie so gut wie verloren hatte. Nur Augenblicke später war der schwarze Geländewagen nur noch ein dunkler Punkt in einer grauen Welt, die sich offenbar vollständig gegen sie verschworen hatte.

59

Franka drückte das Gaspedal bis zum Anschlag durch, kam dem Geländewagen aber keinen Meter näher. Mit einer Hand hielt sie das vibrierende Lenkrad, mit der anderen tastete sie in ihrer Handtasche nach dem Handy.

Wo habe ich das Scheißding hingesteckt?, fluchte sie innerlich. Ich muss Verstärkung rufen!

Doch sie konnte ihr Telefon nicht finden, und plötzlich fiel ihr ein, dass sie es auf dem Schreibtisch von Frau Wagner vergessen hatte. Sie hatte der Sozialarbeiterin das Foto von Dimitru gezeigt und dann das Handy nicht mehr eingesteckt. Verdammt!

»Was passiert mit meinem Sohn?« Tara saß mit angezogenen Beinen auf dem Beifahrersitz und starrte nach vorn, als könnte sie den Wagen, der weit vor ihnen über die Autobahn raste, durch bloße Willensanstrengung stoppen. »Wir holen uns Dimitru zurück, nicht wahr?«, vergewisserte sie sich zum hundertsten Mal bei Franka.

»Natürlich tun wir das.« Franka warf ihr einen Seitenblick zu und zwang sich zu einem Lächeln. »Ich muss doch meinen Neffen kennenlernen.«

Die Autobahn verjüngte sich auf eine Spur, doch der Geländewagen vor ihnen verringerte die Geschwindigkeit kein bisschen, sondern scherte rechts auf den Pannenstreifen aus und zog an der Fahrzeugkolonne neben ihm vorbei. Franka folgte ihm, aber die Fahrbahn war so eng, dass sie Schwierigkeiten hatte, den Wagen in der Spur zu halten. Das Auto berührte die Leitplanke rechts und schlitterte funkensprühend daran entlang, ehe Franka es wieder unter Kontrolle bekam. Sie bremste kurz ab und blickte zu Tara, die mit dem Oberkörper vor und zurück wippte und eine Melodie summte.

»Was ist los? Ist dir etwas passiert?«, fragte sie erschrocken.

»Die Erde ist gegen uns«, jammerte Tara. »Das ist eine Warnung. Man darf das Schicksal nicht herausfordern, sagt die Chovihani.«

»Sag mal, spinnst du? Du wirst doch jetzt nicht abergläubisch werden! Da vorn ist der Geländewagen mit deinem Sohn, und bald liegt er in deinen Armen.«

Doch anstelle einer Antwort brachte Tara nur ein Wimmern zustande.

Franka gab Gas und nahm wieder die Verfolgung auf. Der schwarze Geländewagen bog nach rechts und fuhr mit aufheulendem Motor in die Autobahnausfahrt. Franka jagte ihm hinterher. Sie fuhren einen schmalen Zubringer entlang, der einen Berg hinaufführte.

»Sie will Richtung Freistadt«, meinte Franka, als Marina Altenberg im Wagen vor ihr auf die Bundesstraße abbog, und überholte hupend einen Lkw, um nicht den Anschluss zu verlieren. Hinter ihr bremsten die Autos mit quietschenden Reifen ab. »Sie will nach Tschechien verschwinden.«

»Wieso Tschechien? Bringt sie Dimitru zurück nach Dogcity?«

»Das ist doch Blödsinn, Tara! Das glaubst du doch selbst nicht.« Sie sah ihre Schwester zweifelnd an und erklärte dann: »In Tschechien ist Marina in Sicherheit. Wahrscheinlich hat sie dort einige Polizisten auf ihrer Gehaltsliste, die ihr helfen. Wir müssen den Wagen noch vor der Grenze stoppen.«

Die Dämmerung setzte ein, und es begann leicht zu schneien. Neben der Straße war der Boden aufgerissen und schmutzig braun, hier wurde die neue Schnellstraße bis zur tschechischen Grenze gebaut. Am Straßenrand standen die Ruinen von verlassenen Bauernhöfen und kleinen Häusern, die bald dem Erdboden gleichgemacht wurden. Die leeren Fensterhöhlen wirkten wie riesige Augen, die sie unentwegt beobachteten. Franka kam es beinahe so vor, als würden sie durch ein ehemaliges Kriegsgebiet fahren. Es war einfach niederschmetternd. Nirgends waren Arbeiter zu sehen, die riesigen Baumaschinen wirkten wie Ungetüme aus einer prähistorischen Zeit. Ein großer schwarzer Rabe stakste über einen aufgewühlten Acker, und ein majestätischer Hirsch stand in weiter Ferne in einem abgeholzten Wäldchen und starrte regungslos auf die Straße.

»Wenn wir sterben, dann wenigstens in der Heimat«, sagte Tara pessimistisch und blickte durch die Windschutzscheibe auf die rot leuchtenden Rücklichter des schwarzen Geländewagens.

»Du redest Unsinn. Niemand stirbt! Wir holen Dimitru, und dann wird alles gut. Ich bin jetzt für dich da.«

Gern hätte Franka ihrer Schwester gesagt, dass sie in den letzten Jahren oft an sie gedacht hatte, dass sie aber ihre Vergangenheit wie einen alten Mantel abgelegt hatte. Die Angst vor dem Elend und der ewige Hunger in ihrer Kindheit hatten sie einfach alles verdrängen lassen. Einem Impuls folgend griff sie nach Taras Hand und drückte sie fest.

»Wir schaffen das.«

Doch kurz vor Freistadt geschah etwas Unerwartetes. Der Geländewagen fuhr nicht durch den Ort und weiter Richtung tschechische Grenze, sondern bog plötzlich nach links ab und donnerte eine schmale Straße entlang, die durch dicht bewaldetes Gebiet führte. Das Schneetreiben wurde stärker, und Franka konnte sich bald nur noch an den Rücklichtern des Geländewagens orientieren. Mehrmals verlor sie beinahe die Kontrolle über den Wagen, und ihr Adrenalinspiegel stieg in ungeahnte Höhen. Die Bäume rückten näher an die Straße heran, und der Schnee schoss im Scheinwerferlicht wie ein Maschinengewehrfeuer auf sie zu.

Plötzlich blinkten die Rücklichter des Geländewagens auf. Der Wagen wurde abgebremst und fuhr in einen unbefestigten Zufahrtsweg. Im letzten Moment gelang es Franka, ebenfalls die Abbiegung zu nehmen. Sie folgte dem Wagen über die steil ansteigende Piste. Bei einer Biegung verloren sie den Geländewagen aus den Augen, doch als sie um die Kurve schlitterten, erspähte sie ihn wieder vor sich.

Aber Marina Altenberg fuhr nicht mehr. Sie stand mit laufendem Motor mitten auf dem Weg. Franka trat auf die Bremse. Im Scheinwerferlicht vollführten die Schneeflocken einen entfesselten Tanz, und die Äste der schwarzen Fichtenbäume schlugen durch den Wind wie lange, dünne Peitschen auf das Autodach.

Plötzlich bewegte sich linker Hand ein Schatten im Unterholz, und Franka hörte ein Geräusch direkt neben ihrem Wagen. Sie packte Tara im Nacken und drückte sie nach unten.

»Achtung!«, zischte sie und duckte sich ebenfalls. Dann zog sie ihre Waffe und lauschte.

Etwas schabte außen an der Karosserie entlang. Es hörte sich an, als würde mit einer Hand behutsam über den Lack gestrichen. Jemand schlich um das Auto herum, und dieser Jemand würde vermutlich nicht zögern, durch die Scheibe einen Schuss auf sie abzufeuern. Sie musste also schneller sein.

Vorsichtig richtete sie sich auf und spähte nach draußen, die Glock im Anschlag. Franka versuchte etwas in der Dunkelheit zu erkennen und kniff die Augen zusammen.

Dann sah sie plötzlich links von sich einen schemenhaften Schädel und große leere Augen, die sie unverwandt anstarrten.

60

Der Schatten kam rasch näher. Auf Tara wirkte er wie eine schwarze Wolke, die aus den Spalten im Boden emporgestiegen war und sich rasend schnell materialisierte.

»Franjia!«, flüsterte sie entsetzt und griff nach dem Arm ihrer Schwester. »Die Schattenmänner kommen aus dem Mittelpunkt der Welt. Sie wollen uns holen. Es ist alles verloren!«

Ängstlich griff sie nach dem dreieckigen Knochen, den sie an einem Lederband um ihren Hals trug, und umklammerte ihn fest. Erst jetzt bemerkte sie, dass Franjia ihre Waffe gezogen hatte und durch die Scheibe der Fahrertür nach draußen starrte.

»Was ist?«, fragte sie, doch sie schüttelte bloß den Kopf und ließ die Waffe sinken.

»Ein Rehkitz«, stammelte Franjia. »Es ist um unser Auto gestreift.«

Sie beugte sich an Tara vorbei und leuchtete mit einer Taschenlampe in das Dunkel, das sich über den Wagen gelegt hatte. Jetzt sah auch Tara das kleine Reh, das in diesem Moment zurück an den Waldrand sprang und dort neben einem großen Rehkalb stehen blieb. Unverwandt starrte das Tier in den Lichtkegel von Frankas Lampe, auch das Kitz hatte den Kopf erhoben und blickte wie gebannt in den Lichtschein.

Nur wenige Augenblicke zuvor waren die Schattenmänner aus dem heißen Schlund der Erde gestiegen und hatten sich auf den Weg zu ihrem Opfer gemacht. Aber das magische Knochendreieck der Chovihani hatte das Böse gebannt und in etwas Schönes verwandelt. In ein Reh mit einem Kitz. Das war Tara, das war ihr Ebenbild. Alles würde gut werden. Vorsichtig öffnete sie die Tür, wollte aussteigen, um sich bei der Natur für dieses Zeichen zu bedanken, doch ihre Schwester riss sie zurück.

»Bleib im Wagen! Bist du verrückt?«

Tara sank wieder in den Sitz zurück. Als sie den Kopf drehte und zum Waldrand sah, waren das Reh und das Kitz verschwunden.

»Ich sehe mal nach, was bei dem Wagen von Marina los ist«, sagte Franjia. »Du bleibst hier sitzen.«

»Sei vorsichtig! Ich habe Angst um dich.« Sie zog Franjias Kopf zu sich und malte ihr mit dem Daumen ein unsichtbares Zeichen auf die Stirn. »Das wird dich beschützen. Es ist ein magisches Dreieck, das dich vor dem Tod bewahrt.«

»Woher hast du nur diesen Unsinn?« Franjia drückte ihr einen Kuss auf die Wange, zog ihre Waffe und stieg aus dem Wagen.

Tara wartete, bis Franjia einige Schritte entfernt war, dann öffnete auch sie lautlos die Autotür. Erst jetzt fiel ihr auf, wie furchtbar kalt es hier im Wald war. Der Boden war gefroren, und der Wind trieb die Schneeflocken waagrecht auf sie zu, die sie wie winzige Rasierklingen im Gesicht trafen.

Der Geländewagen stand vielleicht zehn Meter von ihrem Auto entfernt. Im Licht der Scheinwerfer sah sie, dass die vorderen Türen geöffnet waren. Mit angehaltenem Atem beobachtete sie Franjia, die im Schatten der Bäume auf den Wagen zuschlich. Der Wind rauschte in den Ästen, und das sonore Knattern des Dieselmotors übertönte fast jedes andere Geräusch.

Aber nur beinahe. Denn aus dem Wagen vor ihnen wehte der Klang eines leisen Wimmerns zu Tara herüber. Es war das Weinen eines kleinen Kindes, ihres Sohnes Dimitru.

61

Mit beiden Händen umklammerte Franka ihre Waffe. Sie war nur noch einige Meter von dem Geländewagen entfernt. Das Weinen kam aus dem Inneren, sie war sich ganz sicher, sie vermutete auf der rechten Seite. Das Baby lag vermutlich im Fond des Wagens, aber von Marina Altenberg war weit und breit nichts zu sehen.

Nur noch ein paar Schritte, dann konnte sie die hintere Tür aufreißen und Dimitru aus dem Auto holen. Dafür musste sie durch das Scheinwerferlicht ihres Wagens laufen. Doch da war sie die perfekte Zielscheibe für einen möglichen Schützen. Sie kniff die Augen zusammen und spähte umher. Die große, blonde Frau war nirgends zu entdecken. War sie in den Wald geflohen? Warum waren die Beifahrer- und die Fahrertür geöffnet? Das wies darauf hin, dass Marina nicht allein war – es war noch jemand bei ihr im Wagen gewesen.

Egal, ich muss es riskieren!, dachte Franka. Sie fühlte sich wie in einer Trainingseinheit auf der Polizeiakademie: das sekundenschnelle Analysieren einer Situation, das Treffen einer Entscheidung, das Fallen der Würfel, die über Leben oder Tod entschieden.

Sie machte einen schnellen Satz nach vorn. Durch das von hinten auf sie strahlende Scheinwerferlicht wurde ihr Schatten riesenhaft über den schwarzen Geländewagen geworfen. Dann riss sie die hintere rechte Wagentür auf, und das Geschrei des Babys wurde lauter, das Rauschen des Windes in den Baumwipfeln intensiver, das Schneetreiben dichter.

Ich muss nur schnell hineingreifen und das Baby nehmen, dachte sie.

Eine Sekunde später hörte sie den Schuss.

Instinktiv ließ sie sich hinter der Wagentür zu Boden fallen. Die Scheibe über ihr splitterte, und die winzigen Scherben rieselten wie Schneekristalle auf sie herab. Sie rollte sich auf den Bauch, zielte mit der Waffe und schoss auf gut Glück unter der Wagentür durch zwischen die Bäume. Sofort erwiderte der im Wald versteckte Schütze das Feuer, und seine Kugel schlug mit einem mürben Zwitschern in die Karosserie des Wagens ein, der unter dem Aufprall leicht vibrierte.

Franka kroch weiter unter den Geländewagen, robbte nach vorn und griff nach einem Ast, den sie seitlich auf den steinhart gefrorenen Weg warf. Sofort peitschten mehrere Schüsse in diese Richtung und wirbelten Dreck und Steine auf. Der Schütze bewegte sich aus der Deckung, um besser zielen zu können. Diesen Moment der Unachtsamkeit nutzte Franka, visierte ihn an und drückte ab.

Der Schuss knallte in ihrem Ohr. Sie hörte einen erstickten Schrei, dann ein lautes Knacken, als der Körper des Schützen ins Unterholz stürzte. Franka zog sich unter dem Wagen hervor und rappelte sich auf. Gebückt schlich sie vorwärts, bis sie plötzlich einen Mann zwischen den Bäumen liegen sah. Er atmete stoßweise und hielt sich die Hand auf die Schulter.

Franka hob gerade seine Pistole auf, als sie hinter sich ein Geräusch hörte. Sie wirbelte herum und sah in das Gesicht von Marina Altenberg. Ihre Züge waren wie aus Stein gemeißelt, und Franka wusste instinktiv, dass die Frau zum Äußersten entschlossen war. Sie hob ihre Waffe, zum Abfeuern bereit, doch dann sah sie mit Entsetzen, dass Marina Altenberg den kleinen Dimitru im Arm hielt.

»Legen Sie die Waffe weg«, zischte Marina Altenberg,

»sonst töte ich den Jungen.« Sie hielt den Lauf einer Pistole an den Kopf des Babys.

»Frau Altenberg«, sagte Franka ruhig und ließ zum Zeichen ihres Entgegenkommens die Waffe sinken. »Sie kommen niemals von hier weg. Das wissen Sie genau. Geben Sie auf, Sie haben keine ...«

»Was soll das werden? Psychologische Kriegsführung? Lächerlich! Meinen Sie wirklich, ich lasse mich von ein paar freundlichen Worten aufhalten?« Marina Altenberg sprach abgehackt. Sie stand unter Stress.

In Frankas Kopf rasten die Gedanken. Ich muss die Situation entschärfen, dachte sie, sonst handelt sie unüberlegt und tötet den Kleinen.

»Sie glauben mir nicht?«

Marina Altenberg hob ihre Waffe und zielte auf den verletzten Mann, der noch immer im Unterholz lag und die Hand auf seine stark blutende Wunde presste. Ohne eine Miene zu verziehen, drückte sie ab und schoss dreimal auf den am Boden Liegenden, der durch die Kugeln zurückgeworfen wurde und sich dann nicht mehr rührte.

»Ich glaube Ihnen.« Franka versuchte, so unaufgeregt wie möglich zu wirken, aber in ihrem Inneren brodelte es, und ihre Nerven waren zum Zerreißen gespannt. Vor ihren Augen war gerade ein Mensch getötet worden. Sie schluckte schwer und wandte sich wieder Marina Altenberg zu. »Ich lege jetzt meine Waffe auf den Boden. Sie geben mir dafür das Kind.«

62

»Marina! Du hast Dimitru gerettet!«

Tara lief mit ausgebreiteten Armen auf die große Frau zu, deren blonde Haare im Licht der Autoscheinwerfer wie Gold glänzten und ihr Gesicht wie die Strahlen einer düsteren Sonne umrahmten.

Marina war eine von den Guten, hatte ihr in Dogcity immer geholfen. Sie konnte einfach nicht glauben, was Franjia erzählte, dass ausgerechnet Marina es war, die ihren kleinen Sohn geraubt hatte. Nein, das musste ein großes Missverständnis sein.

»Tara! Geh zurück in den Wagen!«, hörte sie ihre Schwester schreien, aber sie hatte nur Augen für ihren Sohn.

Hatten ihr nicht die Geister ein Zeichen gegeben? Das Reh mit dem kleinen Kitz, das war kein Zufall gewesen, sondern der Hinweis, dass sie Dimitru bald in die Arme nehmen und alles gut werden würde.

»Gib mir Dimitru zurück.« Tara kam noch näher, verlangsamte jedoch ihre Schritte, je näher sie Marina kam.

»Verschwinde, du dumme Kuh!«, keifte Marina mit verzerrtem Gesicht und trat einen Schritt zur Seite. »Bleib stehen, sonst erschieße ich dich auch.«

»Geh in Deckung!« Franjia brüllte, und ihre Stimme kippte, war nur mehr ein Kreischen. So erlebte Tara ihre Schwester zum ersten Mal. Aber warum machte sich Franjia solche Sorgen? Hatte sie nicht das Reh gesehen? Nein, sie hatte nicht darauf geachtet. Ihre Schwester hatte sich schon lange von ihrer Kultur und den Mythen entfremdet. Doch für Tara hatte alles eine Bedeutung.

Sie blieb im Scheinwerferlicht stehen. Der Wind zerrte an ihren Haaren, und der nasse Schnee glitzerte auf ihnen wie ein dünn gewebter Perlenschleier.

»Marina«, sagte sie, als sie nur wenige Meter vor ihr stehen blieb, so nah, dass sie schon das kleine Gesicht ihres Sohnes sehen konnte. »Du bist doch meine Freundin. Erinnere dich an unsere Tage in Dogcity. Ich war so glücklich an deiner Seite. Und du hast Dimitru vergöttert. Du hast doch sogar Fotos von ihm gemacht. Er hat gelacht. Wir alle haben vor Freude gelacht«

Über Marinas ebenmäßiges Gesicht huschte ein Lächeln, und für einen kurzen Augenblick schien es so, als würde sie sich an die glücklichen Stunden mit Tara erinnern.

»Ich möchte meinen Sohn wiederhaben«, sagte Tara leise. »Bitte.«

Marina würde ihr nichts tun. Sie war eine Freundin. Langsam ging Tara vorwärts, in ihrem Kopf begann leise eine Musik zu spielen. Es knisterte, genau wie die Klänge aus dem Transistorradio, das im Social Care gestanden hatte.

»Bitte«, wiederholte Tara und streckte die Arme aus.

»Du bist so naiv«, zischte Marina und schoss.

Tara erstarrte mitten in der Bewegung. Die Musik in ihrem Kopf hörte auf zu spielen, das Transistorradio und die Sozialstation verschwanden. Sie blickte ungläubig an sich hinab. Die Kugel hatte den Daunenanorak zerfetzt, den Franjia ihr geliehen hatte, und kleine Federn wirbelten durch die Luft. Sie sahen aus wie Schneeflocken, und als Tara die Hand ausstreckte, fühlten sie sich so leicht an wie die Seelen, die dem Schattenmann in sein Reich folgen.

Ihre Blick fiel auf den Boden. Die weißen Federn, die um

sie herum lagen, färbten sich immer schneller rot, und Tara sank langsam in die Knie. Ihre vom Schnee bestäubten Haare flossen wie ein nachtschwarz schimmerndes Tuch über ihre Schultern. Plötzlich wurde sie unendlich traurig. Sie konnte einfach nicht begreifen, dass es Zeit war, nun zu sterben.

63

Der Wind hatte die Wolken auseinandergerissen, die noch immer wie ruhelose Reiterheere über den Himmel zogen. Das kalte Mondlicht leuchtete auf den Weg, leuchtete auf Tara, die mit dem Oberkörper nach vorn in den Schnee gekippt war.

Franka starrte auf ihre Schwester, dann auf Marina, die noch immer die Pistole in der Hand hielt und sich jetzt schnell umdrehte, um mit dem brüllenden Dimitru den Weg weiter nach oben zu laufen. Franka hob die Waffe und visierte die Altenberg an. Sie konnte es schaffen, ihre Gegnerin mit einem einzigen Schuss außer Gefecht zu setzen, trotz der schlechten Sicht und der Schatten, die das Mondlicht warf.

Marina Altenberg rutschte über eine Eisplatte und ließ die Waffe kurz sinken, um das Gleichgewicht zu halten. Diese Chance nutzte Franka und drückte ab.

Der Schuss streifte sie am Bein, und mit einem lauten Schrei ließ sie die Pistole fallen. Sie blieb aber nicht stehen, sondern hinkte weiter und hielt das Baby noch fester in den Armen.

Franka musste eine Entscheidung treffen. Was sollte sie tun? Fürs Erste war es wichtiger, nach Tara zu sehen.

Sie lief zu ihrer Schwester, drehte sie zur Seite. Das Gesicht von Tara war bleich wie der frisch gefallene Schnee, und sie hatte die Augen weit aufgerissen.

»Dimitru? Wo ist Dimitru?«, flüsterte sie.

»Ich bringe ihn zu dir«, sagte Franka, zog ihre Jacke aus und legte sie unter Taras Kopf.

»Bleib ruhig liegen. Es wird alles gut.«

»Das Glück ist auf unserer Seite.« Tara lächelte schwach. »Das hast du gesagt.«

»Genauso ist es. Du musst nur fest daran glauben.« Dann öffnete sie den Anorak von Tara und besah sich die Wunde, aus der immer mehr Blut schoss. Ihre Schwester brauchte schnellstens Hilfe, nur dann konnte sie es schaffen.

Hastig sprang Franka auf, lief zu Marinas Geländewagen und riss die Tür auf. Verzweifelt suchte sie ein Handy, fand es schließlich unter einer aufgeschlagenen Landkarte in der Mittelkonsole. Mit vor Kälte steifen Fingern wählte sie den Notruf und las den Standort vom Navigationssystem ab. Dann konzentrierte sie sich auf das Blut im Schnee, das ihr den Weg zu ihrem Ziel wies. Es wirkte auf dem weißen Hintergrund mit seinen feinen Verästelungen wie ein Stadtplan, ein Nervensystem, das sie zwischen Steinen und Felsbrocken hindurch direkt zu Marina führen würde.

Sie kam rasch voran. In der Ferne konnte sie das Rauschen eines Wasserfalls zwischen den Felsen hören, das wie eine vielstimmige Symphonie bis zu ihr drang. Plötzlich sah sie Marina Altenberg am Rande des Felsplateaus stehen, auf das sie selbst langsam zuging. Unter ihr ging es mindestens zehn Meter in die Tiefe.

»Es ist vorbei!«, rief Franka und kam mit der Waffe im Anschlag langsam auf Marina Altenberg zu. Sie waren nur wenige Meter voneinander entfernt. Sie konnte es schaffen.

»Halt! Bleiben Sie stehen, sonst springe ich mit dem Kind hinunter.«

Franka hielt inne. Sie durfte Dimitrus Leben nicht in Gefahr bringen.

»Sie sind also die berühmte Schwester von Tara«, höhnte Marina Altenberg. »Sie sind ganz anders als sie. Intelligent und modern, nicht so naiv und rückständig. Deshalb wissen Sie auch, welch fürchterliches Leben den kleinen Dimitru in Dogcity erwartet. In Österreich kann ich ihm eine glänzende Zukunft bieten.«

»Aber nicht durch Raub und Mord! Marina, hören Sie mich an. Vielleicht sind Sie unschuldig in die ganze Sache hineingeschlittert. Man kann doch über alles reden«, versuchte Franka die andere zum Aufgeben zu bewegen.

»Halten Sie mich für so dumm? Wenn ich aufgebe, bin ich tot. Man wird mich aus dem Weg räumen, denn ich bin eine potenzielle Gefahr. Verstehen Sie? Das System ist überall! Sie sind wie Kraken. Überall sind ihre langen Tentakel, selbst die Polizei ist vor ihrem Einfluss nicht sicher. Nein, die Situation ist ausweglos.«

»Welche Kraken? Wer sollen die Leute sein, von denen Sie reden?«

Marina Altenberg schüttelte nur den Kopf.

»Sie können als Kronzeugin gegen Ihre Auftraggeber aussagen«, setzte Franka zu einem neuen Versuch an und machte einen weiteren Schritt auf die Frau zu.

»Blödsinn! Sie sind ja noch dämlicher als Ihre Schwester. Wissen Sie eigentlich, dass Tara Pornofilme dreht, um an ein bisschen Geld zu kommen?« Marina Altenbergs Stimme überschlug sich, als sie hasserfüllt weiterredete. »Sie fickt sich durchs Leben, weil sie nichts anderes kann. Der kleine Junge liegt neben dem Bett, während seine Mutter die Beine breit macht. Wollen Sie dieser Frau wirklich das Baby überlassen?«

»Das ... das stimmt nicht! Das würde Tara niemals tun«, rief Franka wütend.

»Du willst es bloß nicht wahrhaben. Wahrscheinlich bist du genauso eine widerliche Roma-Nutte wie deine Schwester!«

Marina Altenberg umfasste mit einem Arm das Baby, das immer noch laut schrie, und trat einen Schritt zurück. Dabei löste sich ein Stein von der Kante des Felsplateaus, und sie blickte irritiert nach unten.

Franka stürmte nach vorn, riss ihr das Kind aus dem Arm und ließ sich dann wieder nach hinten fallen. Sie landete unsanft auf dem Rücken, Dimitru fest an sich gepresst. Obwohl er immer noch wie am Spieß brüllte, war er unverletzt.

Franka richtete sich langsam auf. Von Marina Altenberg war nichts zu sehen. War sie den Felsen hinabgestürzt? Sie zog ihren Pullover aus und wickelte Dimitru vorsichtig darin ein. Die eisige Kälte drang durch ihr dünnes Shirt, und sie hatte das Gefühl, als würden ihr Herz und ihr Verstand gefrieren. Mit zitternden Fingern packte sie Dimitru und legte ihn unter einem in der Nähe stehenden Baum ab. Die Zweige der Tannen waren so dicht bewachsen, dass kein Schnee auf das Baby fiel.

Dann rannte sie zum Felsvorsprung zurück und warf sich auf den Bauch. Langsam schob sie sich über die Kante. Da unten, in nicht einmal einem Meter Entfernung, hing Marina Altenberg und hielt sich mit verzerrtem Gesicht an einer Wurzel fest. Unter ihr tobte der Wasserfall. Franka konnte die spitzen Steine sehen, die aus der weißen Gischt herausragten. Einen Sturz in diese Schlucht würde vermutlich niemand überleben.

Hastig zog Franka den Gürtel aus ihren Jeans und warf das Ende der am Abgrund hängenden Marina Altenberg zu. »Binden Sie sich das Ende um das Handgelenk, dann kann ich Sie hochziehen!«

»Ich schaffe es ja doch nicht«, heulte diese. »Ich kann mich nicht mehr lange halten.«

Der Wind trug das Geräusch eines sich nähernden Helikopters zu Franka. Bald war Hilfe da. Sie musste Marina Altenberg nur so lange festhalten, bis der Hubschrauber gelandet war.

Als sie sich noch weiter nach vorn schob, waren ihre Arme fast völlig taub, aber sie schaffte es mit letzter Anstrengung, das Handgelenk von Marina Altenberg zu erwischen und fest zu umklammern. Doch jetzt hing auch sie gefährlich weit über der Kante und konnte jede Sekunde abstürzen. Das Tosen des Wasserfalls und das Knattern des nahenden Hubschraubers waren ohrenbetäubend. In diesem Lärminferno verstand sie nicht, was Marina ihr sagen wollte. Sie sah nur ihre weit aufgerissenen Augen und den sich immer wieder öffnenden Mund.

Für einen kurzen Moment ging Franka durch den Kopf, dass sie Marina Altenberg einfach loslassen könnte. Im Grunde war diese Frau es nicht wert, gerettet zu werden. Sie war eine kaltblütige Mörderin, die Kinder entführte und Menschen töten ließ, die ihr im Weg waren. Marina Altenberg war in Wahrheit der Bodensatz der Gesellschaft, nicht Tara oder die Menschen aus Dogcity. Es waren Monster wie sie, die aus Gier über Leichen gingen.

Doch dann sah Franka die Panik in den Augen der anderen Frau, die Angst vor dem Tod, die Angst vor dem, was sie auf der anderen Seite erwarten würde.

»Sie schaffen das!«, rief Franka nach unten, doch ihre Worte wurden vom Wind in die Dunkelheit geweht, wo sie sich zwischen den Schneeflocken auflösten und Marina Altenberg nicht mehr erreichten.

Genau in diesem Augenblick lösten sich deren Finger von der Wurzel, an der sie sich bis jetzt festgeklammert hatte. Nun wurde sie nur noch von Franka gehalten, die das Handgelenk von Marina Altenberg fest umkrallte, um nicht loszulassen. Doch unerbittlich rutschte die Hand zwischen ihren Fingern hindurch. Ein letztes Mal trafen sich ihre Blicke.

Dann stürzte Marina Altenberg mit einem lauten Schrei in die Tiefe.

64

Franka rannte neben der Trage durch den langen Korridor der Notaufnahme. Sie hielt die Hand ihrer Schwester, die sich kalt und leblos anfühlte, und dachte an ihre Kindheit.

Seltsamerweise waren es keine düsteren Gedanken. Sie sah sich und Tara in der flirrenden Hitze über eine Wiese auf einen rostigen Wohnwagen zulaufen. Der Anhänger stand in einem Halbkreis mit anderen Trailern, in der Mitte war aus Brettern eine provisorische Bühne aufgebaut, auf der Musiker spielten. Einer von ihnen war ihr Vater, der ihnen fröhlich zuwinkte. Damals, in jenem Sommer, waren sie eine glückliche Familie gewesen. Aber schon nach kurzer Zeit war der Winter eingezogen, und das Leben war wieder härter geworden. Die glühenden Farben des Sommers hatten den blau gefrorenen Eisblumen Platz gemacht, und ihre Eltern hatten keine andere Möglichkeit gesehen, als die beiden Töchter bei der Großmutter, der Babička, zu lassen.

Mit aufeinandergepressten Lippen drückte Franka Taras Hand, doch diese zeigte keine Reaktion. Unter der Sauerstoffmaske sah ihr Gesicht eingefallen und gespenstisch aus. Es schien, als hätte sie alles Blut aus ihrem Körper verloren und ihre Seele wäre bereit für die große Reise.

»Hat sie eine Chance?«, fragte Franka den Arzt, ehe sich die Türen der Intensivstation hinter Tara schlossen.

»Im Augenblick ist sie stabil. Aber sie hat eine Menge Blut verloren und ist stark unterkühlt.«

»Bitte, sie darf nicht sterben!«

»Wir tun unser Bestes.«

Dann war der Arzt verschwunden, und Franka blieb allein im grell erleuchteten Korridor vor den Milchglastüren der Intensivstation.

Sie nahm auf einem der Plastikstühle Platz und versuchte zur Ruhe zu kommen – aber es war zwecklos. Immer wieder stand sie auf, lief umher. Sollte sie zu Dimitru gehen? Der lag nur ein paar Stockwerke über ihr auf der Kinderstation. Ihm gehe es gut, hatte die Kinderärztin gesagt. Um Tara müsste man sich mehr Sorgen machen. Aber brauchte Dimitru nicht auch ein bisschen Zuspruch? Was, wenn es Nachrichten von Tara gab, während Franka ihren Neffen besuchte? Andererseits: Hier war sie zum Nichtstun verdonnert. Was sollte sie machen? Zehn Schritte bis zum Aufzug, zehn Schritte zurück zur Tür der Intensivstation. Immer und immer wieder. Durch dieses mechanische Gehen versuchte sie, die Gedanken in Schach zu halten, die sich immer stärker in den Vordergrund schoben und wie dünne Schlangen bis in ihre Eingeweide züngelten.

Ihr Handy, das ein Polizist vom Sozialamt geholt und ihr vor einer halbe Stunde vorbeigebracht hatte, klingelte. Es war Staatsanwalt Schuster.

»Inspektor Morgen! Gratuliere, Sie haben das Baby aus den Klauen dieser Entführerin gerettet. Ein heldenhafter Einsatz, der auch von höchster Stelle wohlwollend wahrgenommen wird.«

»Danke, Herr Staatsanwalt.«

Franka fühlte sich nicht wohl dabei, wenn Schuster sie persönlich anrief. Er war ihr nicht geheuer. Tara hätte sicher gesagt, er ist ein Mann, der mit gespaltener Zunge spricht – aber Tara hatte auch keine Ahnung vom wirklichen Leben. Da gab es nicht nur Schwarz oder Weiß, sondern unglaublich viele Grauschattierungen.

»Es gibt neue Entwicklungen im Mordfall Laura Neumann. Sie sollen das als Erste erfahren.« Der Staatsanwalt machte eine kurze dramatische Pause.

Franka war überrascht. Sie bekam Informationen, bevor ihr Chef sie erhielt? Was hatte das schon wieder zu bedeuten?

Mit angehaltenem Atem lauschte sie dem Bericht des Staatsanwalts. Als er geendet hatte, sagte sie: »Ich werde natürlich meinen Vorgesetzten darüber informieren.«

»Tun Sie das. Ich konnte Braun leider nicht erreichen. Der Mörder läuft noch immer frei herum, hat vielleicht bereits ein neues Opfer ins Auge gefasst. Deshalb müssen Sie jetzt handeln, Frau Morgen. Es wird sicher nicht zu Ihrem Nachteil sein. Wir brauchen bei der Mordkommission junge Leute wie Sie, die ehrgeizig und intelligent sind.«

»Was ist, wenn der Verdächtige nicht gesteht?« Mit der freien Hand wischte sich Franka über die Stirn. Es war plötzlich unerträglich heiß im Flur der Notfallambulanz, und sie spürte, wie ihre Hand mit dem Handy darin zu zittern begann.

»Sie schaffen das, Frau Inspektor. Ich verlasse mich auf Sie.«

Der Staatsanwalt legte auf, und Franka saß wie betäubt auf ihrem Stuhl. Was sollte sie von Schuster halten? Steckte etwas dahinter, dass er sie auf einmal ins Vertrauen zog, oder hatte er Braun wirklich nicht erreicht? War Gefahr im Verzug, und sie musste handeln?

Eine Weile starrte Franka auf das Handy. Dann wählte sie eine Nummer, die sie seit einiger Zeit nicht mehr angerufen hatte.

»Hallo Papa«, sagte sie leise, als sie die Stimme von Dr. Urs Morgen hörte. »Hast du kurz Zeit? Ich muss dich etwas fragen.«

»Wie schön, dich zu hören. Wie geht es dir, Schatz?«

Ach, es war so gut, die zärtliche Stimme ihres Vaters zu hören, der, anders als ihre Adoptivmutter, immer so viel Verständnis für sie gehabt hatte, obwohl er fast nie zu Hause, sondern ständig für die UNESCO unterwegs gewesen war.

»Ich bin doch von euch adoptiert worden«, begann Franka vorsichtig. »Von wo habt ihr mich? Aus einem Waisenhaus?«

»Ja, so ist es. Warum fragst du?

»Ich will eine ehrliche Antwort. Das musst du mir versprechen, Papa.«

Er zögerte. »Ist alles in Ordnung, Schatz?«

»Wenn du mir die Wahrheit sagst, ja.« Sie atmete einmal tief ein. Dann fragte sie: »Es ist also nicht so, dass ihr mich einem Mann aus Dogcity abgekauft habt?«

»Wo soll das sein, Dogcity? Ich kenne diesen Ort nicht.« Die Stimme ihres Vaters klang zittrig, als müsste er sich zum Reden überwinden. »Warum willst du das wissen?«

»Habt ihr mich jemandem abgekauft?« Frankas Atem ging schneller, und ihr Herz begann zu pochen. »Einem Mann namens Viktor Maly, der in Dogcity Kinder geraubt und sie an reiche Ausländer verkauft hat? Papa, ich will eine ehrliche Antwort.«

Dann endlich bröckelte die beherrschte Fassade, und sie begann hemmungslos zu schluchzen. All die Unsicherheit der letzten Tage, der Druck, die Bedrohung, die Angst vor dem, was kommen würde, brachen mit einem Mal aus ihr heraus, und sie konnte nicht aufhören zu weinen. Auch nicht, als sie wieder die vertraute Stimme ihres Vaters hörte, der inzwischen ein wenig gefasster klang.

Er räusperte sich. »Ja, wir haben einen gewissen Geldbetrag für dich bezahlt, das stimmt. Aber ich kann mich beim besten Willen nicht mehr an den Namen des Mannes erinnern, genauso wenig an den Ort.«

»Das heißt, meine Adoption war illegal«, flüsterte Franka vor Entsetzen. »Dann war alles eine einzige Lüge?«

»Was redest du für einen Unsinn, Franka? Du bist unser Kind und wirst es immer bleiben! Wir haben dich nie belogen. Du wusstest immer, dass du adoptiert wurdest. Wir haben uns im ersten Moment in dich verliebt. Du warst so ein ruhiges und hübsches Kind. Deshalb haben wir auch bezahlt, ohne darüber nachzudenken. Wir würden das jederzeit wieder tun!«

»Ist gut, Papa. Ich muss jetzt aufhören«, sagte sie resigniert. Sie wusste, es ergab keinen Sinn, die Angelegenheit am Telefon zu besprechen. Außerdem hatte sie erfahren, was sie hatte wissen wollen. Auch sie war aus Dogcity verkauft worden. Ihr Blick fiel auf die verblichene Tätowierung auf ihrem Handrücken. Wenn man nicht genau hinsah, konnte man es für einen Leberfleck halten.

»Besuch uns bald wieder, Schatz«, sagte ihr Vater. »Deine Mutter freut sich sicher, wenn sie ihre erfolgreiche Tochter wieder einmal sieht.«

»Ja, das mache ich.«

Mit dem Ärmel wischte sich Franka die Tränen aus dem Gesicht und starrte wieder auf die Milchglasscheiben, die den Flur von den Operationssälen der Notfallstation trennte. Als sie dahinter einen verschwommenen Schatten auftauchen sah, sprang sie schnell auf. Die Türen öffneten sich, und ein Arzt trat heraus. Er schob sich den Mundschutz über das Kinn nach unten und atmete tief durch.

»Unglaublich«, murmelte er und schüttelte den Kopf. »Die Kugel ist knapp oberhalb des Herzens stecken geblieben. Ihre Schwester hat verdammtes Glück gehabt. Sie wird überleben.« Er blickte auf seinen Pager. »Tut mir leid, aber ein dringender Notfall«, sagte er entschuldigend und hastete davon.

»Wann kann ich zu ihr?«, rief ihm Franka hinterher.

»Sie liegt im künstlichen Koma. Wir melden uns bei Ihnen!«

Todmüde und völlig erschöpft setzte sich Franka ins Auto und fuhr los. Sie wollte zurück in die Mordkommission, ihre Waffe für die ballistische Untersuchung abgeben und den Papierkram erledigen.

Ihr Handy klingelte. Wieder eine SMS von anonymem Absender. Sie fuhr an den Straßenrand und las mit versteinerter Miene, was man ihr geschrieben hatte: *Sorgen Sie dafür, dass der richtige Mörder gefasst wird und ein Geständnis ablegt, das er nicht widerrufen kann. Es muss eine endgültige Lösung sein. Denken Sie immer daran, Sie sind ein Rattenkind!*

Franka wurde übel. Ihre Schwester kämpfte um ihr Leben. Der Staatsanwalt stellte ihr eine Karriere in Aussicht, wenn sie ihm zuarbeitete. Man wollte sie bestechen und setzte sie massiv unter Druck. Alles, woran sie geglaubt hatte, war plötzlich wertlos. Ehrlichkeit, Loyalität zu ihrem Chef, Vertrauen zu ihrem Team, zu ihrer Familie ... War es nicht einfacher, man gab einfach nach und hatte seine Ruhe? Verschloss die Augen und kletterte die Karriereleiter nach oben? Mit der Zeit vergaß man alles, so war das doch manchmal im Leben. Vielleicht sogar seine eigenen Werte.

Sie fuhr nicht in die Schwarze Halle. Ihr Ziel befand sich an einem anderen Ort in Linz.

Als sie dort ankam, stellte sie den Motor ab und blieb regungslos sitzen. Erst nach ein paar Minuten zog sie die Waffe und zählte die Patronen. Die Person, die hier wohnte, in dem Haus, vor dem sie stand, hatte Amelie und Laura ermordet. Dafür gab es zwar Indizien – die würden für eine

Verurteilung aber nicht ausreichen. Es gab zu viele Ungereimtheiten. Deshalb benötigte sie ein Geständnis. Eines, das nicht widerrufen werden konnte. Das hatten man ihr eindringlich gesagt.

Die Entscheidung war im Grunde ganz einfach.

65

Der Wind strich über die hauchdünnen Stahldrähte, die durch die Schwingungen einen schneidend scharfen Ton erzeugten. Die Terrassentür stand einen Spaltbreit offen. Durch die Scheibe wirkte das eintönig graue Wohnzimmer wie die Verlängerung des farblosen Himmels.

Mit seinem Fuß schob Braun die Terrassentür weiter auf. Seine Gedanken wanderten unstet umher – er war nicht konzentriert, obwohl er es besser sein sollte. Aber im Augenblick überschlugen sich die Ereignisse. Bruno war mit dem Einsatzteam in die Nähe von Freistadt geflogen, um vor Ort zu rekonstruieren, wie Marina Altenberg den Wasserfall hinuntergefallen war. Ihre Leiche hatten sie noch nicht geborgen. Was war passiert? Er hatte versucht, Franka zu erreichen, aber es war besetzt gewesen. Dann hatte ihn der Gerichtsmediziner Paul Adrian angerufen, um ihm mitzuteilen, dass es neue Spuren im Mordfall Laura Neumann gab.

Braun war daher zum Haus von Bernhard Frey gefahren, um ihn mit den Ergebnissen zu konfrontieren, die Anthea, die DNS-Expertin aus der Gerichtsmedizin, ermittelt hatte. Er wollte Frey vor der Spurensicherung und dem Staatsanwalt befragen, in aller Ruhe. Einfach ein normales Gespräch mit ihm führen, kein strenges Verhör, nur reden.

Aber als er vor dem Haus parkte, fielen ihm auf den ersten Blick zwei Dinge auf: Das Garagentor zu Freys Atelier war verschlossen, und der Zen-Garten war wieder instandgesetzt, der weiße Kies frisch geharkt.

Nach mehrmaligem vergeblichen Läuten lief Braun rund um das Haus und entdeckte die offene Tür. »Frey, sind Sie da?«

Keine Antwort, nur das dünne Sirren der Stahldrähte, das nach wie vor in der Luft summte, ansonsten war nichts zu hören. Ob Frey in seinem Atelier arbeitete und nicht gestört werden wollte? Vielleicht hatte er den freien Fall, in dem er sich seit Tagen befunden hatte, gestoppt. War es ihm gelungen, die Reißleine zu ziehen und seinen Absturz in eine sanfte Landung zu verwandeln? Oder war er doch der Killer ohne jedes Fünkchen Mitleid, der einfach wieder zur Tagesordnung überging?

Während Braun darüber nachdachte, ging er vom Wohnzimmer durch den Küchenbereich in einen Flur, von dem aus eine Tür in das Atelier führte, wie er sich vage erinnern konnte. Als er die Tür öffnete, schlug ihm grauer Staub entgegen, der vom Gebläse eines elektrischen Heizstrahlers aufgewirbelt wurde und sich wie eine dünne Decke auf Brauns Kopf und Schultern legte.

»Frey! Ich muss mit Ihnen sprechen«, rief er in die dämmrige Stimmung des Raums hinein.

Das Atelier sah noch genauso aus wie bei seinem letzten Besuch. Überall lagen die zerstörten Skulpturen und zerborstenen Steine herum. Das einzige unbeschädigte Objekt waren die »Hängenden Gärten« an ihren hauchdünnen Stahlseilen, die von der Decke baumelten.

Braun schaltete das Gebläse aus, und der Staub legte sich. Aus dem Augenwinkel sah er dunkelrote Farbe, die unter einer Steinplatte hervorgelaufen war. Das konnte nur Blut sein.

Er zog die Waffe aus dem Holster und entsicherte. Dann ging er bis zur rückwärtigen Wand, wo die große Steinplatte umgekippt war. Erst jetzt entdeckte Braun darunter die menschlichen Überreste von Bernhard Frey, obwohl nicht mehr viel von ihm übrig geblieben war. Die tonnenschwere Steinplatte hatte beinahe den ganzen Körper zerschmettert, nur der obere Teil von Freys Schädel ragte unter der Platte hervor. Er sah aus wie eine zerborstene Melone, denn durch den Druck war die Schädeldecke aufgeplatzt und Teile des Gehirns waren ausgetreten. Die graue Masse hatte sich mit dem dunkelroten geronnenen Blut vermischt und einen zähflüssigen Brei gebildet, der wie ein Heiligenschein um den Kopf der Leiche ausgebreitet war. Es wirkte wie eine absurde Installation mit dem toten Künstler im Mittelpunkt.

Unfall oder Mord?, überlegte Braun und betrachtete die Steinplatte, die anscheinend von den hölzernen Trägern gerutscht war, die sie aufrecht hatten stehen lassen. Er zückte sein Handy, um Spurensicherung und Gerichtsmedizin zu benachrichtigen.

Gerade, als er auf die grüne Taste drücken wollte, hörte er ein Geräusch aus dem Flur. Er schnellte hoch und schlich vorsichtig auf die Tür zu, die in die Wohnung führte. Wieder hörte er das Geräusch – es war ein lautes Atmen, gepresst, verletzlich, panisch. Das Atmen eines Menschen, der gerade etwas Schreckliches erlebt hatte.

Braun zählte bis drei und stieß dann mit dem Ellbogen die Tür auf, die Glock im Anschlag. Der Flur in seinem unbestimmten Grau lag einsam vor ihm, aber das Atmen wurde lauter. Es kam aus einem Nebenraum. Vorsichtig schob sich Braun an der Wand entlang und sprang dann breitbeinig in die Türöffnung, den Finger am Abzug, bereit, sofort abzudrücken.

»Polizei! Legen Sie sich flach auf den …«

Er wollte noch etwas sagen, doch die am Boden kauernde

Person schob bereits ihre Waffe über den grauen Beton, streckte die Handflächen zu Braun aus und hob den Kopf.

»Ich habe ihn nicht umgebracht«, keuchte Franka, und Braun war so sprachlos, dass er sich am Türrahmen festhalten musste, um nicht neben seiner Kollegin auf den Boden zu sinken.

»Scheiße! Was machst du hier?«, fragte er und bemühte sich, den Schock zu verbergen.

Als er sich etwas gesammelt hatte, steckte er seine Waffe ein und lehnte sich an die Wand. »Ich will alles wissen. Und versuch ja nicht, mich zu verarschen. Dass du etwas vor mir verbirgst, weiß ich schon seit Tagen.«

Franka atmete tief durch. Dann begann sie zu erzählen. Von Schuster und seinen Versuchen, sie für seine Sache zu gewinnen. Von den Einschüchterungen am Telefon. Von der Moto Guzzi, die immer noch im Lager der *Oase* stand, sogar von der Angst, die sie davon abhielt, in ihrer eigenen Wohnung zu übernachten. Sie berichtete von Tara, von Dimitru, zeigte Braun ihre eigene Tätowierung auf dem Handrücken, und sie machte erst eine Pause, als sie ihm geschildert hatte, wie Marina Altenberg ums Leben gekommen war.

»Sie hat die Kinder gestohlen. Sie hat sie nach Österreich gebracht und an reiche Leute verkauft. Leute wie meine Eltern.«

Braun schluckte. Er empfand einen grenzenlosen Hass auf diese sogenannten besseren Kreise, die ihre Macht ausspielten, die ihre eigenen Gesetze machten und die glaubten, mit Geld alles kaufen zu können. Menschen wie Robert Frey und Marina Altenberg, die mit den Hoffnungen und Ängsten der anderen spielten. Die arme Leute in Tschechien um ihre Kinder brachten und sie verzweifelten Paaren in Österreich verkauften, deren Kinderwunsch unerfüllt geblieben war. Solche

Menschen waren wie Parasiten, die sich überall einnisteten und für ein bisschen Profit über Leichen gingen. Sie waren gierig und rücksichtslos. Und jetzt wollten sie seine beste Polizistin auf ihre Seite ziehen.

»Hast du Frey getötet?«, fragte er müde.

»Ich wollte nur mit ihm reden …«

»Hast du ihn umgebracht?«, fragte er erneut, diesmal lauter.

»Nein, verdammt noch mal! Nein. Nein. Nein. Er war bereits tot, als ich ins Haus gekommen bin. Ich wollte versuchen, ihn zu einem Geständnis zu bewegen. Das …« Sie zögerte. »Das hat man doch von mir erwartet.« Plötzlich standen Franka die Tränen in den Augen. »Und dann habe ich ihn da liegen gesehen. Von der Steinplatte zerschmettert.«

»Wieso musste Frey der Täter sein?«, fragte Braun, der noch nicht alles begriffen hatte.

»Es geht um Viktor Maly, glaube ich.«

»Was?«

»Immer wieder wurde mir gesagt, dass ich die Ermittlungen so steuern soll, dass Maly nicht länger verdächtigt wird.«

Braun schwieg, war wütend, spürte für den Moment die eigene Machtlosigkeit. Dieser geheime Clan hielt seine Hand schützend über Viktor Maly? Was ging hier vor? Wer wollte verhindern, dass sich die Polizei mit ihm beschäftigte?

»Was mache ich jetzt? Man wird denken, ich hätte Frey ermordet«, stammelte Franka. »Man wird mich aus dem Polizeidienst entlassen!«

»Niemand muss erfahren, dass du hier warst«, sagte Braun leise, der plötzlich wusste, was zu tun war. Auch wenn Franka kurz ins Straucheln geraten war, er würde sie nicht im Stich lassen. »Du setzt dich ins Auto und verschwindest. Am besten du fährst wieder ins Spital zu deiner Schwester. Dann hast du ein Alibi. Wie lange bist du schon weg?«

Franka sah verwirrt auf ihre Armbanduhr. »Etwa zwanzig Minuten.«

»Gut. Keiner wird sich daran erinnern, dass du kurz weg warst. Ich bleibe hier und alarmiere Spurensicherung und Gerichtsmedizin.«

Franka sah ihn lange an. »Danke, Braun.«

Er nickte. »Schon gut.«

»Bin ich eine schlechte Polizistin?«, fragte sie, und ihre Stimme zitterte.

»Nein. Du bist eine sehr gute Polizistin. Wichtig ist nur, dass man weiß, auf welcher Seite man steht.«

»Stehe ich noch auf der richtigen Seite?«

»Absolut, Franka.« Braun legte seinen Arm um ihre Schultern und strich ihr mit der anderen sanft über die Haare. »Und jetzt verschwinde, sonst kann ich nichts mehr für dich tun.«

66

Oktober 1991
Der Bankier hatte am Wochenende Geburtstag, und wir sind von Linz aus in den Böhmerwald gefahren. Habe ihm zu Ehren eine Jagd organisiert. Wir sind mit drei Geländewagen unterwegs gewesen, weit weg von der Zivilisation oder der Polizei, dorthin, wo ich das Sagen habe.

Bei einem heruntergekommenen Gutshof haben wir unser Lager aufgeschlagen. Die Treiber haben Bluthunde organisiert. Der Bankier hat mir stolz seine nagelneue Büchse gezeigt. Er hat mich ununterbrochen gefragt, ob es hier überhaupt Wildschweine geben würde. Ich habe nichts gesagt. Was für ein Spaß! Einer der Treiber hat mit seinem Horn das Zeichen gegeben, und die Hunde haben angefangen zu bellen.

Plötzlich ist eine Gestalt über die Lichtung geirrt. Der Bankier hat seinen Feldstecher hochgerissen. »Ein Mädchen!«, hat er geschrien.

Der Minister und ich haben laut gelacht. Die Überraschung war gelungen! Immer mehr Mädchen wurden von den Treibern auf die Lichtung gejagt, sie waren jung, hübsch und nackt und zitterten vor Angst. Mann, hat das geil gemacht.

»Na los!«, haben wir den Bankier angefeuert. Ganz verdattert hat er seine Büchse hochgerissen und einen Schuss abgefeuert.

Die jungen Dinger haben auf einmal zu laufen begonnen. Ihre kleinen Titten sind auf und nieder gewippt. Die schwar-

zen Haare haben geflattert. Gekreischt haben sie wie die jungen Ferkel, und wie die Hasen haben sie versucht Haken zu schlagen, um den Schüssen zu entgehen. Umsonst natürlich. Besoffen vom Schnaps und aufgegeilt vom nackten Fleisch, sind wir ihnen hinterhergelaufen, um sie lebend zu fangen.

Ach ja, die Richterin. Die ist einfach stehen geblieben und hat mit dem Zielfernrohr ein Mädchen anvisiert. Dann hat sie einen einzigen Schuss abgegeben. »Blattschuss«, hat sie ungerührt gesagt. Eines der Mädchen ist im hüfthohen Gras verschwunden. Die anderen sind in den Wald gerannt.

Ich bin zu dem Mädchen im Gras gegangen. Es war tatsächlich tot. Die anderen vom Club hat das erst richtig heißgemacht, aber ich musste ja den Dreck wegräumen. So war das nicht geplant. Doch ich habe gute Miene zum bösen Spiel gemacht. Wir haben uns immer höher geschaukelt. Jeder wollte jetzt ein Mädchen erlegen.

Der Bankier hat einen Bluthund auf die jungen Dinger gehetzt. Die hatten sich an den Ästen schon verletzt, ihre Fußsohlen waren auch blutig. Es war nicht sonderlich schwierig, ihnen zu folgen.

Als die Sonne im Mittag stand, haben wir Pause gemacht, Champagner getrunken und die Beute gezählt. Zwei Mädchen waren tot, drei hatten wir erwischt. Die haben gefesselt in der Wiese gelegen, für die Versteigerung am Abend.

Zwei der Mädchen hatten sich noch irgendwo im Gebüsch versteckt. Wir haben noch mehr Schnaps getrunken. Dann bin ich mit dem Bankier und dem Minister auf die Suche gegangen. Die blutigen Spuren haben uns schnell in die richtige Richtung geführt. Wahrscheinlich hatte eines der Mädchen einen Streifschuss abbekommen. Für die Versteigerung war sie damit nicht mehr zu gebrauchen.

An einem schmalen Wasserlauf bin ich ihnen begegnet. Sie

sind nackt durch das Wasser gekrochen, um ihre Spuren zu verwischen. Sie haben mich gesehen und gebettelt. Aber ich bin Geschäftsmann. Der Minister war hinter mir und wollte schon mit seinem Gewehr anlegen. Aber ich konnte nicht noch mehr Tote gebrauchen, wohin denn damit?

»Zumindest eine brauchen wir für die Versteigerung«, habe ich gesagt. Aber in diesem Augenblick war ich nur noch Luft für den Wichser. Der Bankier wollte eine von ihnen sofort ohne Gummi ficken. Ich habe ihm wegen möglicher Krankheiten davon abgeraten. Das hat ihn so wütend gemacht, dass er es ihr mit dem Gewehrlauf besorgt hat. Ich musste sie zurückschleppen, konnte sie so ja nicht liegen lassen.

Langsam begreife ich die Denkweise der Reichen. Vielleicht weil ich jetzt selbst reich bin. Sie raffen Geld an sich und töten, weil sie über dem Gesetz stehen. Besser: Sie sind das Gesetz. Es ist eine eigene Welt. So will ich sein.

Der Abend hat mit der Versteigerung geendet, alle waren guter Dinge. Sonst keine besonderen Vorkommnisse.

67

Das Leben ist ein sich ständig vorwärts bewegender Fluss, eine breite, träge fließende Wasserstraße, deren schwarze Wellen von Zeit zu Zeit an die Kaimauern der Zeit schwappen. Entlang dieses Flusslaufes setzen wir unsere Leuchttürme aus Erinnerungen, deren geheimnisvolles Licht uns zeigt, woher wir kommen. Fällt einer dieser Leuchttürme in sich zusammen, so reicht die Erinnerung nur bis zu einem bestimmten Punkt. Wie bei mir, denn Personen kann ich nach wie vor nicht zuordnen. Sie tauchen aus dem Nichts auf und verschwinden wieder in der Monotonie der verrinnenden Zeit.

Es geschieht wieder. Ein Pfleger, den ich noch nie gesehen habe, tritt über die Türschwelle. Er trägt den Stoß Wäsche wie einen schützenden Schild vor sich, seine Miene ist undurchdringlich. Gilbert rast wie verrückt in seinem Käfig umher, schlägt panisch an die Gitterstäbe und huscht dann in den Pappunterstand, den ich ihm gebastelt habe. Er hat Angst.

Es klingt vielleicht paradox, aber ich weiß, dass mit dem Mann etwas nicht stimmt, obwohl ich ihn noch nie gesehen habe. Schwungvoll wirft der Pfleger die Wäsche auf den Tisch. Er spricht dabei kein Wort, sondern sieht mich nur bedeutungsvoll an, so als würden wir uns mit einem geheimen Blickcode verständigen. Er hat den breiten Oberkörper eines Ringers, das weiße Poloshirt spannt um die Brust. Mit einer großen Hand streicht er über die ordentlich gefalteten weißen Handtücher, die in einem Stapel auf der Tischplatte liegen, und dreht sich dann um.

In diesem Moment weiß ich es. Er hat eine auffällige Tätowierung an der Innenseite des Unterarms. Es ist eine Krake, die ihre Arme gierig in alle Richtungen streckt. Es ist unmöglich, dieser Krake zu entkommen. Auch ich habe es versucht.

Die Tätowierung erinnert mich an eine rasende Fahrt durch grüne Wälder, hektisches Laufen über verkarstete sturmumtoste Hochebenen, an eiskalte Bäche, die ich durchqueren musste, um die Hunde und Jäger im Dienste der Krake abzuschütteln. Ich erinnere mich an den Viehwaggon, in dem ich versteckt zwischen quiekenden Schweinen ausharrte, während draußen die Geländewagen der Krakenmänner hektisch umherfuhren, um mich zu finden.

Der Pfleger lächelt, als hätte er meine Gedanken erraten. Er weiß, dass ich es weiß. Er dreht sich um, nimmt einen Stuhl und klemmt ihn unter die Türklinke. Dann wendet er sich wieder mir zu.

Ich springe aus dem Bett, hechte nach vorn und schlage dem Mann blitzschnell mit der Handkante gegen die Niere. Der Schlag hinterlässt keine Spuren und ist deshalb nicht nachweisbar. Mit einem leisen Stöhnen krümmt er sich zusammen. Ich nehme mir ein Handtuch vom Stapel und drehe es zu einer kompakten Waffe zusammen.

»Wer schickt Sie?«, frage ich so leise wie möglich. »Warum verfolgen Sie mich?«

Er gibt keine Antwort, sondern blickt angstvoll zur Tür und drückt sich die Hand an die Seite.

»Die Krakenmänner haben Sie beauftragt. Geben Sie es zu!«

Von draußen wird an der Klinke gerüttelt. »Viktor, was ist

los? Öffnen Sie!« Es ist Karen, die mehrmals gegen die Tür klopft. »Viktor, machen Sie sofort die Tür auf! Chefinspektor Braun ist hier und will mit Ihnen reden.«

Der Pfleger stiert mich mit großen Augen an, auf seiner Glatze sehe ich Schweißperlen, die langsam über seine Augenbrauen tropfen und in den Furchen seiner Wangen wie schmale Rinnsale versickern.

»Kein Problem, Karen, ich bin gleich so weit«, rufe ich und schiebe mit dem Fuß den Stuhl zur Seite. »Kein Wort zu niemandem!«, zische ich dem Pfleger zu, der aufgestanden ist und sich an der Wand entlangdrückt.

Die Tür fliegt auf. »Warum haben Sie sich eingeschlossen?«

»Ich werde verfolgt.«

»Das ist doch Unsinn!«

Karen übersieht den Pfleger, der mit gesenktem Kopf schnell nach draußen geht und aus meinem Bewusstsein verschwindet, so wie die Dörfer entlang des Ufers vorbeirauschen, wenn unser Schiff Fahrt aufnimmt.

Hinter Karen taucht Braun auf, der mitgenommen aussieht. Seine Haut ist grau, und die Falten auf seiner Stirn sind tief. Wahrscheinlich schläft er nur an der Oberfläche, wird von jedem Geräusch aus diesem Dösen gerissen, und es dauert lange, bis er seine Ruhe wiedergefunden hat.

Karen hat mich gefragt, ob ich Braun noch mal sehen will, nach all den Vorfällen. Sie ist strikt dagegen, aber ich bin dafür. Ich muss mir über seine Beweggründe klar werden. Was treibt ihn an? Auf welcher Seite steht er? Noch immer kann ich ihn nicht richtig einordnen.

»Braun will Sie noch ein paar Sachen fragen. Diesmal interessiert er sich für Dinge, die mit Ihrer Vergangenheit zu tun haben.«

Sofort beginnt er mir Fragen zu stellen, die weit in das Dunkel hineinbohren. Er geht vor wie ein Minenarbeiter, der glaubt, eine Goldgrube entdeckt zu haben, und jetzt immer tiefer gräbt, um endlich den Schatz zu heben, der ihn reich macht. Doch was passiert, wenn Braun mit meinen Antworten nichts anfangen kann?

»Vor zwanzig Jahren hat in einem Roma-Slum in Osttschechien ein Mann kleine Babys geraubt und an deren Stelle Rattenschädel zurückgelassen. Der Ort heißt Dogcity. Haben Sie davon schon einmal gehört?«

Brauns Worte klingen seltsam bekannt in meinem Ohr. Es ist, als ob ich auf einem Speicher eine Kiste fände und öffnete. Ich entdecke Dinge, die mir vertraut sind, doch gleichzeitig sind sie mir so fremd, als würden sie nichts mit mir zu tun haben.

»Warum gibt es keine Aufzeichnungen über Sie? Sie sind ein Mann ohne Vergangenheit.«

Ich zucke mit den Schultern. »Ich weiß nur, dass ich in dieser Klinik aufgewacht bin. Ich fühlte mich von Beginn an sicher hier.« Ich drehe mich zu Karen. »Bin ich hier sicher?«

»Ja, Sie brauchen keine Angst zu haben.«

Wenn ich an den Mann mit der Krakentätowierung denke, bin ich gewillt, an etwas anderes zu glauben ...

»Der Mann, der vor zwanzig Jahren die Kinder geraubt hat, hieß genauso wie Sie. Viktor Maly«, sagt Braun.

»Nun, der Name ist keine Seltenheit«, erwidere ich.

»Aber die Verbindung mit den Rattenschädeln von damals und den Morden von heute ist kein Zufall.«

»Fragen Sie doch diesen Viktor Maly. Vielleicht kann er Ihnen Auskunft geben.«

»Dieser Viktor Maly ist tot.«

Er wirkt verärgert. Schön.

»Oh, das ist also eine Sackgasse. Bin ich der einzige lebende Viktor Maly, den Sie kennen?«

»Sie nennen sich nur so. Ihre Biografie wurde gelöscht.«

»Hier drinnen.« Ich tippe mir an den Kopf.

»Auch im wirklichen Leben.«

»Ah.«

Ich habe die Ahnung, dass er recht haben könnte.

»Es gibt Personen, die nicht wollen, dass ich gegen Sie ermittle«, sagt Braun. »Aber das ist mir scheißegal.«

Er kramt ein Blatt Papier hervor. Es ist eine Liste mit Namen. Wütend legt er sie auf den Tisch. Ich werfe einen schnellen Blick darauf. Es sind alles Vornamen, manche sind echt, so wie der von Laura, andere sind reine Fantasienamen. Wie Mariusz. Niemand fragt nach der Wirklichkeit, alles ist ein Spiel.

Braun tippt auf den Namen. »Waren Sie als Mariusz in dieser Selbsthilfegruppe?«

»Nein.«

Dann geht es Schlag auf Schlag. Braun lässt mir keine Zeit zum Atemholen. Er will mich in die Defensive zwingen, knallt zwei Fotos auf den Tisch, packt grob meinen Arm und befördert mich unsanft auf den Stuhl.

»Haben Sie die beiden Frauen getötet?«, fragt er drohend, und als Karen eingreifen will, hält er sie mit dem anderen Arm zurück. »Ich will jetzt eine Antwort! Was bedeuten diese Botschaften, die Sie uns gegeben haben?«

»Ich weiß es nicht«, gebe ich gelassen zur Antwort.

»Aber Sie haben Laura gekannt. Am Tatort sagten Sie, die Tote hieße Laura. Und Sie hatten recht!«

»Ich kann mich nicht mehr daran erinnern.«

Die arme Laura. Sie war so glücklich. Ich hüte mich, ihren

Namen noch mal auszusprechen. Jetzt sind meine Verfolger schon ganz nahe. Sie suchen mich fieberhaft.

»Wie? Sie wissen nicht mehr, ob Sie einer jungen Mutter beinahe den Kopf abgeschnitten haben und eine andere mit einem Draht erdrosselten?« Braun lachte zynisch auf. »Sie haben uns beide Male an den Tatort geführt. Beim zweiten Mal konnten Sie sich sogar an den Namen des Opfers erinnern. Selbst die Situation kam Ihnen laut eigener Aussage bekannt vor.«

Braun ist außer sich und dem roten Bereich bereits gefährlich nahe, wenn man dieses Bild bemühen darf. Gleich wird er von Svenja zu erzählen anfangen und mich nach dem Rosenkranz fragen. Er liegt immer noch unter meinem Kopfkissen. Ich spüre, dass wir so nicht weiterkommen, deshalb werde ich mich auf Brauns Schwachstelle konzentrieren.

»Denken Sie manchmal an die beiden toten Drogendealer, die Ihren Sohn so aus der Spur gebracht haben? Oder wissen Sie das nicht mehr? Haben Sie verdrängt, dass Sie ein schlechter Vater sind?«

Braun sinkt in sich zusammen und lässt schlagartig von mir ab. Ich muss gestehen, dass ich mit dieser Reaktion nicht gerechnet habe. Langsam hebt er den Kopf, sieht mich an, und an dem Blick aus seinen braunen Augen erkenne ich, dass er leidet wie ein Hund.

»Ich kriege Sie. Verlassen Sie sich darauf.« Er lässt meinen Arm los und weicht vor mir zurück. »Ich finde heraus, wer Sie sind«, sagt er noch einmal flüsternd.

Er ahnt nicht, dass wir in diesem Augenblick auf derselben Seite stehen. Denn auch ich will endlich mein wahres Ich kennenlernen.

68

Die Katakomben befanden sich unter einem weitläufigen Gebäude, das als Brückenkopf und Tor in die Stadt Linz direkt an der Donau lag. Wenn die Donau über die Ufer trat, mussten sie oft geräumt werden, da das Grundwasser gewöhnlich mehrere Zentimeter hoch durch die Räume schwappte. Den Bewohnern der Katakomben machte das bisschen Wasser allerdings nichts weiter aus, sie waren in den meisten Fällen Schlimmeres gewohnt, und alle verband dasselbe Schicksal: Sie waren tot.

Paul Adrian war der Herrscher dieses unterirdischen Reichs, der Gerichtsmedizin, und er hatte sich in seinem Büro alles Erdenkliche einfallen lassen, damit es hier drinnen wie ein finsteres Gothic Szenario wirkte. Die Wände waren schwarz. In einem Regal hatte Adrian eine Reihe von Totenköpfen drapiert, die jeden Besucher so lange anlächelten, bis dieser verstört die Räumlichkeit verließ.

Braun hatte sich mit den Jahren an Adrians exzentrische Umgebung gewöhnt. Doch jetzt stand er mit dem Gerichtsmediziner in den modernen Seziersälen der Pathologie und betrachtete gemeinsam mit Franka die Teile, die von Bernhard Freys Körper übrig geblieben waren.

»Ich dürfte dir diese Leiche eigentlich überhaupt nicht mehr zeigen, Braun«, murmelte Adrian und warf immer wieder einen schnellen Blick zu den steinernen Treppen, die nach oben ans Tageslicht führten. »Die Staatsanwaltschaft hat den Fall abgeschlossen. Freys Tod war ein Unfall, und die Leiche soll auf Anordnung des Schwiegervaters so schnell wie möglich verbrannt werden.«

»War es denn eindeutig ein Unfall?«

»Eine der Holzhalterungen war morsch und hat nachgegeben. Dadurch hat sich die Steinplatte aus der Halterung gelöst und ist umgekippt. Ein blöder Zufall.«

»Ironie des Schicksals. Jetzt wo Frey endlich finanziell unabhängig gewesen wäre, stirbt er. Das nenne ich ausgleichende Gerechtigkeit. Aber wozu die Eile?«

»Keine Ahnung. Ich habe nur die Order, die Leiche unter Verschluss zu halten, bis sie abgeholt wird.«

Plötzlich waren auf der Treppe schnelle Schritte zu hören, und wenige Augenblicke später tauchten Elena Kafka und Staatsanwalt Schuster mit drei unbekannten Männern im Schlepptau auf. Adrian reagierte blitzschnell und schob die Bahre mit Freys Überresten sofort in das Fach zurück.

»Glück gehabt«, flüsterte Adrian und zwinkerte Franka zu.

»Chefinspektor! Gut, dass Sie da sind. Ihre Kollegin hat die Fakten richtig interpretiert und uns zum Täter geführt.«

Braun seufzte tief und theatralisch und setzte sich mit seinem Kaffeebecher in der Hand auf einen chromblitzenden Seziertisch.

»Alle Indizien sprechen dafür, dass Bernhard Frey unser Täter war«, resümierte Schuster, drehte sich zu den drei unbekannten Männern um und klopfte auf seine Aktentasche. »Wir müssen jetzt nur noch die Fakten in eine sinnvolle Reihe bringen, dann kann der Fall abgeschlossen werden.«

»Das ist natürlich die effektivste Methode, sich die Indizien so zurechtzubiegen, das sie genau auf Frey passen«, sagte Braun. Er konnte sich einfach nicht zurückhalten – nicht einmal dann, wenn es für ihn besser wäre, die Klappe zu halten.

»Aber wie passt die Adoptionsagentur Baby4you in den Fall, und warum legt Bernhard Frey Rattenschädel zu den Opfern? Ganz zu schweigen von den gestohlenen Babys aus Tschechien. Haben Sie dafür eine Erklärung, Herr Staatsanwalt?«

Fragend blickte Braun umher. Schuster wich seinem Blick aus, die drei Männer betrachteten interessiert Adrians Fotografien von Grabsteinen, die an den Wänden hingen.

»Sie können doch nicht die Augen vor den Tatsachen verschließen«, sagte Schuster schließlich ruhig, als würde er mit einem uneinsichtigen Kind reden. »Dr. Adrian, könnten Sie bitte Ihre DNS-Spezialistin zu dieser Besprechung holen?«

Als Anthea Fleury eine halbe Minute später kam, trug sie wie immer eine schwarze Lackjacke und war im Gesicht kalkweiß geschminkt. In der Hand hielt sie ein Tablet, auf dem bunte Grafiken zu sehen waren.

»Auf dem Ring, den wir bei Laura Neumann sichergestellt haben, findet sich die DNS von Bernhard Frey.« Sie drehte das Tablet zu Braun. »Auch der Draht, mit dem die Frauen erdrosselt wurden, ist derselbe, den Frey bei seinen Kunstwerken verwendet hat – wenn auch ein Allerweltsprodukt. Wie ich bereits beim ersten Tatort angemerkt habe, waren an der Garrotte winzige Hautpartikel, die wir isolieren konnten und die mit größter Wahrscheinlichkeit von Frey stammen.«

»Was heißt ›mit größter Wahrscheinlichkeit‹?«, unterbrach sie Braun.

»Es besteht eine neunzigprozentige Übereinstimmung. Wir können also von einer sehr großen Wahrscheinlichkeit sprechen.«

»Das sind in der Tat starke Indizien«, meldete sich Schuster wieder zu Wort. »Um nicht zu sagen Beweise. Natürlich sind einige Fragen noch nicht ganz geklärt.«

»Aber das Wichtigste ist doch, dass wir einen Täter haben«, sagte einer der unbekannten Männer, ohne sich vorzustellen.

»Wir haben einen Täter, der sich nicht mehr zur Wehr setzen kann«, antwortete Braun. »Irgendetwas stimmt hier schon lange nicht, das sagt mir mein Bauchgefühl.«

»Vielleicht haben Sie recht. Manchmal können Dinge zwei Seiten haben, je nachdem, wie genau man hinsieht«, bemerkte Schuster.

Braun sah ihn verwundert an. »Was hatte das jetzt zu bedeuten?«

»Chefinspektor Braun.« Der ihm unbekannte Mann, der zuvor gesprochen hatte, trat lässig nach vorn. Er trug einen schwarzen Anzug und eine gleichfarbige Krawatte. Hätte er nicht modisch geschnittene blonde Haare gehabt, hätte man ihn für einen Bestatter halten können.

»Wer sind Sie?« Braun starrte ihn an. »Gehören diese beiden da zu Ihnen?«

»Ulrich Breitenbach. Das sind meine Mitarbeiter. Ich bin von der Sondereinheit des Innenministeriums. Wir wurden von der Staatsanwaltschaft gebeten, die Ermittlungen in diesen beiden Mordfällen zu beobachten. Was Sie sagen, ist vollkommen richtig, Chefinspektor. Es gibt in diesem Fall vermutlich tatsächlich eine Verbindung ins Ausland, aber das ist Sache von Europol. Mit anderen Worten, hier handelt es sich um einen internationalen Fall, der von den zuständigen Stellen bearbeitet wird. Dass unsere beiden Mordfälle mit diesen Ermittlungen in Berührung gekommen sind, ist reiner Zufall. Außerdem ist noch nicht bewiesen, ob die tschechische Staatsbürgerin Tara Grigorescu ihr Kind nicht doch verkauft hat.«

»Niemals!«, antwortete Franka aufgebracht, die sich bislang zurückgehalten hatte. »Tara hat für ihren Sohn gekämpft.«

»Ich kann Sie verstehen, Frau Morgen. Sie sind in diesem Fall befangen, obwohl Sie bei Bernhard Frey von Anfang an auf der richtigen Spur waren.«

»Ich bin nicht befangen«, sagte Franka erbost. »Ich glaube meiner Schwester.«

»Nun, Tara Grigorescu ist kein unbeschriebenes Blatt. Es liegt eine Anzeige wegen Diebstahl und Widerstand gegen die Staatsgewalt gegen sie vor. Außerdem ist sie ohne gültige Papiere in Österreich. Und ihr Lebenswandel ist auch nicht so, wie man es von einer Mutter erwarten würde.«

Franka schnaubte. »Das ist doch alles an den Haaren herbeigezogen!«

»Uns liegt eine DVD vor, die Ihre Schwester in eindeutigen Situationen zeigt, wenn Sie verstehen, was ich meine«, ergänzte Schuster mit falschem Bedauern in der Stimme.

»Es reicht«, sagte Braun, der sah, wie Franka vor Wut die Tränen in den Augen standen. Er legte ihr beruhigend die Hand auf die Schulter.

»Wie dem auch sei«, sagte Breitenbach, »die Morde sind aufgeklärt, und das ist schließlich das Wichtigste. Wir erwarten nur noch den Abschlussbericht der Mordkommission, dann können wir uns beruhigt der besinnlichen Adventszeit widmen.« Er klopfte Staatsanwalt Schuster anerkennend auf die Schulter und winkte seinen Leuten, ihm zu folgen. »Wo sind die drei Leichen?«

Wortlos deutete Adrian auf die Schubkästen.

»Wieso drei Leichen?« Braun blickte fragend umher.

»Die Überreste von Bernhard Frey, Marina Altenberg und ihrem Chauffeur werden abgeholt«, antwortete Breitenbach nicht eben auskunftsfreudig.

»Aber über Marina Altenberg gibt es noch keinen Abschlussbericht«, sagte Franka überrascht. »Ich habe nur das Ergebnis der Ballistik, der von ihr erschossene Chauffeur wurde meines Wissens noch gar nicht obduziert!«

Sie wandte sich an Adrian, der zustimmend nickte.

»Order aus dem Innenministerium. Die Untersuchungen finden in Wien statt«, sagte Breitenbach und lächelte Franka freundlich zu. »Wäre damit alles geklärt? Ich muss leider wieder zurück nach Wien, ein Arbeitsessen mit dem tschechischen Innenminister. Es geht um die engere Zusammenarbeit der Polizei beider Länder.«

Breitenbach winkte in die Runde und wartete, bis seine Männer die drei Leichensäcke auf einer mehrstöckigen chromblitzenden Liege verstaut hatten. »Schöne Weihnachten«, rief er, und Braun hatte das ungute Gefühl, dass er es wirklich ernst meinte.

»Braun und Morgen. Nehmen Sie sich ein paar Tage Urlaub«, sagte Elena, bevor sie sich ebenfalls daranmachte, die Katakomben zu verlassen. »Sie sind mit Ihren Nerven am Ende und sehen überall Gespenster.«

»Ich scheiß auf Urlaub«, knurrte Braun.

»Das war kein gut gemeinter Rat, sondern eine dienstliche Anweisung«, antwortete Elena trocken und drehte ihren Gummiball zwischen den Händen. »Es wird Ihnen guttun. Fahren Sie nach Finnland zu Ihrem Sohn und kümmern Sie sich um Ihr Privatleben. Morgen will ich Sie hier nicht mehr sehen.«

»Das ist doch total daneben.« Braun schüttelte den Kopf. »Frey als Serienmörder, das ist so was von lächerlich!«

»Mein letztes Wort, Braun«, sagte Elena und ging davon.

»Wir beide sollten uns vielleicht einmal in Ruhe unterhalten«, raunte ihm Schuster leise zu, ehe er seine Unterlagen zusammenpackte.

»Was gibt es da noch zu reden? Die Leichen sind weg, und der Fall ist abgeschlossen.«

»Das kann ich Ihnen jetzt noch nicht sagen«, flüsterte Schuster. »Aber ich lasse von mir hören.«

»Wie darf ich das verstehen? Ist das eine Drohung oder ein Versprechen?«

Schuster lächelte nur unbestimmt und ließ Braun ohne ein weiteres Wort der Erklärung stehen.

69

Braun blickte auf die Donau, als er die Schwarze Halle verlassen hatte. Er hatte das Gefühl, als würden alle an dem Fall beteiligten Personen die Augen verschließen, um endlich ihren Weihnachtsfrieden zu haben.

Weshalb wurden die Leichen abgeholt, und warum übernahm das Innenministerium den Fall? Wieso wurde er in Zwangsurlaub geschickt? Wütend griff er in die Tasche seines Mantels und fischte die Dose Bier heraus, die er mitgenommen hatte. Er öffnete sie und nahm einige kräftige Züge. Als er leer getrunken hatte, zerdrückte er die Dose mit finsterer Miene, dabei stellte er sich vor, dass es das Gesicht des Schnösels Breitenbach wäre. Dann kickte er die Dose mit dem Stiefel in den Fluss. Er sah zu, wie sie auf den schwarzen Fluten entlangtrieb und gegen die Wellen ankämpfte, die sie zu verschlingen drohten, und dann plötzlich unterging. Das war wie ein Abbild seines Lebens.

Mit diesen düsteren Gedanken im Kopf und dem festen Vorsatz, sich heute nach allen Regeln der Kunst volllaufen zu lassen, fuhr er die Industriezeile entlang, eine Straße am großen Hafen von Linz, bis er die blinkende Weihnachtsdekoration von Kemals Anatolu Grill sah.

»Dieser Winter ist kälter, als es das Herz ertragen kann«, sagte Kemal bibbernd und stellte vier San-Miguel-Bierdosen und vier Gläser Raki auf den Tresen. »Ist dir aufgefallen, dass es trotz der Erderwärmung immer kälter wird? Das hat mit den kalten Herzen der Menschen zu tun. Jeder denkt nur noch an seinen Vorteil, keiner hat mehr etwas für seinen Nachbarn übrig.«

»Du bist ein richtiger Philosoph, Kemal«, brummte Braun, trank einen Raki auf ex und öffnete eine Bierdose.

»Das ist keine Philosophie, das sind Tatsachen. Die Herzen der Menschen sind aus Eis, ihre Gefühle sind erkaltet. Deshalb gibt es auch keine Revolution mehr. Kaltblütler revoltieren nicht, das müssen heißblütige Charaktere sein. Darum haben die Spießer gesiegt. Die beten nur das Geld an, wie die Irren laufen sie dem hinterher. Aber ein Hamsterrad sieht von innen auch aus wie eine Karriereleiter.«

»Da ist was Wahres dran.« Braun stellte die Bierdose weg und dachte nach.

»Als Normaler muss man ja direkt in ein Irrenhaus flüchten. Da ist die Welt noch in Ordnung. Die wahren Irren da draußen haben längst die Macht übernommen. Brauchst nur die Nachrichten anzuschalten.«

Kemal war jetzt voll in seinem Element und schwafelte über Börsen, Banken, Politiker und alle Verrückten dieser Welt.

Doch Braun war mit seinen Gedanken längst woanders. Was, wenn Viktor Maly »normal« war und die Amnesie nur simulierte? Wenn er tatsächlich von denselben Menschen verfolgt wurde, die Franka unter Druck gesetzt hatten, und sein einziger Zufluchtsort die Psychiatrische Klinik war, wo man nicht so leicht an ihn herankam?

»Danke für den Tipp, Kemal«, unterbrach er den immer noch vor sich hin quasselnden Wirt und schnappte sich die restlichen ungeöffneten Bierdosen.

»Was für ein Tipp, Braun? Was habe ich gesagt?«, rief ihm Kemal ratlos hinterher.

»Du hast mir die Welt erklärt!«

70

Das rote Backsteingebäude der geschlossenen Abteilung wurde von Scheinwerfern, die ringsum im Boden verankert waren, wie ein Kunstwerk beleuchtet. Vom Parkplatz aus wirkte der Bau wie das Langschiff einer Kathedrale. Die Chimären an den Giebeln warfen lange Schatten auf den Vorhof und schienen nur darauf zu warten, dem sich nähernden Besucher in den Nacken zu springen.

Im krassen Gegensatz zu diesem gespenstischen Anblick war das Empfangsgebäude von einer geradezu erschütternden Belanglosigkeit, die Braun so bisher nicht aufgefallen war. Der schläfrige Wachmann, der ihn bereits von seinen vorangegangenen Besuchen kannte, händigte ihm wortlos eine Schlüsselkarte aus und winkte ihn durch, ohne sich seinen Ausweis näher anzusehen.

Als Braun mit der Plastiktüte voller Bierdosen durch den gläsernen Gang ging, musste er plötzlich wieder an Karen denken. An diese elektrisierende Stimmung in ihrem Haus, die Malys Anruf mit einem Schlag zerstört hatte. Was Karen wohl dazu sagen wird, wenn sie erfährt, dass ich um diese Zeit hier bin?, dachte er. Egal, er musste auf sein Bauchgefühl hören.

Er erreichte den geschlossenen Trakt und wunderte sich, dass die ansonsten versperrte äußere Tür weit offen stand. Von drinnen waren Stimmen und leise Musik zu hören. Vorsichtig trat er in den Gang und blickte durch die Glasscheibe in die geschlossene Abteilung. Von hier aus hatte er einen unverstellten Blick auf den Korridor mit den daran anschließenden Zimmern.

Er öffnete mit der Schlüsselkarte die Sicherheitstür und trat ein. Malys Zimmer lag ganz hinten, die Tür war verschlossen. Ansonsten standen alle Türen zu den Zimmern auf, und die Patienten spazierten in den Gängen umher. Im Aufenthaltsraum spielte ein Mann in weißer Anstaltskleidung auf einer Elektrogitarre, und ein Patient loopte die Sounds mit einem Macbook. Wäre nicht die bizarre Umgebung gewesen, hätte man glauben können, man sei auf einem Avantgardekonzert. Ein Pfleger und eine junge Schwester saßen in inniger Umarmung auf einem Sofa und versanken in den ausufernden Soundcollagen. Vor sich hatten sie zwei Gläser mit dunklem Rotwein auf dem Boden stehen. Auf den ersten Blick wirkte die Szenerie auf Braun unglaublich entspannend. Wie hatte Kemal gesagt? Die Normalen befänden sich im Irrenhaus, die Verrückten draußen. Könnte was dran sein, dachte er und ging auf die sich Umarmenden zu.

»Ich will zu Viktor Maly.«

»Es ist mitten in der Nacht«, sagte der Pfleger unaufgeregt in die Musik hinein. Es klang wie eine Textzeile. »Sie können hier nicht einfach herumlatschen, wie Sie möchten. Das ist der geschlossene Trakt und kein Hotel.«

Die Schwester war ein wenig vom Pfleger abgerückt und knöpfte sich die obersten Knöpfe ihres weißen Kittels aufreizend langsam zu. »Wer sind Sie überhaupt?«

»Ich bin ein Freund von Maly.«

War er das? Gab es eine Verbindung zwischen ihnen? Maly erwähnte ja immer, dass er Braun von irgendwoher kennen würde. War es das unsichtbare Band zwischen Jäger und Gejagtem? Aber war er selbst nicht längst vom Jäger zum Gejagten geworden?

»Weiß Dr. Jansen von dieser Abendveranstaltung?« Braun machte eine unbestimmte Handbewegung.

»Nein, aber ... Unsere Patienten brauchen ein wenig Abwechslung, sonst wird der Alltag für sie zu eintönig und die Therapien greifen nicht mehr«, sagte der Pfleger hastig.

»Klingt nach einer faulen Ausrede.«

»Das ... Nein. Aber es wäre trotzdem nett, wenn Sie uns nicht verraten«, mischte sich ein anderer Pfleger ein und scharrte verlegen mit den weißen Schuhen über den Boden.

»Okay, dann gehe ich jetzt zu Maly.«

»Auf Ihre Verantwortung. Sie kennen ja den Weg.«

Leise öffnete Braun die Tür zu Malys Zimmer. Maly lag auf seinem Bett und reagierte nicht auf den Besucher. Er hatte die Augen geschlossen und atmete regelmäßig, tat so, als würde er schlafen, doch Braun spürte, dass er jede Bewegung genau registrierte, dass er wie ein Raubtier auf der Lauer lag, um im entscheidenden Augenblick zuzuschlagen.

»Wenn Sie Durst haben, ich habe Bier mitgebracht«, sagte Braun und reihte die Dosen auf dem Tisch auf. Er angelte sich einen Stuhl und setzte sich. »Woher wissen Sie, dass ich einen Sohn habe? Hat Karen von meinem Privatleben erzählt?«

Mit einem leisen Schnalzen öffnete Braun die erste Bierdose und machte eine Pause. Er wartete auf eine Antwort, die aber nicht kam.

»Wie finden Sie Karen? Sie ist durch die Hölle gegangen. Vielleicht sollte man ihr Sicherheit und Zukunft bieten«, redete Braun weiter.

Maly atmete in gleichmäßigen Zügen, reagierte aber nicht.

»Kann ich diese Zukunft für Karen sein? Sie sind doch so klug, geben Sie mir eine Antwort. Auch Sie waren schon einmal verliebt.« Braun blickte umher, als würde er etwas suchen.

»Wo haben Sie das Foto von sich und Svenja? Wieso hängen Sie es nicht auch an die Wand, wie die Zeitungsartikel?«

Noch immer zeigte Maly keine Regung.

»Auf dem Foto sehen Sie beide so glücklich aus. Sie wirken wie ein frisch verliebtes Paar. Waren Sie in Svenja verliebt, Viktor? Vermutlich. Und sie hat Sie betrogen. Da sind Sie ausgerastet und haben sie getötet. Stimmt's?«

»Woher wissen Sie das?« Maly drehte den Kopf zur Seite und blickte Braun geradewegs an.

»Wie? Sie geben also zu, Svenja Bergman mit einem Kopfschuss getötet zu haben?«

»Wenn Sie es sagen, wird es wohl so sein.« Maly drehte sich wieder weg. »Wir sind allein. Niemand wird Ihnen glauben, egal, was Sie aus mir rausholen.«

»Ich könnte alles aufzeichnen, was wir hier besprechen.«

»Stellen Sie sich doch nicht so dumm. Sie wissen genau, dass eine derartige Aufnahme vor Gericht nicht gilt.«

Da hatte er recht. Braun änderte die Taktik.

»Denken Sie manchmal an Svenja? An ihre Berührungen, an ihr Lachen, an ihre Bewegungen? Kann es sein, dass ein Mensch wie Sie Gefühle hat?«

Malys Blick verklärte sich. »Ich denke manchmal an ihr Zimmer. Das Zimmer, das im Blut ertrinkt. Alles ist so wirklich, so echt, und ich stehe mittendrin. Ich greife nach der Pistole, die neben ihr liegt, und wische die Fingerabdrücke ab. Plötzlich überrascht mich von hinten ein Schatten, ich drehe mich um und erkenne die Person. Doch dann entgleitet mir das Bild, und zurück bleibt nur die vage Erinnerung.«

»Haben Sie Svenja erschossen?«

»Ich weiß es nicht und kann mich nicht erinnern«, sagte Maly. Dann plötzlich änderte sich sein Tonfall. »Gilbert wird unruhig. Er ist allein und braucht noch mehr Zuwendung.

Sobald er meine Stimme hört, wird er gesprächig und erzählt mir Geschichten. Er redet über Jimmy, Ihren Sohn, und über Margot, Ihre Exfrau, und natürlich über Karen, mit der Sie noch einmal von vorn beginnen wollen.«

Braun verschlug es beinahe die Sprache. Woher wusste der Kerl das alles? »Sie simulieren doch nur diese Amnesie! Sie sind ein Killer und verstecken sich hier«, zischte er. »Das alles ist ein Spiel für Sie. In Wirklichkeit manipulieren Sie Ihre Umgebung.«

»Sie überschätzen mich. Es ist genau anders herum. Ich kann mich nur hier frei bewegen und nutze in dieser eingeschränkten Umgebung meine Fähigkeiten. Wenn ich will, kann ich in jedes Büro gelangen. Die Pfleger sind so nachlässig hier, die Psychiater heillos überfordert.« Er kicherte, dann wurde er wieder ernst. »Aber ich weiß nicht, warum ich das kann. Ich müsste jede meiner Handlungen aufschreiben, um nichts zu vergessen.«

Maly stand auf, zog das weiße Tuch vom Käfig unter dem Bett und öffnete das kleine Gittertürchen. Vorsichtig holte er die Ratte heraus und flüsterte ihr so leise etwas zu, dass Braun kein Wort verstehen konnte. Doch es war nicht das Gemurmel von Maly, das ihn aufschreckte. Etwas anderes hatte ihn irritiert. Der verhüllte Käfig hatte sich vor und zurück bewegt, als Maly zu reden begonnen hatte. Mit dem bloßen Auge war diese Bewegung fast nicht zu bemerken gewesen, außer man konzentrierte sich darauf.

»Der Käfig. Er hat sich bewegt.«

»Ja, Gilbert ist in der Nacht immer aktiv und ruckelt so fest am Gitter, dass der ganze Käfig in Bewegung gerät. Warum fragen Sie?«

Plötzlich war es wieder da. Braun hatte sich mit Karen die Überwachungsvideos angesehen, nachdem er und sein Team das Personal der Psychiatrischen Klinik verhört hatten. Ganz deutlich sah er die einzelnen grobkörnigen Bildsequenzen wieder vor sich. Braun konzentrierte sich auf die Abfolge der Bilder, ließ den Film in seinem Kopf in Zeitlupe ablaufen. Der Käfig mit den Ratten stand unter dem Bett und bewegte sich vor und zurück.

Er verstand es nicht.

Was war an diesem Käfig so auffällig?

Was stimmte damit nicht?

Er musste es auf der Stelle überprüfen. Aufgeregt rannte er nach draußen auf den Gang und hastete zur Sicherheitsschleuse. Der Wachmann saß immer noch hinter seinem Schreibtisch und machte einen verkaterten Eindruck. Die junge Schwester stand neben ihm, hatte Kopfhörer auf und bewegte sich zu einer unhörbaren Musik.

»Wo ist das Überwachungsvideo von Malys Zimmer aus jener Nacht, als der erste Mord passiert ist? Der an Amelie Frey?«, rief Braun.

»Überwachungsvideo? Mord? Wovon reden Sie überhaupt?« Der Wachmann starrte Braun mit blutunterlaufenen Augen ratlos an.

»Los, ich will die Aufnahmen der letzten Woche sehen, und zwar alle!«

Der Wachmann überließ ihm den Computer, und Braun scrollte hektisch durch die Videodateien. Endlich kam er zu der Nacht, in der Amelie Frey ermordet worden war. Eine Person – Braun wusste, dass es Thomas Just war – saß mit dem Rücken zur Kamera. Maly lag in seinem Bett und schlief. Der Käfig mit den Ratten, damals hatte George noch gelebt, war mit dem weißen Tuch verhüllt und stand unter dem Bett. So weit war alles wie immer.

Braun konzentrierte sich auf ein Detail. Dann sah er es.

71

Franka stieg die düstere Treppe nach unten und klopfte mit der Faust gegen die Stahltür. Sie hatte die halbe Nacht im Spital am Bett ihrer Schwester verbracht, die sich noch immer im künstlichen Tiefschlaf befand. Mit leiser Stimme hatte sie Tara von ihrem Leben als Polizistin erzählt. Schließlich war sie auf die Kinderstation gegangen, um nach Dimitru zu sehen. Er hatte ruhig und entspannt geschlafen, musste aber für weitere Tests in der Obhut der Ärzte bleiben.

Franka klopfte noch einmal an die Tür. Dann erst flammte der Monitor oben an der Wand auf, und der kantige eisgraue Kopf von Jan Faber erschien auf dem Bildschirm.

»Je später der Abend, desto hübscher die Gäste«, sagte er mit einem breiten Lächeln.

Kurz darauf tönte der Summer, und Franka betrat zum ersten Mal das Reich von Jan. Erstaunt blickte sie sich um. Was hatte sie erwartet? Eine seelenlose Hightech-Designerbude? Oder eine trostlose Behindertenbleibe? Aber nein, Jans Loft war so verdammt gemütlich und gleichzeitig von einem bohemehaften Charme, dass man sich sofort wohlfühlen musste. Sogar das schräge Baldachinbett in der Mitte des Lofts wirkte stimmig, obwohl es eigentlich gar nicht zur sonstigen Einrichtung passte.

»Was führt dich so spät hierher?«, fragte Jan und fuhr mit dem schwarzen Rollstuhl zur Küchenzeile. »Hast du deinen gläsernen Schuh verloren, Aschenputtel?« Er zwinkerte ihr zu, und bevor sie auf seinen Spruch reagieren konnte, schob er hinterher: »Ich brauche einen Kaffee. Wie sieht es mit dir aus?« Er steckte eine Kapsel in die Espressomaschine.

»Ja, warum nicht. Ich kann sowieso nicht schlafen«, antwortete Franka und setzte sich in einen Cocktailsessel, der neben einem Nierentisch stand.

»Warum ziehst du so ein Gesicht?«, wollte Jan wissen.

Sie seufzte. »Du hast doch sicher gehört, dass der Fall abgeschlossen ist. Morgen gibt es eine Pressekonferenz, in der Bernhard Frey als mutmaßlicher Täter, der durch einen Unfall seiner Strafe entgangen ist, präsentiert wird.«

»Das war ja unter anderem auch dein Verdienst.«

»Woher weißt du das denn?«, wunderte sie sich.

»Steht doch in der internen Mitteilung der Sondereinheit.« Jan stellte eine zierliche schwarze Kaffeetasse auf den Tisch. »Extrastark mit Bohnen aus Nicaragua.«

»Wieso bekommst du Mitteilungen der Sondereinheit?«

»Du stellst zu viele Fragen.« Jan lächelte spitzbübisch und nippte an seinem Kaffee.

»Mittlerweile glaube ich nicht mehr an Frey als Täter.« Franka schwieg nachdenklich. Genau wie Braun fand sie die Erklärung, warum ausgerechnet er der Mörder gewesen sein sollte, einfach viel zu glatt. Außerdem blieben viele Punkte offen. Woher hatte Maly die Koordinaten der Tatorte gewusst, wie war er zu den Zettel in seiner Hand gekommen? Warum hatte Frey nicht nur seine Frau, sondern auch Laura Neumann getötet? Und was hatte das alles mit Svenja Bergman zu tun?

»Danke«, sagte sie und nahm die winzige Kaffeetasse, auf die der Schriftzug »Venceremos« gedruckt war. »Ist die Tasse auch aus Nicaragua?«

»Kluge Frau.«

Jan stützte das Kinn auf seine Hand und sah erwartungsvoll zu Franka. In der indirekten Beleuchtung wirkten seine Augen beinahe so matt glänzend wie das Karbon seines Rollstuhls, und Franka kam das Wort »kugelsicher« in den Sinn. Ihm konnte sie vertrauen. Deshalb nahm sie ihren ganzen Mut zusammen und erzählte ihm ihre Lebensgeschichte.

Als sie geendet hatte, sagte Jan trocken: »Die Moto Guzzi solltest du behalten. Die passt zu dir.« Er grinste und rollte geschäftig zu einem seiner Computer. »Wo sollen wir anfangen? Hast du eine Idee?«

»Schau dir noch mal die Teilnehmer der Selbsthilfegruppen an«, sagte Franka.

»Es ist immer wieder ein Genuss, neben einer intelligenten jungen Frau zu sitzen, die genau weiß, was sie will«, schmeichelte Jan.

Franka lächelte verlegen und wollte etwas Geistreiches erwidern, doch in diesem Augenblick klingelte ihr Handy. Es war Bruno, und er war fast nicht zu verstehen. Musik, Stimmen, Gelächter und jede Menge andere Hintergrundgeräusche drangen durch den Lautsprecher in ihr Ohr.

»Hey, was ist los?« Ihr Handy piepste. »Mist, mein Akku ist gleich leer.« Sie drehte sich zu Jan. »Gibst du mir dein Handy?«

»Bist du noch dran?«, brüllte Bruno ins Telefon.

»Ja, ruf mich unter Jans Nummer an.«

Wenige Sekunden später war Bruno wieder in der Leitung. »Ich sitze hier mit einem Typen bei einer Weinverkostung in der Altstadt. Ist zwar ein Schickimicki-Lokal, aber die Weine sind vorzüglich. Und sie haben Themenabende. Heute zum Beispiel stellt sich die mallorquinische Region Binissalem vor. Die haben tolle Rotweine, die müssen wir mal ausprobieren.«

»Willst du mit mir über Wein reden? Ich versuche Braun

zu helfen, und du hast nichts Besseres zu tun, als dich volllaufen zu lassen? Weißt du eigentlich, wie spät es ist?«

»Zwei Uhr morgens. Und ich verkoste hier exquisite Weine, das ist ein großer Unterschied. Deswegen rufe ich aber nicht an. Der Typ, neben dem ich zufällig sitze, ist Wachmann in der Psychiatrischen Klinik. Ich habe ihn dies und das gefragt, unter anderem auch über die Besucherlisten. Und jetzt kommt's.«

»Die haben wir doch längst überprüft«, unterbrach ihn Franka. »Da war nichts Auffälliges zu finden.«

»Lass mich endlich ausreden!« Bruno brüllte in sein Handy. »Ich muss schnell machen, der Kerl kommt gleich wieder zurück. Er hat mir im Vertrauen gesagt, dass die Besucherlisten in der jüngsten Vergangenheit nicht ordnungsgemäß geführt wurden. Es gab wohl immer wieder unangemeldete Besucher, hohe Tiere aus Wien, die in die geschlossene Abteilung wollten. Und jetzt rate mal, wem diese Besuche galten?«

Da brauchte Franka nicht lange zu überlegen. »Viktor Maly.«

»Genau. Aber das ist noch nicht alles. Es kamen wohl unterschiedliche Besucher vorbei, aber ein Mann hat Maly regelmäßig aufgesucht. Er hat ausdrücklich darauf bestanden, dass sein Name nicht aufgezeichnet wird, da es sich um verdeckte Ermittlungen handelt, wie er sagte. Dem Wachmann hat er ernste Konsequenzen angedroht, und da hat er sich natürlich in die Hosen gemacht wegen seiner bevorstehenden Pensionierung. Deshalb hat er das bei der Befragung auch verschwiegen.«

»Wer war diese Person? Mach's doch nicht so spannend, Bruno!«

»Staatsanwalt Johannes Schuster.«

72

Braun ging schnell über den Parkplatz der Psychiatrischen Klinik, der um diese Zeit fast völlig leer war. In seiner Manteltasche hatte er eine DVD des Überwachungsvideos, die er unbedingt Jan vorspielen wollte. Er hatte beschlossen, direkt zu ihm zu fahren und ihn notfalls aus dem Bett zu klingeln. Das, was er auf dem Überwachungsvideo gesehen hatte, gab dem Fall eine völlig neue Wendung. Fast wäre auch Braun auf die Täuschung hereingefallen – wenn ihm nicht zufällig der Rattenkäfig ins Auge gesprungen wäre. Maly selbst hatte ihn auf die Idee gebracht. Jetzt galt es, die Details zu überprüfen. Und wenn sich seine Theorie bestätigte, musste der Fall neu aufgerollt werden, egal ob es denen von der Sondereinheit aus Wien nun passte oder nicht.

Braun war so in Gedanken versunken, dass er den Wagen auf dem Parkplatz gar nicht mitbekommen hatte. Erst als ihn die Scheinwerfer blendeten, wurde er auf das Auto aufmerksam.

»Idiot«, murmelte er und schirmte die Augen mit der Hand ab, um etwas zu erkennen. Eine Person stieg aus dem Wagen, der mit laufendem Motor auf dem Parkplatz geparkt hatte. Brauns Adrenalinspiegel stieg jäh an, als die Gestalt näherkam.

»Chefinspektor Braun!«, rief ihm der Mann schon von Weitem zu. Seine Stimme klang kurzatmig. »Gut, dass ich Sie treffe.«

Erst als der Fremde in den Lichtkegel der Schweinwerfer

trat, konnte Braun sein Gesicht erkennen. Er entspannte sich ein wenig.

»Verdammt, Schuster! Was haben Sie hier um diese Zeit zu suchen?«, knurrte er.

Dieses Zusammentreffen war mehr als ungewöhnlich, und ein Gefühl im Bauch sagte ihm, dass er auf der Hut sein sollte.

»Es tut mir leid, dass ich Ihnen Schwierigkeiten bereitet habe«, sagte Schuster. Er wirkte fahrig und etwas hektisch. »Es geht um Viktor Maly, wie Sie sich denken können. Wahrscheinlich haben Sie mit Ihrer Vermutung doch recht gehabt. Ich muss Ihnen etwas zeigen! Ich hole nur schnell meine Unterlagen aus dem Wagen.«

Noch ehe Braun etwas erwidern konnte, war Schuster schon wieder verschwunden. Welche Unterlagen wollte er ihm zeigen? Braun hatte keine Ahnung. Er wartete und wartete, aber Schuster kam nicht zurück.

»Schuster?«

Keine Reaktion.

»Herr Staatsanwalt? Ich habe wirklich sehr wenig Zeit.«

Braun blinzelte in die Scheinwerfer. Hatte Schuster das Fernlicht an? Warum, zum Teufel noch mal? Waren die Unterlagen im Wagen ein Ablenkungsmanöver, um ihn nicht misstrauisch zu machen? Egal, darum würde er sich morgen kümmern, jetzt hatte die DVD absolute Priorität.

»Lassen Sie uns morgen reden!«, rief er über den Lärm des knatternden Motors hinweg. »Ich muss leider wirklich gehen.«

Damit marschierte er zu seinem Auto und holte die Schlüssel aus seiner Hosentasche. Als er gerade aufsperren wollte, hörte er hinter sich ein Geräusch. »Das hat aber lange gedauert«, sagte er und sah vom Schlüssel in seiner Hand auf.

In diesem Moment spürte er einen feinen Stich im Nacken, und die Erkenntnis durchzuckte ihn blitzartig: Ich habe mich wie ein Anfänger überrumpeln lassen. Man hat mir eine Falle gestellt.

Sofort wirbelte er herum, riss gleichzeitig seine Waffe aus dem Halfter, aber die Droge begann bereits zu wirken. Der Mann vor ihm schwankte vor seinem Auge hin und her, als wären sie auf einem Schiff bei zu hohem Wellengang. Braun konnte sein Gesicht nicht richtig erkennen und nicht mehr zielen. Er taumelte nach hinten, knallte gegen seinen Wagen, verlor zuerst die Schlüssel, die unter das Auto fielen, dann konnte er auch seine Glock nicht mehr halten, und schließlich sackte er in die Knie.

»Es ist gefährlich, wenn uns jemand zu nahe kommt.«

Jemand packte Braun am Kinn und drehte seinen Kopf nach oben.

»Unsere Geschäfte sind eine Nummer zu groß für Sie. Das werden Sie bald schon begreifen.«

Die Stimme klang verzerrt und verwaschen, wurde mal lauter, mal leiser, wie die Brandung des Ozeans. Braun hörte nur noch undeutliche Laute, und sein letzter Gedanke war, dass er Jimmy vielleicht nie mehr sehen und dass zwischen Karen und ihm so vieles ungesagt bleiben würde.

73

Dezember 1991

Bin schwach geworden. Lasse die Frau jetzt in meinem Haus wohnen. Mit dem Jungen. Schärfe ihr ein, niemals das Haus zu verlassen. Muss den Schein wahren, da passt eine Roma-Frau nicht dazu. Ich bin durch und durch Geschäftsmann, deshalb muss sie auch alle Zimmer putzen. Aber immer noch besser, als in Dogcity zu hausen, denke ich. Das Kind ist lebhaft, aufgeweckt und klug. Kann eigentlich nur mein Sohn sein.

Unser Club der Sieben hat in der Zwischenzeit seinen Einflussbereich vergrößert. Die Geschäfte weiten sich aus. Überall haben wir Mitarbeiter. Ich knüpfe Kontakte in meine ehemalige Heimat, Rumänien. Bin nach Bukarest gefahren, aber die Lage war sehr unübersichtlich. Gefährliche Situation. Von Präsident Iliescu tolerierte Übergriffe gegen Roma sind an der Tagesordnung. Kontakt herstellen schwierig.

Aber dann habe ich einem Kraljo, einem Fürsten, einen Mercedes geschenkt und ihm von Sputnix III vorgeschwärmt. Der Idiot hat mir geglaubt. Habe mit seiner Zustimmung Frauen mit ihren Babys in fünf Reisebusse gesetzt und abtransportiert. Dort unten halten sie mich für ihren Retter vor den Übergriffen. Wenn die wüssten …

»Wie die Tentakel einer riesigen Krake breiten wir uns aus«, hat der Banker vor einigen Wochen bei einer Besprechung gesagt. Diese Bemerkung hat ihnen allen gefallen, und sie sagen seitdem nur noch Kraken-Clan zum Club der Sie-

ben. Ich bin wütend geworden, weil mir der Name nicht selbst eingefallen ist. Habe mir aber nichts anmerken lassen.

Letzte Woche habe ich mir eine neue Wohnung im ersten Bezirk von Wien angeschaut. Es sind zehn Zimmer, und der Makler ist vor mir über den Boden gekrochen. Hat nur an seine Provision gedacht, der Wichser. Nicht schlecht für ein rumänisches Bauernkind. Ich bin jetzt einer von ihnen, reich und mächtig. Mache alles richtig. Doch ich muss vorsichtig sein.

Zwischenfall 1: Vor zwei Wochen ist eine Lieferung auf der eisigen Straße bei Krumau verunglückt. Zwei der Babys haben den Unfall nicht überlebt. Ich bin selbst hingefahren, denn die Polizeistreife, die den Unfall aufnahm, ist misstrauisch geworden. Zehn Babys in einem Lieferwagen haben sie auf dumme Gedanken gebracht. Habe die Angelegenheit mit viel Geld regeln können. Aber zwei Babys tot. Mussten sie gleich an Ort und Stelle verscharren. Finanzieller Verlust: 120 000 Dollar. Persönlicher Verlust: 40 000 Dollar.

Zwischenfall 2: Die Frau will heiraten. Ist natürlich lächerlich und völlig ausgeschlossen. Habe mich aber zu wenig ablehnend verhalten. Bin ihr gegenüber viel zu nachgiebig. Heftiger Wortwechsel. Habe sie dann zur Rede gestellt. Denke, dass sie undankbar ist und nicht weiß, wie gut es ihr geht.

Habe ihr Ultimatum gestellt: »Entweder du hörst mit dem Blödsinn auf, oder du kommst wieder zurück nach Dogcity. Was ist dir lieber?«

Sie hat nicht reagiert. Schlechte Stimmung, und sie hat sich eingesperrt. War müde und bin wütend geworden, habe an die Tür gehämmert. Der Junge hat angefangen zu weinen. Sie hat geschrien. Es ist ein Lärm und ein Durcheinander gewesen, man glaubt es kaum. Hatte Angst, das Gesicht zu verlieren. Habe die Tür eingetreten. Ich bin der Herr im Haus!

Wollte sie gleich auf das Bett werfen und vögeln. Aber sie hat sich gewehrt. Sie ist schon immer eine Kratzbürste gewesen, das war der Reiz. Habe ihr ein paar Ohrfeigen verpasst, um sie gefügig zu machen. Ein Fehler? Sie war kalt wie ein Eisblock. Es war völlig unbefriedigend! Sie spielt mit mir, das kann ich nicht zulassen. Habe es zuvor im Guten versucht. Sinnlos. Habe sie gestoßen und getreten. Aber nur wenig. Trotzdem … Sie ist mit dem Kopf gegen den spitzen Bettpfosten gefallen und hat sich nicht mehr gerührt. Ich kann wirklich nichts dafür. Blöd gelaufen. Mochte sie irgendwie. Kein Grabstein für sie, das hat mir leidgetan. Es ist ein dummer Unfall gewesen. Finde ich wieder eine wie sie?

Problem: Was mache ich mit dem Jungen? Hat geweint, als seine Mutter tot am Boden lag. Wie alt ist er jetzt? Um die sechs Jahre. Buben in diesem Alter hat doch die Richterin in ihrem Bauernhof bei Linz. Ich kann ihr meinen Sohn schenken und sie so für immer auf meine Seite ziehen. Ist das die Lösung?

Ansonsten nichts Besonderes passiert.

74

Das Handy klingelte nur ein einziges Mal, da hatte Franka auch schon abgehoben. Sie hatte die Nacht bei Jan verbracht, war zusammengerollt auf dem Baldachinbett in einen unruhigen Dämmerschlaf gesunken, in eine Schattenwelt, in der sich reale Figuren mit Traumwelten vermischten. Aber sie war sofort hellwach, als sie die Stimme von Elena Kafka hörte.

»Ich komme sofort.« Elena hatte ihr eine Adresse genannt, die Franka vage bekannt vorkam, doch erst als die Polizeichefin auch den Namen der Person nannte, die dort wohnte, war alles klar.

»Ist Braun schon informiert?«

»Er kann nicht informiert werden«, antwortete Elena.

»Ist etwas mit ihm passiert?«, hakte Franka nach und konnte den bangen Unterton in ihrer Stimme nicht verbergen.

»Kommen Sie einfach an den Tatort!«

Tatort. Es gab einen Tatort, also gab es wahrscheinlich auch eine Leiche. Und wo war Braun?

Fünf Minuten später sprintete sie aus Jans Kellerloft und sprang zu Bruno in den Wagen. Auch er sah aus, als hätte er die ganze Nacht nicht geschlafen. Selbst die selbst gedrehte Kippe, die wie immer in seinem Mundwinkel klebte, hing traurig nach unten.

»Das stinkt doch zum Himmel!«, war sein einziger Kommentar.

Wie zum Hohn war dieser heutige Morgen aber in ein prächtiges Rosa getaucht, denn die Sonne stand noch knapp unter dem Horizont. Es würde ein Bilderbuchsonnenaufgang werden.

»Was hat Elena gesagt?« Franka starrte nervös auf Bruno und stieß ihm den Ellbogen in die Seite. »Los, was hat sie gesagt?«

»Sie hat immer wieder von einem Tatort geredet.«

Dann schwieg er und lauschte der Frauenstimme aus dem Navi, die ihm Anweisungen erteilte, bis sie endlich nur noch ein paar Meter von der Adresse entfernt waren, die Elena ihnen gegeben hatte.

»Hier also wohnt Staatsanwalt Johannes Schuster.« Bruno kratzte sich unter der Strickmütze, als sie in eine ziemlich durchschnittliche Siedlungsstraße einbogen. »Ich dachte immer, Typen wie der können sich protzige Villen leisten.«

Er deutete auf das schlichte Mehrfamilienhaus, vor dem mehrere Polizeiwagen, der schwarze Mercedes der Leichenbestattung und Paul Adrians PT Cruiser die Straße verstellten.

Elena stand bereits vor dem Haus, und ihre düstere Miene verhieß nichts Gutes. In der Hand hielt sie eine zerknüllte Zigarettenschachtel, die sie so gierig anstarrte, dass man Angst bekommen konnte.

»Beinahe hätte ich mir eine angezündet, als ich das gesehen habe«, murmelte sie und nickte Franka und Bruno kurz zu. »Hab's aber dann doch gelassen.«

Franka konnte es spüren. Es musste etwas Schreckliches geschehen sein, wenn selbst Elena Kafka nur mühsam die Fassung wahren konnte. Die Polizeipräsidentin verschanzte sich sonst hinter ihrer abgebrühten Attitüde, die sie wie ein Panzer schützte.

»Was ist passiert?«, ergriff jetzt Bruno das Wort und deutete auf den Leichenwagen. »Es gibt einen Toten. Ist jemand umgekommen?«

»Sehen Sie selbst nach. Die Wohnung ist im zweiten Stock.« Elena drehte sich zur Seite. Mit der linken Hand ließ sie ein goldenes Feuerzeug, das im Licht der aufgehenden Sonne wie ein teures Schmuckstück wirkte, immer wieder auf- und zuschnappen.

Als sie oben angekommen waren, sahen sie sich um und achteten dabei auf jedes Detail. Die Wohnung war nicht groß. Eine geräumige Küche und zwei Zimmer, aus denen man einen herrlichen Blick in einen kleinen Park hatte, eines davon war das Schlafzimmer, das unberührt schien. Das andere Zimmer war ein konservativ möbliertes Wohnzimmer mit einer großen Bücherwand und einem überdimensionierten persischen Teppich in der Raummitte, auf dem sich zwei Männer befanden. Einer von ihnen lag in einer Blutlache auf dem Teppich. Ihm fehlte der halbe Hinterkopf. Offenbar war ihm von vorn in den Kopf geschossen worden.

Der andere saß auf einem mit Plastik abgedeckten Stuhl. Er trug ein zerfetztes blutiges T-Shirt. Um seinen Kopf hatte man provisorisch eine Mullbinde gewickelt, die aber bereits blutdurchtränkt war.

Franka starrte fassungslos auf die Szenerie, schluckte mehrmals und konnte nicht glauben, was sie da sah.

»Braun, was ist passiert?«, fragte sie beinahe tonlos den Mann mit dem blutigen Kopfverband, doch sie bemerkte sofort, dass ihn ihre Worte nicht erreichten.

Brauns Blick glitt träge in ihre Richtung, streifte sie für einen Moment, und ein kurzes Aufleuchten in seinen Augen zeigte ihr, dass er sie erkannt hatte. Dennoch wirkte er, als würde er unter Drogen stehen. Langsam sah sie an seinem blutverschmierten T-Shirt entlang nach unten, und erst jetzt bemerkte sie, dass er Handschellen trug.

»Was sollen die Handschellen?« Sie wies auf den Toten in der Blutlache. »Wer hat den Mann getötet? Braun?«

Er schwieg.

»Antworte! Verdammt noch mal ...«

»Das ist doch ... Staatsanwalt Schuster.« Bruno kniete neben dem Mann mit dem zerfetzten Schädel. »Hat ihn Braun ...« Er vollendete den Satz nicht, als er Frankas zornigen Blick sah. Stattdessen richtete er sich schnell auf und blickte in die schweigende Runde. »Wer hat die Leiche gefunden?«

Niemand reagierte.

»Hallo, bekomme ich vielleicht mal eine Antwort?«, bellte Bruno einen der Streifenpolizisten an, die als Erste am Tatort gewesen waren.

»Die Nachbarin hat einen Schuss gehört und sofort den Notruf getätigt«, stammelte der Polizist, dem der Anblick der Leiche offenbar ziemlich an die Nieren ging. »Wir sind sofort hierhergefahren, da ist uns dieser Typ schon entgegengekommen.« Er zeigte auf Braun. »Getaumelt ist der, wie ein Besoffener, und er war überall voll mit Blut. Den haben wir natürlich gleich angehalten.«

»Das ist Tony Braun, der Chef der Mordkommission, ihr Pfeifen!«, brüllte Bruno. »Nehmt ihm sofort die Handschellen ab!«

»Die Handschellen bleiben dran. Ich habe das so angeordnet.« Elena stand in der Tür, sie hielt eine unangezündete Zigarette zwischen den Fingern.

»Warum?« Franka stellte sich vor die Polizeipräsidentin und stemmte die Fäuste in die Hüften. Nur mit Mühe konnte sie ihre Erregung im Zaum halten. Am liebsten hätte sie Braun gepackt und nach draußen verfrachtet, wo er vermutlich sicherer war als hier drinnen in diesem Irrenhaus. »Das ist doch absurd!«

Elena ließ sich Zeit mit der Antwort. »Chefinspektor Tony Braun steht unter dem dringenden Tatverdacht, Staatsanwalt Johannes Schuster im Zuge eines Streits erschossen zu haben. Die Handschellen bleiben dran.«

75

Er versuchte klar zu denken, schaffte es aber gerade noch, aufrecht zu sitzen. Er hatte einen Filmriss. Es war, als wäre er nach langer Zeit aus einer schwarzen Tiefe wieder an die Oberfläche gekommen, doch die Luft dort oben hatte sich so verändert, dass er nicht mehr atmen konnte.

Braun legte den Kopf in den Nacken und versuchte, Ruhe in seine Gedanken zu bringen. Er konzentrierte sich auf die einfachsten Dinge: Es gab eine Matratze auf einem Betonsockel, dazu eine Decke und, hinter einem halbhohen Paravent versteckt, eine Toilettenschüssel. Ansonsten war nichts in dem Raum. Als eine grau gestrichene Stahltür in sein Blickfeld kam, begriff er endlich, wo er sich befand. Es war eine der Ausnüchterungszellen in der Schwarzen Halle.

Kurz darauf wurde die Tür aufgesperrt, und der Lärm vom Gang war so durchdringend, dass Braun glaubte, sein Kopf müsste jeden Moment zerspringen, wie ein Kürbis, auf den ein gezielter Schuss abgefeuert wurde. Verschwommen nahm er die Umrisse von zwei Personen wahr, die in seine Zelle traten, gleich darauf hörte er ihre Stimmen, verwischt zwar, aber immerhin war er schon so weit, dass er den Sinn der Sätze erfassen konnte.

»Chefinspektor, sind Sie bereit für eine erste Vernehmung?«

»Ritter, sind Sie das?«, krächzte Braun, und sein Mund fühlte sich an, als hätte er Reißnägel geschluckt, überall hatte er Schmerzen und das Gefühl von wunden Stellen. »Hoffentlich träume ich das alles nur.«

»Leider ist das Ganze traurige Wirklichkeit«, erwiderte der Oberstaatsanwalt. »Wir sollten so schnell wie möglich Klarheit in diese unangenehme Angelegenheit bringen.«

»Fühlen Sie sich dazu imstande?«, fragte die zweite Person, die eingetreten war. Es war Elena.

Vorsichtig drehte Braun seinen Kopf zur Seite und blickte in ihr Gesicht, das ihn ratlos, verwirrt und vielleicht sogar ein wenig argwöhnisch betrachtete.

»Geben Sie mir noch fünf Minuten, dann bin ich okay.«

Noch immer stachen die Reißnägel an seinen Gaumen, noch immer waren die Geräusche viel zu laut, und noch immer war er sich nicht im Klaren darüber, was passiert war. Sein Schädel schmerzte unerträglich, und im Genick spürte er tiefe Kratzspuren, als er mit der Hand darüberfuhr.

Mit einem kurzen Nicken signalisierte er wenige Augenblicke später, dass er jetzt so weit war. Schweigend gingen sie in einen der Vernehmungsräume, wo Oberstaatsanwalt Ritter eine Kamera einschaltete und sich ihm gegenüber neben Elena an den Tisch setzte.

Nachdem Ritter die Formalitäten in ein Mikro gesprochen hatte, beugte er sich vor, faltete die Hände auf der Tischplatte und sah Braun abwartend an. »Erzählen Sie!«

»Ich war in der Nacht bei Viktor Maly, um ihn nach einem wichtigen Detail zu befragen. Dabei ist mir etwas aufgefallen, was ich sofort überprüfen wollte.«

Plötzlich waren die Bilder der Erinnerung wieder da, und Braun sah den Wachmann vor sich, die Überwachungsvideos, den Rattenkäfig, die Schwester mit den Kopfhörern, die DVD. Er sah den beleuchteten Parkplatz und den nervösen Schuster, der in seinem Wagen nach etwas suchte. Gleichzeitig sah er einen Schatten hinter sich und spürte den Stich im Nacken. Mit dem Tod des Staatsanwalts konnte er unmöglich etwas zu tun haben. Er hatte die DVD noch immer in seiner Tasche und wollte sie schon herausziehen, doch dann zögerte er. Auf welcher Seite stand Oberstaatsanwalt Ritter? War er einer von den Guten? Oder gehörte er zu *denen*, wer auch immer die waren? Selbst bei der Polizeipräsidentin war er sich plötzlich nicht mehr sicher. Also war es besser, die Klappe zu halten und die DVD vorerst nicht anzusprechen.

»Was wollten Sie überprüfen?«, schaltete sich Elena in die Befragung ein. Sie lehnte sich zu ihm vor und sah ihn mit traurigen Augen an. Sie wirkte übermüdet, erledigt und grau, so grau wie dieser Dezembertag.

»Keine Ahnung. Ich weiß es nicht mehr.« Braun tippte sich an den Kopf, um den noch immer ein Verband gewickelt war. »Ich weiß auch nicht, woher die Verletzung stammt.«

Elena schob ein Foto über den Tisch. Darauf war eine Steinskulptur zu erkennen, die aussah wie die Figuren, die Bernhard Frey entworfen hatte.

»Damit hat Schuster Sie attackiert. Seine Fingerabdrücke befinden sich darauf.« Sie tippte mit einem Finger auf die Skulptur, deren hellgrauer Stein auf einer Seite einen dunklen Fleck hatte. Es war Blut, Brauns Blut. »Wir haben auch Schmauchspuren auf Ihrer Hand gefunden. Haben Sie auf Schuster geschossen?«

»Nein. Das ist doch Unsinn! Das wurde alles manipuliert, um mich abzuservieren. Kapiert das hier keiner?«, sagte Braun noch immer ruhig.

Ritter räusperte sich und schlug einen dünnen Ordner auf. »Haben Sie sich bedroht gefühlt und deswegen auf Schuster geschossen? Es war sicher Notwehr.«

»Hören Sie mir überhaupt zu?«, fragte Braun etwas lauter. »Glauben Sie das wirklich? Weshalb sollte ich Schuster erschießen, wenn er mir wichtige Informationen geben wollte? Das ergibt doch keinen Sinn.«

»Das steht hier nicht zur Debatte.« Der Oberstaatsanwalt klappte die Mappe wieder zu. »Fakt ist, dass man Schmauchspuren auf Ihrer Hand sichergestellt hat. Fakt ist, dass Schuster mit Ihrer Waffe getötet wurde. Fakt ist auch, dass Sie alkoholisiert waren.«

»Sie haben eine zwanghafte Fixierung auf Viktor Maly«, vervollständigte Elena die Ausführungen, und auf Braun wirkten die beiden wie ein Duo, das seinen Auftritt genau choreografiert hatte.

»Was hat Maly mit diesem Mord zu tun?«, fragte er.

»Sie sind mit Schuster öfter aneinandergeraten«, erwiderte Elena, ohne auf seine Frage einzugehen. »Es gibt jede Menge Augenzeugen in Ihrem Team.«

»Das ist doch normal bei Mordermittlungen, dass man sich von Zeit zu Zeit in die Haare kriegt.«

»Chefinspektor, Sie leugnen also, Staatsanwalt Johannes Schuster in Notwehr getötet zu haben?«, resümierte Ritter und faltete wieder seine Hände, als würde er beten wollen.

»Was soll diese Frage? Natürlich habe ich ihn nicht getötet! Er hat sich auch nicht auf mich gestürzt. Es gab keinen Streit zwischen Schuster und mir. Jemand hat mir eine Betäubungsspritze verpasst. Das kann man doch eindeutig feststellen.« Er wandte sich an Elena. »Ist diese Farce jetzt endlich vorüber?«

Ritters Handy klingelte, und nach einem kurzen Blick auf das Display stand er auf und ging nach draußen.

Elena beugte sich vor und schaltete das Aufnahmegerät ab. »Ich glaube Ihnen, aber lassen Sie endlich die Finger von Maly! Der Fall ist abgeschlossen und wird nicht wieder neu aufgerollt. Im Gegenzug sorge ich dafür, dass Sie mit einem blauen Auge aus dieser Sache kommen.«

»Ist das ein Deal, Elena?«, fragte Braun zynisch.

»Nennen Sie es, wie Sie wollen.«

»Habe ich etwas verpasst?«, fragte Ritter, als er wenige Augenblicke später wieder in den Vernehmungsraum trat. Er blickte misstrauisch von Braun zu Elena.

»Nein, Chefinspektor Braun bleibt bei seiner Aussage. Das stimmt doch?«

»Ja, das ist richtig. Kann ich jetzt gehen?«

Elena und Ritter blickten sich lange an, schließlich nickte sie zögerlich. »Sie können gehen, Chefinspektor. Allerdings sind Sie bis auf Weiteres vom Dienst suspendiert.« Sie wandte sich an Ritter. »Irgendwelche Einwände, Herr Oberstaatsanwalt?«

»Das geht in Ordnung, wenn sich der Chefinspektor an die Anweisungen hält. Beim geringsten Verstoß wird die U-Haft über ihn verhängt.«

Leck mich!, dachte Braun und hätte Ritter am liebsten den Mittelfinger gezeigt.

Als er seinen Dienstausweis auf den Tisch geknallt hatte, zog er seinen Mantel einfach über das blutverkrustete T-Shirt und ging langsam nach draußen in den kalten Dezembertag. Noch immer hatte er den Verband um seinen Kopf gewickelt. Der wartende Taxifahrer betrachtete ihn misstrauisch. In der Tasche seines Mantels spürte Braun die DVD. Sie hatten sie ihm nicht weggenommen.

Er wusste, dass die Lösung des Falls nun ganz nah war.

76

Braun klopfte am frühen Nachmittag nach seiner Vernehmung drei Mal gegen die Stahlverkleidung. Die Tür zu Jans Loft schwang sofort auf.

»Der Mord an Schuster zieht immer größere Kreise. Ich habe interessante Bilder im Netz gefunden.«

Jan klickte auf eine Datei auf seinem Computer. Ein Bild zeigte Schuster in privater Umgebung mit Exminister Udo Kalkleben. Und ein weiteres Bild in trautem Gespräch mit Marina Altenberg.

»Möglicherweise ist Schuster auf brisante Informationen gestoßen und wurde gewissen Kreisen einfach zu gefährlich. Deshalb hat man ihn liquidiert und wollte diesen Mord mir anhängen«, sagte Braun.

»Vielleicht ist deine Suspendierung gar nicht so schlecht, jetzt brauchst du dich an keine Regeln zu halten«, meinte Jan nachdenklich. Er betrachtete Brauns verdrecktes T-Shirt und den Kopfverband mit einem missbilligenden Blick.

»Wir müssen uns das sofort ansehen«, sagte Braun und schwenkte die DVD in der Hand. »Wo ist Franka?«

»Sie ist kurz ins Spital gefahren, um bei ihrer Schwester zu sein. Es gab leider Komplikationen. Tara steht auf der Kippe.«

»Das klingt aber gar nicht gut. Hoffen wir das Beste.«

»Was ist das?«, wollte Jan wissen.

»Das Überwachungsvideo aus Viktor Malys Zimmer aus der Nacht, in der Amelie Frey ermordet wurde.«

Die DVD flutschte in eines von Jans Macbooks, und mit dem Schnelldurchlauf kamen sie sofort an die gewünschte Stelle.

»Es sind zwei Personen im Zimmer. Maly schläft, und die andere Person notiert etwas in einem Schreibblock – oder was soll das sein?« Jan kniff die Augen zusammen und beugte sich vor.

»Das ist ein Klemmbrett, darauf sind Blätter geheftet. Durch den harten Rücken kann man in jeder Position schreiben«, antwortete Braun und konzentrierte sich weiter auf die Bilder, in denen so gut wie nichts passierte. »Achte auf den Käfig unter dem Bett.«

Sie starrten auf den Monitor. Maly schien weiterhin friedlich zu schlafen, aber plötzlich bewegte sich der Käfig ein wenig vor und zurück.

Vor und zurück.

Vor und zurück.

»Hast du das gesehen?« Braun tippte auf den Bildschirm. »Der Käfig hat geruckelt.«

»Hab ich gesehen. Aber was soll damit sein?«

»Der Käfig bewegt sich immer gleich. Immer in derselben Position. Das ist doch nicht normal!«

»Ich kopiere die Sequenz und lege ein Gitter darüber«, sagte Jan und schickte den Ausschnitt auf einen größeren Bildschirm. »Stimmt«, murmelte er dann. »Es ist immer dieselbe Bewegung. Fällt fast nicht auf, aber sie ist da.«

Jan konzentrierte sich auf die Person, die mit dem Rücken zur Kamera saß. Er zoomte das Bild so weit ran, dass man gerade noch erkennen konnte, dass der Mann etwas auf dem Papier notierte.

»Sieh dir das an!« Jan wies auf den Schreibblock auf dem Bildschirm. »Immer dieselbe Handbewegung.«

Braun starrte auf den Timecode, der rechts oben im Bild eingeblendet war, während das Video weiterlief. »Die Sequenz wiederholt sich genau alle zehn Sekunden. Der Käfig mit den Ratten bewegt sich zweimal vor und zurück. Dasselbe gilt für die Handbewegung. Und das kann nur eines heißen.«

»Das Überwachungsvideo ist manipuliert worden«, keuchte Jan.

»Wie funktioniert das?«

»Die Überwachungsvideos werden per Funk gesteuert. Der Wachmann kann sie nach Belieben auf seinen Bildschirm holen«, erklärte Jan, während er Bild für Bild des Videos auf seinem großen Schirm laufen ließ. »Es ist theoretisch möglich, sich mit einem Rechner in das Funknetz einzuklinken, eine Sekunde Schnee oder Bildausfall zu erzeugen und dann eine getürkte Sequenz einzuspielen.«

»Aber das ist doch extrem aufwendig«, warf Braun ein. »Geht das denn so unbemerkt?«

»Das kann man mit dem Smartphone jederzeit machen, wenn man sich auskennt. Man muss nur eine passende Sequenz des Überwachungsvideos aufnehmen und in das Video kopieren. Das fällt niemandem auf, das hast du ja gerade mitbekommen.«

»Geht das nur live? Also in dem Moment, in dem das Video aufgenommen wird?«

Jan dachte kurz nach. »Ich glaube nicht. Das könnte man bestimmt auch nachträglich einspielen.«

»Hättest du recht mit deiner Vermutung, hieße das, dass Viktor Maly kein Alibi für die Tatzeit des ersten Mordes hätte. Wahrscheinlich auch nicht für den zweiten Mord. Er ist daher mit größter Sicherheit unser Täter.«

»Es sind aber zwei Personen auf dem Video. Der Kerl

müsste es doch mitbekommen haben, wenn Maly so einfach verschwände«, sagte Jan zu Braun.

»Verdammt. Ja, du hast recht! Wie kann das sein?«

Die Lösung war so nahe, so greifbar. Im Grunde war es ganz einfach.

Braun schloss die Augen und stellte sich die Szene bildlich vor. »Thomas Just und Viktor Maly sind im selben Zimmer. Die beiden sind Komplizen. Sie agieren so systematisch wie bei einem Strategiespiel und sichern sich nach allen Seiten ab. Just gab bei der Befragung an, dass er an seiner Tiefschlaf-Studie gearbeitet hätte und deshalb die ganze Nacht im Zimmer von Maly gewesen wäre. Das Video hat das immer bestätigt.«

Braun holte sein Handy aus der Tasche und wählte die Nummer der Psychiatrischen Klinik. Nachdem er mit der Station gesprochen hatte, sah er Jan an. »Just ist heute nicht auf der Station erschienen.«

»Ich habe hier zwei Adressen, unter denen er gemeldet ist«, sagte Jan und drehte den Monitor zu Braun.

»Ich kann mich erinnern, dass er von Schlafstörungen gesprochen hat, als ihn Franka damals zu seinen Tiefschlaf-Studien befragte. Er macht den Lärm von Flugzeugen dafür verantwortlich.«

»Dann passt die Adresse von Hörsching, ganz in der Nähe ist ja der Flughafen von Linz. Sollen wir Elena Kafka in Kenntnis setzen?«

Braun sah grimmig auf. »Ich kann niemandem mehr trauen.«

77

»Du bringst dich um, wenn du in deinem Zustand mehr als ein Bier trinkst.« Kurz entschlossen räumte Kemal die Bierdosen zurück in den Eisschrank und stellte stattdessen ein fein ziseliertes Teeglas auf den Tisch.

Braun saß neben einem elektrischen Heizstrahler im Container von Kemal, der für Gäste eigentlich tabu war. Aber für Braun machte Kemal gern eine Ausnahme, so wie der auch immer beide Augen zudrückte, wenn es um die nicht eingehaltenen Auflagen des Ordnungsamts ging, die Kemal in regelmäßigen Abständen aufgebrummt bekam.

Er hatte nach dem Besuch bei Jan seinen Jeep geholt und war nach Hause gefahren, um sich umzuziehen. Auch seinen blutverkrusteten Kopfverband hatte er gegen ein weniger auffälliges Pflaster getauscht. Noch immer war er von den Drogen, die ihm gespritzt worden waren, ein wenig angeschlagen. Er fühlte sich schwankend wie ein ungeübter Eisläufer, unter dessen Kufen das Eis bedrohlich zu knacken begann und sich in verästelten Splittern immer weiter ausdehnte. So hatte Kemal Brauns Zustand beschrieben, als er zu ihm in den Grill getorkelt war.

»Schöne Metapher«, meinte Braun nun und stopfte sich ein großes Stück Moussaka in den Mund.

»Ständig bewegen wir uns auf trügerischem Eis. Wir denken, der Eisboden würde endlos weit hinunterreichen, in Wirklichkeit ist es aber nur eine dünne Schicht, die uns vom schwarzen Wasser und dem Verderben trennt.«

»Das musst du mir genauer erklären«, sagte Braun mit vollem Mund.

»Unsere Ordnung trennt nur eine dünne Ebene vom Chaos.« Kemal kramte in seiner schmierigen Schürze herum und zog eine Goldmünze hervor. »Die zwei Seiten einer Medaille. Oben die Zivilisation, unten die Anarchie. Oben Moral, unten Unmoral. Dazwischen nur eine dünne Schicht, die das eine vom anderen trennt. Was aber, wenn die Grenzen verschwimmen und es kein oben und kein unten mehr gibt?«

Kemal schnippte die Münze zu Braun, der sie auffing und zwischen seinen Fingern hin und her drehte.

»Beide Seiten sind gleich«, meinte er verblüfft.

»Ja, ist eine besondere Münze für meine Wetten.« Kemal lachte und klopfte sich auf den Bauch. »Es sind zwar zwei Seiten einer Medaille, aber es gibt keinen Unterschied mehr zwischen Gut und Böse. Das wollte ich damit demonstrieren, kapiert?«

Jedes Mal überraschte ihn sein türkischer Freund mit neuen Ansichten und Denkweisen. Der Abstand zwischen Recht und Unrecht wurde immer kleiner. Braun hatte Staatsanwalt Schuster falsch eingeschätzt, denn er hatte letztendlich doch auf der Seite des Rechts gestanden. Und deshalb hatte er sterben müssen.

Aber warum dieser ganze Aufwand? Nur damit Braun vom Dienst suspendiert wurde? Oder hatte Schuster tatsächlich in ein Wespennest gestochen und war auf brisante Verbindungen gestoßen, die mit Leuten wie dem ehemaligen Innenminister Udo Kalkleben, dem Bankier Robert Frey oder der Adoptionsagentur Baby4you zu tun hatten? Gab es eine übergreifende Organisation, die im großen Stil Menschenhandel betrieb? Was hatte Schuster bei seinen geheimen

Besuchen bei Maly darüber herausgefunden? Hatte das Innenministerium den Fall übernommen, um einflussreiche Persönlichkeiten vor lästigen Nachforschungen zu schützen?

Braun schüttelte den Kopf. Schuster hatte nicht lockergelassen. Es war schade, dass er jetzt nicht mehr mit ihm darüber reden konnte – von Mann zu Mann, mit offenem Visier. Man konnte es drehen und wenden, wie man wollte, es gab mächtige Kreise, die Maly schützten. War er etwa das mysteriöse Bindeglied zwischen dem organisierten Menschenhandel und den Morden?

Als Braun aufstand, sah ihn Kemal erwartungsvoll an.

»Musst du dem Bösen in dieser Welt wieder die Stirn bieten, Braun?«

»So ist es. Aber dank deiner philosophischen Unterstützung weiß ich jetzt, dass es keinen Unterschied zwischen Gut und Böse gibt.«

»Nimm dich in Acht, und denk an meine Worte, Braun. Beide Seiten sehen manchmal gleich aus, aber eine davon ist immer verdammt.«

78

Februar 1992
Es ist bitterkalt. Habe mich schon länger nicht in Dogcity blicken lassen. Passiert ja doch nichts bei dieser Scheißkälte.

Großes Problem: Gitano der Bulibascha ist tot. Man hat ihn erfroren in der Tiefgarage von Sputnix III gefunden. Große Aufregung in Dogcity. Das Begräbnis war ein großes Spektakel, obwohl Gitano nichts mehr zu sagen gehabt hat. Zwei Kandidaten wollen jetzt den Titel. Ihre Clans sind fast 500 Jahre alt. Der eine steht auf meiner Lohnliste. Aber es gibt noch den anderen: Zoran, junger Roma, gebildet. Hat studiert. Kommt aus Prag. Will seinem Volk helfen. Ein Mann von Gitano, sein rechtmäßiger Nachfolger, sagt er. Blabla. Der ist mir von Anfang an nicht geheuer gewesen.

Habe im Januar schon versucht, ihm eine Falle zu stellen. Bin zu ihm und habe ihm von dem Schnapsdepot in der Kreisstadt erzählt, einfach auszurauben, ein Kinderspiel. Meine Polizisten lagen auf der Lauer. Aber Zoran ist nicht aufgetaucht. Jetzt hat er seinen Einfluss in Dogcity ausgebaut. Gibt sich als Kämpfer gegen den Aberglauben. Hat überall verkündet, dass die Rattenschädel nur ein Trick sind. Hetzt die Roma gegen mich auf. Bin sehr nervös, muss sofort gegensteuern. Mit Gewalt?

Kriege jetzt für jedes Baby 60 000 Dollar vom Club der Sieben. Habe das mit einer notwendigen Preiserhöhung begründet. Ich weiß, dass ich ein paar blöde Fehler gemacht habe. Das mit den falschen Aufzeichnungen in der Buchhaltung hat der neue Kassierer entdeckt und dem Bankier mitgeteilt. Dumm gelaufen. Eine Sitzung ist einberufen worden. Klar hat sich anfangs keiner getraut, mich zu verdächtigen. Aber sie lassen mich seitdem beobachten. Ich weiß und fühle es. Spüre immer einen Schatten in meinem Rücken, wenn ich die gefrorenen Wege runtergehe.

Wenigstens bleibt die Richterin ruhig. Bin ziemlich schlau gewesen, weil ich ihr meinen Sohn überlassen habe. Jetzt schätzt sie mich, das hässliche Weib. Aber wie lange? Wenn ich ehrlich bin, habe ich eine Scheißangst, das Geschäft in Dogcity weiterzumachen. Ich weiß, dass die Meute etwas plant. Etwas ist im Busch.

79

Braun befand sich mit dem Jeep auf der Zufahrtsstraße zum Linzer Flughafen in Hörsching. Links begann bereits das umzäunte Flughafengelände, rechts gab es nichts weiter als zwei Vierkantbauernhöfe, die mitten aus den brachliegenden Feldern ragten.

Ein Bauernhof direkt neben dem Flughafen. Das habe ich auch noch nie gesehen, dachte Braun, als er auf dem asphaltierten Vorplatz des Anwesens parkte.

Er sprang aus dem Wagen und ging schnell auf das große Hoftor zu. Er rüttelte daran, aber es war verschlossen. Als er um die Ecke bog, wo das Gebäude an einen verwilderten Obstgarten grenzte, sah er eine Tür. Auf einem zerkratzten Messingschild stand »Dr. Weinberg«. Irritiert wählte er Jans Nummer.

»Wer ist Dr. Weinberg? Der Name Just ist nirgends zu finden. Ich glaube, es ist doch die andere Adresse.«

»Einen kleinen Moment … Da haben wir es. Dr. Weinberg ist die Mutter von Thomas Just. Sie war mit einem Konrad Just verheiratet, der kurz nach der Geburt von Thomas Just verstorben ist. Er hatte einen Autounfall irgendwo in Tschechien. Ein Wagen hat ihn gerammt und über eine Böschung nach unten geschoben. Das Auto fing Feuer, na, da blieb nicht mehr viel übrig von Papa Just. Der Fahrer des anderen Wagens wurde übrigens nie ausfindig gemacht. Dr. Antonia Weinberg-Just hat dann wieder ihren Mädchennamen Weinberg angenommen.«

»Was gibt es sonst noch Interessantes zu berichten?«

»Dr. Weinberg ist Richterin am Obersten Gerichtshof von Österreich und steht kurz vor ihrer Pensionierung. Zusätzlich sitzt sie in einer Menge von Aufsichtsräten in verschiedenen Unternehmen. Ach, und was haben wir denn da?« Jan machte eine dramatische Pause.

»Was?«, hakte Braun ungeduldig nach.

»Sie ist im Beirat von Social Care.«

»Das ist aber ein verdammter Zufall! Ach was, so einen Zufall gibt es doch gar nicht. So ein Mist! Ich glaube, wir haben es mit einer mächtigen Organisation zu tun, die Personen in allen Schlüsselpositionen sitzen hat und so ungehindert ihren kriminellen Geschäften nachgehen kann. Ich weiß allerdings nicht, wie die toten Frauen und die Rattenschädel dazu passen.«

»Vielleicht bringen meine Recherchen bald ein wenig Licht ins Dunkel. Ich ruf gleich noch mal an.«

Braun legte auf und trat von einem Fuß auf den anderen. Es war wieder kälter geworden. Die paar Tage Frühling mitten im Dezember waren wohl endgültig vorbei.

Er sah hoch zu einem gekippten Fenster im Erdgeschoss. Es war ganz einfach, dorthin zu gelangen. Er müsste nur auf den Fenstersims gelangen, und von dort aus …

Aus dem Augenwinkel sah er eine Bewegung. Plötzlich schien es ihm, als würde sich etwas hinter dem Fenster eine Etage weiter oben bewegen. Für den Bruchteil einer Sekunde sah er einen Schatten, dann war er auch schon wieder verschwunden.

Bestimmt nicht nur ein Vorhang, der sich im Luftzug bewegt, dachte Braun und zog sich auf den steinernen Sims.

80

Auf leisen Sohlen schleicht sich die Erinnerung heran, erschreckt mich mit fremden Bildern, die so unvermittelt vor meinem inneren Auge auftauchen, dass ich vor Schreck zusammenzucke.

Ich fahre mit einem Wagen über verschlammte Straßen. Vor mir tauchen zwei halbfertige Wohntürme auf. Rund um diese Hochhäuser wuchert ein Slum aus Bretterbuden und Wellblechunterkünften. Kinder krabbeln über den aufgeweichten Boden. Mädchen mit großen Ohrringen und dunklen, ängstlichen Augen huschen zwischen den windschiefen Hütten davon, um sich unseren gierigen Blicken zu entziehen. Überall sehe ich die winzigen Hundeköpfe auf den Handrücken der Kinder und Frauen, nicht mehr als ein Fliegenschiss. Es ist die Tätowierung, die ich auch bei der jungen Polizistin mit den blond gefärbten Haaren entdeckt habe und die mich so erschreckt hat.

»Es gibt Neuigkeiten.«

Karen taucht unvermittelt bei mir auf, und die Erinnerung zerplatzt. Nichts bleibt zurück, nur der schale Beigeschmack, an etwas Grauenhaftem mitgewirkt zu haben. Was, wenn ich langsam dahinterkomme, dass ich ein durch und durch böser Mensch und ein gemeiner Mörder bin? Kann ich dann überhaupt weiterleben? Und war es nicht so, dass man Svenja vor meinen Augen mit einem Kopfschuss getötet hat?

»Sie werden verlegt. Es ist soeben eine entsprechende Order

aus Wien eingetroffen.« Wie zur Bestätigung schwenkt Karen ein Blatt Papier in der Hand und steckt es dann gleich wieder in die Tasche ihres weißen Mantels. »Ich warte, bis Sie Ihre persönlichen Dinge zusammengepackt haben.«

»Heißt das, ich muss sofort los? Wieso diese Eile? Hängt das mit den Erinnerungen zusammen, von denen ich Ihnen gestern erzählt habe?«

Karen nickt betreten und sieht zu Boden. Ich habe ihr von dem neuen Bild erzählt, das immer wieder auftaucht. Ich sehe einen Tresor, der durch meine Erinnerung schwebt, als wäre er leicht wie eine Feder, wie ein Heliumballon, aber ich weiß, dass er aus massivem feuerfestem Stahl gefertigt ist. Ich sehe mich eine Nummernkombination eintippen, die ich nur in dem Augenblick weiß, in dem ich die Tasten drücke. Wenn die kleine Tür des Tresors aufschwingt, habe ich den Code bereits wieder vergessen.

Konzentriert lege ich etwas in das Innere des Tresors. Dann schließt sich die Tür wieder, genau wie das Tor zu meiner Erinnerung. Ich will die Szene festhalten, aber sie entgleitet mir immer wieder, wie ein silbriger Fisch, der durch die Finger glitscht und in den glitzernden Weiten des Ozeans verschwindet.

Karen stocherte gestern in meiner Erinnerung herum, aber ich weiß weder, wo sich dieser Tresor befindet, noch was ich hineingetan habe. Trotzdem feierte sie das Ereignis als epochalen Durchbruch. Aber langsam werde ich nervös, da mich Karen schon wieder darauf anspricht.

»Keine Angst. Man will Ihnen gezielt helfen, Ihre Erinnerung wiederzuerlangen. In einer Spezialklinik. Behalten Sie den Tresor im Gedächtnis. Er ist Ihr Anker. Glauben Sie mir, schon bald wird alles gut. Dann wissen Sie, wer Sie wirklich sind.« Um die Dringlichkeit zu unterstreichen, wirft sie einen

Blick auf ihre Armbanduhr. »Wir müssen uns beeilen. Der Wagen, der Sie abholt, wird in Kürze hier sein.«

»Wo ist Just? Ich habe ihn noch gar nicht gesehen.«

»Er hat sich krankgemeldet.«

Das ist merkwürdig. Bisher war Just nie krank. In einem Jahr kein einziger Fehltag. Hängt seine Abwesenheit vielleicht mit dieser Anweisung von ganz oben zusammen? Alle interessieren sich für meine Vergangenheit. Jeder will wissen, ob ich mich an dieses oder jenes erinnern kann. Die schweigsamen Männer aus Wien, die sich bei mir nicht vorgestellt haben, versuchten, mich mit ihren Tricks aus der Reserve zu locken, mit Methoden, die sie beim Geheimdienst gelernt haben. Aber das habe ich schnell durchschaut. Die Amnesie ist mein Kapital, das ich nicht leichtfertig verspielen darf. Das Vergessen ist so etwas wie meine Lebensversicherung. Doch meine Erinnerung an den mysteriösen Tresor hat die Situation plötzlich verändert, und das beunruhigt mich.

»Was ist mit meinem Freund?«, frage ich Karen und ziehe den Käfig mit Gilbert unter dem Bett hervor. Mit dem Zeigefinger kitzle ich die aufrecht an den Gitterstäben stehende Ratte und bilde mir ein, dass sie mir zuwispert: *Sei auf der Hut! Bleib wachsam!*

»Leider können Sie die Ratte in Ihre neue Unterkunft nicht mitnehmen«, höre ich Karen aus dem Hintergrund murmeln, und plötzlich empfinde ich ein heftiges Gefühl der Distanziertheit.

»Schade. Dann habe ich überhaupt keine Freunde mehr. Braun werde ich wohl auch nicht mehr treffen?«

»Nein, den sehen Sie nie wieder«, antwortet Karen vage und leicht gereizt. »Aber keine Sorge. Es werden sich andere um Sie kümmern.«

Das muss ich wohl so akzeptieren. Behutsam breite ich

meine Straßenkleidung auf dem Bett aus, in der man mich vor einem Jahr vor der Psychiatrischen Klinik gefunden hat. So wie Jacke und Hose auf dem weißen Leintuch liegen, wirken sie wie die Lieblingskleider, die man einem Toten zur Beerdigung anzieht. Vielleicht bin ich bereits vor einem Jahr gestorben und feiere jetzt meine Wiederauferstehung?

Als ich mich anziehe, spüre ich die plötzliche Veränderung in meinem Kopf. Es ist, als würde sich mit der Kleidung, die ich langsam anlege, auch mein Bewusstsein verändern. Plötzlich beginnt sich mein Körper zu straffen, das Adrenalin pumpt durch meine Venen. Die schwarzen Schatten vor meinem Geist, die mich bisher gelähmt und lethargisch gemacht haben, reißen plötzlich auf, und vor mir ragt eine graue Steilwand endlos weit in einen fahlen Himmel. Ich weiß, dass ich ohne zu zögern nach oben klettern muss, um endlich wieder den Überblick zu erhalten, der mir so lange gefehlt hat. Wie aus dem Nichts wird mein Denken zielorientiert, hart und präzise, wie ein Maschinengewehr.

»Gehen wir.« Als anderer Mensch trete ich aus dem Badezimmer und ziehe den Reißverschluss meiner Jacke bis zum Hals hoch. »Ich bin so weit.«

»Dann los«, antwortet Karen knapp und geht vor mir nach draußen.

Am Ende des Korridors ist die Sicherheitsschleuse, die man nur mit der Berechtigungskarte passieren kann. Karens Handy klingelt, sie bleibt stehen und dreht sich zur Seite. Mit einer Hand fährt sie sich durch die braunen Haare, plötzlich sieht sie planlos umher. Sie wirkt mit einem Mal unorganisiert. Ihr Mund ist verzerrt, als sie »Er weiß es!« ins Telefon zischt.

Wie kann ich das in dem Lärm auf der Station hören? Ich habe ihre Lippen gelesen. Sie weiß nicht, dass ich das kann. Ich wusste es selbst nicht.

Mit einem leisen Zischen öffnet sich die Sicherheitsschleuse, wie eine riesige chromblitzende Zentrifuge, die jedem, der dieses Epizentrum des Grauens betritt, das Gehirn wäscht, sein Innerstes nach außen kehrt, um ihn dann als durchtherapierte angepasste Hülle wieder in die gleichförmige Welt zu werfen.

Erneut fährt sich Karen nervös durch die Haare, und der Ärmel ihres weißen Kittels rutscht ein wenig nach oben. Für den Bruchteil einer Sekunde sehe ich auf der Innenseite ihres Unterarms eine Tätowierung. Ich kenne sie. Der Mann, der mich versucht hat umzubringen, hatte dieselbe.

In diesem Moment weiß ich, dass ich Karen nicht mehr trauen kann.

Als sie meinen Blick bemerkt, schiebt sie umständlich ihren Ärmel wieder nach unten, bis über die Hand. Doch jetzt bin ich gewarnt.

Ein Patient tappt in die hell erleuchtete Sicherheitsschleuse. Der Wachmann verlässt seinen Glaskasten, um ihn wieder in die Abteilung zu bringen. Karen hat aufgehört zu telefonieren. Ihre Haltung ist verkrampft, doch sie weicht nicht von meiner Seite. Die leere Sicherheitsschleuse leuchtet verhängnisvoll wie das Tor zu einer geheimen, einer schrecklichen Hölle, und Karen schiebt mich hinein.

Sekunden später fahren wir mit dem Lift nach unten. »Wir nehmen den Seiteneingang«, sagt Karen im Befehlston und schiebt mich vom Empfangstresen aus in einen Gang, der zu einem unbenutzten Trakt der Klinik führt. Wenig später stehen wir auf einer Rampe, von der aus die Notaufnahme der allgemeinen Klinik zu sehen ist.

In der Einfahrt steht ein Krankenwagen mit grell blinkenden Lichtern und offenen Türen, auf dem Notbett davor liegt ein Mann mit blutendem Schädel. Ein schwarzer Geländewagen biegt gerade auf den Parkplatz ein, und Karen hebt den Arm, um den Fahrer auf sich aufmerksam zu machen.

Ich rechne mir aus, wie lange der Wagen bis zur Rampe braucht. Nicht mehr als zwanzig Sekunden. Dann packe ich Karen im Genick und schiebe sie über die Rampe zur Notaufnahme. Sie schreit leicht auf, aber sie kennt diesen Griff und weiß, dass er tödlich sein kann, wenn ich es darauf anlege. Die Uhr in meinem Kopf läuft. Fünfzehn Sekunden.

Zehn Sekunden.

Fünf.

Dann sind wir hinter dem Krankenwagen verschwunden.

»Was machen Sie da?« Hinter uns steht der Fahrer des Krankenwagens und sieht mich fragend an.

»Nichts, alles im grünen Bereich«, antworte ich mit einem freundlichen Lächeln und schlage ihm kurz mit dem Ellbogen gegen den Hals. Ein effizienter Schlag, der die Blutzufuhr ins Gehirn unterbricht und jeden Gegner außer Gefecht setzt.

Dann drücke ich mit der anderen Hand zu, und Karen fällt in sich zusammen. Ich werfe sie auf die Liege im Krankenwagen und schließe die Türen, ziehe mir einen weißen Kittel über und setze mich ans Steuer. Es ist kein Problem, den Wagen zu starten und im Schritttempo an dem schwarzen Geländewagen vorbei bis zur geöffneten Schranke vorzufahren, an der mich der Wachmann einfach durchwinkt. An der Windschutzscheibe des Krankenwagens ist ein Navigationsgerät angebracht. Auch das ist kinderleicht zu bedienen. Natürlich weiß ich genau, wohin ich muss. Ich habe die Adresse für Notfälle in meinem Kopf eingespeichert. Dort warte ich auf Braun.

81

Mit angehaltenem Atem schwang sich Braun durch das schmale Fenster ins Innere des Zimmers. Es war leicht gewesen, das gekippte Fenster zu öffnen, denn die Scharniere waren alt, und der Spalt, durch den er hatte hindurchfassen müssen, um an den Fenstergriff zu gelangen, war groß genug.

Vorsichtig sah er sich um. Es war ein Badezimmer, in dem er gelandet war. Der Spiegel war schon fast blind, und die weißen Fliesen grau vor Staub und Spinnweben. Außer dem üblichen Frauenkram, der auf einem Bord über dem gelbstichigen Waschbecken verstaubte, sah er aber noch etwas anderes: Neben dem Spiegel klebten verblichene Polaroids, die aus verschiedenen Perspektiven einen kleinen Jungen zeigten, der mit Stacheldraht an ein Kreuz gebunden war.

Fassungslos trat Braun näher und starrte auf die Fotos. Mit seinem Handy fotografierte er die Bilder und wandte sich dann ab. Das war ja total krank!

Er verließ das Bad und trat in ein spartanisches Schlafzimmer, das an den kleinen Raum angrenzte. Über dem Bett stand eine weinende Muttergottesstatue in einer kleinen Nische, und auf dem Nachttisch lagen eine Bibel und ein Rosenkranz. Ein langes schwarzes Kleid mit Mottenlöchern hing an einem Haken an der Wand. Dicke Teppiche dämpften Brauns Schritte, die Luft war stickig und abgestanden. Die Atmosphäre in dem Zimmer war lieblos und fad.

Er öffnete die Schlafzimmertür und fand sich in einem geräumigen Flur wieder, von dem mehrere Türen abgingen.

Er öffnete die erstbeste links von ihm und trat in ein kleines Zimmer. Braun sah sich um. Der Raum war fast leer, nur ein paar mit Bettlaken abgedeckte Möbel standen vereinzelt herum. Er riss eines der Laken herunter, und zu seiner Überraschung verbarg sich unter dem Leinen ein Betstuhl.

Neugierig betrachtete er das Möbelstück. Es war kein normaler Betstuhl, sondern hatte eine Auflage aus Stacheldraht für die Knie. Was war das denn? Eine Folterbank?

Hastig riss Braun auch die anderen Laken von den Möbeln. Nein, es war keine geheime Folterkammer, sondern ein Kinderzimmer. An der Wand befand sich ein schmales Bett, daneben ein Nachttisch und ein schlichter Kleiderschrank. Vor dem vergitterten Fenster, das hinaus in einen Innenhof führte, stand der Betstuhl. Wie krass war das denn?

In einer Ecke des Raums fand Braun einen verstaubten Futternapf aus Blech. Neben dem Kleiderschrank stand ein weiteres merkwürdiges Möbel. Es war eine aufgebockte Streckbank, deren Oberseite mit Leder bezogen war und an deren Enden sich Bänder zum Fixieren der Hände und Füße befanden. Auf der linken Seite der Bank war eine Reihe von Haken angebracht, an denen verknotete Lederbänder und Drahtschlingen hingen.

Braun holte tief Luft und trat zurück. Er schloss die Augen, und die Bilder tanzten wie die bunten Kristalle eines Kaleidoskops durch seinen Kopf. Er versuchte das Gesehene zu verarbeiten, versuchte sich vorzustellen, was in diesem grausigen Kinderzimmer wohl passiert war. War Thomas Just hier gequält worden? Hatte man ihn auf die Streckbank geschnallt und gezüchtigt? Hatte er stundenlang auf dem Stacheldraht knien und Buße tun müssen? Als Braun daran dachte, spürte er den Schmerz, der in diesem Zimmer gewütet hatte, die jahrelange Erniedrigung und Demütigung. Aus allen Ritzen sickerten die Qual und das Entsetzen, überall öffneten sich in verborgenen Mauervorsprüngen Augen, die weinten, Münder, die um Gnade flehten, Hände, die verzweifelt um Liebe bettelten.

Er begann das Zimmer systematisch zu durchsuchen. Hier gab es bei oberflächlicher Betrachtung nicht einen persönlichen Gegenstand, er konnte also nur vermuten, dass es das Kinderzimmer von Just war. Vielleicht war es auch nur eine Kammer des Schreckens, eine Ausgeburt der kranken Fantasie. Vielleicht hatte hier drin nie jemand gelebt? Vielleicht hatte es sich ein kranker Erwachsener nur eingerichtet, aber niemals verwendet? Aber so recht wollte Braun das nicht glauben.

Schließlich wurde er fündig. Im Bett, zwischen Matratze und Lattenrost, lag eine zerknitterte Fotografie. Er sah einen kleinen Jungen mit ängstlichem Blick vor einer Frau stehen. Die Frau hatte ihre Hände auf die Schultern des Jungen gelegt, als würde sie ihn festhalten. Beide starrten in die Kamera. Es war derselbe Junge, den Braun oben auf den Polaroids im Badezimmer gesehen hatte. Er drehte das Bild um und las: »Mein Rattenkind ist da.«

Braun setzte seine Wohnungsbesichtigung fort. Von der Küche führte eine niedrige Tür hinaus in den Innenhof. Die düstere Stimmung von drinnen wirkte weiter, als er nach draußen trat. Die verwitterten Mauern rückten näher und nahmen ihm die Luft zum Atmen. Obwohl der Innenhof relativ groß war, wirkte er auf ihn eng und klaustrophobisch. Er war das Pendant zu dem Kinderzimmer des Grauens. Und auch hier entdeckte Braun bizarre Dinge aus Stacheldraht. Waren das … Kronen? Ja. Jemand hatte sich die Mühe gemacht, silbrige Dornenkronen aus Stacheldraht zu biegen. Sie hingen an rostigen Nägeln, an denen die Fetzen von weißem Schleier im Wind wehten, als wären hier blutige Hochzeitsrituale gefeiert worden. Zwischen den gesprungenen Steinplatten wucherte bräunliches Gras, und die hölzernen Wände der Viehstallungen, die sich gegenüber dem Wohntrakt befanden, waren von Regen und Schnee schwarz verwittert. Die Stallungen sahen aus, als würden sie seit Jahren nicht mehr benutzt werden, doch die Schlösser und Riegel an den Holztoren wirkten neu, und die wenigen schmalen Fenster waren vergittert.

Immer wieder musste Braun an die Rattenschädel denken, und an die beiden toten Frauen, Amelie und Laura. Vielleicht auch Svenja, wer weiß. War dieser gruselige Bauernhof eine Ausgeburt von Justs kranker Fantasie? Hatte er in seinem Kinderzimmer auf dem Betstuhl gekniet und die Stacheln in seinem Fleisch gespürt, während er davon träumte, einen dünnen Draht um einen Frauenhals zu legen? Hatte ihm seine kranke Vorstellungswelt nicht mehr genügt, und er hatte das Töten Realität werden lassen?

Spontan griff Braun nach der Stehleiter, die neben dem verriegelten Scheunentor stand, und lehnte sie an die Wand des Viehstalls, um nach oben zu klettern, wo er einige Luken des Heuschobers entdeckte, die nicht vergittert waren. Auf der obersten Sprosse angekommen, stellte er zufrieden fest, dass die Luken nur geschlossen, nicht jedoch verriegelt waren. Er öffnete die Klappe zum Boden und spähte vorsichtig ins Innere. Nur Dunkelheit und ab und zu ein schmaler Lichtstreifen, der wie eine reflektierende Messerklinge durch das marode Dach fiel, waren im Heuschober auszumachen.

Mit einiger Anstrengung zwängte er sich durch eine Luke. Dann fischte er eine dünne Stabtaschenlampe aus seiner Jacke und leuchtete damit den Raum ab. Wie Goldflitter tanzte der aufgewirbelte Staub im Strahl der Lampe umher. Der Raum war ein stillgelegter Getreidespeicher, dessen Boden dick mit Stroh bedeckt war.

In diesem Moment donnerte ein Flugzeug über den Bauernhof, und Braun zuckte zusammen. Die Turbinen dröhnten so laut, dass die Dachschindeln zu klappern begannen. Als der Lärm endlich wieder abebbte, hörte Braun ein leises Schaben und das Trippeln winziger Füße. Waren das Ratten? Nicht weiter ungewöhnlich in einem verlassenen Viehstall, in dem es für die Viecher sicher genügend Nahrung zu holen gab. Aber etwas stimmte nicht …

Was war es?

Braun schloss die Augen und lauschte. Dann fiel es ihm auf: Es waren einfach zu viele Ratten.

Er zog die Beretta, die er von zu Hause mitgenommen hatte. Das hektische Getrappel und aufgeregte Fiepen kam aus dem Viehstall unterhalb des Getreidespeichers. Braun hatte den Eindruck, als würden Hunderte von Ratten durch die Stallungen strömen.

Konzentriert sog er die Luft ein. Etwas störte ihn beim Atmen. Und plötzlich wusste er, was dieser Geruch zu bedeuten hatte. Es stank nach Moder, Fäkalien und Fäulnis, aber auch nach verdorbenem Fleisch. Es roch nach Tod, so intensiv, als würde unterhalb des Getreidespeichers ein verfaulter Kadaver liegen. Vorsichtig machte er einen Schritt vor – und trat plötzlich ins Leere.

82

Meine Erinnerungen an den folgenschweren März 1992 waren unvollständig und nebulös. Ich hatte alles verdrängt, vergessen, einfach aus meinem Gedächtnis gelöscht. Ich lebte seit einigen Wochen in dem abgelegenen Bauernhof, als mich meine Adoptivmutter, die Richterin, eines Tages in ihren Wagen steckte. »Los, Thomas, heute musst du deine Sünden abbüßen!«, sagte sie.

Meinen Namen Tomáš sprach sie immer Deutsch aus. Ich war ihr Rattenkind, das schwere Schuld auf sich geladen hatte. Welche, das wusste ich zu diesem Zeitpunkt noch nicht. Nur dass es mit meinem Vater Viktor Maly zu tun hatte, dem Rattenkönig von Dogcity.

Wir passierten die Grenze zur Tschechei, und nach einigen Stunden Fahrt sahen wir in der Ferne die geschwärzten Türme von Sputnix III auftauchen, die mir so gut bekannt waren. Wir fuhren zurück in meine Heimat. Wieso? Ich verstand es nicht.

Meine Adoptivmutter hielt den Wagen an. Kurze Zeit später fuhr ein zweiter Wagen auf den Parkplatz, und drei Männer stiegen aus, die sie mir als Lobbyist, Bankier und Minister vorstellte. Zwischen den Türmen war ein riesiges Feuer entfacht worden, hier tagten die Roma-Clans, sagte man mir, und einer der Roma führte das Wort – Zoran, das jedenfalls hörte ich die Richterin mit den Männern flüstern.

Nach und nach habe ich mir die Geschichte zusammengereimt. Mein Vater hatte bei den Geschäften mit den gestohle-

nen Babys Geld für sich abgezweigt, deshalb stellten ihm seine Geschäftspartner gemeinsam mit Zoran, dem neuen Anführer von Sputnix III, eine Falle. Beim Verkauf von zwanzig Babys wurde Victor Maly von Zorans Männern festgenommen und nach Sputnix III transportiert. Die Roma-Clans verurteilten ihn wegen zahlreicher Verbrechen, die ich mit meinem kindlichen Verstand noch nicht begreifen konnte, zum Tode. Das war nur gerecht, fand ich. Noch immer hatte ich am Abend Angst einzuschlafen, weil mich die Bilder meiner von ihm getöteten Mutter verfolgten.

Die Probleme, in der Nacht Schlaf zu finden, habe ich bis heute. Und der Flughafen in der Nähe des Hofs ist garantiert nicht schuld daran. Es ist der Lärm in meinem Inneren.

Die Richterin nahm mich damals mit, damit ich mit eigenen Augen sehen konnte, wie mein Vater starb. Wir stiegen vom Parkplatz aus einen steilen Hügel hinauf, auf dessen Kuppe sich ein Friedhof befand. Der Himmel hatte sich verdunkelt, und es begann zu regnen. Von dort oben aus konnten wir das große Feuer zwischen den Wohntürmen sehen und davor die windschiefen Hütten und Baracken von Dogcity, wo ich geboren wurde und die ersten Jahre meiner Kindheit verbracht habe.

Ich erinnere mich noch, dass unter dem Stoff meiner Hose Blut an meinem Bein entlangtropfte, denn meine Adoptivmutter hatte mir einen Stacheldrahtring um den nackten Oberschenkel gebunden, damit ich meine Sünden nicht vergaß. Aber ich hatte nicht gesündigt, sondern sie. Sie war es, die mich an die Streckbank fesselte und Dinge mit mir machte, die ich nicht begriff. Sie war böse, nicht ich. Doch ich hütete mich davor, etwas davon zu sagen, denn ich wollte nicht erschlagen werden, genau wie meine richtige Mutter, die zur falschen Zeit widersprochen hatte.

Auf dem Friedhofshügel war bereits ein Grab ausgehoben worden, und vier Männer mit großen schwarzen Hüten standen schweigend im Regen. Sie warteten auf meinen Vater, der in diesem Grab für seine Sünden büßen würde.

Die Richterin und ihre Gefolgsleute verbargen sich hinter den umgestürzten Grabsteinen, um alles beobachten zu können, aber dennoch nicht in Erscheinung zu treten. Auch mich zerrte die Richterin nach hinten und drückte dabei so fest gegen den Stacheldraht, dass sich die Dornen wie glühende Eisen in meinen Oberschenkel fraßen. Viele Taschenlampen flammten am Fuße des Hügels auf, und wie eine leuchtende Schlange schob sich eine Menschenmenge im strömenden Regen den gewundenen Pfad hinauf. Es seien die Frauen aus Dogcity, hörte ich die Richterin dem Bankier zuflüstern. Die Frauen, denen mein Vater die Babys gestohlen und dafür Rattenköpfe zurückgelassen hatte.

»Schau genau hin, mein Rattenkind«, flüsterte die Richterin und drückte wieder auf den Stacheldraht. »Bald wirst du Buße tun für die Sünden deines Vaters.«

Damals verstand ich nicht, was sie meinte, versuchte aber den Schmerz zu unterdrücken und nicht zu weinen, denn Tränen machten meine Adoptivmutter bloß wütend, und wenn sie wütend war, sperrte sie mich tagelang in den Käfig.

Ich erschrak, als die ersten Weiber das Grab erreicht hatten. Angeführt wurden sie von einer großen Frau, die jedoch kein Gesicht hatte, sondern nur noch eine zerstörte Fratze. Im Schein der Taschenlampen sah es wie eine konturlose Kraterlandschaft aus. Später erfuhr ich, dass ein Handlanger meines Vaters sie so zugerichtet hatte, weil sie sich ihm widersetzt hatte und ihr Baby nicht hergeben wollte.

Dann sah ich meinen Vater nach Monaten wieder. Er wirkte kleiner, als ich ihn in Erinnerung hatte, aber das lag auch daran, dass er gebeugt vor seinem Grab stand. Seine vom Regen nassen Haare klebten an seinem Kopf, hingen ihm wie schwarze Würmer in die Stirn. Die Hände hatte man ihm auf den Rücken gefesselt, und die hellen Schuhe waren durchnässt und starrten vor Dreck. Er hatte immer viele Schuhe, das weiß ich noch. Meine Mutter musste sie alle farblich sortiert der Reihe nach aufstellen und putzen. Täglich.

Die Frau mit dem entstellten Gesicht begann laut zu singen, die anderen Weiber fielen in den Singsang ein. Gleichzeitig bückten sie sich und hoben Dreck und kleine Steine vom Boden auf. Während der Gesang anschwoll, begannen die Frauen den gesammelten Dreck auf meinen Vater zu werfen. Stoisch stand er da, als würde ihn diese Hassorgie nicht weiter berühren. Nur das leichte Zucken in seinem Gesicht verriet mir, dass er Angst vor dem Tod hatte.

Neben dem ausgehobenen Grab hatten sie eine Pyramide aus großen scharfkantigen Steinen aufgeschichtet. Der Reihe nach gingen die Frauen um diese Pyramide herum, jede von ihnen griff nach einem Stein, und der Haufen wurde immer niedriger. In diesem Augenblick musste ich wieder an meine Mutter denken, die leblos neben dem Bett gelegen hatte, während sich mein Vater über sie beugte. Dafür wollte ich mich an ihm rächen und dafür, dass er mich an die Richterin verschenkt hatte.

»Ich hasse ihn!«, schrie ich und riss mich von der Richterin los, stürzte durch das Gebüsch nach vorn. Ich nahm den größten und schwersten Stein, den ich heben konnte, von dem Haufen und drängte mich durch die Frauen hindurch, bis ich ganz vorn stand und mir der breite Rücken meines Vaters die Sicht auf das Grab verstellte.

Der scharfkantige Stein war schwer, aber ich nahm all meine Kraft zusammen, legte meine Wut und meinen Hass in den

Wurf und schleuderte den Stein gegen seinen Kopf. Die Kante traf ihn im Nacken, und er wankte nach vorn. Noch jetzt spüre ich das Glücksgefühl, das mich durchströmte, als ich ihn taumeln sah. Jetzt gab es kein Halten mehr, auch die Frauen warfen ihre Steine auf ihn. Im Schein der Taschenlampen prasselten sie auf Kopf und Rücken meines Vaters. Blut und Regentropfen vermischten sich, und er begann zu wanken, knickte ein und ging in die Knie. Ein neuerlicher Steinhagel warf ihn nach vorn, und er landete mit dem Gesicht nach unten im Grab, wurde von einer Steinlawine bedeckt. Die Frauen stießen Flüche aus, so lange, bis er tot war und vom Teufel persönlich in Empfang genommen wurde.

83

Der Sturz war so heftig gewesen, dass Braun leicht benommen war. Mit den Händen tastete er über den Boden und fand zum Glück gleich seine Beretta wieder.

Auch die Taschenlampe war noch in Ordnung, und in ihrem schmalen Lichtkegel erkannte er an der rückwärtigen Wand ein uraltes schwarzes Fließband, das vermutlich aus den Fünfziger- oder Sechzigerjahren stammte. Es führte, soweit Braun das im flackernden Schein der Lampe erkennen konnte, an einer silbrig glänzenden, horizontal stehenden Metallscheibe vorbei in einen dunklen Schacht und verschwand dann im Nirgendwo. War das eine Kreissäge? Vermutlich hatten die Bauersleute hier ihr Feuerholz zerteilt.

Doch die antik anmutende Apparatur war nicht das Merkwürdigste im Raum. In der Mitte des Stalles stand ein Käfig, dessen polierte Stäbe im Schein der Lampe glänzten und Leuchtspuren über den grauen Betonboden warfen. Er dominierte den Raum mit seiner ganzen gewaltigen Erscheinung und verlieh ihm eine Aura von Peinigung und Buße, von Gewalt und Leidenschaft, von Schuld und Sühne.

Dieser Käfig war die nächste Station auf der qualvollen Reise ins Zentrum einer kranken Fantasie. Was mit dem Betstuhl im Kinderzimmer begonnen und sich in den Stacheldrahtkronen fortgesetzt hatte, fand hier seinen bizarren Höhepunkt. Von der Gitterdecke des Käfigs hing eine Winde, das Stahlseil darin war mit einer Kurbel außerhalb verbunden. Am Haken am Ende des Stahlseils konnte man unter normalen

Umständen Fleischstücke befestigen und sie so gefahrlos zu den wilden Tieren im Inneren dieses Raubtierkäfigs hinunterlassen. Doch dieser Käfig war jetzt nicht für Raubtiere gedacht, und es hing auch kein Futter am Haken, das die Ratten in Scharen anzog. An dem Haken hing kopfüber eine Frau oder das, was von ihr noch übrig war.

Als Braun nähertrat, hoben die Ratten witternd die Köpfe und beobachteten ihn aufmerksam. Sie hatten aber keine Angst vor ihm. Es kam ihm sogar so vor, als wären sie die Anwesenheit von Menschen gewohnt.

Was er als Nächstes erblickte, war so grauenhaft, dass er fast zu würgen begann. Der Kopf der Frau war bereits von den Ratten zerfressen, und die Nagetiere begannen nun, sich an der zerfetzten Kleidung der Toten und ihren langen Haaren nach oben zu ziehen, um an Hals und Nacken ihr Zerstörungswerk fortzusetzen.

Die geschäftig durch den Käfig und über die tote Frau wuselnden grauen Tiere verschmolzen im Dämmerlicht zu einer einzigen wogenden Masse. Die unwirklich leuchtenden Gitterstäbe, die den Käfig wie einen wahnwitzigen Schrein wirken ließen, und der durchdringende Gestank, der in grünlichen Wolken über der Szenerie zu liegen schien, verdichteten sich zu einem irrealen Schauspiel, dem Braun gezwungen war beizuwohnen.

Wer war die Frau? War sie ein weiteres Opfer von Thomas Just? Aber das passte überhaupt nicht zu seiner bisherigen Vorgehensweise. Die Frau war möglicherweise erst vor Kurzem gestorben. Darauf deutete der Draht, mit dem man ihre Hände auf den Rücken gefesselt hatte. An den Handgelenken sah Braun noch getrocknetes Blut kleben. Die Frau hatte sich also gewehrt. Es war jedoch auf den ersten Blick nicht festzustellen, ob sie mit dem Draht auch erdrosselt worden war.

Obwohl ihre Kleidung bereits ziemlich ruiniert war, konnte Braun erkennen, dass es ein teurer Hosenanzug gewesen sein musste. Die goldenen Ringe an den Fingern der Toten waren klassisch und passten zu der behäbigen Uhr am Handgelenk. Um den verstümmelten Kopf baumelte eine schwere Perlenkette bis auf den Boden. Kleidung und Schmuck ließen darauf schließen, dass es sich um eine ältere Frau gehandelt hatte.

Außer diesem Käfig des Schreckens standen in dem Viehstall noch ein einfacher Klapptisch aus Metall und ein Stuhl. Der Tisch war leer, bis auf ein schwarzes Buch. Braun steckte die Beretta in seine Sakkotasche und klappte mit zwei Fingern das Buch auf. Er blätterte vorsichtig durch die ersten Seiten. Es war ein Notizbuch, dessen handschriftliche Einträge mit Oktober 1990 begannen. Ein Tagebuch? Wer hatte dieses Tagebuch geschrieben? Er ging wieder auf die erste Seite zurück. Hatte er den Namen überlesen? Da sah er rechts unten die winzigen Initialen: *V.M.*

Viktor Maly.

Über ihm setzte ein Flugzeug zur Landung an, und in dem ohrenbetäubenden Lärm vernahm er nur schwach das Geräusch in seinem Rücken, das nicht hierher passte. Reflexartig griff er nach seiner Waffe, doch da hatte sich die feine Drahtschlinge bereits um seinen Hals gelegt und war zugezogen worden.

Braun keuchte und schnappte nach Luft. Er spürte den feinen Draht, der sich wie eine scharfe Messerklinge in seine Haut bohrte. Panisch versuchte er seine Finger zwischen den Draht zu schieben, doch seine Mühen waren vergeblich. Er bäumte sich verzweifelt auf, schlug mit den Armen wild um sich, aber der Draht zog sich immer enger um seinen Hals zusammen.

84

»Schau genau hin! Das ist meine Adoptivmutter, Dr. Antonia Weinberg. Die Frau, die kleinen Jungen gern die Beichte abnimmt. Ein ehrenwertes Mitglied der Gesellschaft, Richterin am Obersten Gerichtshof, das auch zu Hause Strafen verhängt. Ihren kleinen Sohn hat sie für seine Sünden büßen lassen, bis er beinahe starb und schließlich selbst zu einem Richter über Leben und Tod wurde.«

Just hatte die Beretta aus Brauns Sakkotasche genommen und drückte ihm den Lauf in den Rücken. Verzweifelt kämpfte Braun gegen die Ohnmacht an. Als Just ihn am Käfig entlangschob, bekam Braun endlich zwei Finger zwischen den Draht, ohne dass sein Gegner es bemerkte.

»Das hier habe ich gelesen«, sagte Just und wies zu dem Tisch, auf dem das Tagebuch lag. »Es ist die Chronik meines Vaters Viktor Maly, die Chronik eines bösen Menschen, die Chronik des Satans!«

Braun wollte etwas sagen, doch er brachte nur ein heiseres Krächzen hervor.

»Spar dir deine Worte!« Just wirkte euphorisch, als wäre er froh, endlich mit jemandem über die Folterungen und Demütigungen, die ihm in seiner Kindheit widerfahren waren, reden zu können. »Ich habe den ersten Stein auf meinen Vater geworfen, als er vor dem Grab stand. Aber es hat nichts genützt – ich gehörte bereits der sadistischen Richterin. Hier auf diesem Bauernhof habe ich gelebt, hier waren Himmel und Hölle ganz eng beisammen, auch wenn ich mehr von der Hölle abbekam.«

Just versetzte dem Käfig einen Tritt, sodass der Leichnam seiner toten Adoptivmutter wie der Klöppel einer Glocke hin und her schwang. Einige der Ratten stoben quiekend davon.

»Ich habe ihre gesamte Kommunikation überwacht. Ihr Handy, ihren Mail-Account, ihre Post. Alles. Sie wollte wieder einen Jungen aus Dogcity holen. Für die Zeit im Ruhestand, wie sie sagte.« Er lachte hysterisch auf. »Kannst du dir das vorstellen? Sie wollte *noch* ein Kind, um es zu bestrafen, um es für viele ihrer eingebildeten Sünden büßen zu lassen.«

Just schob Braun nach vorn, bis er fest gegen die Gitterstäbe gepresst war, und brach in ein irres Lachen aus.

»Da ist mein Entschluss gefallen. Ich habe sie für jede falsche Antwort bestraft, ich habe sie gequält, so wie sie mich gequält hat, all die Jahre über. Und dann habe ich die Liste gefunden. Es gibt so viele Frauen, die sich Kinder aus Dogcity holen, und alle diese Frauen muss ich töten, denn diesen Kindern wird es genauso ergehen wie mir.«

Die Beichte sprudelte nur so aus ihm heraus, und Braun kam der absurde Gedanke, dass Just vielleicht stolz auf seine wahnsinnigen Taten war, am Ende womöglich sogar die Absolution von ihm haben wollte.

Er versuchte, mit seinen Fingern den Draht zu lockern, aber das half nur bedingt, denn das Metall schnitt ihm immer tiefer ins Fleisch.

»Mit Amelie hat alles angefangen. Ich habe sie beobachtet und mich mit ihrem bemitleidenswerten Mann angefreundet. Der Idiot hat mir gezeigt, wie man kleine Figuren aus Draht macht, und mir einige geschenkt. Da hatte ich plötzlich das perfekte Mordwerkzeug mit einer fremden DNS. Einige Zeit später habe ich Amelie eine Nachricht zukommen lassen und ihr gedroht, belastendes Material über sie und ihren Vater an die Öffentlichkeit zu bringen. Details über die schmutzigen Geschäfte der Frey Privatbank, ein paar Auszüge aus den Korrespondenzen meiner lieben Mutter mit Robert Frey … Da hat sie sofort eingewilligt, sich mit mir zu treffen. Sie zu töten, war viel leichter, als ich es mir vorgestellt hatte.«

Just holte tief Luft und drückte die Beretta noch stärker zwischen Brauns Rippen. Merkwürdigerweise fühlte es sich so an, als würde sich der Draht um seinen Hals langsam lockern. Oder war das der Sauerstoffmangel, der ihn das glauben machte?

»Laura war ein schönes, ein elfenhaftes Wesen – aber diese Frauen sind die Schlimmsten«, fuhr Just fort.

»Das ist doch Blödsinn!« Die Worte kamen krächzend, pfeifend und abgehackt aus Brauns Mund.

Just zuckte verblüfft zusammen. »Was hast du gesagt?«

»Alles Unsinn! Du bist doch nur ein kranker Mörder, der seine irren Taten rechtfertigen will.«

»Das stimmt nicht! Ich töte, um Kinder zu retten, um ihnen mein Schicksal zu ersparen.«

»Jeder Mörder hat eine Ausrede.« Braun schnappte nach Luft und schob noch einen weiteren Finger zwischen den Draht. Endlich konnte er besser atmen. »Und deine ist nicht besonders gut. Du hast ja noch nicht einmal die Zettel selbst geschrieben! Das ist Malys Werk. Du hast nur die Drecksarbeit gemacht.«

»Das … das stimmt nicht«, stammelte Just entsetzt. Die Vorstellung, derart missverstanden zu werden, schien ihn fassungslos zu machen.

Braun drehte den Kopf zu einem Fenster links von sich. »Der Krankenwagen ist gerade eingetroffen. Bald wimmelt es hier von Polizisten.«

Just folgte Brauns Blick nach draußen, und diesen Moment

nutzte Braun aus und versetzte seinem Widersacher einen Tritt mit dem Springerstiefel. Just schrie auf und ließ den Draht los, Braun wirbelte herum, versuchte seine Waffe zu fassen, doch Just stieß ihn zurück und lief in den hinteren Teil des Viehstalls. Die Ratten quietschten erschrocken auf und stoben in alle Richtungen davon, als Just auf seiner Flucht mit der Schulter gegen einen Kippschalter prallte. Dadurch begann sich das Förderband am Ende des Raums ächzend in Bewegung zu setzen, und auch die Kreissäge setzte zu einem ohrenbetäubend schrillen Gesang an.

Just rannte am Förderband entlang in den hinteren Teil des Raums. Wollte er durch den Schacht nach draußen fliehen? Verflucht, vermutlich führte das Förderband direkt durch eine Öffnung in der Außenwand ins Freie.

»Bleiben Sie stehen!«, brüllte ihm Braun hinterher.

Just drehte sich in heller Panik zu Braun um und stolperte in diesem Moment über eine am Boden liegende Schaufel, die unter dem herumliegenden Stroh verborgen gewesen war. Er kam ins Straucheln, versuchte verzweifelt, das Gleichgewicht zu halten, stürzte dann aber mit dem Oberkörper auf das Förderband und wurde ruckartig nach vorn gezogen.

»Nein!« Braun schrie auf und machte einen Satz nach vorn, um Just vor der sich nähernden Kreissäge zu retten.

Er sprang über vereinzelt umherflitzende Ratten, mit zwei langen Schritten war er bei Just, doch da hatte ihn das gezackte Sägeblatt bereits erfasst, und die scharfen Zacken fraßen sich gierig wie die Zähne eines Hais durch seinen Oberkörper.

Als Braun den Kippschalter erreichte und ihn umlegte, was das Förderband zum Stillstand brachte, war Just beinahe in zwei Teile zerschnitten. Das Blut schoss wie eine Fontäne aus der riesigen Wunde, die seinen Oberkörper entstellte, und sein Blick war grenzenlos erstaunt.

»Ich … habe die Zettel geschrieben«, flüsterte er in die plötzliche geisterhafte Stille hinein und stierte auf das Sägeblatt, das tief in seinem Körper steckte. Dann kippte sein Kopf zur Seite, und ein dünnes rotes Rinnsal floss aus einem Mundwinkel und versickerte im Boden jenes Ortes, der für ihn die Hölle auf Erden gewesen war.

85

Nichts im Leben ist Zufall. Es war kein Zufall, dass ich vor vielen Jahren den ersten Stein geworfen habe, um meinen Vater zu töten. Es war kein Zufall, dass ich die Aufzeichnungen meines Vaters Viktor Maly, des selbst ernannten Rattenkönigs, gefunden habe. Es war kein Zufall, dass ich viele Jahre später ein Gespräch der Richterin belauscht und dabei erfahren habe, dass sie darüber nachdachte, sich einen neuen kleinen Jungen zu bestellen.

Es war auch kein Zufall, dass ich sie in den Käfig mit den Ratten gesperrt habe, wo sie elendig verreckt ist, so elendig, wie ich gelebt habe. Und es war kein Zufall, dass ich in ihrem Computer die Liste mit den Adoptivmüttern gefunden habe. Jede von ihnen wollte ein Rattenkind, und ich wusste sofort, welch schlimmes Schicksal diese armen Kinder erwarten würde. Sie waren den perversen Lüsten und Vorlieben ihrer Adoptivmütter ausgeliefert, davor musste ich sie bewahren.

Das waren zunächst nur vage Gedanken, die in meinem Kopf umherspukten. Ich wusste, ich musste diese Kinder retten. Trotzdem fehlte der entscheidende Wink des Schicksals, dieser Fingerzeig, mit dem alles beginnen musste.

Diese Wende in meinem Leben geschah eines Morgens, als ich wie immer meinen Dienst in der Psychiatrischen Klinik antrat. Gedankenverloren ging ich über den Parkplatz und sah plötzlich einen Mann auf mich zuwanken. Es war Anfang Dezember vor einem Jahr, und es war eisig kalt – doch der

Mann trug keinen Mantel, nur ein T-Shirt, Hosen und offene Schuhe. In der Hand hielt er eine zusammengeknüllte Jacke. Aus einer Wunde an seinem Kopf tropfte Blut auf das weiße T-Shirt. Der Mann war wie eine Geisterscheinung, die plötzlich aus dem Nebel auftaucht und wieder verschwindet. Er war wie eine Halluzination, aber doch völlig real.

Obwohl der Mann eine retrograde Amnesie hatte und ein Jahr lang nicht gesprochen hat, habe ich in dieser Zeit viel von ihm gelernt. Aus seinem Schweigen lernte ich, wie ich meine Gefühle kontrollieren und mich mit eiserner Disziplin ausschließlich auf mein tödliches Ziel konzentrieren konnte. Anfangs wollte ich die Frauen nicht töten, sondern ihnen nur eine Lektion erteilen. Aber er murmelte einmal im Schlaf, man müsse seinem Ziel bis zur letzten Konsequenz folgen. Dafür werde ich ihm ewig dankbar sein. Doch davon wusste ich an jenem trüben Dezembermorgen noch nichts, als der Mann plötzlich aus dem Nichts auftauchte, so als hätte er niemals existiert.

Ich rannte auf ihn zu, konnte ihn gerade noch auffangen, ehe er zusammensackte. »Wer sind Sie?«, fragte ich ihn, aber er blickte mich nur verständnislos an und verdrehte dann die Augen. »Wer sind Sie?«, wiederholte ich und sah in diesem Moment schon zwei Ärzte mit einer Trage über den Parkplatz rennen. »Wie heißen Sie?«

»Viktor Maly«, flüsterte der Mann und verlor Sekunden später das Bewusstsein.

In diesem Augenblick wusste ich, dass die schwarze Seele meines Vaters Viktor Maly aus dem Grab vor den Toren von Sputnix III auferstanden war. Und ich wusste, dass ich dazu auserkoren war, das Böse zu stoppen, damit sich die Vergangenheit nicht noch einmal wiederholen konnte.

Braun klappte das Notizbuch zu.

86

Nachdem Braun den letzten Eintrag von Just gelesen hatte, ging er nach draußen. Er stand nachdenklich vor dem Bauernhof und blickte einem Flugzeug hinterher, das gerade vom Flughafen Hörsching gestartet war. Er hatte alle verfügbaren Einsatzkräfte angefordert. Schon in wenigen Minuten würde es hier vor Polizisten, Spurentechnikern und gerichtsmedizinischem Personal nur so wimmeln.

Mit den Fingerspitzen tippte er gegen das Pflaster an seinem Kopf. Die Wunde war wieder aufgeplatzt, das Pflaster war feucht. Er fühlte sich leer und ausgebrannt, als hätte er einen tagelangen Wüstenmarathon hinter sich. Doch der Fall war mit Justs Tod noch lange nicht abgeschlossen. Deshalb zog er sein Handy aus der Tasche und rief Jan an.

»Just ist tot«, sagte er, ohne sich mit einer Begrüßung aufzuhalten. »Er hat Amelie und Laura ermordet.«

»Das ist ... unerwartet. Ich habe aber auch Neuigkeiten für dich«, sagte Jan. »Wir haben endlich einen Namen im Zusammenhang mit dem Mord an Svenja Bergman.« Er atmete tief durch.

»Schieß los!«

»Es ist tatsächlich der ehemalige Minister Udo Kalkleben. Sein Name wurde unter Verschluss gehalten, weil er damals noch einen Diplomatenpass hatte.«

»Aber er war doch schon lange kein Innenminister mehr.«

»Stimmt. Aber Österreich ist sehr lasch mit dem Rückfordern von Diplomatenpässen. Du kennst sie ja, unsere Landsleute. Hatten schon immer eine Schwäche für Ministerialrate und werte Herrn Doktores. Deshalb konnte man Kalkleben auch weder verhören noch festnehmen.«

»Aber jetzt können wir ihn verhaften lassen«, sagte Braun mit Genugtuung. »Ich werde das gleich veranlassen.«

»Vergiss nicht, dass du noch immer suspendiert bist«, warnte ihn Jan.

»Tja ... Da ist was dran.« Braun überlegte. Dann kam ihm eine Idee. »Ich bin eigentlich nur zufällig auf dem Bauernhof gelandet. Wollte in den Urlaub fliegen und hab mich verfahren.«

Jan lachte. »Du kannst es ja mal versuchen, Braun.«

Braun sagte: »Kalkleben ist doch ein früherer Innenminister. Da kann er durch seine Kontakte auch veranlasst haben, dass alle Unterlagen über Maly gelöscht werden.«

»Warte einen Augenblick.« Jans Stimme klang plötzlich konzentriert. »Eines meiner Suchprogramme meldet einen Treffer.«

»Was für ein Suchprogramm?«

»Ich habe meine internationalen Kontakte mobilisiert, um die Identität des falschen Maly herauszufinden, also dem aus der Psychiatrie. Da es ein Foto von ihm gibt, stehen die Chancen gut. Es hat etwas gedauert, aber jetzt trudeln laufend elektronische Daten über ihn ein.«

»Deine Hackercommunity ist also aktiv geworden? Na super. Wenn das Elena spitzkriegt ...«

»Ach, Braun, entspann dich. Das sind doch bloß kreative Köpfe, die den Regierungen auf die Finger sehen.«

Während Braun wartete, sah er am Horizont bereits die Einsatzfahrzeuge der Polizei, die sich wie eine bläulich blinkende Karawane näherschoben.

»Ja!« Jan konnte seine Euphorie kaum zurückhalten, als er

wieder am Telefon war. »Es gab vor einigen Jahren eine verdeckte Europol-Operation in Tschechien.«

»Ich weiß, das hat mir Hajek aus Prag erzählt.«

»Lass mich ausreden! Der Name dieser Operation lautete ›Viktor Maly‹. Das ist doch ein Ding, nicht wahr? Europol hat einen Undercover-Agenten in einen Babyhändlerring eingeschleust. Ich habe ein Foto dieses Agenten. Es muss gleich auf deinem Smartphone ankommen.«

»O Mann, Jan«, fluchte Braun. »Woher hast du die ganzen Infos bloß? Das ist doch nie und nimmer legal!«

»Das kann ich dir leider nicht sagen.«

»Warum nicht?«

»Weil ich dich dann töten müsste.« Jan kicherte. »So, Mail ist durch.«

Sekunden später hatte Braun das Foto vor sich. Es war Viktor Maly – *sein* Viktor Maly. Der Mann aus der Psychiatrischen Klinik. Es gab keinen Zweifel. Dieselben tiefliegenden Augen, dasselbe breite Gesicht.

»Der Agent heißt in Wahrheit Max Kowalski und ist gebürtiger Tscheche, aber in Deutschland aufgewachsen. Deshalb spricht er auch deutsch, tschechisch und russisch. Er war einer der führenden Agenten von Europol und hat sich zu dem Undercover-Einsatz freiwillig gemeldet. Am Anfang ging auch alles noch gut, und er schaffte es bis in den innersten Kreis dieses Clans. Doch dann riss plötzlich der Kontakt zu ihm ab. Vor zwei Jahren tauchte er plötzlich ganz unter, und man nahm an, dass er die Seiten gewechselt hatte. Es ging das Gerücht um, dass er für diesen Babyhändlerring die Drecksarbeit erledigte, sprich als Auftragskiller arbeitete. Zuletzt trat er beim Mord an Svenja Bergman in Erscheinung, doch dann verlor sich seine Spur.«

»Bis jetzt«, flüsterte Braun und winkte den Einsatzfahrzeugen, die gerade in die schmale Straße einbogen, die zum Bauernhof führte. Endlich war die Identität von Viktor Maly gelüftet, endlich hatten sie einen Namen und eine Biografie, endlich war es so weit, endlich konnte er Maly mit seinem wahren Ich konfrontieren! Denn der war längst nicht nur ein kaltblütiger Killer – mit Maly verband Braun etwas Persönliches, das spürte er.

»Danke, Jan«, sagte Braun, legte auf und wollte gerade sein Smartphone in die Tasche stecken, als es erneut klingelte. Es war Karen, und Braun musste unwillkürlich lächeln. »Hallo Karen«, begrüßte er sie sanft.

»Karen geht es gut.«

Braun war wie vom Blitz getroffen und starrte auf das Display seines Handys, auf dem noch immer das Bild von Viktor Maly alias Max Kowalski zu sehen war. Langsam hob er das Telefon wieder ans Ohr.

»Wieso haben Sie das Handy von Karen, Max?«

»Bravo, Chefinspektor! Endlich haben Sie meinen Namen erraten. Er ist mir heute auf einmal wieder eingefallen, ist das nicht ein Zufall? Es hat ziemlich lange gedauert. Aber nennen Sie mich einfach weiter Viktor Maly, denn Max Kowalski ist tot.«

»Wo ist Karen?« Brauns Stimme klang rau, und er musste heftig schlucken. »Wenn Sie Karen etwas tun, Maly, dann bringe ich Sie um!«

»Darauf wollte ich gerade hinaus. Sie haben mich doch mit dem Foto von Svenja überrascht. Jetzt habe ich auch eine Überraschung für Sie.«

»Wo ist Karen?«, wiederholte Braun.

»Sie wollen mir nicht zuhören. Wie schade. Dann müssen wir uns eben sehen. Kommen Sie zum alten Militärflughafen in Hörsching. Sie sind ja gar nicht weit davon entfernt. Sagen wir in fünf Minuten? Oh, überall Polizei dort drüben beim Bauernhof. Sie wissen natürlich, dass Sie alleine kommen müssen, wenn Sie sich von Karen verabschieden möchten, nicht wahr?«

Ehe Braun antworten konnte, war die Verbindung unterbrochen. Die blinkenden Polizeifahrzeuge fuhren auf den Hof. In Zeitlupe und wie durch einen Schleier sah er Bruno aus einem Wagen steigen, dann Franka und Elena Kafka. Abwehrend hob er die Hand, als sie auf ihn zugingen, und rannte zu seinem Jeep. Er setzte sich hinters Steuer, startete den Motor und fuhr einfach quer über den gefrorenen Acker auf den Flughafen zu. Mit der Hand griff er nach dem Haifischzahn, den er an einem Lederband um den Hals trug, seitdem ihn Karen Braun geschenkt hatte. Er sah Karens Augen mit dem leichten Silberblick, der es unmöglich machte, sie zu erfassen. Er hörte ihre weiche Stimme, die von ständiger Bewegung sprach. Er ahnte, dass er im Begriff war, eine falsche Bewegung zu machen – aber er konnte nicht anders.

87

Der alte Militärflughafen von Hörsching lag neben dem Cargo-Bereich des Flughafens und wurde nur noch für Kunstflugshows mit alten Maschinen genutzt. Als Braun am hohen Zaun entlangfuhr, fielen erste Schneeflocken vom bleigrauen Himmel.

Vor dem Tor bremste er den Jeep ab und fuhr im Schritttempo durch die Einfahrt. Das niedrige Wachhäuschen war verlassen, die Schranke geöffnet. Er hielt an und stieg aus dem Wagen. Die Tür der Wachhütte stand einen Spaltbreit offen, ließ sich aber nur mit größter Anstrengung weiter aufschieben. Als Braun endlich in den Raum gelangt war, sah er, dass ein lebloser Körper die Tür blockiert hatte. Zwei tote Soldaten lagen daneben auf dem Boden. Alle drei Männer waren mit Kopfschüssen umgebracht worden.

Instinktiv zog er sein Handy, um seine Leute zu alarmieren, doch dann kamen ihm wieder Malys Worte in den Sinn: *Sie müssen allein kommen, wenn Sie sich von Karen verabschieden wollen.*

Wo versteckte sich Maly, und was hatte er vor? Er musste schließlich wissen, dass er vom Flughafen aus keine Chance hatte zu entkommen. Er hatte jedoch eine Geisel – und das veränderte die Situation natürlich zu seinen Gunsten.

Mit der entsicherten Beretta in der Hand trat Braun aus dem Wachhäuschen und sah sich um. Das Rollfeld war leer bis auf eine zweimotorige Transportmaschine aus den Fünfzigerjahren, die wohl nur mehr ein Ausstellungsstück war.

Neben der Maschine machte Braun eine Gestalt aus. Sie stand in der Türöffnung eines Wellblechhangars, der wie eine längs in der Mitte aufgeschnittene rostige Konservenbüchse aussah.

Das war Maly. Er winkte ihm zu.

Braun rannte über das Rollfeld und überlegte währenddessen fieberhaft, wie er auf Maly schießen konnte, ohne Karen zu gefährden. Aber sein Gegner war klug und hatte sich so in der Türöffnung positioniert, dass Braun ihn nicht treffen konnte. Er selbst hingegen stand genau in der Schusslinie, nun nur noch etwa fünfundzwanzig Meter von Maly entfernt. Für einen geübten Schützen wie Maly ein Kinderspiel. Braun blieb stehen.

»Schön, Sie zu sehen!«, rief Maly gut gelaunt. Er hatte eine Pistole in der Hand, eine zweite steckte in seinem Gürtel.

Wo war Karen? Verdammt! Solange er nicht wusste, wo Maly sie versteckt hielt, konnte er keinen Schuss abgeben.

Braun fiel auf, dass Maly sich verändert hatte. Er wirkte größer, durchtrainierter und dynamischer. Vor allem seine Augen hatten einen metallenen Glanz, ein mitleidloses Leuchten glomm in ihnen. Maly ist zu einer tödlichen Kampfmaschine mutiert, dachte Braun.

»Wo ist Karen? Ich bin gekommen, wie Sie es wollten. Ich habe meinen Teil erfüllt. Also lassen Sie jetzt Karen frei!«, rief er.

»Langsam, langsam«, entgegnete Maly mit einem eiskalten Lächeln. »Wieso haben es die Leute heutzutage immer so eilig?«

»Was wollen Sie? Sie sind Max Kowalski, ein ehemaliger Europol-Agent und Auftragsmörder. Ich habe Ihre Identität gelüftet, genau wie ich es prophezeit habe.« Braun lächelte freudlos. »Ich habe das Spiel gewonnen.«

»Sind Sie sicher?«, antwortete Maly.

Er trat einen Schritt nach hinten, in den Hangar hinein, und schob einen verkehrt herum gedrehten Bürostuhl mit hoher Lehne durch die Tür nach draußen.

Obwohl Braun nur ihren Hinterkopf sah, war er sich sicher, dass auf dem Stuhl Karen saß, die mit Paketklebeband an die Armlehnen gefesselt war. Über die Stuhllehne sah er ihre kastanienbraunen Haare im Wind wehen, und reflexartig griff er nach dem Haifischzahn.

Nicht stehen bleiben, immer bewegen, das Schreckliche hinter sich lassen, weiter, vorwärts, ein Ziel finden …

»Karen, ist mit dir alles in Ordnung?«, rief er.

»Tut mir leid, aber sie kann gerade nicht antworten.« Maly zuckte entschuldigend mit den Schultern und zielte mit der Waffe wieder auf Braun. »Sie haben tatsächlich einen entscheidenden Beitrag zu meiner Genesung beigetragen, Braun. Denn Sie haben mir das Foto gezeigt, auf dem ich mit Svenja zu sehen bin. Das hat meinen Heilungsprozess beschleunigt, und ich konnte mich plötzlich wieder an alles erinnern. Ich blickte in die Vergangenheit und sah Max Kowalski, den Europol-Agenten, der einen entscheidenden Fehler gemacht hat.«

»Was für einen Fehler? Wovon reden Sie überhaupt.«

»Ich habe auf mein Herz gehört. Ich habe zugelassen, dass Svenja meinen Herzschlag spürt.«

»Dann hören Sie auch jetzt auf Ihr Herz und lassen Sie Karen gehen. Nehmen Sie mich als Geisel! Ich verspreche Ihnen, dass Sie freies Geleit bekommen.«

»Aber darum geht es doch gar nicht.« Maly drehte den Bürostuhl ein wenig hin und her und strich sanft über Karens Haare.

»Nimm deine dreckigen Pfoten von ihr!« Braun spürte,

dass die Zeit der Höflichkeiten vorbei war. »Wenn du Karen auch nur ein Haar krümmst, dann lege ich dich um!«

»Karen, haben Sie gehört, was Braun gerade gesagt hat?« Wieder strich Maly mit der Handfläche über Karens Kopf. »Ist es nicht schön, wenn er sich so für Sie ins Zeug legt?«

»Keine Angst, Karen. Solange ich hier bin, wird dir nichts geschehen.« Braun hob die Beretta und zielte auf Malys Kopf. Vielleicht war ein Schuss möglich, ehe Maly abdrücken konnte. Aber der schien seine Gedanken zu erraten, denn er hielt seine Pistole jetzt direkt an Karens Kopf.

»Tun Sie das nicht. Es zahlt sich nicht aus.«

»Lass Karen gehen. Das hier hat nur mit uns etwas zu tun.«

»Richtig. Ich weiß jetzt übrigens auch, woher ich Sie kenne. Bei Europol in Brüssel gibt es ein Foto von Ihnen, in einem Besprechungsraum für Rekruten. Sie waren für eine Europol-Spezialeinheit vorgesehen. Warum haben Sie abgelehnt?«

»Das geht dich einen Scheißdreck an. Lass endlich Karen frei!« Und nach einem kurzen Moment fügte er hinzu: »Hör einfach auf dein Herz.«

»Mein Herz wurde mir vor einem Jahr herausgerissen. Jetzt habe ich keines mehr. Aber Sie haben ein Herz, Braun. Wie lange noch? Knien Sie sich auf den Boden, wenn Sie Karen lieben. Sie haben doch gerade begonnen, sie zu lieben, oder?« Maly wandte sich zu Karen und schien ihr etwas ins Ohr zu flüstern. Aber durch den starken Wind konnte Braun nichts verstehen.

»Lieben Sie Karen?«, fragte Maly erneut und verzog das Gesicht zu einem spöttischen Grinsen. Der Wind spielte mit ihrem braunen Haar, und der Bürostuhl wippte vor und zurück, so als würde sie versuchen sich zu befreien.

»Was ist? Wenn Karen Ihnen wirklich so wichtig ist, dann knien Sie sich jetzt hin.«

Langsam sank Braun auf die Knie und starrte auf den rissigen Beton, auf den feine weiße Schneeflocken klatschten, ohne eine Spur zu hinterlassen. Würden auch diese Augenblicke der Angst um Karen keine Spuren in seinem Leben hinterlassen?

»Ja, ich liebe sie«, sagte er leise und sah sie vor seinem inneren Auge in ihrem roten Mantel wie ein Leuchtfeuer am Anatolu Grill auftauchen.

»Bravo! Endlich haben Sie es gesagt. Das gefällt mir.« Maly beugte sich zu Karen und drückte ihr einen Kuss auf die Haare.

»Wenn du Karen nicht gehen lässt, dann töte ich dich!«, zischte Braun und hatte Mühe, sich zu beherrschen. Er hatte das Gefühl, als würden sich er und Maly außerhalb von Raum und Zeit befinden, gefangen in einem unendlichen Albtraum, der sich immer weiter steigerte, bis zu seinem bitteren Ende.

»Damit sind wir beim eigentlichen Thema angekommen.« Maly lehnte sich gegen das geschlossene Hangartor und verschränkte die Arme vor der Brust. »Ich kann mich jetzt wieder an den unglaublichen Schmerz erinnern, der mir widerfahren ist. Svenja wurde vor meinen Augen mit einem Kopfschuss hingerichtet. Ich habe sie geliebt und musste zusehen, wie sie starb. Tatsächlich wollte ich mit ihr ein neues Leben beginnen, aber Kalkleben hatte etwas dagegen. Er betrachtete Svenja als sein Eigentum und ließ sie vor meinen Augen töten.«

»Was quatschst du da? Dieses Rührstück kaufe ich dir nicht ab! Mir reicht es jetzt.«

Er stand auf und lief los, aber Maly stoppte seine Vorwärtsbewegung jäh, indem er den Schreibtischstuhl einmal um die eigene Achse drehte und ihm ein Stück entgegenschob.

Braun starrte auf die Frau, die auf dem Stuhl saß. Ihr Kopf war nach vorn gesunken, und die braunen Haare verdeckten einen Teil ihres Gesichts. Obwohl sie nicht geknebelt war, wie er angenommen hatte, sagte Karen kein Wort und rührte sich nicht. Sie wirkte, als würde sie tief und fest schlafen.

»Karen«, sagte Braun leise. »Alles wird gut.«

Maly kam ein paar Schritte näher, bis er wieder hinter dem Schreibtischstuhl stand. Der Abstand zwischen ihm und Braun betrug vielleicht noch zehn Meter. Er strich Karen mit einer sanften Bewegung die Haare aus dem Gesicht. Dann nahm er ihren Kopf und lehnte ihn langsam zurück auf die Lehne. Jetzt konnte es Braun ganz deutlich sehen, das hässliche, kleine Loch auf ihrer Stirn, das aus der Entfernung wie ein indischer Kastenpunkt wirkte.

»Karen!« Brauns Schrei wurde von den jaulenden Sirenen der Polizeifahrzeuge verschluckt, die mit rotierenden Blaulichtern über das Rollfeld auf den Hangar zufuhren und mit quietschenden Reifen hinter Braun zum Stillstand kamen.

»Das ist ein Schmerz, der kaum zu ertragen ist, finden Sie nicht? Es bricht einem schier das Herz. Mir ging es so bei Svenja, Ihnen geht es so bei Karen. Jetzt sind wir Brüder, Braun.«

Maly versetzte dem Stuhl einen Tritt, und er rollte mitsamt Karen über das Rollfeld auf Braun zu. Wie in Zeitlupe drehte sich der Stuhl noch einmal um die eigene Achse, um schließlich das Gleichgewicht zu verlieren und einfach zur Seite hin umzukippen.

»Braun, nicht!«, hörte er Brunos Stimme in seinem Rücken, als er die Beretta hob und auf Maly zielte, der nun ungeschützt vor ihm stand und die Waffe gesenkt hielt.

»Scheiß drauf«, flüsterte Braun und ging mit der Beretta im Anschlag näher. Er wollte Maly ins Gesicht sehen, bevor er ihn tötete.

»Bevor Sie mich umbringen«, sagte Maly ruhig und griff in seine Tasche, »hier ist ein USB-Stick. Ich hatte ihn in Gilberts Käfig versteckt. Damit können Sie Kalkleben für alle Zeit hinter Gitter bringen.« Er warf den Datenträger auf den Boden. »Es gibt aber noch viel brisantere Informationen über den Kraken-Clan. Diese Daten sind an einem geheimen Platz versteckt und werden nach meinem Tod veröffentlicht.«

Mit diesen Worten ließ Maly die Waffe fallen und lief mit ausgebreiteten Armen auf Braun zu.

»Bleiben Sie stehen!«, brüllte der, aber davon ließ sich Maly nicht beeindrucken.

Nur einen Meter von Braun entfernt ging er in die Knie und drehte sein Gesicht in den mitleidlosen bleigrauen Himmel. »Ich werde sie wiedersehen«, flüsterte er und sah in die Schneeflocken, die immer dichter fielen.

»Mit wem reden Sie?«, herrschte Braun ihn an, ohne die Waffe zu senken.

»Gott.«

»Das nützt Ihnen nichts mehr!«

»Dann töten Sie mich endlich.«

»Ich tue das nur für Karen«, flüsterte Braun, als er noch näher kam und den Lauf der Beretta gegen Malys Stirn drückte.

Das Stimmengewirr in seinem Rücken schwoll an, er hörte hektische Schritte auf dem Beton, wahrscheinlich wollten ihn Bruno, Franka und andere zurückhalten. Menschen, die er in einem anderen Leben gekannt hatte, denn jetzt war er in Bewegung, in einer unendlichen falschen Bewegung.

»Bleibt zurück!«, rief er keuchend über die Schulter und

streckte ihnen abwehrend die Hand entgegen. »Das geht nur mich und Maly etwas an.«

Maly kniete vor ihm, nun mit geschlossenen Augen, und Braun hatte das Gefühl, als würde er sich weit wegträumen, in eine Welt mit Svenja, die er nie erlebt hatte.

Sollte er ihn wirklich erschießen? Einfach so? Vor den Augen all seiner Kollegen hinrichten? Maly erlösen? Ihn vor seiner Strafe bewahren? Es wäre zu einfach, wenn er Maly einfach abknallen würde. Und weder Svenja noch Karen oder all die anderen, die hatten sterben müssen, würden so wieder lebendig werden.

Langsam ließ er die Beretta sinken. Er dachte an den Abend bei Karen, als sie ihm den Anhänger aus Haifischzahn geschenkt hatte. »Es ist ein Talisman, der dich immer daran erinnern soll, dass man nicht in den negativen Erinnerungen verharrt«, hatte sie gesagt, er hatte ihre weichen Haare mit den Fingerspitzen berührt und ihre Lippen auf seinen gespürt.

Er bemerkte überrascht die Tränen, die plötzlich über seine Wangen liefen, und er dachte daran, dass er das letzte Mal beim Begräbnis seines Vaters geweint hatte. Hinter sich hörte er Schritte. Dann spürte er Brunos Hand auf seiner Schulter.

»Wir haben hier alles unter Kontrolle. Maly kommt lebenslänglich hinter Gitter, das ist sicher. Und wegen Karen … sorry, Braun.«

»Lass mich noch ein wenig hier sitzen«, sagte er leise und ignorierte den Schnee, der vom Himmel fiel und sich mit seinen Tränen vermischte.

Teilnahmslos saß er in der Kälte und sah zu, wie die Sanitäter das Paketband von Karens Armen lösten und sie auf eine Bahre legten. Sie trug den roten Pullover, den sie an ihrem gemeinsamen Abend angehabt hatte. Im düsteren Licht des Dezembertags wirkte das Rot wie eine Blüte. Karens Gesicht war blass, und Braun bemerkte, dass mehrere ihrer Fingernägel abgebrochen waren. Sie hatte sich gegen Maly gewehrt, denn sie hatte leben und nicht sterben wollen. Sterben ist Stillstand.

Da weinte er Tränen um sie, die kälter waren als der Tod.

88

Einige Tage später stand Braun mit einer Dose Bier in der Hand am Fenster seiner Wohnung und sah auf den Autobahnzubringer hinunter, auf dem nur noch wenig Verkehr herrschte. Es war der Nachmittag des 24. Dezembers und langsam kam die Stadt zur Ruhe. Der große Weihnachtsbaum auf dem Linzer Hauptplatz erstrahlte im Licht von Hunderten von elektrischen Kerzen, die so verheißungsvoll leuchteten, als würden sie an diesem Abend jeden Wunsch erfüllen.

Doch für Braun war der Tag deprimierender als für andere. Für ihn war es, als wäre das Leben nach dem letzten Fall zum Stillstand gekommen. Es lag eine bedrückende Stille über Straßen und Plätzen, die sich leerten und plötzlich verlassen, ausgestorben und einsam wirkten, so einsam, wie Braun seine eigene Wohnung vorkam.

Noch vor Kurzem hatte er sich wie ein Seiltänzer gefühlt, der auf einem dünnen Draht über menschliche Abgründe balancierte und einen staunenden Blick nach unten warf, wo Mord, Brutalität und Lügen wie giftige Pflanzen wucherten und sich immer weiter ausbreiteten. Manchmal kam er ins Straucheln, wankte, drohte abzustürzen, konnte aber im letzten Augenblick noch die Balance halten. So schwebte er weit oben über allem, beflügelt von seiner Arbeit, und verschwendete keinen Gedanken daran, dass diese Tour de Force vielleicht einmal zu Ende sein könnte, dass er am Ende ankommen würde.

Doch genau das passierte nun, und der nicht enden wollende Sturz aus der adrenalingeschwängerten Hektik des letzten Falls in die graue Einsamkeit seiner unaufgeräumten Wohnung war tief und schmerzhaft. Deshalb klammerte er sich auch an die Erinnerung dieser letzten Tage, ließ alles noch einmal Revue passieren, um vielleicht doch noch ein wenig Energie zu konservieren, um nicht ausschließlich mit Bierdosen die Nacht zu verbringen.

Nach dem Tod von Thomas Just hatten sie auf dem Gelände des Bauernhofs jede Menge Beweise gefunden, die ihn eindeutig als Mörder von Amelie und Laura identifizierten. Braun dachte an den versteckten Vorratsraum hinter der Küche, den Franka entdeckt hatte. Es war die geheime Kammer eines kranken Geistes gewesen, die sie dort vorgefunden hatte, die Büchse der Pandora, in der sich all das Schlechte befand, was Justs Geist vernebelt hatte. Auf einem Regal lagen blank geputzte weiße Rattenschädel, die im Licht der Taschenlampen wie befremdliche Kunstwerke wirkten und durch ihre penible Anordnung einen noch größeren Horror verströmten. An der Wand daneben klebten zwölf Computerausdrucke mit den Gesichtern von Frauen. Zwei davon waren Amelie und Laura.

Darunter klebten ausgedruckte Handyfotos, die ein makabres Vorher-nachher-Szenario heraufbeschworen und in ihrer erschütternden Traurigkeit noch grausamer wirkten als die Rattenschädel. Es waren Großaufnahmen der beiden Gesichter in dem Augenblick, als sie auf der schmalen Linie balanciert waren, die das Leben vom Tod trennt. Genau auf diesen Moment hatte Just gewartet und dann abgedrückt.

Acht potenzielle Opfer hatten noch auf Justs Liste gestanden. Diese Frauen hatten sie anhand der Adressen, die Just bereits ermittelt hatte, schnell ausfindig gemacht. Für sie bestand zwar keine Gefahr mehr, doch Weihnachten würde trotzdem nicht glücklich werden, denn Europol interessierte sich brennend für die Herkunft ihrer Babys.

Maly indes wartete in einem Hochsicherheitsgefängnis in Wien auf seinen Prozess, und auch der ehemalige Minister Kalkleben war verhaftet worden.

Braun schloss die Augen und ließ die Beteiligten an diesem Fall im Geiste vorbeiziehen. Der Banker Robert Frey, der ihm so selbstsicher entgegengetreten war. Dr. Antonia Weinberg, die tote Adoptivmutter von Thomas Just, die als Richterin am Obersten Gerichtshof genügend Macht und Einfluss besessen hatte, um Ermittlungen in ihre Richtung im Keim zu ersticken. Waren sie alle Mitglieder des Kraken-Clans? Braun war sich sicher. Marina Altenberg hingegen wurde als psychopathische Einzeltäterin betrachtet, deren unerfüllter Kinderwunsch zu ihrem Amoklauf und der Entführung Dimitrus geführt hatte. Natürlich entsprach das nicht der Wahrheit. Altenberg war diejenige gewesen, die in Tschechien die Kinder ausgesucht hatte. Aber noch konnte Braun das nicht beweisen.

Er wusste nicht, wie er die kommenden Tage ausfüllen und die Nächte überstehen würde, ohne an Karen zu denken. Es kam ihm vor, als wäre er seit ihrem Tod hinter einer unsichtbaren Glaswand gefangen, aus der es kein Entkommen gab. Durch diese Wand konnte er das Leben rings um sich pulsieren sehen, aber nicht daran teilnehmen. Es war, als wäre er hinter dem Glas unsichtbar geworden.

89

Die Tür des Kellerlofts schwang auf.

»Da bist du ja endlich. Fröhliche Weihnachten!«, begrüßte ihn Bruno mit der unvermeidbaren Strickmütze auf dem Kopf und drückte Braun ein Glas Rotwein in die Hand. »Das ist ein edler Tropfen. Er ist aus einem kleinen Weingut in der Toskana.«

»Wie geht es dir?«, fragte Jan, der in seinem Rollstuhl hinter einem DJ-Pult saß und die klassische Musik, die aus den Boxen drang, etwas leiser drehte.

»Wie soll es mir schon gehen?«, seufzte Braun. »Ich habe sie gefunden und gleich wieder verloren. Aber so ist das eben bei mir. Lass uns lieber über etwas anderes sprechen.«

»Die Goldberg-Variationen von Bach sind die ideale Musik für Babys, haben wir herausgefunden.« Jan wies in Frankas Richtung, die den kleinen Dimitru in ihren Armen wiegte.

Überrascht stellte Braun fest, dass sie zu ihrer natürlichen schwarzen Haarfarbe zurückgekehrt war. Die Ähnlichkeit zu ihrer Schwester war jetzt nicht mehr zu übersehen.

»Frohe Weihnachten«, sagte Franka leise, als sie Braun erblickte. Die Worte kamen ihr nur stockend über die Lippen, und er wusste, an wen sie gerade dachte.

»Wie geht es Tara?«

Frankas Mund begann zu zittern, und sie drückte Dimitru noch fester an sich. »Sie hatte einen Herzstillstand und war bereits klinisch tot, hat mir der Oberarzt mitgeteilt«, flüsterte sie heiser, und ihre schwarzen Augen füllten sich mit Tränen.

»Morgen wird sie aus dem Koma geholt. Sie ist jung und zäh. Sie wird durchkommen, hat mir der Arzt versichert.« Ihre Stimme wurde zu einem erstickten Raunen. »Ich brauche sie doch, *wir* brauchen sie.« Sie hauchte dem Baby einen zärtlichen Kuss auf die Stirn und setzte sich auf das Sofa zu Lena, der Polizeiassistentin, die zu Jan gekommen war, da auch sie niemanden hatte, mit dem sie die Feiertage verbringen konnte.

»Ich muss noch einmal kurz weg«, sagte Braun und erhob sich.

Jan sah ihn nachdenklich an. »Wir warten mit dem Essen auf dich. Du kommst doch wieder?«

»Ja, ich komme zurück.«

Es hatte heftig zu schneien begonnen, als Braun die schmale Straße entlangging, die zum Urnenfriedhof führte. Er lag auf einem kleinen Hügel, von dem aus man auf die Stadt sehen konnte. Es herrschte eine beruhigende Stille, und wenn Braun nicht so traurig gewesen wäre, hätte er auch den Frieden in sein Herz lassen können, der die Nacht erfüllte.

»Einen schönen Platz hast du dir da ausgesucht. Von hier oben sieht man, wie sich alles bewegt«, sagte er und blickte hinunter auf die wenigen Autoscheinwerfer, die noch unterwegs waren. Dabei berührte er gedankenverloren den Anhänger, den er um den Hals trug.

Dann ging er zu dem schlichten Grabstein, zündete eine kleine Kerze an und wischte den Schnee von den Buchstaben. Zärtlich fuhr er mit dem Finger über ihren Namen.

»Ich verspreche dir, ich bleibe in Bewegung.«

Danksagung

Zuallererst möchten wir uns ganz herzlich bei unseren Lesern bedanken. Ohne euch wären wir nie so weit gekommen, ihr seid die besten Fans, die man sich wünschen kann und seid für uns die größten Motivatoren. DANKE.

Unser besonderer Dank gilt auch unseren Familien, Freunden und Bekannten, die es tolerieren, wenn wir wieder in unserer Tony-Braun-Thrillerphase sind und nicht so viel Zeit für Treffen haben.

Bedanken möchten wir uns natürlich auch bei Gunnar Siewert von Bookrix, einem ganz besonderen Menschen, der mittlerweile zu einem echten Freund geworden ist. Ohne seine Initiative und sein tolles Engagement wäre vieles nicht so positiv entstanden. Wir denken gerne an die stundenlangen Gespräche mit ihm auf unserer kleinen Finca.

Ebenso herzlich bedanken möchten wir uns bei unserer Lektorin Bettina Steinhage von Bastei Lübbe. Ihre Anregungen, Kommentare und Ideen waren immer kreativ und gut, auch wenn wir uns zu Anfangs etwas gewehrt haben, besonders bei ihrem Vorschlag, Jimmy eine Reise nach Finnland zu spendieren. Wir denken gerne an ihre Nachrichten: »Das wird was« oder »Haltet die Ohren steif«.

Ein großer Dank geht auch an das finale Lektorat von Lisa Bitzer, mit der die Zusammenarbeit sofort funktioniert und die uns mit ihren coolen Sprüchen sehr motiviert hat. Ihre Expertise und ihre Verbesserungsvorschläge haben den Text noch einmal entscheidend geschärft.

Ein großes Dankeschön geht an das gesamte Team von Bastei Lübbe, besonders erwähnen möchten wir in diesem Zusammenhang Felix Rudloff und Klaus Kluge. Schon beim ersten Kennenlernen haben wir gespürt, dass die Wellenlänge passt und wir mit ihnen eine sehr innovative und zukunftsorientierte Verlagsleitung gefunden haben.

Großer Dank an das ganze professionelle und kreative Marketingteam unter der Leitung von Ricarda Witte-Masur. Unser Dank geht auch an das Presse-/Eventteam von Bastei Lübbe. Namentlich an die Leiterin Barbara Fischer, mit der das Feeling sofort gepasst hat, Corinna Rausch, Tina Pfeiffer, Momke Zahmhöfer und Sonja Lechner.

Ein großes Dankeschön geht auch an den Teamleiter Vertrieb Digital Oliver Pux, weil er unseren Thriller so engagiert in der digitalen Welt betreut.

Wir möchten uns auch bei dem Vertriebsteam von Bastei Lübbe bedanken, das unser Buch mit großem Einsatz in die Buchhandlungen bringt, und auch danke an alle Buchhändler, die unseren Thriller an ihre Kunden weiterempfehlen.

Wir danken auch allen Journalisten und Buchbloggern, die über unseren Thriller berichten.

Zuletzt geht ein dickes Hundebussi an unseren Rhodesian Ridgeback Kajumba Jabali, der immer als Mediator zur Stelle war, wenn wir nicht einer Meinung waren, und nach dem Schreiben als unser Lauftrainer fungierte.

Alles Liebe, viel Glück & Gesundheit
B. C. Schiller